我们阅读
WOMENYUEDU
魅丽文化
花火工作室

银河之上的你 2

叶非夜 / 著

图书在版编目（CIP）数据

银河之上的你.2/叶非夜著.— 南京：江苏凤凰文艺出版社，2020.10
ISBN 978-7-5594-5188-0

Ⅰ.①银… Ⅱ.①叶… Ⅲ.①长篇小说－中国－当代
Ⅳ.①I247.5

中国版本图书馆 CIP 数据核字（2020）第 178168 号

银河之上的你.2

叶非夜 著

责任编辑 张 倩
特约编辑 朵 爷 肖云梦
装帧设计 黄 梅 李 娟
出版发行 江苏凤凰文艺出版社
南京市中央路 165 号，邮编：210009
网 址 http://www.jswenyi.com
印 刷 湖南凌宇纸品有限公司
开 本 880mm×1230mm 1/32
印 张 10.5
字 数 388 千字
版 次 2020 年 10 月第 1 版
印 次 2020 年 10 月第 1 次印刷
书 号 ISBN 978-7-5594-5188-0
定 价 42.00 元

目录

CONTENTS

目录 CONTENTS

第一章

不好意思，民政局打烊了

陈恩赐昨晚有点失眠，早上七点不到就起来了。

起床后，她见外面空气质量还不错，便去楼下晨跑了两圈。回来后，她就接到了陆星打来的电话。

陆星见电话被秒接，惊奇地“咦”了一声：“起床了？竟然电话接得这么快。”

陈恩赐边喝着水，边含混不清地“嗯”了一声，问道：“怎么了？”

陆星淡定道：“哦，你又上热搜了。”

陈恩赐见怪不怪地拉开冰箱，从里面拿出一盒酸奶和一块全麦面包：“哦，你是不是漏了三个字。”

陆星一时没反应过来：“哈？”

“是你又被骂上热搜了吧？”陈恩赐坐在餐桌前，将手机开了免提，开始吃早餐，“你放心，我不会去微博找虐的。再说，我不用看，也知道那些网友说了什么，无非是什么‘娱乐圈第一交际花’之类的话，反正那些人生活压力大，每隔一段时间就需要发泄下负面情绪……”

“不不不，”电话那头的陆星急忙打断陈恩赐嘴里叭叭个不停的话，“这次不是被骂上热搜，是你跟别人一块上的热搜。”

陈恩赐停下撕面包的动作：“谁？”

“唐安逸，《体验田园》的第三期，你俩在综艺里发生的事情，莫名其妙一夜之间大火了，现在爆到热搜上去了。刚刚唐安逸的经纪人跟我通了个电话，对方说没什么负面影响，都是播出来的一些剪辑视频，网友喜欢看就让他们看。对方来问我的意见，我还特意去看了看，的确没什么问题。而且你还有点洗白的迹象，主要是在节目里表现得太自然太讨喜了。我觉得吧，一来你怎么也是混这个圈子的，该要的热度还是得要；二来这么好的洗白机会，也不能浪费了。

更何况过段时间你还要去海选《生命》那部戏，所以我这边的意见就是不撤热搜了，可行吧？”

陈恩赐在陆星说话的过程中，去微博看了眼热搜情况，看见发的的确都是《体验田园》第三期里，她和唐安逸的一些剪辑视频。

这也不是什么大事，更何况陆星在这方面本身就是专业的，她便依了：“行吧，你看着处理吧。”

陈恩赐本以为那些剪辑视频，撑死扛到中午就没什么热度了。没想到，下午竟然有个娱乐剪辑博主，剪了个视频，一下子将陈恩赐和唐安逸的名字，再次推上了热搜前三。

甚至这次，嗑得上头的网友还给陈恩赐和唐安逸组了个CP，取了个名字叫：糖糍粑粑。

博主剪辑的视频，足足有二十七分钟。

视频是博主原创的故事，说的前世今生的戏码。

第一世的陈恩赐是个小乞丐，被护国大将军唐安逸捡了回去，唐安逸教小乞丐认字、读书、画画、习武，总之剧情甜到不能再甜。

小乞丐长大后，出落成亭亭玉立的美人，被当今圣上一眼看中纳进后宫封了皇妃。

圣上得知大将军和小乞丐两情相悦后，将大将军派离京都镇守边关。

边关频繁暴乱，大将军屡次护国有功，然后亘古不变的功高震主戏码来了。圣上设计谋杀大将军，并以小乞丐性命为筹码逼大将军自刎。

大将军死后，小乞丐自杀于大将军身边。

第二世的陈恩赐是个小花妖，唐安逸是个俊俏和尚。

小花妖天真活泼，偷偷溜下花山后，一会儿变成人，一会儿变成花，欢喜得不亦乐乎。

幻化成人形的小花妖，因为好奇世间万物，误打误撞中招惹了沉睡的大魔王，而被大魔王追杀。

小花妖法力不足，虽最后拼尽全力死里逃生，但也离死不远了。就在她奄奄一息，以为自己快要离开人世时，被恰好经过的俊俏和尚救了。

和尚细心照料了小花妖整整一个月，小花妖才恢复成从前那副活蹦乱跳的模样。

小花妖是个话痨，不懂人间规矩。和尚重清规戒律忌女色，面对小花妖不谙世事的言语，每每气急败坏却又无可奈何。

俊俏和尚志在普度众生，小花妖面对他的驱逐，每每生气地走了，过不了多久，又会跟什么事都没发生过一般，再次嬉皮笑脸地回来。

小花妖天真地以为，只要和尚破了戒，就会和她在一起。她使出浑身解数骗和尚喝酒吃肉，总算有一回成功了，却也惹恼了和尚。和尚震怒之下，和小花妖就此决裂。伤心欲绝的小花妖离去后，再也没像从前那样拿着各种果子笑嘻嘻地凑到盘坐在石头上一心一意读经的和尚身边问他吃不吃果子了。

记仇的大魔王，知道和尚和小花妖认识，便逼问和尚小花妖的下落。和尚没说，最后被大魔王吸干了精血。

和尚以为自己必死无疑了，可他后来还是醒来了。他以为是哪个神仙救了他，直到有一天，他修炼成神才知道，当初他是真的死了，是小花妖用自己的命换了他一命。

素来清心寡欲的和尚，那天哭了，他哭得好伤心。没人知道，他心底也藏着一个秘密，当初小花妖骗他吃的肉，是他自愿吃的，因为他发现了追杀过来的大魔王，他是故意赶走小花妖的。

第三世的陈恩赐就是陈恩赐，唐安逸就是唐安逸。

这一世的所有视频资料，全来源于《体验田园》。

故事里的陈恩赐是个外表女神内心汉子的人设，唐安逸则是养在象牙塔里金枝玉叶的大少爷。

两个人，一个因为太皮实了，被家人丢去乡下敲打；一个因为太傻白甜了，被家人忍痛扔去乡下历练。

在乡下偶遇的陈恩赐和唐安逸，就这样开始了他们欢喜冤家的缘分。

陈恩赐和唐安逸简直是拿错了剧本。

唐安逸看到蟑螂就惊恐地尖叫。陈恩赐则是淡定无比地拿着水杯，准确无误地扣住了蟑螂，并且豢养成宠物。

陈恩赐抓鸡砍柴，唐安逸拔鸡毛烧火；陈恩赐换灯泡，唐安逸扶梯子；陈恩赐锄地，唐安逸撒种子……

在这样的相处中，两个人暗生情愫。直到有一天，两个人去水田插秧，唐安逸不小心弄丢了一只雨鞋，他陷在田里的那只脚恰好踩进了水蛭窝。等他将脚抬起来时，他整个脚面爬满了水蛭。

唐安逸吓得脸色苍白，下意识地想要伸手去拔，关键时刻被陈恩赐一句“别动”制止住了。下一秒，陈恩赐就丢下手中的秧苗，拎起一瓶白酒，二话不说冲着他脚上浇去。

水蛭很快散去，陈恩赐搀扶着唐安逸走出水田，将他送去了村里的卫生室。

医生给唐安逸的脚上了一些药，留了句“付款在外面的屋”，就离开了。

陈恩赐拿着手机跟了出去。

唐安逸从椅子上站起来，正一瘸一拐地往门外走。兴许是后怕，唐安逸一时没站稳，“扑通”一声跪倒在地。

付完款的陈恩赐正好折回来，被唐安逸突如其来的一跪直接定在了原地。

秦孑是在“铿锵玫瑰”群里看到那个视频的，当时的他恰好将手头的事情处理完，翻到群里分享的链接就顺手点了进去。

这个时候视频已经发酵得很火了，弹幕几乎霸占了二分之一的屏幕。

起先，秦孑还一边看视频，一边看弹幕，看到后来，他所有的注意力全被弹幕吸引了。

“小乞丐和大将军前面好甜好甜好甜。”

“陈恩赐和唐安逸这是什么神仙般的三生三世情缘。”

“小花妖与和尚的这段好可爱啊！！！”

“第三世的故事我也可以！女耕男织的戏码我爱了。”

“民政局给你们搬来了，请你们原地结婚！”

“唐安逸最后这一跪，是求婚吗？”

“突然发现唐安逸和陈恩赐配一脸！”

“糖糍粑粑甜死我吧！”

……

不知是不是原创者故意剪辑的，在唐安逸不小心“扑通”跪倒在陈恩赐身前后，故事结束了。然后屏幕上出现了大小不一的心心，弹幕也在这一瞬间跟疯了似的，狂刷过一排又一排的：“求婚了，求婚了”“撒花，撒花”“百年好合，早生贵子”……

秦孑看着满屏撒花求婚的弹幕，忍不住抬起手，揉了下酸得有点泛疼的大牙。

求婚？百年好合？早生贵子？

秦孑无声地“呵呵”两声，“啪”地将手机丢在了办公桌上。

这都什么跟什么呀，女耕男织，糖糍粑粑……呵呵。

秦孑握住鼠标，盯着屏幕上密密麻麻的代码看了会儿，不知怎的思绪又飘到了网上那些弹幕上。出神了一会儿，他开始敲键盘。

半个小时后，一个成型的软件，出现在了电脑屏幕上。

秦孑测试了一把，确定没问题后，就又是一阵噼里啪啦的敲键盘声。

十分钟后，秦孑停下来，按了一下鼠标。他懒洋洋地往椅子上一靠，咬着吸管，盯着电脑软件不断跳出“发布成功”的回馈，心头渐渐顺畅了下来。

在将柠檬茶喝完时，他拿起手机又看了一遍视频。

那些嚷着“好甜好甜”“民政局搬过来了”“跪求他们在一起”的弹幕里，

夹杂了少量的反对言论。

“别想了，他俩没戏。”

“不好意思，民政局打烊了。”

“他们俩这辈子都不可能在一起的。”

“下辈子他们也不会在一起。”

“一个个的都洗洗睡吧，别在这里乱点鸳鸯谱了。”

“他们一点都不配。”

“他和她永远都不会变成我们。”

秦孑看着弹幕稍稍顺眼了一些，但还是觉得远远不够。他将自己刚刚随手敲出来的软件，又重新开了一个，然后把自己编辑的那些弹幕，复制到新开的软件里，随后两个软件同时发弹幕。

又过了半个小时，秦孑看了眼弹幕区。

比起刚刚，几乎每一批弹幕刷过，都能看到一句他编写的弹幕。

秦孑依旧觉得进展有些慢，又重新开了一个软件，搞成三个软件并行。没一会儿，电脑上又出现了第四个、第五个……最后，秦孑的电脑上，足足挂了十个软件。

一个小时后，秦孑再去看视频的弹幕，发现满屏飘过的弹幕里，有一半是他的杰作。

今天吃醋吃饱了的秦孑，无心工作，他直接开着电脑，挂着十个并行的自动发弹幕软件，早早地下了班。

晚上十一点钟，容与加完班，见秦孑的电脑亮着，以为他忘记关电脑，便走了过去。容与握着鼠标正想关机时，看到电脑下面有一排隐藏的窗口。

容与好奇地挨个点开，然后目瞪口呆了足足一分钟，才勉强憋出一句：“厉害。”

时间在这样平淡又平凡中，一天接着一天过去。

某天清晨，陈恩赐醒来时看到手机日历上的时间，跳成了十二月一号，她才恍然这一年又要过去了。

小时候觉得一年的时光无比漫长，也不知道是从哪一岁开始，有一种刚过完年，就又要过年的错觉。

陈恩赐拨弄着日历，往前翻了翻，原来不知不觉中，她已经在银河大厦度过了两个月了。她每天记录的银河大厦随笔，也不知不觉快写满了一个本子。

十二月的前三天，依旧没什么特别惊艳和值得一提的事情，反倒是十二月四号迎来了银河大厦的团建日。

陈恩赐其实没想过自己还能去参加银河大厦的团建，毕竟她不是银河的正式员工。不过负责团建经费支出的人是容与，容与将她算在内，还提前订好了机票和酒店。等陈恩赐和秦孑知道时，已经是出发的前一天了。票和酒店是退不了了，陈恩赐去不去这钱都注定要花了。反正就一周，陈恩赐在J城也没什么事，实在是不忍心看着那白花花的银子就那么打水漂，所以就跟着去了。

团建的地点是H城，一行人是四号傍晚六点钟的飞机，到H城已是晚上十点半。

到了酒店后，大家拿着身份证，办理完入住，就各回各房间早早休息了。

第二天，陈恩赐还在梦中，就被江暖的电话喊醒了："大明星，半个小时后一块儿吃早餐，一个小时后我们要出发。"

出发？

听到这两个字，陈恩赐有点儿蒙："去哪儿？"

"啊？"江暖在电话那头愣了愣，过了一会儿才说，"疏忽了，把你当成我们的老员工了，忘了告诉你，我们团建的第一天，一般都要去养老院走一遭。

"今天老大和容与他们会比较忙，你跟着我。我们先不在电话里聊了，等会儿吃早餐我慢慢给你讲，你先起床……还有，今天可能会走很多路，别穿高跟鞋……"

吃早餐的时候，陈恩赐在江暖的科普中，得知这边气候好，养老院多，银河大厦跟这边的一家养老院去年达成了合作，这家养老院成了他们护理机器人的试验点。

有关医疗机器人的几大种类，陈恩赐在秦孑那边都已经有所了解，上次秦孑带她去医院看的那个医疗机器人属于手术机器人。除此之外，还有江暖所说的护理机器人，是用来分担护理人员烦琐工作的，可以帮助医护人员确认病人的身份，并能准确无误地分发所需药品，还可以给病人定时测量体温、血压、清理病房，以及帮助病人通过视频的方式和医生沟通。另外，除了这两类医疗机器人外，还有为残疾人服务的机器人，能让残疾人恢复独立生活能力，为一个家庭减少很多麻烦。

见过手术机器人的三头六臂后，陈恩赐到了养老院，看到穿梭在楼里的护理机器人，顿时觉得可爱极了。

护理机器人每一个都是大大的脑袋、圆圆的身体和短小的四肢，这些机器人的脑袋上，还顶着两个耳朵，看起来像猫又像狗。

除了秦孑、容与和唐久三个人不知道去了哪儿，银河大厦的其他人都来了养老院。

因为有护理人员，有护理机器人，所以并不需要大家做什么。老人常年在养老院，见到这么多人很开心，一个赛过一个的能聊，银河大厦的这些员工竟然在陪聊上一个比一个有耐心。

中途，陈恩赐去了一趟洗手间。回来时，她看着一群老人和一群每天奋战在科研道路上的人围在一起的画面，心底莫名有些感动。

陈恩赐远远地看了一会儿，才走上前，然后听到其中一个老人说："说来说去，真的很感谢你们每年给我们的资助。"

资助？

陈恩赐在江暖身边坐下后，轻轻地推了下她，凑到她耳边问："是捐款的意思吗？"

"对啊。"江暖将头歪向陈恩赐，"你跟老大那么熟，你不知道吗？老大大多数收入都捐出去了……"

陈恩赐皱了皱眉心。

大多数收入……那应该是相当大的一笔数额。就算每次捐赠的资金很少，但日积月累下，也是很惊人的数字，怎么外界一点儿风声都没有？在这样资讯发达的时代，这种事情那么吸引眼球，不应该没有媒体爆料呀？

更何况，自从秦孑研发的医疗机器人问世后，名声大噪，堪比娱乐圈的顶流明星，媒体不可能放过深挖他。

江暖见陈恩赐一脸蒙，略感诧异："啊？你真不知道啊？"

陈恩赐摇了下头。

"我还以为你知道这事呢。毕竟你跟老大以前在一块儿过，现在你们每天一块儿下班，我们都以为你们……"江暖反应过来这是两人的私事，连忙收住了后面的话。

陈恩赐倒是没太在意，过了两秒，才低声问："我怎么在网上从没看到过这方面的消息？"

"网上怎么可能会有，老大做这些事情，本身就不是为了赢取大家的夸赞，所以每次捐赠都是签了保密协议的。像这家养老院，虽然是我们的试验点，但这里所有的护理机器人，全都是我们银河花的钱，因为现在还没推广商用，所以这些机器人除了拿到一些奖金外，都还没怎么盈利。其实公司每年的研发也是要大量资金的，但是在公益方面，老大一直没落下，不单单是养老院，还有贫困地区、希望小学、福利院……"

江暖掰着手指，给陈恩赐简单地举了一些例子，然后又说："我们搞科研的，听着很风光，其实收入有限啦。我们还算是出了成功案例的，已经很不错了。那些捐款，实际上大多数都是从老大腰包里出去的，不过他用的都是银河的名义……

“老大平时看着是很有距离感的一个人，怎么说，就是那种让人可望而不可即的感觉，但实际上他挺接地气的。就拿捐款这事说吧，他完全可以归于自己名下，但是他没有。就像是医疗机器人，他采访时，虽然话不多，但你知道他那些不多的话里说得最多的词是什么吗？

“是团队。

“他总是说，整个团队，银河整个团队，负责医疗机器人的整个团队……他其实出力最多啦，但是他从没想过把功劳揽在自己身上。总之，老大真的是一个让人感到心底很温暖的人。”

看得出来，江暖是打心眼里崇拜和敬佩秦孑，不怎么爱说话的她提起秦孑，就像打开的水龙头，滔滔不绝。

“你知道，老大做过的最让我敬佩的事是什么吗？

“前年，老大出了一大笔资金，资助了一所高校，培养 AI 这方面的人才，重要的是，这些人才不是为银河培养的。其实那会儿很多人是无法理解的，包括容与在内，因为容与觉得这么一大笔资金砸进去，而且是看不到尽头地砸，真要是砸出来了人才，却不是来银河，那太亏了。你知道当时老大说了句什么，说服了容与吗？

“老大说，不需要来银河，只要在 Z 国就好。

“其实，就我而言，我可能没有这么高尚，但是我当时听完，真的很感动。

“讲真的，这些年，我也无法理解老大在这件事上的做法。直到去年，我们好不容易说服了一个留在美国的科学家回国，所有的手续都办完了，在临登机之前，那位科学家没能回来，被扣留了。那一刻我才懂，老大做这件事的真正意义。

“以前的我们，各方面都落后，需要留在国外的各种人才回国，想想钱学森，为了让他回国，整整用了五年的时间。但是现在不一样，我们完全可以培养自己的人才，那就一定要人才出自我们自己手中。”

江暖停下来后，看陈恩赐愣愣地盯着虚空处出神，有点儿不好意思地笑了下：“不好意思啊，大明星，我好像说得有点多。”

陈恩赐回神，冲江暖笑了下：“没。”顿了顿，她又说，“我就是在想……”

“想什么？”江暖见陈恩赐不说话了，凑过来问。

陈恩赐摇了摇头，笑着说：“没什么。”

江暖“哦”了一声，指了下不远处的冰箱：“我刚话说多了，有点渴，去拿瓶水。”

起身后，江暖又问：“给你也拿一瓶？”

陈恩赐笑着说了声：“谢谢。”

等江暖离开后，陈恩赐低头，抠起了手机屏幕。

她知道秦孑很优秀，不管是五年前，还是五年后，但她并不知道，他不仅仅是很优秀。若不是江暖突然说起这些，她想都不敢想秦孑骨子里竟然藏着这样的大义和大爱。

陈恩赐刚刚愣神时，想的是，她从来不知道，秦孑是这样的一个人……

若不是话到嘴边，她及时回了神，怕是当着江暖的面，她就将这句话说了出来。

他明明是她认识的那个秦孑，可好像他又不是她认识的那个秦孑。

“给你水。”江暖坐在陈恩赐身边，将一瓶水递了过来。

陈恩赐又说了句“谢谢”，拧开瓶盖。喝了小半瓶水后，她扭头问：“暖姐，你们有因为选择这条路，后悔过吗？

“你们是成功了，可能不会后悔；可若是失败了呢，你们会后悔吗？或者……会放弃吗？”

江暖停了喝水的动作，想了好久，才摇了摇头：“我不知道。

“就像是你说的，我们是成功了，所以不会后悔；但若是失败的话，也许会后悔吧，也许也会放弃。因为失败真的很消磨人，一次又一次的失败，会让你看不到尽头，那种感觉，该怎么说，比绝望还要煎熬。

“我们是熬了七年才成功的，这七年里，我们失败过很多次，我记得最惨的一次，整个团队差点散了。那会儿的老大，我觉得他可能也是想着要放弃了吧……不过我不知道是什么改变了他的想法，他最后还是咬着牙决定再拼一次……那一年，老大瘦了十斤……吃了半年抗抑郁的药……”

抗抑郁的药……陈恩赐张了张嘴，过了好半天，才憋出一句话：“什么时候的事呀？”

等她把话说完，才发现，她问出那句话时声音是微抖的。

“我想想啊……”江暖小声嘟囔着时间，“去年，前年，大前年，大大前年……”

江暖恍然出声：“我想起来了，就是五年前的这个时候……”

五年前的这个时候……秦孑和陈恩赐是五年前的夏末分的手，也就是说，是他们分手后大概四五个月时发生的事？

陈恩赐心底有说不出来的沉闷：“那他那段日子，是不是很……难？”

“蛮难的，那会儿资金链断了，团队最初的人，撑不下去的撑不下去，转行的转行，回老家的回老家，结婚生子的结婚生子，总之散了个七零八碎，就剩下来四个人……大家还天天吵架。那时，压力大，看不到希望，谁都控制不住脾气，今天不是你心态崩了，就是他心态崩了……有时候可能就是说话声音大点，都能吵起来，现在回头想想，那个时候简直是一团糟……

“那种把人简直能逼疯的日子，大概维持了三个月的时间，后来资金实在是缺得厉害，大家已经凑不出来钱了，老大便把房子给卖了。”

江暖像是回想着什么般沉默了片刻，突然说：“我对上了，就是卖完房子后，老大开始吃抗抑郁症药的。”

陈恩赐怔了好久，问：“是……S城的房子吗？”

江暖说：“对，S城的房子，也是那个时候，我们来的J城。”

陈恩赐默不作声。

江暖还想再说点什么，突然眼角的余光扫到几个人进了养老院。她收住到嘴边的话，用胳膊轻轻地撞了下陈恩赐：“老大他们过来了。”

陈恩赐回头，看到秦孑、容与他们冲着这边走来。夕阳西下的光，从秦孑的身后打来，在他肩膀上勾勒出一道金边。

因为逆着光的缘故，秦孑的脸隐藏在阴影里。直到他走近，陈恩赐才看清他的眼在望着她。

他和她对视了片刻，不知怎的，她的心忽地漏跳了半拍。

下一秒，陈恩赐就飞速地移开了视线。她捏着手中的矿泉水瓶，整个人莫名有些慌张。

陈恩赐没太留意身边的情况，她隐约能听到秦孑和养老院里的老人讲话的声音。

他明明就在她身边不远处，可她却觉得他的声音很遥远，像是从另外一个时空传来。

起先，她还能听清楚他说的话；到了后面，他的声音变成了“嗡嗡嗡”的响声；再到后来，她什么声音都听不到了……

“老大。”江暖见秦孑走来，连忙起身，把自己的位置让了出来。

秦孑对着江暖点了下头，将椅子往后稍稍拉了一些，坐下。他见身边的小姑娘没看自己，一个劲儿地在抠手机屏幕。

陈恩赐的手机屏保是她的照片，她指尖抠的地方，恰好就是她的脸。秦孑看着她这举动，忍不住有些想笑，将头往她跟前偏了一下：“你的脸快被你抠烂了。”

“啊？”陈恩赐扭头看了眼秦孑。

和他眼神刚对上，那种心慌的感觉，就再次爬满了她的胸口，陈恩赐条件反射地躲开他的视线，压根儿没听到他刚刚说了什么。为了掩饰自己的异状，她将手中的矿泉水往秦孑眼前一递：“你刚说你想喝水来着？”

他明明说的是：你的脸快被你抠烂了。

秦孑扫了眼只剩下半瓶的矿泉水，扭头又看向陈恩赐。

两人视线又一次撞上，陈恩赐呼吸一滞，下一秒就慌里慌张地拧开瓶盖：“你到底喝不喝？”

秦孑挑了下眉，抽走陈恩赐喝了一半的矿泉水。他盯着粘在矿泉水瓶口处的口红，看了一会儿，然后将水递到了嘴边。

悄悄深吸了两口气的陈恩赐，总算镇定下来了，她扭头看向秦孑，一惊：“你干吗喝我的水？”

秦孑一愣。

三秒后，秦孑将矿泉水从嘴边拿下来，递给陈恩赐：“那还你？”

陈恩赐毫不犹豫地抱走自己的水。过了一会儿，她反应过来刚刚是自己硬把自己喝过的水塞给秦孑喝的。耳根莫名有些发热，她将矿泉水递到嘴边“咕咚咕咚”喝了两口。

喝完后，她又反应过来，这水是秦孑刚刚喝过的，她耳根顿时更烧了。

仓促之下，她脑子一抽，又将水递到秦孑面前：“算了，还是送你慢慢喝吧。”

秦孑轻笑一声，将头偏向陈恩赐耳边：“我怀疑你在勾引我。”

陈恩赐呆愣了下。

十秒后，陈恩赐看了眼自己递向秦孑的水，她脑子轰地炸开了。她把他喝过的水要回来，喝了两口已经够尴尬了，现在竟然还把自己喝了两口的水，又还回去让他喝……

陈恩赐暗自咬了咬牙：“我就是跟你开个玩笑……”

说着，陈恩赐将递出去的水急忙收了回来。只是她的手刚撤了不过一下，秦孑就握住了她的手，将水递到自己嘴边，一口气喝光了。

吞咽下最后一口水，秦孑才松开陈恩赐的手腕：“不好意思，我当真了。”

从养老院回来，陈恩赐才发现自己出门时忘记拿房卡了。

陈恩赐只好回到一楼大堂，报了房间号和身份证号的后四位，等着前台小姐补房卡。

约莫半分钟后，她拿到房卡，道了声“谢谢”。

陈恩赐刚想转身走人，就听到旁边传来了一道熟悉的女声：“您好，麻烦您帮我查下顾君逢住在哪个房间？”

陈恩赐微侧了下头，眼角的余光往旁边瞥去。

陈荣站在前台前，从小不太喜欢笑的她，因为戴了一副墨镜，看起来比平时更冷然几分。

陈恩赐并未将偶遇陈荣太当一回事，她虽从小和陈荣在一个屋檐下住过十年，但说话的次数少之又少。

两个人年龄相仿，林菀尔为了不让自己落下一个恶毒后妈的名声，陈荣上最好的学校，陈恩赐也有幸跟着一起上最好的学校。

在家里，陈恩赐和陈荣都没什么来往，更别提在学校里了，就跟陌生人一样。直到毕业，除了学校能看到档案的几个老师外，基本上没什么人知道陈恩赐和陈荣是同父异母的亲姐妹。

陈恩赐知道自己是死要面子活受罪的性格，若她是傲娇的话，那陈荣就是傲，没有娇。

林菀尔最早是陈青云的秘书，在陈青云老婆刚怀孕时，她就跟陈青云搞在了一起，虽然陈家的人表面不说什么，但背地里还是有些看不起林菀尔的。

林菀尔为了让自己在陈家立住脚，把所有希望都放在了陈荣身上。所以，林菀尔从小就对陈荣要求苛刻，要她说话有涵养，要她懂茶道、懂音律、懂诗文。

陈恩赐初来J城时，陈荣就已经是陈家最优秀的存在了。在学校里陈荣是次次能考状元的才女，回到家里是林菀尔带出去长面子的艺术品。

陈荣也真的挺争气的，没让陈青云和林菀尔丢过一次脸。

说起来，真不怪陈荣傲，她也是真的有傲的资本。

比起陈荣，陈耀就幸福多了，陈家独子，陈青云宠，林菀尔更是溺爱。在陈恩赐这个算得上“局外人”的眼里，她觉得陈荣蛮可怜的……那种可怜是没有自我的可怜，陈恩赐小时候不止一次撞见过陈荣因为一个错别字丢了0.5分，被林菀尔罚抄写。陈恩赐记得有次陈荣被罚，又要抄写，凌晨一点多陈恩赐醒来上洗手间，发现陈荣屋里的灯还是亮着的。

第二天下午五点钟，陈恩赐跟秦孑他们一块出了个海回来。一进酒店大堂，她又看到了坐在休息区，面前摆着一壶咖啡，低着头正在看文件的陈荣。

陈恩赐忍不住往陈荣那边多看了几眼。

是她的错觉吗？她怎么觉得陈荣不像是来这里工作，更像是……守株待兔。

在海边玩了大半天，衣服鞋子里灌满了沙子，陈恩赐回到酒店房间，花了足足一个小时仔仔细细地洗了三遍澡。

大家约的是六点半西餐厅见，陈恩赐六点四十分才从房间里走出来。

陈恩赐以为秦孑他们直接去西餐厅等她了。没想到，她从电梯出来，竟然一眼就看到秦孑坐在刚刚陈荣坐的地方，而陈荣已经不见了踪影。

秦孑见陈恩赐出来，起身走到她跟前。

酒店很大，西餐厅建在能看到海的山顶，陈恩赐和秦孑搭乘酒店的摆渡车，吹着舒缓的夜风，用了十分钟的时间，才到了西餐厅门口。

容与和唐久已经订好了位置，除了他们外，还有江暖和那个高考状元何尝。

何尝真不愧是书呆子，来吃个晚饭，还捧着一本厚厚的书。陈恩赐靠近后，才发现上面全都是密密麻麻的英文。

秦孑帮陈恩赐拉开了椅子，见她半晌没坐，抻长着脖子看何尝的书，忍不住伸出手敲了敲她面前的桌面："别看了。"

陈恩赐收回视线，整理了一下裙摆，刚想优雅地坐下，秦孑就又补了句："看了也是看不懂，白费眼睛。"

陈恩赐"啪"地轻一拍桌，重重地冲着椅子坐了下去。

看着小姑娘一秒破掉女神形象，秦孑轻笑了一声。

他们坐的位置极佳，正对着山脚下的海滩和落日。

秦孑接过服务员递上来的菜单，递到陈恩赐面前。

看在美景的分上，陈恩赐刚想原谅秦孑，秦孑又出声了："来，看点能看得懂的。"

"你信不信我把菜单拍你脸上。"陈恩赐刚想抓起菜单，眼角的余光就看到了……"兔"。

不对，是看到了顾君逢。

顾君逢选的是两人桌，他面前坐着一位打扮靓丽的女人，那女人并不是陈荣。女人比陈荣年轻很多，穿着有些浮华，一身的知名品牌。两人不知道在谈些什么，女人笑得很开心，还将手伸到了顾君逢面前。顾君逢执起她的手，递到嘴边深情款款地吻了一下。

陈荣说她是顾君逢的女朋友……那顾君逢面前的这个女人又是谁？

演过不少部狗血天雷言情剧的陈恩赐，脑海里迅速浮现出十八个版本的渣男设定。

顾君逢和他那个女伴很早就离开了，走的时候两个人还挺亲密，顾君逢那个女伴只差没用520胶水粘在他身上。

过了一个小时，陈恩赐几个人才离开西餐厅，搭乘摆渡车回到酒店大堂。陈恩赐一下来，就看到了陈荣和她守了一天的"兔"。

顾君逢穿的不是刚刚在餐厅里吃饭的那套衣服，想必是回过房间。他身边不见了那个女伴，头发半湿着，应该是下楼之前刚洗过澡。

陈荣还是那种高傲的白天鹅姿态，顾君逢笑着跟她讲着话。

陈恩赐对他们的聊天不太感兴趣，好在他们站的地方比较靠近他们住的那栋楼的电梯，和陈恩赐几个人去的电梯恰好相反，所以也撞不上面。

不过在陈恩赐进电梯之前，她看到对面的电梯门打开，顾君逢的那个女伴穿着一件男士衬衣，光着两条白生生的腿从里面走了出来。那女伴看到顾君逢和陈荣，一点儿也没有要躲开的意思，反而还黏了过去，直接当着陈荣的面抱住了顾君逢的胳膊。

那女伴的头发也没完全吹干，一眼能看出来是刚洗完澡就下楼来了。

顾君逢和这女人早一个小时便离开了西餐厅，这一个小时里，两个人换了衣服还洗了澡，在酒店房间里发生了什么，不言而喻。

陈恩赐不太喜欢陈荣，这种不喜欢是因为林菀尔，她和陈荣之间倒是从未有过什么矛盾。

陈荣喜欢顾君逢，陈恩赐上高中时就知道了。陈荣追的顾君逢，追了七八年，直到大学才追上。陈荣当时拿到了美国高校的邀请，但为了顾君逢留在了国内。

现如今发生了这样的事情，陈恩赐觉得自己应该是高兴的……毕竟林菀尔当初做小三，如今她女儿被别的女人抢了男朋友，也算是一报还一报。可不知道为什么，这种高兴的情绪并未在陈恩赐心头盘踞多久，更多的是说不出来的烦躁。

陈荣和陈恩赐没关系，虽然她们身上流淌着一半相同的血缘，但陈恩赐和陈荣还不及她和认识不过两个多月的江暖熟。

所以，陈荣这事儿和陈恩赐没关系。

陈恩赐这么想着，可她进电梯后，看到陈荣隐忍着怒气和难过，不肯让眼泪落下来的表情，她胸口堵着的那抹烦躁更盛了。

回到房间，陈恩赐丢下包，倚着门站了一会儿，突然嘴里就骂了句脏话。

过了几秒钟，她又骂了个脏字，然后下一秒就转身拉开门走了出去。

从电梯出来，回到一楼，陈恩赐冲着刚刚陈荣和顾君逢站的地方望去，那里已经没了他们的踪影。陈恩赐皱着眉四处看了一圈，富丽堂皇的酒店大堂，除了酒店服务人员外，只有很少数的人匆匆经过。

陈恩赐不太确定事情是不是就此平息了，她想了下，还是走到礼宾部，询问了下寸步不离大堂的保安："刚刚B栋楼电梯前站着的一个男人和两个女人，他们是上楼了吗？"

陈荣那么要面子的人，肯定不会当场跟顾君逢翻脸，但当时那样的情况，也够引人注意的。尤其是在这里枯燥值班的保安，看到那样戏剧性的画面，即便不知道因为何事，也会多留意几眼。

如陈恩赐想的那样，保安的确留意到了那一幕，他指了下酒店通往露天游泳池的侧门："他们往那边去了。"

"谢谢。"

夜里的露天游泳池没什么人，陈恩赐从大堂出来，一眼就看到了游泳池尽头站着的三个人。户外光线昏暗，三个人并未察觉到陈恩赐的靠近。等她能完全听清楚三个人的讲话声后，她就近找了个躺椅，瘫在了上面。

“顾君逢，你所谓的出差，就是带着一个女人来H城？

“你所谓的出差，就是今天下午，在免税店消费了三十七万？”

陈荣从包里翻出了厚厚的一沓消费单，一张一张地举到顾君逢面前读给他听：“化妆品，Gucci，miumiu，卡地亚，RV的鞋子……

“顾君逢，你能给我解释一下，这些东西你是买给谁的吗？”

顾君逢没说话。陈荣转头看向缩在顾君逢身边的那个女人：“脚上的鞋子，是RV的吧？看着很新，今天刚买的？”

“腕上的这条手链，卡地亚的？还有耳钉miumiu的……”陈荣的视线，绕着女人上下扫了一圈，冷笑着道，“挺巧的嘛，下午顾君逢刷单的品牌，你身上都有。

“我现在蛮好奇的，是不是我去你们房间逛一圈，这些消费单上在你身上找不到的其他品牌，也都能看到？

“哦，不对，你们两个来H城好几天了，指不定除了这些品牌，我还能看到更多的品牌……”

女人瑟瑟发抖地往顾君逢身后躲了一下。

“你躲什么呢？心虚吗？不对，心虚什么，已经摆明了的事实，你有什么可心虚的？装可怜给顾君逢看，是不是？我还不知道顾君逢原来会喜欢你这种柔弱型的女人……”陈荣轻笑了一声，“顾君逢，你早说啊，早说你喜欢这种类型的，我就天天给你装这种类型的，你不说，我还以为你一直都喜欢公主型的呢……”

“陈荣，你差不多就行了，有什么事，能不能回J城，私下再说？非要在这里丢人现眼吗？”顾君逢语调不悦地打断陈荣的话。

陈荣无语道：“丢人现眼？我让你丢人现眼了吗？我没在大堂里质问你这些，不够给你面子？好啊，回J城说是吗？那我问你，今晚你是跟我这个正牌女友住在一起，还是跟你身边这位金屋藏娇住在一起？”

女人抓着顾君逢的胳膊，娇滴滴地喊了声：“君逢，今天是我生日，你说好陪我过生日的。”

顾君逢安抚般地拍了拍女人的手，对着陈荣说：“陈荣，还是刚刚那句话，我们之间的事情，回J城再解决，OK？”

“所以，你这是选择了她？好啊，没问题，顾君逢，咱俩也别回J城再解决了，就在这里解决吧。你把从我这里拿走的钱还给我。”陈荣说着，看向缩在顾君逢肩膀后的女人，“你不知道吧？顾君逢没什么正经工作，他现在开的公司，是我投的资，我分分钟可以撤资，让他完蛋。到那个时候，希望你的君逢还能带着你来H城，逛免税店，给你买Gucci，买miumiu，买卡地亚……”

“陈荣！”被戳了软肋的顾君逢怒意横冲，“你知不知道我为什么不喜欢你，就是因为你太把自己当回事了。你动不动就是这样趾高气扬的姿态，我早就受够了，你真以为自己是女王。”

“早就受够了？那你为什么不早说？为什么还要赖着我？别忘记了上周，是谁为了从我这里拿钱，给我又是按摩又是洗脚……”撕破脸的情侣堪比杀父仇人，在爱情里颜面扫地的陈荣，此时此刻只想着让顾君逢在他新欢面前也同样颜面扫地，甚至比她更狠，“哦，对了，这位女士，顾君逢给你洗过脚吗？不对，应该是，顾君逢，你给你妈洗过脚吗？”

顾君逢想都没想就抬起手，冲着陈荣脸上挥去。只是他的手还没碰上陈荣的脸，早就听不下去的陈恩赐轻笑了一声：“听了半天，我算是听明白了你们的故事，顾君逢拿着钱砸他身后的那朵楚楚可怜的小白花，陈荣拿着钱砸顾君逢……

“所以，小白花，你不应该脱光了衣服陪顾君逢睡，你应该脱光了衣服陪陈荣睡，你搞错金主了，知道吗？”

面对三个人既无语又震惊的表情，陈恩赐缓缓地从躺椅上坐了起来，她举着手机，一边往他们面前走，一边说：“哦，对了，顾君逢，我可是录着像呢，你那一巴掌到底要不要打，要打就赶紧打，好让我保存证据找警察叔叔，不打就放下来，我这么举着手机很累的。”

顾君逢恨恨地咬了咬牙，终究没敢动手，恼火地将胳膊撤了回来。他脸色极差，看着走近的陈恩赐，语气也很不友善：“陈恩赐，这好像跟你没什么关系吧，奉劝你一个公众人物不要跑来多管闲事。要是被什么娱记拍了，闹出新闻，你不嫌丢人，我还嫌丢人呢！”

“我当然不嫌丢人了，我又没有脚踏两条船，又没有劈腿。反倒是你，的确应该怕，不过真要是有娱记就好了，指不定你今晚这事还能上个热搜什么的，好让全国的女性睁大眼睛好好看清楚渣男究竟有什么特点。”顿了顿，陈恩赐又忍不住嘲讽了句，“是睁大眼睛好好看清楚吃软饭的渣男究竟有什么特点。”

顾君逢气得脸都红了：“你！”

“我怎么了？我说错话了吗？实不相瞒，我还真不是来多管闲事的，我就是看不惯你这种人，明明错的是自己，还要找一堆借口指责对方，说什么受不了别人趾高气扬的姿态，纯粹是自尊心在作祟，穷不可怕，可怕的是我穷我有理。”

顾君逢本就在陈荣骂自己时，窝了一肚子火，现在被陈恩赐劈头盖脸一通乱怼，更是气不打一处来。他想到陈恩赐在网上的那些烂名声，毫不客气地冷笑了一声："你看不惯我这种人？你有什么资格看不惯我这种人？一个不知道被多少男人勾搭过的人，也配看不惯我？"

陈恩赐眼神忽地冷了下来，盯着顾君逢看了一会儿，微点了点头："行吧，是我的错，对付你这种人渣就应该用最简单粗暴的方式。"

在陈恩赐话音落定的一刹那，她揪起顾君逢的领口，将他脑袋往下一按的同时，把腿往上一抬，直接用膝盖重重地怼在了他的鼻子上。

顾君逢只觉得鼻子一阵酸疼，随着眼泪溢出来，有温热的血也从鼻子里淌了出来。他整个人都还没反应过来究竟是怎么一回事，肚子就被人狠狠地踹了一脚，然后毫无准备的他，"扑通"一声摔进了身后的露天游泳池里。

伴随着浪花溅起，小白花一般的女人尖叫了一声，陈荣倒是冷着一张脸站在旁边毫无反应。

顾君逢在水里扑腾了好一会儿，才游到岸边，他抓着池边刚想从水里翻出来。怕高跟鞋伤到人的陈恩赐，将鞋子往旁边胡乱一踢，冲着顾君逢的脑门又是一脚。

顾君逢再次狼狈地摔进了游泳池，被呛了好几口水。他在水里扑腾了好一会儿，才将脑袋冒出来，边猛烈地咳嗽着边抬头看了眼正前方。看到赤着脚站在游泳池边的陈恩赐，他下意识地往对岸退去。

看到顾君逢这德行，陈恩赐侧了侧身，扫了一眼旁边目瞪口呆的小白花，叹了句："果然，揍一顿就老实了。"

小白花吓得一哆嗦，以为陈恩赐接下来要揍自己，瑟瑟发抖地往后退了半步："对不起，我不知道顾君逢有女朋友，我……"

小白花双眼一红，眼泪簌簌地落了下来："我不用你出手，我自己跳下去……"

都没等陈恩赐有所反应，只听"扑通"一声，小白花跳进了游泳池里，整个人潜在水下，连头都没敢露出水面，直接憋着一口气游到了对岸。

陈恩赐心说，至于吗？

顾君逢和小白花一上岸，几乎没敢多留，就进了酒店。

偌大的露天游泳池边，一瞬间只剩了陈恩赐和陈荣两人。

原本热闹狗血的地方，变得极其安静诡异。

过了不知多久，陈恩赐扭头看了眼陈荣，她没指望陈荣跟自己说谢谢，她就是想看一眼就走人。结果，她的视线刚碰上陈荣的脸，陈荣就出了声："你别指望我跟你说谢谢！"

陈恩赐一愣。

"你别以为我不知道，你就是专门跟过来看我笑话的，你出手也不是为了帮我，而是为了在我面前显摆。总之一句话，你也别太得意了，我不过就是瞎了眼看错了人。谁这一辈子没遇到过渣男，你不也一样吗？还不是被秦孑给甩了吗？”

陈恩赐忍着撬开陈荣脑袋看看里面装的都是一些什么屎的冲动，直接走到她跟前，伸出手将她往游泳池里一推：“你也下去吧。”下去好好洗洗你的脑袋。

陈恩赐寒着一张脸，往后退了半步，避开陈荣落水飞溅起来的水花，然后看到陈荣的脑袋从水里冒出来后，就转身气呼呼地冲着酒店大堂走去。

陈恩赐走了两步，感觉脚板有些疼，又退了回来。她捡起自己的鞋子穿好后，看都没看一眼因为呛水正咳嗽的陈荣，噔噔噔地潇洒走人了。

在陈恩赐目不斜视地直视着前方，穿过游泳池旁一张一张的躺椅时，突然某张躺椅上传来了一道声音：“下次打架，别穿裙子。”

陈恩赐吓了一跳，停下脚步，扭头看去，只见秦孑缓缓地从躺椅上慢悠悠地坐了起来。

秦孑扫了眼陈恩赐的裙子：“刚踹人下水的时候走光了。”

陈恩赐低头看了眼裙子，耳尖一热，什么话都没说，挺直着后背，继续往前走去。

秦孑懒洋洋地站起身，仗着自己腿长，慢悠悠地跟在陈恩赐身后。

在进酒店大堂时，秦孑突然出了声：“她哭了。”

陈恩赐知道秦孑口里的她是谁，她脚步微缓了下，但没停：“关我什么事。”

秦孑捕捉到在自己话音落定后，小姑娘脸上明显闪过一抹迟疑，但他没拆穿她的死鸭子嘴硬。

他在进酒店之前，又回头往后看了一眼，落水的女人还没从游泳池里出来，捂着脸在哭。

小朋友经常会路见不平拔刀相助，可这次她相助的对象，和她好像有点故事。

秦孑若有所思地盯着陈荣看了一会儿，才收回视线。他回过头，加快步伐跟上陈恩赐，然后和刚刚一样，状似无意地又轻飘飘地来了句：“她还在游泳池里没出来，会不会想不开寻短见？”

陈恩赐木着一张小脸，看起来很是不在意地“哦”了一声。

过了一会儿，她又说：“她寻短见关我什么事。”

秦孑清楚地看到小姑娘眼底已经有些不安了，却当作什么都没看到的样子：“我以为你会关心。”

“我又不是警察叔叔，我关心这些破事干吗？我有病吗？”陈恩赐冷着一张脸，往前又走了几步，扭头看了眼秦孑，“她……真的会寻短见？”

问完这话，陈恩赐嘀咕了句“我就是有病”，然后随手抓了个服务人员：“不好意思，游泳池里有个女人，情绪看着很激动，你过去看看吧，别闹出什么人命。”

服务人员听到这话，立刻匆匆地跑了过去。

秦孑侧头垂眸问：“你好像很关心那个女人？”

陈恩赐没说话，抬手按了电梯。

秦孑跟进去后又问：“你和她认识？”

陈恩赐依旧没说话，分别按了自己和秦孑的房间楼层。

电梯上行，在红色数字跳到2的时候，电梯门打开，陈恩赐走了出去。

电梯门前一秒关上，后一秒又被陈恩赐按开，她胸口憋着一股气，看着站在电梯里的秦孑：“有点烦，要不要去喝点酒？”

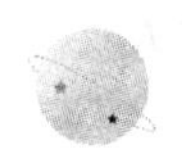

第二章
他先松了她的手

秦孑拎着一袋子的啤酒，刷开了房门。

坐在落地窗前的陈恩赐，不知道在想些什么，盯着窗外没反应。

秦孑走上前，将袋子往旁边的桌子上一放，看她还是没反应，掏出一罐啤酒，食指钩着拉环，轻轻用力拉开。他将拉环往袋子里一丢，将啤酒往陈恩赐脸上一贴：“给你。”

陈恩赐回神，道了声“谢谢”，接过来递到嘴边，喝了大半罐。

秦孑拉来一把椅子，往她面前随便一坐，给自己也开了一罐啤酒。他刚想喝，就见陈恩赐将手中空掉的易拉罐往地上一丢，冲着他摊开了手。

秦孑只好将递到嘴边的那罐，送了出去。

陈恩赐一口气连喝了三罐啤酒，才将心头的那股说不出来的邪火给压了下去。她捧着第四罐啤酒，盯着窗外的夜景看了一会儿，突然开口喊：“秦孑？”

秦孑：“嗯？”

陈恩赐盯着窗外沉默了一小会儿，才扭头对上秦孑的视线：“她叫陈荣，如果非要在法律上扯点关系的话，那她算是我妹妹。”

不管是五年前，还是五年后，陈恩赐遇到不开心的事，要么是搪塞敷衍过去，要么就是沉默不语。秦孑以为今晚也是这样，可他没想到，她竟然会主动跟他提起。

秦孑有些意外，但更多的是说不出来的惊喜。

这是他认识小朋友这些年来，她第一次跟他讲有关她的事情。

秦孑正想问“亲妹妹”？陈恩赐又说：“是那种只有一半血液是相同的妹妹。”

陈恩赐将视线又挪到了窗外，她喝了口酒后，继续说：“就是同父异母的关系。”

秦孑一下子就反应过来了问题所在：“她多大了？”

陈恩赐没说话，秦孑也没逼问。就在他以为她不会说的时候，她缓缓地闭上眼睛，说：“比我小两个月，五月二十八号的生日。”

同父异母、小了他家小朋友两个月……也就是说小朋友在她妈妈肚子里两个月大的时候，就有了个妹妹……

秦孑当然明白这是什么情况。

有关陈家的事，他是有所了解，但他并不知道陈青云原来还有一个妻子。在所有不了解真相的外人看来，都以为林菀尔是陈青云的原配，也都以为林菀尔给陈青云生了三个孩子，大女儿很少露面，二女儿优秀出色。

只不过秦孑很少涉及那些圈子，有所了解归有所了解，但并没见过陈荣，甚至到现在为止，连陈青云和林菀尔都没见过。

秦孑捏着易拉罐在掌心里转了两圈：“我以为你父亲只有一任妻子。”

陈恩赐转头冲秦孑“哈”地挑眉笑了：“所有人都是这么以为的。”

她笑得很灿烂，可秦孑却不知怎么回事，看着这个笑莫名有些心疼。

他好奇过他家小朋友为什么小的时候在乡下待过八年，可他怎么也没想到，还会有这样的情况。

“陈青云来J城发展的时候，压根没说过自己已婚，所以没人知道他的原配是谁……”陈恩赐冲秦孑又伸了一下手，秦孑又帮她开了一罐啤酒。她接过去后，边喝边说，“我也是很久之后才知道我有个妹妹和弟弟的……说出来你可能不信，我和陈荣在一个屋檐下住了十年，这十年里，我们说的话还没我和认识了两个月的江暖说的话多。

“其实我今天早上就看到陈荣了，我知道她在守株待兔……‘兔’就是那个渣男顾君逢。

“我们晚上在西餐厅吃饭的时候，我看到那只‘兔子’了，然后我们吃完饭回到酒店大堂的时候，陈荣逮住了她的‘兔子’。

“我跟你说，我当时挺得意的，林菀尔造的孽报应在了她女儿身上，陈荣她活该，谁让她摊上这么一个妈。可是我竟然跟个神经病一样，巴巴地跑过去多管闲事。”

陈恩赐从未跟人聊过自己的事。

她很小的时候就听过一句话，会哭的孩子有糖吃。也是在她很小的时候，她就懂得一个道理，不是每个会哭的孩子都有糖吃。

就比如她，哭了也没糖吃。

久而久之，她也就不会想着去哭了。

再久而久之，她会把自己最丧的一面隐藏起来，呈现给大家的永远都是积极和美好。习惯一旦养成就很难改，所以这些年来，不管是和她多亲近的人，她都没想过讲一讲自己的故事。

她不敢讲，怕被人瞧见了丢人，更怕给人增添不必要的麻烦。

这是她第一次对人讲起她家里的事，她起先以为会有些难以启齿，可当她真的开了口，她发现并没有想象中那么难说出来。

陈恩赐又伸出手，从秦孑手里拿了一罐酒。她酒量不怎么好，刚刚喝得又猛，已经有点轻微头晕，但意识反而更清醒了：“我真的挺烦的，我不管，我烦；我管了，还是烦。我真的是烦死了……

“我更多的是烦我自己，我觉得我好人没当成好人，恶人也没当成恶人，就这样不上不下卡着最难受，帮了人心底憋屈不说，别人还不领情……”

陈恩赐一口气灌完了剩下的大半罐酒，将空掉的易拉罐冲着地上狠狠一丢：“越想越觉得搞笑。”

陈恩赐自嘲地笑了一声，过了一会儿，又笑了一声，笑着笑着，突然觉得自己好像也不是那么烦了。原来对着人倾诉，也没有想象中那么恐怖，把憋在胸口里的话讲出来的感觉还不错。

秦孑又开了一罐酒：“还喝吗？”

沉浸在自己思绪中的陈恩赐，很轻地“嗯”了一声。

秦孑“咔嗒”拉开扣环，递给陈恩赐。

陈恩赐伸手接过啤酒，捧在掌心后，又垂眸笑了一声：“我觉得我今晚有点莫名其妙。”

秦孑以为她指的是帮陈荣，声线轻缓地说：“没有莫名其妙。”

五年前遇见的第一天，你肯为一个毫不相关的女孩路见不平拔刀相助；五年后被全网骂上热搜，污蔑误解的背后是为了送一个小男孩去医院；在私房菜馆，你冒着丢掉戏的风险为周桐解围；今天为了和你有一半血缘的陈荣出手，一点也不莫名其妙，因为……

“……你本来就是这个样子。”不但不莫名其妙，还有点帅。

陈恩赐没说话，她知道秦孑指的是陈荣，可她口中的莫名其妙指的是他。

她怎么就稀里糊涂地跟他说起这些了？这不符合她的人设啊，陈荣拿秦孑揭她短，她看到秦孑应该是暴躁得一拳头挥他脸上啊……

她不但没打秦孑，还跟秦孑坐在一起喝起了小酒，还对着他讲了五年前他们谈恋爱时都没触碰过的话题。

这种操作，好像不是第一次了……是从什么时候开始的呢？好像是林染搬家那天，她听到他没吃饭颠颠跑去银河大厦给他点外卖？也好像更早一些……她突然觉得自己很陌生，她到底是怎么了？

陈恩赐在醉意淹没意识之前，还是借着酒劲控诉了一下秦孑："陈荣讨人厌，你也一样……要不是你，陈荣根本攻击不了我……好气哦，陈荣居然拿着我被你甩了这事怼我……"

陈恩赐想上厕所，从沙发上摇摇晃晃地站了起来，经过秦孑身前时，脚往前迈了一步，又缩了回来："实不相瞒，我做梦都想把你搞到手，然后狠狠地把你踹了，再然后昭告天下，你，秦狗，是，我陈爷不要的男人！"

陈恩赐边说，身子边前后晃着。她一时没站稳，往前栽去，秦孑伸手扶了她一把。

陈恩赐甩开他胳膊，刚想离开，秦孑反手又拉住了她。他将她拽到自己面前，仰着头对上她的眼睛："给你一个机会踹我要不要？"

陈恩赐盯着他的眼睛，定定地看了好一会儿，然后笑了："不要。

"陈爷我好马不吃回头草……"

陈恩赐挣开了秦孑的胳膊，一边往洗手间走，一边又念了句："不吃回头草……"

进了洗手间，关上门后，陈恩赐嘴里小声念着的话，变成了："不敢吃，太疼了。"

从洗手间出来，陈恩赐没再回窗前，直接趴到了床上："不行了，我不能喝了，你自己慢慢喝吧。"

酒劲儿上来的她，没一会儿就睡着了。

秦孑坐在窗前，连喝了三罐啤酒后，长长地吐了一口气，然后回头看了眼床上的小姑娘。她没盖被子，房间里开了空调，感觉到冷的她，身子缩了起来。

秦孑起身，走过去，将她放进了被褥里。

她睡得很沉，酒意在她面颊上熏染出一抹粉。

他盯着她看了好一会儿，忽然低喃了一声："你真觉得当年是我甩的你吗？"

回J城的头一晚，银河的人聚了餐。他们选在了最出名的一家店吃了椰子鸡，然后一伙人分成三三两两的组合打车去了容与提前订好的KTV。

秦孑要买单，他们几个人便出发得稍微晚了些，因此也比大部队到得稍晚了一些。他们一推开包厢的门，就看见一群技术宅男各自捧着手机瘫在沙发上，谁也没去点歌，其中还有两个在聊着工作上的事。最出彩的当数何尝，在昏暗的包厢里，他居然用手机手电筒在看书。

"你们这一个个的都在干吗？我们是出来消遣的，不是让你们换个地点继续工作的……"容与走进包厢，一边喊服务员过来点单，一边毫不客气地揭短，"你看看你，何尝大才子，眼镜片都比你脚指甲盖厚多了，再捧着书看下去，就不是跟脚指甲盖比厚度了，而是比长度了……

“还有你，头发明显少了很多，女朋友还没吧，用点心到自己私生活上面吧……

“你你你喝什么咖啡，等会儿喝啤酒，喝醉了回去好好睡一觉，每天熬夜不要命啊，小心猝……”

容与说到这里，不知想到什么，忽然收住了后面的话。

秦孑、容与还有江暖的表情明显僵硬了一下，不过很快，容与就走到点歌台前，嘻嘻哈哈地转了话题：“总之一句话，今晚是出来放松的，宗旨就是不醉不归，你们别不珍惜这次机会，回了J城就是战场，无数个加班等着你们。”

在容与的聒噪中，一伙人收手机的收手机，停止看书的停止看书。

容与在训人的过程中，已经将酒水点好了。没一会儿，服务员就跟流水线般送来了一扎又一扎的啤酒。容与带头端了一杯酒：“来，干杯。”

众人举杯时，容与眼尖地瞄到何尝端了一杯水：“何尝，你干吗？换酒！”

何尝推了推眼镜框：“与哥，我酒量很差，这种度数的啤酒，我只能喝200ml。”

陈恩赐被何尝这种新鲜的说辞逗乐了：“那你喝199.9ml不就好了？”

“对，听我女神的，199.9ml。”容与拿了一杯酒，塞到何尝手中，强迫他跟着大伙儿一杯干。

那杯酒有没有超过200ml无人知道，但何尝喝完后，打了个酒嗝儿，然后狂欢之夜还没开始，他就“扑通”栽倒在沙发上没了反应。

在酒精的催化下，氛围很快就出来了，唱歌的唱歌，玩骰子的玩骰子……睡死过去的继续睡死着。整个包厢里鬼叫声、不成调的歌声、笑声交汇在一起，很是喧闹。

等大家唱得差不多了，喝得也都有点醉态但没醉时，不知是谁起的头，一包厢的人开始聊人生了。

喝了酒难免会满嘴跑火车，有人遗憾过去未完成的梦，有人怀念失去的人，有人懊恼后悔的事，有人想念逝去的亲人……然后也有人酒壮㞞人胆，嘴瓢下问了句：“老大昨天真的打架了吗？”

此话一出，话题很快就展开了。

“不知道啊，只是耳闻老大昨天在酒店里动手了，打的是谁？”

“真的去了派出所吗？还说什么是与哥去把人给保释出来的……”

“真的假的？老大打架为什么不喊我？”

“就你？细胳膊细腿，过去怕是敌军派来的卧底那一挂的吧？”

在大家你一言我一语中，陈恩赐转头看向秦孑，秦孑转头看向容与，容与转头看向唐久。唐久捂着胸口干呕了一声，然后就装成快要吐出来的样子，钻进了洗手间。

无人可盯的容与，将视线挪了回来，他看到秦孑还在凝视着自己，抬手蹭了蹭鼻尖：“那个……昨天你给我打电话的时候，小久就在旁边，听到了。”

秦孑没说话，依旧凝视着容与。

容与又蹭了一下鼻尖：“好吧，我就是昨天听到你被人带去派出所，一时没忍住，就迫不及待地分享给了小久，嘲讽了你一番。”

秦孑面无表情地扯了下嘴角。

容与无语道：“够了啊，差不多就行了，别忘了昨天是谁把顾君逢送去医院，陪到大半夜才回酒店的。”

秦孑面色一僵。容与瞬间反应过来自己脱口而出了什么。

包厢里依旧闹哄哄的，但陈恩赐、秦孑和容与周围仿佛加了一个隔离罩般，气压骤低。

容与赔着笑咳嗽了两声，然后也呕了一声，学着唐久快要吐出来的样子，跑到洗手间门前，“砰砰砰”地敲起了门。

秦孑冷着一张脸，将刚刚引出这个话题以及讨论这个话题的人，一一扫了一遍，最后视线落在了洗手间门上。

隔着门板，他仿佛看到了躲在里面的容与和唐久般，直勾勾地盯了好一会儿，然后气笑了。他这是造了什么孽，竟然招了一拆迁队。

专拆老板的台。

等秦孑将视线从洗手间收回来时，他眼角的余光扫到陈恩赐……小姑娘还在盯着他看。

秦孑当作什么都没看到的样子，端起酒杯，喝了一口。等他放下酒杯时，他眼角的余光瞄到小姑娘还在望着他。

秦孑清了清嗓子，决定也去一趟洗手间。

只是他刚有起身的动作，陈恩赐的手就按在了他的大腿上，阻拦了他的举动：“打架？”

秦孑一怔。

“派出所？”

秦孑闭紧了嘴。

“保释？顾君逢？医院？”

听到陈恩赐接连吐出的关键词，秦孑木着一张脸，一副只要我不说就代表我没做过的架势。

陈恩赐眨了眨眼睛：“我突然很想用这些词组造句。”

“秦孑和顾君逢打架了，被送去了派出所，容与将秦孑保释了出来，并将顾君逢送去了医院。”

秦孑别开头，避开陈恩赐的目光。

陈恩赐倾着上半身，将脑袋伸到秦孑面前：“秦老师，我刚刚的句子造得怎么样？如果你给我打分的话，会打多少分？”

秦孑僵着脖子将视线往旁边挪了挪，避开陈恩赐含笑的眼睛。许是喝了酒的缘故，陈恩赐胆子肥了许多，她伸出另一只手，将秦孑的脸扳了回来：“秦老师，我觉得我刚刚的句子造得特别酷，能得一百分，你觉得呢？”

秦孑这个人太狡猾，他要是做点事不想让人知道，那几乎是不可能被抓到把柄的。在陈恩赐的印象里，仅有两次这样的情况。五年前的加湿器和卫生巾是一次，而那次还是超市的女老板恰好告诉了她。今天是第二次。

五年前的那次，她只顾着感动了。五年后，她才发现看秦孑做好事被戳穿后的别扭样比感动有意思多了……

陈恩赐望着秦孑绷着一张俊脸一心装死的模样，越看越觉得可爱，越看越想笑。她努力地憋着笑，问：“秦老师，你为什么打顾君逢？”

秦孑实在有点坐不住了，微微起了一下身，想去洗手间。

陈恩赐加重了力道，将他按在沙发上：“秦老师，你别逃，你以为你逃了，我就不知道你打顾君逢，是因为他骂……”

秦孑忽然低头堵住了她的嘴。

陈恩赐后面的话，瞬间消失在嘴边。

陈恩赐都还没反应过来究竟发生了什么，意识到自己做了什么的秦孑，愣了下，就急忙偏开了头。

他吻得很快，不过短短的数秒钟，并未有人发现这一幕。

包厢里依旧闹哄哄的，可陈恩赐却像是得了失语症一般，呆呆地望着秦孑。她放在秦孑腿上的手渐渐没了力道，指尖情不自禁地屈了起来。

她软软的指尖隔着薄薄的布料，在他肌肤上留下一连串的微痒。秦孑喉结微动了动，抬手按住了她不老实的手。

他掌心的滚烫，让陈恩赐打了个激灵，下意识地坐正了身子。她目光微垂，盯着自己并拢的膝盖，正襟危坐在他身边，乖巧得像个小学生。

过了足足一分钟，她才缓过神来，刚刚他吻了她……虽然只是蜻蜓点水的一下。

他为什么要吻她？是被她的话逼急了？

他没经她同意就吃她豆腐，她是不是应该揍他一顿？

可这都过了好一会儿了，现在再揍是不是来不及了？

陈恩赐没喝多少酒，可她觉得自己大脑昏昏沉沉的，好像醉了。她下意识地想摸手机转移思绪，这才发现，她的手还被秦孑扣在掌心里。

陈恩赐偷偷地往旁边瞄了一眼，视线还没碰到她和秦孑叠在一起的手，就发现秦孑的手突然动了，她吓得急忙转回了目光。然后，她清晰地感觉到秦孑的手很小心地动了动，她以为他是要放开，结果怎么都没想到，秦孑竟然从压着她的手，变成了握住她的手。

陈恩赐大脑轰地炸开，感觉自己的醉意更浓了。

她不敢呼吸，还有些紧张，她的手在他的掌心里渐渐变得有些僵硬。

过了好一阵儿，她才后知后觉地意识到，她的第一反应应该是将手抽回来。

她指尖微动了一下，可最后还是没能使出力道，任由着他继续握着她的手。

秦孑也是握了一会儿才回过神来，他下意识地想松开，可他发现她的手在他掌心里一动不动。他下意识地侧头看了她一眼，发现她除了耳尖红红的，并没有任何奓毛和恼火的迹象。他犹豫了一下，还是没舍得放开。

小姑娘的手和五年前一样，软得跟没骨头似的，让他情不自禁地想要握得更紧些。

包厢里只开了氛围灯，光线有些昏暗，他和她交握的手，挪到了她和他的腿中间，以至于从洗手间回来的容与和唐久，穿过他们身边时，都没发现端倪。

一屋子的人闹来闹去，秦孑和陈恩赐两个人谁都没听进去一句话。

直到游戏黑洞容与提出玩游戏，大家都纷纷说好，然后游戏开始，轮到秦孑这边突然没了声音，大家才纷纷扭头看了过来。

容与撞了下秦孑的胳膊："秦狗，该你了。"

秦孑回神："什么？"

陈恩赐紧跟着回神，她看一屋子的人都看着他们这边，下意识地想抽回手，却被秦孑加大力道攥住。

容与道："什么什么？玩游戏啊，很简单的，遇到带8的数字就跳过，例如8、18、28……"

秦孑淡定地"哦"了一声："那我现在应该说多少？"

容与没想太多："我刚刚说的是6，你应该说7。"

秦孑："7。"

陈恩赐知道大家看不到她和秦孑握在一起的手，但还是有些紧张。她顿了三秒，才开了口，好在她刚刚有听容与重复游戏规则，没犯错："9。"

陈恩赐说完，轮到了江暖。江暖一边说了个"10"，一边问："大明星，你耳朵为什么那么红？"

顿时，陈恩赐脸更红了，连带着心跳都加快了。

就在她不知道该怎么回答时，秦孑特别淡定地接了话：“她喝酒就脸红。”

“有吗？我怎么不知道？”和陈恩赐喝过酒的容与小声地嘟囔了一句。

秦孑瞥了容与一眼：“今天才开始的。”

容与“哦”了一声，刚想再说点什么，秦孑又出了声：“该你数数了。”

容与扭头看向唐久，唐久前一秒喊了个“27”，后一秒没多想的容与脱口而出了句：“28。”

真游戏黑洞容与成功地成了第一个输的人。

唐久问：“真心话还是大冒险？”

容与都输出经验了，一点也不畏惧：“来吧，大冒险。”

唐久兴奋道：“来吧，交出你的手机，在通话记录里，从上往下数，第五个电话，打过去，说三遍‘我想睡你’！”

容与摸出手机，照着唐久的话去数，第五个好巧不巧是……林染。

唐久见容与迟迟不拨电话，问道：“怎么，不敢？”

容与冷笑了一声，按了电话拨出去：“开什么玩笑。”

说完，容与按了免提。电话响了三声，接听，没等林染开口说话，容与就咬了咬牙齿，开了口：“我想睡你，我想睡你，我想睡你。”

众人憋着笑，静等电话那头的回应。然而电话那头安静得出奇，始终没有任何声响。

若不是手机屏幕上通话时间一直在变，容与一度以为自己压根儿没打出去电话。

过了足足一分多钟，容与尝试着出了声：“染染？”

没人理他。

“染染？”

还是没人理他。

容与莫名有些紧张，也不管大冒险的规则是这通电话不能说出是在玩游戏，直接全盘托出：“染染，你别生气，我跟秦狗还有小久他们玩游戏呢，我输了，大冒险……不信你问陈兮，她也在……我……”

“傻×。”

手机里传出林染冷冷的声音。

唐久“扑哧”笑了一声，容与瞪了唐久一眼。唐久急忙伸手将上扬的嘴角手动拉了下来。

容与这才开口说：“染染，真的就一游戏，我还开着免提呢，你给我点面子啊，我回去给你买栗子……”

林染：“脸都不要了，要什么面子！”

林染骂爽了，直接将电话挂了。

唐久肆无忌惮地笑了出来，其他人虽不敢放肆，但也跟着笑了。

容与清了清嗓子，状似恼怒地说：“够了啊，给个面子。”

大家笑得更欢了，一点也不给他面子。

在一片笑声中，容与低头看了眼手机，挣扎了两秒，还是放弃了给林染发消息，直接把手机往兜里一塞，就嚷开了：“行了行了，游戏继续好吗？我29！”

秦孑：“30。”

陈恩赐：“31。”

江暖：“32。”

“……”

容与：“108。”

容与：“怎么又是我？”

“……”

容与：“168。”

容与：“我不玩了！这是什么狗游戏？！”

“……”

容与：“378。”

容与：“哪个傻子设计的游戏规则？”

“……”

渐渐地，大家口中的数字过了千，所有人也越来越谨慎了。

秦孑握着陈恩赐的手，始终没松开。陈恩赐感觉到他掌心出了汗，她其实很讨厌汗感的，可她并没有挣脱。不知道是紧张的，还是被他捂的，她掌心也出了汗，手心手背都湿漉漉的，她忍不住轻轻地动了动手指。她小小的动作，蹭到了他的掌心，勾得他没多想地用指腹在她食指上轻轻地摩挲了两下。

酥酥麻麻的感觉，让陈恩赐脑子里仿佛打雷般“轰隆”了一声，听到秦孑数出“1799”，她下意识地就跟了个“1800”。

输了一夜的容与，瞬间号叫起来：“妈呀，终于有人输了，而且还是我女神，我实在是太感动了，感动得要哭了。”

游戏的规则是输的前一个人问她选择真心话还是大冒险，陈恩赐在秦孑后面，在容与感动得痛哭流涕中，秦孑扭头问：“真心话还是大冒险？”

秦孑的指腹还在有意无意地蹭过她的指尖，只听到他后半句话的陈恩赐，张了张口：“大冒险吧。”

容与激动道：“秦狗，来个刺激的！”

“好的，来个很刺激的。”说着，秦孑看向了陈恩赐，“算一算1+1等于几？”

容与：“……”

唐久：“……”

江暖和其他人：“……”

陈恩赐眨了眨眼睛，又眨了眨眼睛。她怀疑秦孑在侮辱她。

小姑娘这是喝多了，算不出来了，在对他眨着眼睛卖萌求助？

秦孑等了片刻，见她还是没回答，将攥着她的那只手摊开，然后在她掌心画了个“2”。

陈恩赐一脸无语，秦孑就是在侮辱她，手心里的“2”就是证据。

这是还没反应过来？秦孑继续在她掌心画了遍“2”，他怕她感受不出来，接着又画了一遍。

陈恩赐实在是受不了了，攥住他的手指：“2！”

老板带头放水，其他人敢怒不敢言，游戏继续。陈恩赐开始报数，刚刚报了1800的她，只留意了个位数，没反应过来百位数是8，张口就来：“1801。”

容与兴奋道：“又输了，又输了！”

陈恩赐一脸蒙地看向容与：“我怎么输了？”

前一秒问完，后一秒陈恩赐反应过来输在哪里，她一脸恍然地“啊”了一声，然后就不吱声了。

秦孑被她的反应逗得低笑了一声。

陈恩赐眼神瞟了过去，秦孑立刻收住笑：“这次选什么？”

已经选过大冒险了，陈恩赐说：“真心话。”

秦孑刚想开口问话，就被容与阻拦了：“秦狗，真心话我来问，你总暗戳戳地放水，我怀疑你会问我女神今年多大了这种低级问题。”

秦孑扫了一眼容与：“你想太多了，我想问的是她叫什么名字？”

容与：“……果然低级！”

没等秦孑再开口，容与就迫不及待地看向陈恩赐：“女神，这次问题我来……嗯……”

容与想了一会儿，问：“女神，你和秦狗是不是复合了？”

容与的问题，成功使得一包厢的人全都将视线挪到了陈恩赐脸上。

这句话没什么，很好回答，可当这个问题甩到她脸上时，陈恩赐才反应过来她和秦孑还握着手，而他们什么关系都没有……

陈恩赐终于意识到自己究竟做了什么，大脑瞬间清醒了，她想都没想就松开了攥着秦孑的手指。和刚刚一样，她的手刚想抽走，就被秦孑更用力地握住了。

他的力道很大，握得她手骨有些疼。她挣扎了两下，没挣脱。

“女神？”

听见容与喊自己，陈恩赐抿了下唇，回：“没有。”

没等大家有所反应，陈恩赐紧接着就吐了个数字：“1900。”

江暖：“1901。”

“……”

数到3008时，容与又一次输了。他实在是输不起了，便嚷嚷道：“不玩了不玩了，我要去唱歌了！”

陈恩赐看大家一个个都已经露了醉态，再喝下去怕是都要喝倒了，便在容与起身之前，突然说：“我有件事要跟大家说。”

闻声，容与一脸期待地看向陈恩赐：“女神，什么事？”

其他人也都跟着齐刷刷地看向陈恩赐。

迎着大家充满笑意的面孔，陈恩赐突然有点开不了口。

“怎么不说话呀？”

“对啊，大明星，你说话啊？”

“大明星，你是遇到了什么麻烦吗？”

“麻烦也没关系，只要你开口，我们能帮的一定帮。”

“对对对。”

“……”

在大家的七嘴八舌中，坐在陈恩赐身边的秦孑，微垂着的眼眸往她这边扫了过来。

陈恩赐压下心头的感动，扬起嘴角笑了下：“没，我说的事很简单，就是我要走了。”

“啊？”一屋子的人瞬间愣住。

三秒后，容与悄悄地往秦孑那边看去。

秦孑脸上的神情没什么太大的变化，氛围灯在他脸上不断地转过，他眉目平静，看不出悲喜。

闹哄哄的包厢静得落针可闻。

陈恩赐沉默了片刻，又笑着说：“感谢大家这段时间以来对我的照顾，我跟着你们学到了很多东西，也了解到了真真正正的医疗和AI。

“我想接的那部戏，海选就在下周二，地点在S城。我的经纪人和助理，今天下午已经到H城了，他们就住在我们酒店，所以明早我就不跟你们同行回J城了，我要直飞S城，比你们的航班早两个小时。

“当然，我从S城再回J城，也不会再去银河了。”

陈恩赐清楚地感觉到，秦孑握着她手的力道在逐渐变小。就在她以为他要松开她的手时，她下意识地想要反握住他的手，可她指尖微动了下，还是停了下来。

她保持着微笑，面对着一屋子的人，继续说：“还有就是，今晚的单，我刚刚已经让我经纪人过来买过了，以此表示我对大家的谢意。”

等陈恩赐把话都说完了，一屋子的人才慢慢地缓过神来。

是啊，大明星本身就不是他们的同事，她是来体验生活的。纵使她再平易近人，性格讨喜，和他们的日常接触中，让他们一度忘记了她是一个大明星，可忘记归忘记，就像是白天鹅永远都不会是丑小鸭，大明星也终究还是要回到她那个光鲜亮丽群星璀璨的世界里。

包厢里的气压变得有些低，有些泪窝浅的人，借着酒劲儿直接红了眼睛：“这才来了多久呀，就要走了啊，以后再也没人给我寄快递了。”

“也没人下午点奶茶的时候，问我一句要不要喝了。”

“我得自己亲自跑去打印室打印文件了。”

“茶水间里的热水怕是要断了。”

“我也不能看到什么好看的衣服时，张口喊句大明星，就能知道是什么牌子什么价格了。”

唐久挠了挠脑袋，在大家的你一言我一语中，插了句：“也没人给我拍照解决我终身大事了。”

离别总是伤感的，陈恩赐最不喜欢的就是表露出这样的负面情绪，她只能笑道：“行了，你们别这样，我知道的，你们是不需要我做什么的，只是因为我一直打扰你们，问东问西的，你们怕我问的次数多了不好意思再开口，才故意指使我去做那些事的。”

“一开始是这样的啊，但是后来不是了啊，相处久了，总是舍不得的。”

“我不单是舍不得，我还有点难以接受。”

“时间过得可真快啊，怎么一眨眼，就要走了呢？”

陈恩赐知道银河的人对她很好，一开始大家是有所顾忌，可是后来也是真的把她当成了朋友。江暖会喊她一起去洗手间，何尝会指着她的奶茶说喝多了老得快……

就是因为真的成了朋友，有了感情，所以才会难受，也会在听到他们说这些看似很平常实则却充满温暖的话后，有些感动。

在娱乐圈那个追名逐利的环境中待久了，银河对她来说简单又纯粹。不只是他们舍不得，其实她也舍不得，可每个人注定都有每个人要走的路。

陈恩赐直接伸出左手，端起酒杯：“大家不要把气氛弄得这么伤感，又不是什么生死离别，以后再见不到了。”

“对对对，以后还是可以见到的！”

“大明星，你放心，你的剧我一定会追的，虽然我从不看电视剧，但我放在那里也会给你增加收视率的。”

“我要是有时间，你开什么线下见面会，我一定去。”

“我也去，然后我们搞个灯牌？”

“我觉得可以！”

气氛逐渐好转了，大家又开始有说有笑的。唯独坐在陈恩赐身边的秦孑，始终没说过一句话，也没动弹过一下。

陈恩赐扭头看了眼秦孑，想了想，说：“谢谢你啊。”

秦孑呆滞了一小会儿，才对上她的眼睛。片刻后，他点了点头，然后问：“什么时候知道海选日子的？”

陈恩赐以为秦孑是在跟自己闲谈，老实地回：“上上周就知道了。”

上上周就知道了……半个月了，她从没跟他提起。他和这一屋子的人一样，在她最后做告别时，才知道她要离开的事。

秦孑“哦”了一声，没再说话。他握着她手的指尖，收了一下力道，然后就挪开了。

被他抓了许久的手出了满手的汗，但在他手挪开的那一瞬间，陈恩赐却感觉到了一股凉意，顺着她的指尖，一路蔓延到她的胸口。她的心猛地跳了一下，莫名有些慌。

凌晨一点钟，大家散了。

陆星就等在 KTV 门口。陈恩赐从 KTV 出来之前，又跟大家道了一次别。

江暖拉着陈恩赐，又红了眼睛，陈恩赐笑着和她抱了一下。松开后，有人也跟着向陈恩赐张开了双臂，陈恩赐看了眼站在人群外的秦孑，然后回抱了对方。

有了第一个，就有第二个，陈恩赐跟整个银河的人都挨个抱了一下。直到松开容与后，她才发现，站在容与身边的秦孑……不知去向。

陈恩赐跟容与聊了几句，见秦孑迟迟没回来，忍不住问：“他呢？”

容与愣了一秒，才反应过来陈恩赐问的是谁。他往旁边看了一眼：“啊？不知道啊，刚刚还在呢……我给他打个电话问问……”

容与摸出手机，拨了秦孑的电话，却没人接听。

“奇怪了，秦狗该不会是喝醉了吧？”容与嘀咕了两声，抬头问，“女神，你找秦狗有什么事吗？要不我去洗手间帮你看看？”

陆星坐在车里等了许久，看了眼时间，还有不到四个小时就得去机场了，再磨叽下去一夜都别想休息了，忍不住拉开车门催道：“恩恩？”

闻声，陈恩赐扭头应了陆星一声，然后对容与说：“不用了，我也没什么事，就是跟他道个别，他不在就算了。”

顿了顿，陈恩赐指了下身后，又说：“他们等我很久了，我得走了。”

容与道：“那行，等会儿见了秦狗，我告诉他，到时候让他给你回电话。”

陈恩赐笑着点了下头，对着大家又说了句“再见”，然后转身钻进了车里。

车门自动关上，随着车锁“咔”地响了一声，车子缓缓发动。

陈恩赐扭头，往车窗外看了一眼。容与他们叫的车陆陆续续到了，门口站着的一群人走了一拨又一拨。直到车子开远，彻底看不到KTV门口一闪一闪的霓虹灯，陈恩赐也没看到秦孑出现。

陆星见陈恩赐盯着窗外走神，问：“想什么呢？”

“啊？”陈恩赐疑惑地转过头来，对上陆星的视线，沉默了几秒钟，“没想什么啊。”

陆星“哦”了一声，盯着陈恩赐的眉眼仔仔细细地观察了一会儿，说：“总觉得你心情不好。”

“哪有，就是喝了点酒，现在有点困。”陈恩赐胡乱地扯了个借口，靠在椅背上闭上了眼睛。

车子晃晃悠悠地往前开，陆星以为陈恩赐真的累了，没再打扰她。车内开了冷气，温度有些低，陆星从包里抽出一条围巾轻轻地披在陈恩赐裸着的双腿上。

陈恩赐睫毛微颤了下，左手不知怎的悄悄地摸上了右手。

她指尖微凉，手心手背的汗早就干透了……

他先握的她的手，也是他先松的她的手。

睡前，陈恩赐看了眼手机，很安静，没有秦孑的消息。

凌晨五点钟，陈恩赐被闹铃吵醒，第一反应是点开微信，不知何时被她放到置顶位置的秦孑的聊天对话框，还是没动静。

在去机场的路上，陈恩赐又拿出手机看了一次，她点开秦孑的头像，在对话框里敲了一行字。

——我出发去机场了。

想了想，陈恩赐长按删除键，将打的字清空，按灭了屏幕。

《生命》的海选有三轮，好的剧本，果然很多人都想抢，来试镜的女演员一个赛过一个的强：去年电视台收视率破 1 的爆款剧女主角、拿过视后提名奖的小花旦、科班出身被称为“90 后”最有潜力的新星……排除相貌条件，在这些人里，声名狼藉的陈恩赐真的属于吊车尾的存在。

第三轮海选结束后，陈恩赐真的有些忐忑不安，她思来想去，最后还是忍不住跟陆星摊牌：“星星，我为了这部剧付出了太多，也放弃了太多，无论如何我都必须要拿到这部剧……我当初不是跟你说说玩的，如果我现在真的很劣势很被动，你帮我跟他们透个底吧，说只要肯给我这部剧，我真的可以零片酬出演。”

零片酬出演……当初陈恩赐说动陆星陪着她疯一把时，的确说过这几个字。陆星以为她只是说说而已，未曾想到她竟然真的要这么做。

“恩恩，你知道零片酬出演代表什么吗？代表你接下来三个多月在剧组里白打工……就像你说的，为了这部剧，你之前已经有三个月在开天窗了，接下来再来三个多月，你……扛得住？”

早些年，陈恩赐的确是赚了一些钱的，但是买房要钱，买车要钱，明星花销偏大，出行、养团队、生活助理、家庭阿姨，哪哪都是钱……按照陆星对陈恩赐的了解，这样下去，她那点存款支撑不了多久的。

陈恩赐当然算过这笔账，她垂着眼皮，沉默了一会儿，抬头说："实在不行，你就把我的车卖了，反正我也很少开。再不行，就把我包卖了……"

陆星最终还是妥协了："你让我想想。"

事情进展得虽然不是那么顺利，但陈恩赐最后还是拿到了《生命》这部戏。

陆星接到电话时，第一时间冲到陈恩赐的房间，将这个好消息告诉她："恩恩，总算是尘埃落定了，这次能成功，多亏了两个人，一个是穆楚词，三年没拍过电视剧的他，是这部剧的男主角，是他点名要的你。"

"穆楚词？"陈恩赐对这个人很是疑惑，她和穆楚词曾经合作过，但并没交集，"不是，他为什么会点名要我？"

陆星被问得眼神躲闪了一下："这我就不知道了，可能他觉得你比较合适？"

没等陈恩赐深究，陆星就急忙抛出了第二个人："另外一个是你想不到的人……陈荣。"

尽管陆星已经知道了签约的情况，但《生命》的主制片人还是跟陈恩赐阐述了一遍合同的具体情况。

为了保证拍摄的顺利，剧组要求从下周一开始对所有演员进行培训。就连穆楚词这样的大咖都敬业到答应了这样的培训，陈恩赐自然不会搞特殊。

培训结束后，无缝隙连接进剧组，拍摄地点在W城，预计时长为三个月。

了解完这些情况后，陈恩赐跟编剧见了个面。编剧是个中年女人，微胖，大概是爱惜自己的作品，聊天的时候话语有些犀利，好在陈恩赐在银河待了那么久，能接得住编剧的话题。聊到最后，编剧因为担忧而紧绷着的状态明显松缓了许多。

该聊的都聊完后，主制片人让人把合同送上来，还是提醒了句："陈小姐，我再说一遍，这部戏零片酬，落笔无悔，所以您可以再考虑一下。"

陈恩赐没犹豫，直接提笔签了字。

签完约，回到酒店房间，陆星反复打量了陈恩赐好几次，总算发现了哪里不对劲："恩恩，你……为什么就算是零片酬，也要接《生命》这部戏？"

陈恩赐窝在沙发上玩手机，回道："不是早就告诉你了吗？想拍点可以让人记得住的戏。"

陆星还是不能理解："真的只是这样吗？不知道怎么回事，我总觉得除了这个原因外，还有别的原因。"

陈恩赐点着屏幕的动作顿了顿："你是不是例假要来了？这么敏感。"

陆星："我刚走没几天。"

陈恩赐："哦，那可能是内分泌失调了，又要来了。"

陆星一脸无语。

陆星看着懒洋洋晃着腿的陈恩赐，心底犯了嘀咕，兴许是她多虑了？

"行了，可能是我想太多了，你先休息会儿吧。我回我房间把我行李收拾下，我们回趟J城，然后就开始筹备培训和进组的事。"

陈恩赐"嗯嗯"了两声，等陆星走后，她心虚般地深吸了一口气。

陆星是属狗的吗？居然嗅出来她零片酬也要接《生命》还有别的原因……

别的原因……

陈恩赐的眼神一点一点暗了下来，她习惯性地点开了微信，置顶的秦老师，从她离开H城那晚后，就变成了僵尸号。

陈恩赐点了下秦孑的头像，将键盘点了出来。

——我成功拿到了我想演的角色。

和在银河时一样，陈恩赐习惯性地有什么事都会悄悄地给秦孑发个消息吐槽，唯一不同的是，那些消息一条都没发出去过。

有时候想想，在银河的那两个多月，秦老师和陈同学就像一场戏，戏落幕了，他和她心照不宣地变成了已分手的秦孑和陈恩赐。

习惯真是一件很可怕的事情。

大家从H城回来的第二天就来银河上班了。那天大家频繁出现差错，最开始是江暖，她拿着手机，往身后的办公桌前一递："大明星，你帮我看下这个口红色号是多少？"

看着空荡荡的桌子，江暖沉默了几秒，放下手机继续工作了。

之后的一天，办公室里时不时会响起和大明星有关的话。

"大明星，我要点下午茶，你喝吗？"

"大明星，帮我把这份文件打印下可以吗？"

"大明星，帮我接个电话，谢谢。"

"大明星……"

和习惯一样可怕的是时间。

一周后，整个银河顶层渐渐地习惯了没有大明星的日子，那些有关大明星的话也慢慢地没人脱口而出了。

半个月后，银河来了新员工，坐在了陈恩赐原来坐的位置上，空荡荡的桌子堆满了书籍和资料，大家慢慢地开始冲着那个位置喊"小达"。

从H城回来后，秦孑看上去并没什么变化，只不过他看手机的次数少了很多。

微信对他来说，又变成了可有可无的软件，有时候忙起来，一整天都不会点进去看一眼。不过每天晚上固定的十一点钟，秦孑总会点下微信，一天又一天，陈同学的头像上从来没有跳过一次红色的数字。

“想什么呢？”容与敲了敲桌面，唤醒了将亮着的手机看黑屏的秦孑。

“没什么。”秦孑放下手机，接过容与递来的文件，“就觉得自己又输了。”

“啊？什么又输了？”

秦孑没说话。

“你能不能说话别说一半，这种行为最招人恨了……话说，你到底输了什么？”

秦孑签了字，将文件往容与怀里一丢，一副打死都不可能再开口说话的架势。

“嘁，没劲，你一个人熬着吧，我下班了。”容与嘟嘟囔囔地走人了。

实验室里只剩了秦孑一个人，他解锁屏幕，盯着和那位陈同学定格在半个月前的消息，情不自禁地想到了五年前……

“你等着，看我回头怎么收拾你。”

一句话让陈恩赐脸烧得仿佛能滴出血来，她死鸭子嘴硬地顶了句：“你敢。”

“别的地方还真不敢，不过在床上……”

秦孑后面的话还没说出口，血色已经蔓延到脖颈里的陈恩赐，张口咬上了秦孑的肩膀。

她恼羞成怒的举动，惹得秦孑又有点想笑。他由着她咬了一会儿，等她齿间力道轻了一些，才说：“下次换边肩膀咬，这边都要被咬烂了。”

陈恩赐愤恨地抬起头：“哪有，我明明刚刚就咬了一……”

陈恩赐脑海里突然闪过昨晚的情形，她嫌弃他没完没了，不止一次地咬他的肩头，越咬他越过分……陈恩赐忽地停止了到嘴边的话，下一秒就将脸再次埋在了秦孑的肩上。

秦孑笑得后背轻颤了一下：“怎么脸皮那么薄？”

陈恩赐的声音闷闷的：“没有。”

秦孑又笑了一声：“不只薄，还爱哭。”

哭……陈恩赐脑海里闪过她哭着求他的画面，顿时宛如奓毛的猫，噌地从他怀里挣脱：“你！”

她红着脸嚷了一个字，就不知道接下去该说什么了。她暴躁地揪住他的衣领，用力将他拖起来，拽着他往门外走去：“你给我出来，客厅比较宽敞，看我怎么教你做人！”

秦孑弓着身，由着她拽着自己往外走了两步。快到门口的时候，他伸手揽住她的腰："小女朋友，打个商量，让你男朋友先忙会儿，晚上再说，好不好？"

陈恩赐往后扭了一下头，看到秦孑冲着旁边的床抬了抬下巴，瞬间反应过来他是什么意思。她拍开他搂着自己腰的手，怒气腾腾地扔了句"流氓"，"砰"的一声甩门走人了。

秦孑笑了声，整理了一下被她揪乱的衣服，坐回电脑前。对着屏幕打了一会儿代码后，他拿起手机，给因为害羞躲去隔壁的小女朋友发了条消息："晚上别反锁门。"

陈恩赐回了个："？"

秦孑动了两下指尖："想当流氓。"

陈恩赐一分钟发了数十个愤怒和持刀杀人的表情包。

秦孑忙归忙，晚上七点钟，没忘记给隔壁小女朋友投喂一顿晚餐。等他关了电脑，已差不多十点钟，洗了个澡，他直接推开了次卧的房门。

陈恩赐正坐在床上玩手机，听到动静，秒钻进被褥里装睡。

"别装了，隔着门都能听到你手机放电视的声音。"秦孑扔下毛巾，走到床边。

陈恩赐闭着眼睛装死。

秦孑废话不多，直接掀开被子躺在她身边。

陈恩赐身体下意识地一僵，但还是没睁眼。

这下，陈恩赐再也装不下去，立马摁住他乱来的手，掀开了眼皮："我明天进剧组。"

秦孑知道她明天早起要去横店，本来就没打算，不过习惯性没事儿逗一逗自家小女朋友的他，自然地接了句："说句好听的，就放过你。"

真怕他当流氓的陈恩赐想都没想就开了口："哥哥。"

秦孑指尖顿了下，搂着她缓了一会儿，发现本来没有的想法，却越发强烈了："搬了石头砸了自己的脚。"

"什么？"陈恩赐没睡着，睁眼看向秦孑。

秦孑低头，吻了下她的面颊："没事，你先睡，我去洗个澡。"

陈恩赐看着拎起手机走出卧室的秦孑，纳闷地问："你不是刚洗过了吗？"

秦孑："没洗干净。"

等秦孑再回次卧时，陈恩赐已经睡着了。他没吵她，轻轻地躺在她身边。

听着她均匀的呼吸声，他渐渐地困了。只是在睡得正熟时，他整个人毫无征兆地从床上摔到了地上。

地上铺了厚厚的地毯，摔下去并不疼，但从梦中惊醒的秦孑，还是蒙了好一会儿。他坐起身，盯着床上踢掉半床被子，将枕头睡到脚底的小女朋友，才意识到自己不是摔下来的，而是被刚交往了不到三十个小时的小女朋友一脚踹下来的。

再回到床上，秦孑直接手脚并用地将小姑娘锁死在怀中，然后踏踏实实一觉睡到了天明。

秦孑送陈恩赐去横店，依旧是租了辆车去的。

出发得有点早，陈恩赐没睡够，上车没多久就又睡了。等她再醒来，车子已经开到了横店的高速收费站。

从收费站出来，往前走两百多米，就是交警所，也是平安夜那天，陈恩赐告诉秦孑自己在哪儿的地方。想到那天找到陈恩赐时她脸上红肿的手指印，秦孑下意识地扭头看了眼陈恩赐，她脸上白皙干净，早就没了巴掌影子，但他还是问了句："平安夜那天怎么回事？"

陈恩赐一时没反应过来，"啊"了一声。

秦孑抬起手，指了指脸。

陈恩赐恍然大悟，原来他指的是陈青云甩给她的那一巴掌啊……

陈恩赐眼神飘向了窗外，语气很是自然："哦，那个啊，是拍戏的时候，为了演得逼真，导演说真打，跟我对戏的演员，没收住力气。"

秦孑蹙了蹙眉："他是故意的？"

陈恩赐急忙道："没没没，真的就是失手了。"

陈恩赐见秦孑像是信了，就歪着头问："怎么？要是他是故意的，你还想找个机会为你女朋友报仇不成？"

秦孑特淡定地"嗯"了一声："不过，不是找个机会，是等下到了剧组就去找他。"

到了剧组酒店，秦孑送陈恩赐到酒店房间。陈恩赐让秦孑随便坐，然后自己去了洗手间。

秦孑无聊，看到桌子上放着的剧本，随手拿起来翻看。陈恩赐戏份不多，秦孑看东西很快，没一会儿就将她已经拍过的戏扫完了。

剧本没问题。

有问题的是……剧本里根本没有那一巴掌。

秦孑以为自己看漏了，放慢了速度又扫了一遍，然后他才确定……他家小女朋友前不久在车上对他撒了谎。

洗手间的门被拉开，陈恩赐从里面走出来："你饿不饿，我们要不要一起去吃个午……"

看到秦孑脸上的表情，陈恩赐说话的声音戛然而止。她盯着秦孑看了一会儿，视线落在他手中拿着的剧本上，只是一瞬间，她就明白过来自己的谎言被戳穿了。

她站在原地，动也不动。

房间里很安静，过了不知道多久，秦孑抬起头来。

碰触到秦孑的视线，陈恩赐的呼吸都停了一下。

秦孑问：“你有什么要跟我说的吗？”

陈恩赐张了张口，看着他没说话。

秦孑和她对视了一会儿，似是在压抑着什么情绪般，腮帮子微微动了两下。然后，他又开了口，声调除了淡了一些，和平时没什么区别：“到底是谁打的你？”

陈恩赐还是没说话。

“行。”秦孑点了下头，极其不爽地将剧本往桌子上一扔，站直了身子，走了。

陈恩赐扭头看了眼被秦孑甩上的门，心底乱成一团。她不懂秦孑为什么一定要知道那一巴掌是怎么一回事，她并不想说，而且她觉得她不说也并不会影响到她和他什么。

陈恩赐正憋屈着，房门突然被敲响。拉开门，她看到是刚刚甩门离去的秦孑。

陈恩赐愣了愣，他不是走了吗？怎么又回来了？

秦孑面无表情道：“不是要吃饭吗？走吧。”

陈恩赐总觉得秦孑还在生气，可她又找不出来端倪，她“哦”了一声，跟着他出了门。

一顿饭吃得和从前没有任何区别，秦孑埋完单，从饭馆出来，突然又问了句：“还是不能说吗？”

怎么又来了？陈恩赐表情一僵。

秦孑等了一会儿，知道了答案：“行了，你好好拍戏，我走了。”

这次陈恩赐可以确定，秦孑是带着气走的，因为他关车门的声音很大，油门也是一脚踩到底，眨眼的工夫就飙没影了。

到底是陈恩赐先撒的谎，她有点理亏，在化妆的时候，想来想去还是给秦孑发了条消息：“开车慢点。”

秦孑没回她。

她一边等戏，一边时不时地摸出手机看一眼。在估摸着秦孑差不多快到S城时，她又给他发了一条消息：“到了吗？”

“女二号、男二号准备了——”不远处导演下了命令，陈恩赐放下手机去拍戏了。

还完车，秦孑又收到了陈恩赐的消息，他还在生着气，将手机塞进了口袋。回到家，他瘫坐在椅子上，前一秒打开电脑，后一秒就认输般地捞起手机，回了消息：“刚到。”

放下手机，他输入电脑密码，开始忙自己的事。忙着忙着，他就停了下来。他拿起手机看了一眼，这都过去三十分钟了，小姑娘竟然还没回消息……这是不开心了？

明明是她撒的谎，她不开心个什么劲儿？

秦孑丢下手机，暴躁地抓了把头发。

十分钟后，他一边拿着手机按屏幕，一边心想着，那哪是他小女朋友，那简直是他祖宗。

“我以后不会再问你不想说的事了。”

“对不起，别不开心了。”

“等你有天想说了，我随时可以听。”

那一巴掌，那次撒谎，就这样不了了之了。

剧组拍摄任务较重，拍摄时间也不规律，陈恩赐和秦孑的休息时间总是对不上，很难抽出大量时间煲电话粥，所以两个人的联系绝大多数都是靠微信。

陈恩赐每天都会跟秦孑分享下剧组里的动向。

“今天我拍打戏，好过瘾！”

“那个女三号不知道是哪里挖来的，演技太差了，害我在半空中吊了三个小时威亚。”

“我申请了个微博账号，陈恩赐，还认证了。我还给你申请了个微博账号，名字叫：陈恩赐全球后援会会长，这是男朋友才有的待遇。”

“你看到我发的微博了吗？作为男朋友，作为我的全球后援会会长，你是不是应该第一时间去点个赞，转发一下。”

“哇，你转发得如此敷衍吗？好歹加句话可以吗？我给你想好了，就这句——你与星河，皆可收藏，未来余生，刺猬永相随。”

“我终于把我的戏份都拍完了！”

“今晚雨夹雪，剧组外景没办法拍，改成拍内景了，但是没我戏份，美滋滋，我终于可以回酒店好好睡上一觉了。”

秦孑是十分钟后，看到的这条消息，有两天没听到陈恩赐声音的他，直接给她去了个电话。

手机响了好几声，陈恩赐才接听：“你等我会儿，十分钟哈。”

电话没挂，秦孑隔着手机听到了“哗啦啦”的流水声。

秦孑没多想，随手抽了本书，边看边等自己的小女朋友。十分钟过去了，秦孑没等到陈恩赐的声音，将视线从书上飘到了手机上，看到电话处于接通状态：“陈兮？”

“在。”陈恩赐应该是开了免提，声音有些远，“再等我一下下。”

秦孑听着还没停止的流水声，忍不住问：“你在做什么？”

“我？”陈恩赐没多想，“洗澡啊。”

秦孑一怔。

秦孑看着书上密密麻麻的文字，脑海里翻天覆地想的都是少儿不宜的画面。他扔下书，闭着眼睛缓了一会儿，然后见那边水声还没停止的迹象，直接抬手挂断了电话。

三分钟后，秦孑的手机屏幕亮起，他接听后问：“洗完了？”

陈恩赐“嗯”了声。

秦孑鬼使神差般地问：“穿衣服了吗？”

“正打算穿……”陈恩赐没觉得哪里不对，甚至还问了句，“怎么了？”

“没怎么……”秦孑盯着手机屏幕，过了一会儿，才说，“那你先穿，我等会儿再给你回电话。”

“啊，我一会儿就穿好了，你是有事情要忙吗？”

“不是，大概是被你传染的，我也想去洗个澡。”顿了顿，秦孑又问，“你要听吗？”

秦孑有毛病吧，他洗澡，她听个什么劲？陈恩赐想都没想，就拒绝了：“不要。”

想到好不容易能通个电话，陈恩赐忍不住又补了句：“你快点啊。”

秦孑嗤笑了一声：“快不了。”

听听这是什么大逆不道的话？刚交往了半个月，男朋友就已经连这点小要求都不答应了。

陈恩赐撇了撇嘴，刚想说“那我让你女朋友快点，快点离开你”，电话里又传来了秦孑懒洋洋的声调：“我洗冷水澡。”

陈恩赐蹙了蹙眉：“秦孑，你发什么疯，寒冬腊月洗什么冷水澡？你是想生病，好让我这个女朋友跟剧组请假回S城吗？你可真是心眼太多了你……”

秦孑心想着，我发什么疯，我分明是被你弄疯的，还我心眼多……莫名被女朋友强行加了一番戏的秦孑，咬了咬后槽牙，挂了电话。

陈恩赐听着听筒里传出的“嘟嘟嘟”忙音，怔了一会儿。

她这样纯良的一只小仙女，她男朋友可真是太会诽谤自己的女朋友了……呃？冷水澡？快不了？大概是被你传染了，我也想洗个澡……我？洗澡啊……

陈恩赐的脸腾地红了，她是被冤枉的。

秦孑洗冷水澡的时间，真的蛮久的。等他电话拨过来的时候，陈恩赐已经从极度尴尬和羞愧中缓了过来。她接听电话，故作镇定地“喂”了一声，语气要多自然有多自然："洗完了？"

"嗯。"秦孑停了下，"正打算穿衣服。"

陈恩赐瞬间面红耳赤，这是她刚刚说给他听的话，他原封不动地念给了她听……分明是故意的。陈恩赐没好气地怼了句："你爱穿不穿，干吗说给我听？你这么厉害，你咋不上天呀！"

被喷了一通的秦孑，轻笑了一声："是是是，等我陪完你这一生我就上天。"

陪完你这一生……

陈恩赐偷笑了一下，脸更红了，但还是撑着脸面回："谁要你陪？"

"我死皮赖脸要陪的。"

陈恩赐捧着手机，整个人瞬间柔和了下来："你吃饭了吗？"

"吃了。"

"吃的什么？"

"老杨。"老杨是花园小区附近的一家餐厅，一对老夫妇开的，菜系虽不精致，但做得很家常可口。

陈恩赐"哦"了一声："你今天不忙呀？"

"忙了一下午了，这会儿你不是有时间，先伺候好你。"顿了顿，秦孑问，"前两天吊威亚不小心勒青的地方，好了吗？"

"好了很多，快看不到了。"

"那打戏划伤的地方呢？"

"结痂了。"

……

两人就这样你问一句我答一句，没什么目的地聊着。不知不觉中，到了晚上十点钟，陈恩赐打了个哈欠。

秦孑问："困了？"

陈恩赐摇了摇头，过了几秒钟，意识到秦孑看不到，开口说："还好。"

说完，陈恩赐又打了个长长的哈欠。

秦孑笑了下："困了就睡吧，等你睡了，我再挂电话。"

"但我现在还有点不太能睡得着……"

"那使劲儿睡。"

"睡觉还能使劲吗？不应该越使劲儿越精神的吗？"

"哪来的这一套一套的谬论？"

"陈氏理论。"

秦孑笑了，在电话那头沉默了一小会儿，忽然问："想我没？"

陈恩赐没想到秦孑会突然问这个问题，将脸往枕头里一埋，很轻地"嗯"

了一声。

"'嗯'是想了？"

陈恩赐红着耳尖将电话挂断了。

秦孑没再给陈恩赐打电话过来，而是改成了发微信："害羞了？"

陈恩赐没回。

秦孑继续发："我想你了。"

陈恩赐脸更红了，就连心跳都慢了半拍。她平息了一会儿呼吸，才拿起手机，回："我重要的戏份都拍完了，要不然我去跟导演请个假，回S城？"

秦孑："不用，来回跑怪累的，前段时间不是吵着睡不够吗？正好最近可劲儿补觉。"

秦孑："不是困了吗？赶紧睡吧。"

互道了晚安后，陈恩赐放下手机，却没了困意。她闭着眼睛躺了不知道多久，又拿起手机，解锁屏幕，点开了微信。

她看着秦孑发来的"我想你了"，啃了两下手指，然后敲了两下屏幕："我也想你了呢。"

秦孑没回陈恩赐，陈恩赐以为他睡着了，将手机往枕边一塞，又闭了眼睛。

第二天睡醒，陈恩赐睁眼没看到秦孑的微信，心想着都这个点了，他居然还没睡醒？

陈恩赐洗漱完，拎着房卡下楼去吃早餐，结果电梯门一打开，她看到了不知道在电梯门口守了多久的秦孑。

陈恩赐不可思议地张了张口，过了几秒钟，才走出电梯，走到秦孑面前："你……怎么过来了？"

秦孑举着手机，将屏幕亮在陈恩赐眼前，然后抬起指尖，轻轻地点了下屏幕上陈恩赐发给他的那句"我也想你了呢"，说："舍不得你想啊。"

陈恩赐有点不好意思地低下了头。

秦孑看着她毛茸茸的头顶，情不自禁地伸出手揉了一把："活了二十二年，好不容易找了个小女朋友，本来她就不怎么聪明，再想我想傻了，那我岂不是以后要照顾个小傻子一辈子了？"

陈恩赐抬头瞪了一眼秦孑："你才不聪明，你才是个傻子。"

秦孑轻笑一声："小女朋友，你这重点抓得不太对呀，我刚刚那句话明明是情话，重点是好不容易和一辈子……这样想想，是不是很感动？"

陈恩赐无语道："感动得想揍你。

"能把情话说得这么欠揍的人，怕是世上就你一个。"

秦孑扬了下嘴角，收起手机，牵着陈恩赐的手往餐厅走去："小女朋友，我听出来了，你这是在间接告诉我，我是你的独一无二。”

陈恩赐甩了下手，想挣脱秦孑的手。秦孑却握得更紧了，陈恩赐继续甩，秦孑直接将牵着陈恩赐的那只手递到嘴边，在她手背上亲了一下，然后陈恩赐耳尖红红的不再甩了。

陈恩赐今天上午没戏份，醒得较晚，剧组绝大多数人都已经去拍摄现场了，餐厅里较为空荡。

秦孑带着陈恩赐选了个有阳光的窗边，两人面对面地坐了下来。

陈恩赐一边挑丸子里的胡萝卜丁，一边抬头问：“你到了怎么没给我打电话？”

“你不是在睡觉吗？”秦孑将一个剥好的水煮蛋放在陈恩赐的碟子里。

陈恩赐把蛋白留了下来，将蛋黄还给了秦孑：“那你等了多久呀？”

“也没多久，二三十分钟吧。”其实他是骗她的，收到她微信，他就出门了。

陈恩赐看了眼低着头喝粥的秦孑，埋头啃蛋白。秦孑真的是为了她那句话赶过来的？会不会是……

陈恩赐想到自己和秦孑在一起后，这个月没交过房租……

纠结再三，陈恩赐还是抬起头，小心翼翼地问：“你来找我，是不是……没有生活费了？”

秦孑一蒙。

陈恩赐见秦孑不说话，以为自己猜中了：“我卡里还有点钱，等会儿吃完饭，我给你去取点……”

秦孑问：“你有我卡号吧？”

陈恩赐想到当初转房租的时候，的确留过卡号，但是她后来都是给的现金：“有，但是好久没用过了。”

秦孑将她放在桌面上的手机推到她的碟子旁边：“正好现在用，拿你手机给我卡里转 0.1 元钱。”

秦孑这是怕直接转账出现问题，所以先测试一下？陈恩赐一边心想着，她男朋友还挺谨慎的，一边拿起手机照做。

为了表现出自己还是能负担得起男朋友的生活费，陈恩赐将秦孑口中的 0.1 元擅作主张地改成了 1 元。

陈恩赐选的是实时到账，她这边刚点了确定，秦孑的手机就“叮咚”响了一声。

秦孑扫了眼屏幕，见是银行发来的消息，看都没看一眼，就把手机往陈恩赐面前一推。

陈恩赐纳闷地看了眼秦孑，见他一声不吭，便低头去看他手机屏幕。

“尾号为0217的用户刚刚给您尾号为0888的账户转入1元，余额为……”

陈恩赐看着后面的一串数字，掰着手指数了一会儿，然后看了看自己刚刚转账出去后，银行发来的余额短信，又对比了下数值的差距，发现自己的存款还没秦孑卡里的零头多。她便一声不吭地将秦孑的手机，用一根手指推回了秦孑手边，然后就当作什么都没发生的样子，正襟危坐地吃早餐。

看着小女朋友瞬间乖巧下来的模样，秦孑笑了一声：“不过你要是想包养你男朋友，我也没意见。”

“不要！”陈恩赐捂了一下自己的小口袋，过了一会儿，还是主动开了口，“所以……你真的是因为我发的消息才过来的？”

秦孑“嗯”了一声。

陈恩赐没再说话，从来不吃香菜的她，竟将一片香菜叶子嚼烂吞进了腹中。

已经很多很多年，没有人把她一句话这般放在心上过了。

秦孑是第一个。

其实他和她在一起，她自己都不清楚是因为被陈青云扔下高速路，她觉得自己太可怜了，想要一个人陪，还是花园小区门口超市老板娘的那些话，让她感动，然后在冲动之下就答应了当他女朋友。

到现在为止，她都分不清她对他到底是喜欢，还是感动。

她只知道，和他接触下来，她挺舒服的，也挺欢喜的。

但她从没想过未来，可她发现，他好像有种神奇的魔力，能让她……愿意去想想未来。

他和她的未来。

吃完早餐，秦孑抽出一张纸巾擦了擦嘴，见坐在对面的小女朋友拿着叉子反复地戳着一块西瓜，他伸出手弹了下她额头：“想什么呢？”

陈恩赐回神，摇了下头，将最后一点早餐吃完。

回房间的路上，陈恩赐和秦孑跟她这部戏里的女主角林静姝碰了个正面。

林静姝的排场远大于没什么水花的陈恩赐，林静姝身边跟着保镖、经纪人、助理，看起来浩浩荡荡的。

林静姝和陈恩赐虽然经常对戏，但私底下没什么交集，今天也不知道林静姝抽什么风，在经过陈恩赐身边时，她竟停了下来：“陈兮？”

陈恩赐只好也回了声招呼。

下一秒，林静姝将视线滑落到陈恩赐旁边的秦孑身上：“这位是你朋友？”

陈恩赐敷衍地点了下头。

林静姝没再说什么，留了个笑，带着人走了。上车之前，她回头透过玻璃看了眼秦孑。

走到房门前，陈恩赐掏出房卡，秦孑抓着她的手腕刷开房门，带着她进了房间。

秦孑一个转身，将陈恩赐抵在房门上，低头吻住了她的唇。他吻得有点凶，一时没控制住，咬疼了她。她缩了一下脖子，他急忙停了下来："重要戏份拍完了？"

陈恩赐被吻得有点蒙，下意识地点了下头。

秦孑的手蹭了下陈恩赐的耳垂："房间不开空调，被子有点凉？"

这话是她之前跟他埋怨过的……陈恩赐又点了下头。

"那……"秦孑倾身，凑到陈恩赐耳边，故意放缓了声调问，"我留下来给你暖两天床行不行？"

他说话的气息很轻，喷洒在她的耳郭上，让她耳根像是着了火般滚烫一片。

圣诞节那天的凌晨，他和她在次卧里亲昵的画面顿时浮现在她的脑海中，她后背紧绷了一下，整个人往门板上贴得更紧了。

察觉到陈恩赐的小动作，秦孑轻笑了一声。

他的唇就在她耳边，那声笑很轻很短促，却撩得陈恩赐腿莫名发软。她红着整张脸，将头往旁边挪了下，稍微拉开了一些和他唇间的距离。

秦孑抬起手扣住她躲开的脑袋，将唇直接贴上了她的耳垂："小女朋友，你不说话，我就当你答应了啊。"

陈恩赐耳朵一向敏感，心"扑通扑通"地跳着，完全无法思考他说了些什么。

意乱情迷之下，陈恩赐只知道顺着他的意思，配合地跟着"嗯"。

秦孑没再说话，吻再次落到她的唇上。

陈恩赐嗅到了他的企图，摁住他的胳膊，躲开他的唇，气息不稳地小声说："我……我下午要拍戏。"

"我知道，我就是检查下……"秦孑呼吸微重了一些，声音也跟着沙哑了很多，"看看你是不是真的想我了？"

他又吻住了她的唇，她摁着他胳膊的手渐渐地使不出力道……

……

秦孑知道陈恩赐脸皮薄，没再逗她。他走到她跟前，伸出手轻轻地蹭了下她的面颊："还没回神？"

他刚洗过手，冰冰凉凉的，刺激得陈恩赐浑身打了个激灵，然后才躲闪着他的目光，摇了下头："才没有。"

"几点的戏？"

陈恩赐被刚刚的事儿搅得大脑反应有些迟缓："下午一点钟。"

“那也差不多要出发了……”顿了顿，秦孑看了眼陈恩赐身上乱糟糟的衣服，“你穿这身还是换一身？”

陈恩赐小声地说：“换。”

秦孑让开了路，让她进屋去换衣服，见她没动，又笑了：“等着我帮你换？”

陈恩赐秒拒绝：“不用！”

拒绝完后，陈恩赐想到换衣服还要脱衣服，指了下浴室：“你进去。”

“又不是没看过……”秦孑话还没说完，陈恩赐就奓毛地抬起手冲着他挥了过来。

“我进去，我进去。”秦孑往后退了半步，躲开小女朋友险些抓到自己脸上的手，然后踏进浴室，将门顺手关了。

陈恩赐红着脸，在衣柜里翻出衣服，换好后，深呼吸了两下，才走到浴室门前，抬起手，特别冷傲地敲了下门。

秦孑拉开门，没着急出来，而是倚着浴室门，好整以暇地看陈恩赐对着镜子整理头发。

陈恩赐临出门之前，翻出房卡递给秦孑：“我等下去拍戏，你在酒店休息吧，然后可以出去逛逛，房卡你拿着。”

秦孑接过房卡，又接过陈恩赐的包：“走吧。”

陈恩赐“啊”了一声：“你要送我过去吗？”

“不是。”秦孑拉开门，等着自己小女朋友走出房间后，才跟着出去，“我去剧组给我小女朋友当免费助理。”

前两天，她跟他也嘀咕过，等她有一天红了，她要请助理、经纪人、司机……结果这才多久，她男朋友就先帮她完成了助理的梦想。

陈恩赐心底暖暖的，面上却“哦”了一声：“那你在剧组得喊我陈恩赐老师。”

秦孑：“好的，陈恩赐老师。”

陈恩赐“扑哧”笑了。

秦孑牵着陈恩赐的手：“陈恩赐老师，你家男朋友去给你当助理，可是有私心的。”

“什么私心？”

“让你省点力气。”

秦孑一直都守在剧组，虽然重头戏拍完了，但还是拍到了晚上。

陈恩赐结束了自己的戏份，换下戏服回到休息区却没看到秦孑的身影。她找到自己的手机给秦孑去了个电话，发现铃声竟然是从自己包里传出来的。

秦孑没带手机，去哪里了？

陈恩赐的第一想法是洗手间，可她等了几分钟，没等来秦孑，忍不住好奇地凑到旁边同样等自家艺人的一些工作人员跟前打探了一下情况。

秦孑那张脸太容易被人注意到了，所以陈恩赐很轻易就问出了他的去向。

陈恩赐拿了东西，往片场不远处的湖边走去。借着一盏盏的灯，陈恩赐走了一截距离，彻底听不到剧组的嘈杂声后，她看到了路边亭子里站着的秦孑。

不过并不是秦孑一个人，还有一个人……但是被秦孑挡住了，陈恩赐只能靠着古风裙摆认出那是个女人。

亭子周围到处都是栽种的人工绿植，陈恩赐直接穿过人工草坪走了过去。

秦孑和那个人不知道在聊些什么，并没有注意到陈恩赐的靠近。

等快到亭子跟前时，陈恩赐通过声音辨认出那个女人是林静姝。

"不好意思，在这里拦住你，实在是冒昧了。"

林静姝仗着童星出身，又很有名气，平时在剧组里架子十足，说话时字里行间也都带着我比你高一等的傲气。此时，她这般柔柔弱弱的声调，还真有点让陈恩赐不适应。

秦孑面对林静姝的示好，没说话。

陈恩赐心想，秦孑这般无视这位剧组小公主，等下林静姝肯定要发脾气了。

哪知，林静姝接下来的反应，让陈恩赐跌破了眼镜。林静姝不但没发公主脾气，反而还笑得异常温柔："我叫林静姝，在这部戏里饰演女一号，你呢？你叫什么名字？"

"抱歉，我对你的名字没什么兴趣。"

林静姝面露尴尬，秦孑像是没看到般，抬起手腕看了眼时间："请问我可以走了吗？"

秦孑前一秒说完，后一秒就动了身，摆明了一副问你只是象征性地礼貌下。

"等等，"林静姝喊住秦孑，"我找你是真的有事，我在酒店第一眼看到你，就觉得你很适合当演员，你要不要考虑下我这个提议。你信我，你肯定可以大红大紫的，只要你愿意，我可以帮你的……我下部戏已经敲定了，我可以强行带你进组演男二号……"

秦孑嗤笑了一声："那我是不是可以再强行带个小朋友进组演女一号？"

林静姝被噎得卡了一下壳，然后就笑了："女一号是我呀。"

秦孑没再多说什么，转身抬脚。

林静姝跟了几步："我是认真的，你考虑下吧……另外，这是我的联系方式，你要是有意向，今晚可以来找我……"

说完，林静姝将一张小卡片塞进了秦孑的口袋里，然后也不等秦孑有所反应，就提着裙摆，匆匆跑回了片场。

秦孑从口袋里掏出“小卡片”。借着光，陈恩赐这次看清楚了，那不是什么小卡片，而是……房卡。

林静姝给秦孑房卡，还说晚上可以去找她……所以，林静姝说什么强行带秦孑进组是假，看上了秦孑是真？

秦孑盯着房卡不屑地笑了下，四处看了一圈，正准备找个垃圾桶将房卡丢了，结果看到了站在亭子不远处的陈恩赐。

他家小女朋友什么时候过来的？看到了多少？会不会误会他拈花惹草？

秦孑心底莫名有些紧张：“陈兮，我……”

陈恩赐见秦孑发现了自己，仰着头对着站在亭子里的他笑了下：“我拍完戏了。”

他家小女朋友这么淡定……是在想着等会儿怎么教训他？

秦孑抬脚走到陈恩赐跟前，刚想对她解释，陈恩赐就将手里拎着的东西，自然地递向了他：“我好饿啊，我们快去吃东西吧。”

秦孑收住到嘴边的话，盯着陈恩赐看了一会儿，有点不确定陈恩赐是吃醋了才故意这样，还是压根儿就不在意别的女人给他送房卡。

俗话说得好，小别胜新婚。秦孑心底这点疑惑，在吃完饭回到房间后，立刻就被他抛到九霄云外。

他搂着她亲吻了一会儿，然后忍无可忍地将人推倒在了床上……

她可怜兮兮地求了他好久，他才勉为其难地放过她。她软软地窝在他怀里，像是只温顺的小奶猫，闭着眼，睫毛湿漉漉的，最长的那根睫毛上还挂着一滴泪。

他用指尖蹭走了那滴泪，轻笑了一声：“小女朋友，体力不行啊。”

她想打他，但抬了下手指，就又软趴趴地落回了被褥上。

秦孑刚刚从口袋里摸小方盒时，顺道将林静姝给的那张房卡带了出来，他随手丢在了床头柜上。这会儿瞄到了，他没忍住，还是问了怀里的陈恩赐一句：“你有没有什么想问我的？”

陈恩赐意识不太清醒地发出一道：“嗯？”

“那张房卡，你看到了，不是吗？”

陈恩赐稍稍提了下神：“啊，你说的是林静姝给你的那张房卡呀？嗯，我看到了，她想泡你。”

秦孑被“泡”字噎得一时无语。

沉默了一会儿，他还是问了句：“你男朋友都被人盯上了，你不介意？”

陈恩赐被问得有些蒙，介意吗？

当时看到小卡片是房卡，她心底是挺不舒服的，可她很快就将那份不舒服压了下去，然后当作什么都没看到的样子，跟他讲话，和他吃饭……还有回到房间亲昵。

介意吗？陈恩赐在心底问自己，过了半晌，她也没找到答案。

直到很多年后，她才清楚，她当时之所以无法给出答案，不是因为她不介意，而是因为她不敢去介意。

秦孑见陈恩赐半天不出声，捏了捏她的脸问："吃醋了？"

"才没有！"陈恩赐揉了下被捏的脸，理直气壮地说，"我男朋友那么帅，被人盯上多正常，再说，我男朋友有我这样一个优秀的小仙女，怎么可能会看上林静姝那种凡人？！"

秦孑瞬间被逗笑了，原来他家小女朋友不是不介意，而是够自信。

凌晨，银河大厦顶层的实验室里越发安静，电脑因为长时间没人理会自动黑屏了。

秦孑动了动保持着一个姿势很久有些发僵的身子，将思绪从五年前拉了回来。

那个时候，他真的以为陈恩赐是自信，不屑于吃林静姝的醋，后来他才知道……根本不是他想的那样。

在一场爱情里，最让你绝望的莫过于你努力地想在她身上找到一点点她在意你的影子，却怎么也找不到。

他和她在一起的那七个月里，也出现过几次类似于这次从 H 城分开后的情况，他不找她，她就永远都不会找他。

五年前也好，五年后也罢，每次输的人都是他。

他其实不怕输的，他怕的是，他输到最后都走不进她的心。

知道感情里最可笑的事情是什么吗？

是你和她的一见钟情，你和她的两相情愿，都只是你以为。

你以为你和她一见钟情，你以为你和她两相情愿。

就像是五年前，他跟她说的那句："等机器人研究出来了，我就娶你过门。"

五年后，他真的来找她了，可她好像已经忘记了那句话，他留在她身边这么久，不敢太激进，他克制着、小心翼翼着，最后好像还是没什么用处。

说来就觉得好笑，她第一次主动来哄他，还是因为她的剧本。天知道他那天有多开心，他以为他可以借此机会从她嘴里听到几句真话，可最后因为她一块糖，因为她记着他曾经嘱咐她随身带块糖，他就让了步。

在她面前，他就是这么没出息。

一直都这么没出息。

就像是现在……

秦孑拿起手机，点开了微信。

为期半个月的进组前培训，说长不长说短也不算短。

在戏里，陈恩赐和穆楚词是彼此的初恋，大学四年的情侣因为彼此选择的路不同而分道扬镳。

戏的一开始是别后重逢，两人都还有些旧情，但时隔多年，两人的生活习惯和身边的人发生了一些变化，所以两人都有点近乡情怯的感觉。

这部戏重情节，感情戏份很少，但很浓烈。导演一再强调要那种观众一眼就能看得出来“我很爱你，但又不敢说爱”的感觉。

这种戏，用文字很容易表达，但搬上大荧幕，就很考验演员演技了，没有太多台词，又没有太多狗血的玛丽苏剧情做陪衬，用很少量的戏份想要把感情最深刻化，只能依赖眼神，依赖一些小细节的动作表现。

导演为了让戏正式开拍后走得顺畅，想尽办法在这半个月里让陈恩赐和穆楚词接触接触再接触。

说来也蛮奇怪的，陈恩赐每次和穆影帝对戏时，陆星总会找借口躲开。一次两次还好，次数多了，陈恩赐有点怀疑陆星可能是穆影帝的黑粉。

培训结束的第二天早上七点钟，就是《生命》的开机仪式。

先拍J城的戏份，所以开机仪式就在J城周边的影视城举行。

培训的过程中，陈恩赐并未接触全剧组的演员。等正式入了组她才发现，除了一些她早就知道的熟人外，还有一个勉勉强强可以算得上熟人的女演员。

那位女演员叫周桐，在剧里演的是一个小角色，大概出现三四集就下线的那种。

开机仪式流程排得比较紧凑，周桐又是不重要的角色，没机会跟陈恩赐说上话。直到晚上八点钟，拍周桐和陈恩赐、穆影帝以及男二号的群像戏时，陈恩赐和周桐才正式见了面。

那是当天的最后一场戏，戏量较多，一直拍到晚上十一点钟才收工。

陈恩赐卸完妆，和陆星去往保姆车的路上，被周桐拦住了：“恩赐姐。”

陈恩赐和陆星转头，看到周桐拎着一个袋子一路小跑着过来。

“恩赐姐，这是你的大衣，我给你洗干净了，是干洗的。我知道你也在这个剧组，所以进组的时候，特意把大衣给你带过来了。”周桐跑得有些急，有点气喘吁吁，“本来好久之前就该给你的，那次在火锅店门口，本来以为你会加我微信的，但是没等到你微信，所以一直拖到现在才能把衣服还给你，真是很不好意思。”

顿了顿，周桐又一脸很理解地说：“恩赐姐，我没有怪你的意思，我知道你很忙，忘记加我微信也很正常的。”

真要是没责怪的意思，就不会屡次提到没加微信一事……

陈恩赐直来直往惯了，面对这种情况，她一向不知道怎么应对。但是这次，她不知怎的脑海里就闪过了秦孑那天告诉她的方法，她原封不动地将秦孑说的话转述了一遍：“不是我忘记了，是我买了新手机，消息很多都丢了。我有问过那天留你号码的人，但是他有随手清理消息的习惯，所以就这么误打误撞把你的电话号码搞丢了。”

陈恩赐不确定周桐信还是不信，她将秦孑后面的话，一股脑地全砸了出来：“说起来这件事，我就有点难过，当时有个几百万的通告，就因为丢手机，消息遗漏了，没能及时对接，被别人抢了先机。”

陆星在旁边听得一愣一愣的。她家艺人都开天窗三个月了，现在好不容易有个通告，还是零片酬出演，哪里来的几百万通告？

周桐了然：“原来是这样啊，那恩赐姐，你当时一定很难过吧。”

陆星虽不知道陈恩赐到底葫芦里卖的是什么药，但还是很配合自家艺人接了话：“可不很难过，还被老板喷了一顿，我的奖金因为那事都泡汤了。”

天太冷，深夜的北风一刮，谁都扛不住，三个人没聊太久，就各自回了各自的车上。

陆星一关车门，就扭头看向陈恩赐：“怎么回事？”

陈恩赐将来龙去脉讲了一遍，然后对着陆星说：“怎么办，我觉得我这个小仙女变成了黑仙女。啊，我跟着秦孑学坏了。”

陆星被陈恩赐说得直乐：“我觉得这样挺好的，适当性地用一下心机，不会让自己太受委屈。”

顿了顿，陆星像是发现什么新大陆般，看向陈恩赐：“恩恩，你最近不骂秦孑了？”

陈恩赐“啊”了声，后知后觉地反应过来，最她道：“之前不是麻烦了他那么久嘛，不好意思在背地里骂他了。”

陆星的手机响了，没工夫和陈恩赐闲聊。大概是因为周桐的缘故，陈恩赐又摸出了手机，点开了秦孑的微信。

今天是平安夜，还有两分钟，就到圣诞节了……算下来，他和她已经有将近二十天没联系过了。要不她装作群发消息的样子，给他发个祝福？

陈恩赐咬了咬嘴角，开始编写消息。

——圣诞节快乐。

陈恩赐前一秒点了发送，后一秒她的手机在掌心里“叮咚”一声，被吓了一跳的她手猛地一抖。

秦孑："圣诞节快乐。"

秦孑竟然在她给他发消息的一刹那，也给她发了消息……要不要这么心有灵犀呀？

这些天，梗在陈恩赐心头的那抹不畅，瞬间消散得一干二净。她啃了一会儿大拇指的指甲盖，然后飞速地按着屏幕继续打字："你怎么还没睡呀？"

陈恩赐前一秒点了发送，后一秒她的屏幕上又进来了一条消息。

秦孑："怎么还没睡？"

怎么又同一时间发消息？陈恩赐有些无语，随手发了个省略号："……"

与此同时，屏幕上也多了一个省略号："……"

陈恩赐截了屏，发给秦孑。

陈恩赐："请问，我们是在对暗号吗？"

同一秒，陈恩赐也连续收到了两条消息。

秦孑发来了一张他手机的聊天记录截图。

秦孑："你开了窥视？"

陈恩赐看着两人的聊天记录，实在是没憋住笑了，又按起了屏幕。

陈恩赐："你这么晚还没睡，是还在忙？"

秦孑："没。"

回得这么吝啬……

就在陈恩赐想着怎么回秦孑消息时，屏幕上又进来了一条消息。

秦孑："想了一些忘不掉的事情和一个忘不掉的人。"

陈恩赐的心像是被什么东西轻轻地撩了一下似的，泛起说不出来的悸动。不知道是不是她想多了，她总觉得秦孑这句话，是在说给她听的……在很隐晦地暗示她某些东西。

秦孑："你呢？怎么还没睡？"

陈恩赐："刚拍完戏。"

被秦孑这么一问，陈恩赐想到了周桐，她嫌打字麻烦，见车子快要开到酒店门口了，便给秦孑发了句"你等我一小会儿"，就暂且先将手机收了起来。

陈恩赐和陆星各自回房，一进屋，陈恩赐立刻摸出手机，给秦孑发了一条很长的语音，将刚刚见到周桐的情况讲了一遍："你那个方法实在是太厉害了，不过更厉害的还是我自己，我演技实在是太棒了，居然脸不红心不跳地演完了！"

不知道是不是她发语音的缘故，他也给她回了一条语音。他大概是被她的话逗笑了，语音的开始，先是一道很轻的低笑声，撩得陈恩赐脸莫名有些发烧，紧接着里面就传来了秦孑轻缓又懒散的声调："厉害。"

陈恩赐舒了两口气，发现自己心跳得还是厉害，就按着屏幕，气势汹汹地回了一条语音：“你干吗给我发语音！”

秦孑被质问得一头雾水，回了个：“？”

陈恩赐这才反应过来，自己刚刚犯了多蠢的错误。

明明是她先发语音的……

事实证明，没有最蠢，只有更蠢，为了掩盖自己被他声音撩到的心虚，陈恩赐下一秒对着手机说了句：“为什么不发视频？”

说完这句话后，陈恩赐想死的心都有了。

不，是想亲手凌迟处死自己的心都有了。

听听，这说的是什么话？为什么不发视频？正常人能说出这么蠢出天际的话吗？

陈恩赐一边在心底期盼着秦孑不会这么及时地听完她的语音，一边手脚麻溜地准备将刚刚的消息撤回，假装什么事情都没发生。可她的手，刚选了消息，还没来得及点撤回，对话框里就陆陆续续出现了秦孑的消息。

秦孑：“是不是准备撤回消息？”

秦孑：“别撤了。”

秦孑：“听完了。”

秦孑：“听了三遍。”

陈恩赐无语，他怎么知道她要暗戳戳地撤回消息？他在她身上按了监视器吗？

还有，听完了就听完了，还特意告诉她，他听了三遍……这是存心的吧？

陈恩赐的手机突然响起了铃声，她低头一看，秦孑真的发来了视频请求。陈恩赐本能地想挂断，可真当她抬起手指时，她又舍不得了。

反正她的消息已经被听了，接不接这个视频，也掩盖不了她刚刚做的蠢事儿……

想着，陈恩赐就将指尖落在了旁边的绿色按钮上。

视频接通的一瞬间，稍稍卡顿了一下，很快，秦孑那张脸出现在了屏幕正中央。他穿了一件乳白色的高领毛衣，在实验室白炽灯的照射下，整个人亮得仿佛能反光。他头发修剪过，比H城一别时短了一些，看起来更利索年轻了，刘海大概是被他忙起来的时候，顺手抓过，有一绺背了过去，露出半个额头，显得比平时的少年感更浓了，还多了一些张扬肆意的滋味。

陈恩赐盯着屏幕愣了两秒，才出声：“你还在公司呀？”

秦孑“嗯”了声，往椅背上靠了靠，神情松散地问：“回酒店了？”

“对啊，刚到酒店，也是惨，平安夜这天开机。”陈恩赐边说，边换掉短靴，踩着酒店的一次性拖鞋，走到沙发前坐了下来，“你呢，平安夜没出去吗？”

秦孑：“没。”

陈恩赐：“那有没有收到礼物？”

秦孑看了眼桌子上堆着的小零食：“何尝他们发了一些糖果什么的。”

陈恩赐：“你呢，身为一个大老板，没给员工们发东西吗？”

秦孑：“发了，发了六个小时的加班时长。”

陈恩赐笑了：“果然资本家都是吃人不吐骨头。”

秦孑：“你们呢？过节了吗？”

陈恩赐：“过了八场戏。”

秦孑垂眸低笑了一声，问：“前段时间很忙？看你都没怎么出现。”

其实她是在等他出现……陈恩赐道：“对啊，超忙的，几乎都没什么时间玩手机。”

顿了顿，陈恩赐又问：“你呢？应该也很忙吧？要不然微信也不会变成僵尸号。”

秦孑：“嗯，年底了，会比较忙。”

陈恩赐“哦”了声，突然盯着屏幕里的秦孑，神情认真地说了句：“秦孑，谢谢啊。”

秦孑抬眼对着屏幕“嗯？”了声。

陈恩赐：“就那个周桐的事，多亏了当时你帮我想个搪塞的借口，还有……就是我在银河那段时间，都谢谢了。在H城那天，我就想跟你说来着，但是跟其他人打完招呼，没看到你……总之真的很谢谢，我最近进组可能出不去，等……我杀青了，请你吃大餐表示感谢。”

秦孑：“好。”

明天陈恩赐还要拍戏，两人简单地聊了几句，就关了视频。

陈恩赐洗了个澡，躺在床上时都快凌晨两点钟了。拍戏很消耗体力，全身疲累的她，不知怎么回事，有点睡不着。她拿起手机翻出秦孑的微信，将两个人今晚的聊天记录又看了一遍。看着看着，她突然就笑了，她跟被下了降头似的，反复地听了好几遍秦孑发来的语音。然后在困意来袭之前，她跑去朋友圈，发了一条动态：圣诞节快乐。

等动态发送成功，她一刷新，看到秦孑在同一时刻也发了一条动态：圣诞节快乐。

陈恩赐的呼吸变得有些不稳。

他发这条消息是什么意思？会不会和她一样的想法？

就像是他那句：想了一些忘不掉的事情和一个忘不掉的人。

也许是她敏感了，也许是她想多了，可她总觉得秦孑那句话是说给她听的，朋友圈的动态和她一样只是在暗示着今晚。

陈恩赐看着在旁人看来，完全看不出来任何讯息的两条朋友圈，越看越觉得暧昧。

她小心翼翼地抬起手指，给秦孑点了个赞。很快，她的朋友圈下面也多了个赞。

深更半夜，大家都睡了，他的朋友圈下那个空心后面只有她的头像，她的朋友圈下那个空心后面也只有他的头像。

陈恩赐截了个图，将多余的部分裁掉，只留了他和她朋友圈的那一部分，然后她看着这张截图，刚刚浮现出的那种如烟般的暧昧，变成了浓得化不开的雾。

窗外刮着呼啸的北风，将窗户吹得隐隐作响，陈恩赐没顶住困意，渐渐地闭上了眼睛。

她的意识在一点一点地变弱，但是她知道，又一年的圣诞来了。

今年的圣诞又留下了可以回忆的片段，就和五年前……不，应该是六年前的那个圣诞一样，留下了可以回忆的片段。

陈恩赐睡熟了，指尖点着的屏幕还亮着，里面静静地安置着那张被她剪过的截图。

秦孑看着自己导进电脑里的那张从朋友圈里截下来的图，一夜没合眼。直到凌晨五点钟，陆陆续续有人醒了，他的朋友圈渐渐地有人开始点赞回复，他才关了电脑。

他准备回家补个觉，临起身之前，没忍住又发了一条私密朋友圈。

——等到了。

秦孑驱车回家，洗了个澡就睡了。再醒来时已是上午十一点钟，他搓了一把脸，撑起身子，靠在床头上。他习惯性地拿起手机，看了眼时间，又顺道点开微信，然后发现自己朋友圈互动竟然超了99+。

一个“圣诞节快乐”也能引来这么多互动？

秦孑蹙了蹙眉，随手点了进去，然后他惊了——

他公开的朋友圈动态，不是一条，而是两条，那条“等到了”，他竟然没有设置成私密动态。

下面的回复密密麻麻的一长串。

容与：“秦狗求瓜。”

唐久：“我好像嗅到了故事。”

林染：“求开小课堂。”

秦楠：“大半夜不睡觉，修仙吗？另等到了什么？”

秦孑抬起手揉了揉眉心，心想着一定是被小姑娘传染了，竟然做出这么掉链子的事。

就在他准备删掉这条动态时，他在众多的回复里，捕捉到了她。

陈恩赐：“等到了什么？”

秦孑迟疑了两秒，敲了两下屏幕。

秦孑回复陈恩赐：“等到了花开，在等结果。”

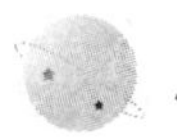

第四章
陈兮，新年快乐

《生命》这种大制作的戏，本身就热度满满，又因为一直未曾在网上官方宣布主演，一些通过小道消息知道主要演员的博主可劲儿地在网上“溜粉”。

穆楚词是实打实的流量咖，但同时也是流量咖里少有的演技咖，他的关注度一向很高，轻而易举的一个举动，都能随随便便上热搜。

陈恩赐虽然因为《体验田园》和跟唐安逸被迫组 CP 一事，在网友心目中的印象稍稍有所改观，但骨子里她还是那个分分钟就能被骂上热搜的存在。

所以当有人爆出主演是穆楚词和陈恩赐后，《生命》这部戏三天两头上热搜。

穆楚词接到《生命》这部戏，大家并不意外，但陈恩赐接到《生命》这部戏，大家就开始了阴谋论。少不了又有一群人拿着陈恩赐那些陪睡的黑料说她是走关系进《生命》剧组的。

也有人说是陈恩赐搭上了穆楚词才进的组，不过这种言论，瞬间被穆楚词的真爱粉给围攻了，同时被围攻的还有陈恩赐的微博。穆楚词的那些真爱粉各种威胁陈恩赐，让她除了拍戏外，离穆楚词能有多远就有多远。

演员一旦进了组，就很少看手机，尤其是在网上言论闹得如此激烈的情况下，为了防止影响他们的心情从而影响到拍摄进度和状态，导演更是三番五次地联系陆星和穆楚词的经纪人，让他们看好主演。

网上的热度，来得快去得也快，等到网友们喷疲了，已经接受了事实，《生命》剧组这才在网上正式官宣。

官宣的当天，有媒体过来做了一场探班直播。

其实这场直播是冲着穆楚词来的，因为《生命》这部戏，他已经将近一个月没在媒体前露面了，趁着官宣的这次机会，他的经纪人给他安排了一个高质量的探班采访。

按理说这种事情，是不会带其他演员的，但不知怎么回事，就莫名其妙地从穆楚词的私人探班采访，变成了整个剧组探班采访。

采访一开始都是例行公事地打招呼，介绍自己在剧中饰演的角色，介绍剧情和亮点。走过这个流程之后，就是一些比较轻松的问答环节，问题都提前沟通过，进展得很顺利，但是在最后的时候，媒体开始趁机问了一些私人比较感兴趣的问题。

“请问陈恩赐老师，您觉得您能演好《生命》这部戏吗？”

“我会尽力而为。”

“那您跟穆影帝对戏，会有压力吗？”

“还好。”

“我们都知道，穆影帝早在两三年前就已经转到这种现实题材上了，可您一直都是拍一些偶像剧或者网剧，您为什么会突然接了《生命》这部戏？”

“因为……”这次的剧组探班采访，会在剧播出时，才对外公开，本想以官方口吻回答这个问题的陈恩赐，话到嘴边，突然沉默了。两秒后，她笑着说，“……一个人。”

采访的主持人也没想到陈恩赐会给出这样一个答案，她明显愣了两秒，然后就忍不住好奇地追问：“是对您来说很重要的一个人？”

陈恩赐沉吟了片刻：“是让我很想努力变得更好的一个人。”

时间一天一天地过去，很快到了一月十五号。

十五号这天有一场戏，是感情戏，陈恩赐饰演的角色误会了穆楚词有女朋友，站在远处看了穆楚词和那个女朋友一会儿，就转身离开了。

这场戏没台词，全靠神情来演绎出气氛，很考验演员功底。

《生命》的导演是圈里出了名的苛刻，一场戏达不到他的要求，能反复拍到整个剧组崩溃。

这场戏主拍的是陈恩赐，虽然陈恩赐知道这场戏首先要表现出去找穆楚词时的激动和喜悦，然后再到看到穆楚词身边有个女人后的惊讶和沉默，以及最后转身离开时的烦躁和落寞。

陈恩赐也努力地将这样的情绪呈现出来，但导演那边却迟迟没能满意。其实导演也挑不出来什么毛病，但他就觉得欠缺了什么。

一场戏就这么突然僵了下来，反复拍了十多条都没能过，越拍陈恩赐越没状态。第二天是十六号，穆楚词要请假一天，今天还有他的戏份要赶拍，所以导演最后决定将这段戏暂且搁置。

十六号请假的除了穆楚词外，还有陆星，所以十六号的戏份，是陈恩赐和其他演员的对手戏。不过陈恩赐只有一场戏，是人民医院的外景。这场戏还蛮好拍的，一条过，导演为了后期剪辑考虑，还是慎重地又补了一条。

陈恩赐下午四点钟结束了今天的拍摄，第二天中午才有她的戏份，中间的时间够充足，她又身处城中，陆星也不在，她决定今晚回家，明天让陆星去家里接她一起回剧组。

由于时间还早，在剧组里待了这么久的陈恩赐，武装了一下自己，去逛了一会儿街。

临近年关，商场到处都在搞活动，装饰得有些喜庆。

看着这样的气氛，陈恩赐不但没能缓解最近长期拍戏导致的压力，情绪反而更低落了。

又要过年了……

她双手插在大衣兜里，望着商场顶层垂下来的一串一串大红灯笼，面无表情地站了一会儿，就走人了。

从商场出来，陈恩赐隔着几栋大楼，看到了银河大厦。

她其实并没有想着去银河大厦，但因为突然意识到又要过年，心情莫名糟糕到了极致，抱着走走的心态，不知不觉中竟晃到了银河大厦的对面。

陈恩赐正想着，要不要上楼转一圈的时候，她看到了从银河大厦旋转门里走出来的秦孑。

他今天一反常态，穿了一身西装，外面搭配着一件长款风衣，衬得他更加身高腿长。

陈恩赐心想着，她人到了这里，他恰好也出来了，就隔了一条街，这都不打个招呼就显得太矫情了。她摸出手机，刚想给秦孑去个电话，就看到秦孑将手机举到耳边，边说边走到了路边，左右看了两眼，最后在一辆白色的车子前停了下来。

驾驶座的车门打开，一个穿着米色羽绒服的女人，从车里钻了下来。

陈恩赐虽不知道那女人的姓名，但她认识……是当初她去图书馆借书，碰到的那个秦孑陪着去逛超市的女人。

隔着车，两人交谈了两句，然后就走到了车尾。女人打开后备厢，从里面拎出来好几个袋子。那些袋子是透明的，陈恩赐仗着自己视力好，看到里面装的都是餐盒。

秦孑接了绝大多数袋子在手中，只留了一个盛汤的大保温盒给女人。两人没在寒冬的户外待太久，就一前一后地进了银河大厦。

直到陈恩赐暴露在冷风中的手指冻得发疼，她才收回了盯着银河大厦门口的视线，然后将手机塞进了包里，转身去了司机等候的地方。

在城中取完景，没两天又要回剧组。路上，陈恩赐一直都在看剧本温习台词。当看到男主对女主告白的那段剧情时，她忍不住问：“星星，你说，现实中真的会有剧本里这样的人吗？”

“什么？”

“就是男主这个人设啊，真的会在他跟女主分手后，因为一直念念不忘，就那么孑然一身地等？”

陆星凑到陈恩赐跟前，看了眼男主对女主说的台词：在你离开后，我每天晚上都是一个人。她忍不住“呃”了一声，摇头说：“故事里都是瞎扯淡的，现实中一般都是女主回来了，男主的老婆刚生了二胎……”

陈恩赐笑了下，合上剧本。她盯着车窗外不断倒退的街景，看了好一会儿，又突然问了句：“星星，那你说，分手多年的人真的还能在一起吗？”

“啊？你为什么突然问这个问题？”

陈恩赐没说话。

路况有些拥堵，车子时快时慢地往前开。过了不知多久，直愣愣地望着窗外的陈恩赐轻轻地眨了下眼睛：“没什么，就是看剧本最后感情线收尾是这样的，所以就随便问问。”

“这你就没必要太纠结了，毕竟是故事……”停了下，陆星似是意识到什么般，问，“恩恩，你该不会是在问……你和秦孑吧？”

“没……”陈恩赐说了一个字，就没了声音，她眼前又晃出昨天在银河大厦对面看到的秦孑和那个女人的画面，她声音一下子低了很多，“我和秦孑没那个可能。”

陈恩赐没跟任何人提起自己那天去过银河大厦，又看到了些什么。秦孑跟她发消息，她照旧回着，和之前没什么两样。她心想自己的演技可真是太好了，不管是和她朝夕相处的陆星，还是隔着一个屏幕每天跟她聊天的秦孑，都没发现她的异样。

过了一月中旬，只剩十天就要过春节了，剧组里不少演员还要参加各个电视台春晚的节目，请假的人颇多，所以在腊月二十八这一天，剧组暂停拍摄，大家各回各家，约定大年初六后复工。

陈恩赐没接什么通告，公司倒是接了一些活动，原本是接给其他演员的，但是演员临时有事无法参加。陈恩赐是在跟陆星吃午饭的时候，从她嘴里听到的，陈恩赐冷不丁地接了句：“我去吧。”

陆星意外地看了眼陈恩赐：“大年三十哎，也没多少钱，还是个小节目……

再说你不过年的吗？”

陈恩赐摇了下头，看起来跟没事儿人似的，满身轻松地说：“每年都过年，有什么好过的，我零片酬演《生命》，已经很穷了，现在有点小钱先赚着吧。”

陆星倒是没拦着她去赚这点钱，只是一脸为难地说：“可是我……我已经答应了家里的人要去普吉岛过年的……”

陈恩赐本身也没想着让陆星今年春节还陪着自己：“那没关系，你去过你的年，反正节目组也有工作人员。”

“今年我以为你不会有什么通告了，所以就想着好好陪陪家人……”陆星迟疑了下，还是觉得大过年的放陈恩赐一个人工作不太好，忍不住劝了句，“恩恩，要不然还是算了吧？我们两个都好几个春节是在机场度过的了，今年就当放个假……”

“我好不容易心血来潮想赚点钱，你可别劝我，劝过了，指不定明年一年我还给你开天窗。”

陆星被威胁得哭笑不得：“行吧，就依你。我等下去跟公司沟通，到时候具体安排发你微信。”

陈恩赐笑了笑，低头继续吃饭。

腊月二十八这天虽说是放假，但下午还是拍了几场戏。

其中一场是被导演一直记挂着的前段时间陈恩赐僵掉的那场戏。

导演闲暇时一直都在琢磨那场戏到底要怎么拍才能达到最好的效果，今天总算有点想法，他将陈恩赐叫过去，单独沟通了一番，决定再尝试一次。

穆楚词和那个女人本身就是背景板，之前拍的那二十多条里，足够后期剪辑用了，所以两个人只需要站在那里做做样子就好。陈恩赐就不一样了，几台摄像机全都怼在她身上，拍表情特写、远景、眼神……

演员各就各位，灯光师调试好灯光，随着导演一声令下，陈恩赐望着不远处的穆楚词，让自己进入戏中。

按照导演的想法，陈恩赐出场时是雀跃的、欣喜的，可她今天也不知道怎么回事，去找穆楚词时，怎么都找不到那种激动感，反而更多的是那天从商场出来后，看到银河大厦时的犹豫和踌躇感。

周围围观的人，在看到这一幕时，心想完了，这一条又废了。

就连陈恩赐也觉得这一条怕是要白拍了，但演员基本的素养是导演不喊停你就不能停，她既然已经进入这种状态，只好顺着那一天的心境继续往下演。

来到穆楚词家楼下，陈恩赐盯着熟悉的大楼，犹豫了一番，最终还是决定离去，只是她正准备转身的一刹那，穆楚词的车子出现了。

她将迈出去的脚，收了回来，盯着熟悉的车子，眼底有些发亮。她掏出手机，想要联系穆楚词，结果车门打开，从里面钻下来一个女人。

她举着手机，仿佛石化了般，盯着不远处的画面看。

穆楚词和那个女人不知道在聊些什么，两个人笑得很开心。陈恩赐嘴角浮现的笑一点一点地消失，她望着他们的眼神微微有些颤动。

不知过了多久，她轻轻地眨了下眼睛，视线缓缓地扫过了身后那栋熟悉的大楼，扫过了穆楚词的车子，然后再次落在穆楚词身上。

这次，她的视线在穆楚词身上停留的时间很短，像是在害怕什么般，只是片刻就收了回来，然后就转身走了。

她走了很远，手都还保持着举着手机，欲将电话拨出的那个动作。直到她察觉过来这一幕时，她的视线才一点一点地落在手机上，望着早就黑掉的屏幕，看着看着眼睛就突然泛了红，然后一滴泪毫无征兆地砸落下来……

随着导演的一声“咔”，他激动地从椅子上站起来，原地转了三圈，拿起旁边探班的人送的奶茶，“咕咚咕咚”地喝了大半杯，才兴奋地出了声：“绝了！太绝了！我就说哪里不对，怎么拍怎么没感觉，原来是一开始我就走错了路，女主不应该是激动雀跃地去找男主，应该是犹豫不安……”

听到这些话，大家知道这条被卡了这么多天的戏，总算是过了，一个一个顿时像是被解除了封印般，恢复如常。唯独陈恩赐还站在原地，紧紧地握着手机没缓过神来。

所有人都只顾着高兴了，一时之间没留意到陈恩赐这边的情况。就连陆星也是跑到导演跟前，看了拍完的效果，才发现只穿着一条裙子的陈恩赐还站在冷风中。陆星顿时就怒了，拿起旁边的羽绒服，冲着陈恩赐一路小跑了过去：“怎么回事，也没个人给披件衣服。”

陆星骂骂咧咧地跑到陈恩赐跟前：“恩恩……”

陆星刚想将衣服披在陈恩赐身上，就看到陈恩赐手机屏幕上全是水渍。

她愣了愣，才反应过来，那不是水渍，是泪……大滴大滴的泪，还在往下砸。

陆星瞬间顾不上那些工作人员的疏忽了，而是小心地往前踏了一步：“恩恩？”

陈恩赐没回头看陆星，而是抬手拿过她怀里的衣服，理也没理陆星，就踏着步子往前走去。

陆星下意识地想跟上去，陈恩赐似是知道她会这么做般，声音很冷地丢了句：“你别跟过来，我就是太入戏了，走不出来。”

陆星收住脚步，眼睁睁地看着陈恩赐进了前方的洗手间。

反锁上洗手间的门，陈恩赐努力地想让自己的情绪稳定下来，可她越是这样就越是失控，不仅眼泪落得更猛了，连带着身子都跟着克制不住地颤抖起来。

她已经很多年没哭过了，哭是解决不了任何问题的，哭只会让人握住把柄更能伤害你。

所以五年前陈青云甩了她一巴掌，在高速路上丢下她时，她红了一次又一次眼眶，就是没让自己落下来一滴泪。

所以五年前秦孑跟她说分手，她在花园小区坐了一夜等他回来，她也是红了一次又一次眼眶，还是没让自己落下来一滴泪。就连她最后收拾东西，离开花园小区离开了他，她也倔强得忍住了哭。

所以五年后，她被人黑到翻不了身，被网友追着骂，三天两头上热搜，她也没哭过。

所以五年后，她再次遇到陈青云，被陈青云砸了一个茶杯，伤到了脖子，她还是没哭过。

可现在，她却哭了。

哭得……怎么止都止不住。

陈恩赐足足用了大半个小时，情绪才稳定下来。她对着镜子用指尖反复地压了好几次眼角，等到鼻尖的红褪去了一些，才拉开洗手间的门。

激动的导演好不容易从陈恩赐的戏中平复下来，看到陈恩赐后又激动了一番：“恩赐，刚刚演得实在是太好了。等下我们要补个远景的镜头，刚拍的有一个镜头光线不是特别好，这次拍起来比较快，辛苦你配合下。”

说是好拍，但等到拍完天已经黑了。回到酒店，收拾完行李，陈恩赐连家都没回，直接去机场赶中午吃饭时，让陆星给自己安排的那个通告。

飞机是晚上十点钟的，因为临近年关，航班延误得有些厉害。陈恩赐一个人坐在休息室里等登机通知，闲来无聊点开了微信。

秦孑今晚也不知忙什么，下午的消息到现在还没回她。

朋友圈里大家的动态更新得有点频繁，不是说在回家的路上，就是已经回到家吃到了朝思暮想的家乡菜。陈恩赐挨个点了一串赞，回到微信聊天页面时，看到好久没什么人聊天的家庭群里有了新消息。

林菀尔发了一张照片，是陈家大门，已经贴上了红色的对联，挂上了两个大红灯笼。

林菀尔在群里艾特了陈荣和陈耀：“你们姐弟俩务必明晚都得给我到家，你们爸爸说了，今年年夜饭他要亲自下厨。”

陈耀：“知道了知道了，我J城时间零点55分的飞机，下午三点到J城。”

陈耀：“我姐呢？”

陈耀艾特陈荣：“姐？”

林菀尔：“荣荣这丫头也不知道怎么回事，最近一直都很难联系上人。”

陈耀：“姐可能是在忙吧。”

陈荣：“我明晚十点钟到J城机场。”

林菀尔发了个语音，声音有些埋怨：“怎么那么晚？”

林菀尔话音落定后，遥遥传来了陈青云的声音：“没关系，我正式放假了，闲着也是闲着，明天我亲自去机场接我宝贝荣荣。”

林菀尔紧接着又发来了一条语音，言语间透着说不出来的欣喜：“听到没有，荣荣，看看你爸多疼你。”

陈荣：“帮我谢谢爸爸。”

群里安静了下来，隔了大概半分钟后，陈荣又冒了泡：“今年过年几个人？”

林菀尔：“还能几个人？和往常一样，还是我们一家四口先吃团圆饭，第二天去你姑姑家，看你奶奶，初二去你舅舅家，看你外婆……”

陈荣没再说话。

林菀尔接连又发了几张照片，陈青云调好的饺子馅，陈青云提前腌好的鸡翅，陈青云给两个人准备的红包和新年礼物……红包和新年礼物都是双份……

陈恩赐忽地轻笑一声，退出微信。

飞机迟迟没有登机的提醒，陈恩赐靠着椅背，盯着窗外的夜景，藏在口罩下的嘴角，过了一小会儿，又轻勾了下。

陈荣靠在酒店床头，正在看书，见林菀尔在群里一个劲儿地发照片，没来由地一阵心烦。她忍不住点开林菀尔的头像，飞速地按着指尖发了条消息：“妈，我在开会，你能不能不要一直在群里发消息。”

林菀尔：“你不会把群消息屏蔽吗？”

林菀尔：“再说，这么晚了，你开什么会？”

林菀尔：“还有，妈妈还没问你，你投资的那部剧，怎么会是陈恩赐演女主角？”

陈荣被吵得更烦了，直接将林菀尔的微信设了消息免打扰，然后就端起床头柜上的威士忌，一口气闷了半杯。

借着酒精，稍稍平复了一些心情，陈荣再次拿起了手机。

家庭群里有五个人，那个人……从入群到现在，这么多年了从来都没说过话。若不是她知道，那个微信那个人一直都在用着，她都以为那只是一个被人遗弃的小号。

遗弃？陈荣忽然笑了，是谁遗弃了谁？仔细想想，是陈家遗弃了那个人吧？

逢年过节发群红包，不管是谁，都习惯性地只发四人份；家庭聚餐，给餐厅打电话订位置，问几口人，无论是谁，都本能地说四个；就连过个春节，她突然看到群成员后面的数字5，想到了陈恩赐，然后问了句今年过年几个人，她妈妈几乎没思考就回了句一家四口……

明明是五个人的微信群，却总是说着四。更可笑的是，好像谁也没觉得哪里有什么不对。

陈荣盯着陈恩赐的头像看了一会儿，点了进去。

——今年回家过年吗？

打完这几个字，陈荣觉得自己有些多此一举。

问她回不回家过年重要吗？就算是问了后，她真的回家过年了又怎样？

说得好像以前陈恩赐在家的时候，就有人陪着她过年一样……

陈恩赐下了飞机，已是凌晨两点钟。

街道两边的树上挂满了小红灯笼和福字，也许是这座二线城市的年味太浓厚，也许是无意之间看到家庭群里的“一家四口”，陈恩赐坐在车里，望着窗外处处张灯结彩喜气洋洋，莫名有些失落。

她按开微信，除了一些平时没什么联系的人群发的新年祝福外，并没有什么可看的消息。她点进朋友圈，回S城过年的林染发了一张和母亲的合照；陆星拍了一张飞往普吉岛的机票；江暖发了一条“已平安到家”；何尝正在贴对联……

至于秦孑……依旧很安静。

想来是和朋友圈其他的人一样，也在忙着陪家人过春节吧。

也是，一年才有一次的春节，谁不欢天喜地地过大年呢……等今儿下午，怕是微信里的年味更浓。

陈恩赐垂眸笑了下，将手机摁灭塞进包里，心想，从现在开始，到除夕夜过去，她还是少玩手机的好，免得看大家其乐融融阖家团圆，到时候给自己找难受。

除夕之夜，秦孑一个人在家的确无聊，便换了身衣服，出了门。

到了金碧辉煌，秦孑才发现，容与喊的人有点多，有一些他见过但叫不上来名字。

不过来都来了，总不能抽身离开，秦孑挑了个容与身边的位置坐下，接了一杯酒。

包厢里人多嘈杂，秦孑像是听不到一室的吵闹般，坐在一处自饮自乐地刷着手机。

这种场合待久了比一个人宅在家里更无聊，等到春晚都开始了还没等到陈恩赐的消息，秦孑便从包厢出来，去外面透了会儿气。

出来没十分钟，就收到了容与问他去哪儿了的消息，他回了句“马上回去”。在夜色里又杵了一会儿，他便准备转身，却听到有人喊住了他：“秦先生？”

秦孑转头，看到了一个穿着红色毛衣的短发女人。

他没有脸盲症，只是有时候不太上心，所以记不住一面之缘的人，但这个女人他却记得……她叫陈荣，是陈恩赐的妹妹，同父异母的那种。

秦孑顿了三秒，转身面向陈荣。

陈荣像是在犹豫什么般，站在原地迟疑了一小会儿，才走到秦孑跟前：“你……今天见过她吗？”

秦孑愣了下，反应过来陈荣口中的她指的是谁：“陈恩赐？”

“嗯，对。”陈荣点了下头，又问，“今天过年，你见过她了吗？”

“没有。”顿了下，秦孑开口说，“你找她有事？”

“没……”陈荣笑了下，似是不知道怎么开口般，在原地站了一会儿，然后就说了句“抱歉”，一副转身要走的架势。

秦孑也没拦她，只是陈荣自己刚侧过身，就像是下定了什么决心般，一咬牙，她又扭头看着秦孑说：“这些年春节，她都是一个人过的。

“她跟爸爸的关系不怎么好，当初她跟爸爸吵过一架，从那之后，她就再也没回过家了。

“其实，她以前在家的时候，也是一个人过的。她跟我们都不是那么亲，对她来说，可能我们更像是一家人，而她更像是个局外人。在她眼里，我们那个家，从来都不是她的家吧。因为没家回，所以春节她才会在外面一直忙着……”

陈荣心想真是见鬼了，她和陈耀一块儿出来玩，看到了秦孑，鬼使神差地就让陈耀先去跟朋友会合，都没等自己反应过来究竟是怎么一回事，她就脱口喊住了欲将离去的秦孑。

有关这些家事，她不清楚陈恩赐有没有跟秦孑聊过，但她想，这个春节……若是陈恩赐能找个人一块儿过的话，她知道的人里，也就秦孑了。

陈荣也不清楚秦孑懂没懂自己的暗示，她说完自己想说的话，也觉得有些尴尬，就笑了下走了。

——因为没家回，所以春节她才会在外面一直忙着……

他就说，开天窗大半年的她，片酬低到可怜，大过年的怎么还跑通告，原来只是为了让自己在这样每家每户都团团圆圆的日子里，显得不那么孤单伶仃……

秦孑的心，仿佛被什么东西扎了一下似的，泛起钝钝的疼。

她好像有很多很多他不知道的秘密。

“想什么呢？”容与见秦孑迟迟没回去，出来逮人了。

秦孑回神，一边发消息给秦楠，让她帮忙查下陈恩赐现在的动向，一边漫不经心地胡诌：“没什么，喝得有点多，准备走了。”

“啊？这刚来多久啊就走？再说，你也没喝多少啊？”

秦楠效率很高，他消息刚发过去，她就给他回了个最近艺人的行程表。

“可能是昨天的酒都还没醒利索？”秦孑道。

容与一脸蒙。

·

今天是大年三十，节目组的人都想着早点收工回家过年，所以一整天的流程安排得很是密集。陈恩赐早上八点钟起床，化完妆去现场彩排，下午一点钟正式开始录制，等到录制结束，已差不多是晚上七点钟了。

她这一天几乎没时间碰手机，等空闲下来，也没去点下微信，就直奔酒店取了行李去往机场。

过了安检，陈恩赐坐在空荡荡的休息室，才拿起了手机。

微信的未读消息很多，一排排全都是新年快乐的祝词，置顶的秦孑也有三个未读消息提示，在主页她看到了他发来的最后一条消息：“除夕之夜怎么过？”

很真心的祝福，很正常的问话……但放在她身上，放在今夜，就显得有那么一些不合时宜。

陈恩赐抬头看了眼寥寥数人的头等舱休息室，听着远处时不时传来的鞭炮声，看着夜空中不断绽放的烟花，最终还是没点开任何人的聊天对话框，就将手机又收了起来。

新年快乐……对她来说，新年和快乐从来都没缘分。

准点登机，以往总是满当当的飞机上，空了绝大多数的位置，就连空乘人员都比平时少了一些。不过陈恩赐还是很满足，在飞机和机场度过除夕之夜，总比一个人窝在家里好，在旅途上的奔波，总是能分走很多孤寂感。

抵达J城机场，已是晚上十一点钟，陈恩赐大概估算了一下时间，心想取完行李，再联系下司机，今晚的跨年差不多能在回家的路上度过，这样一来她还有司机陪着，不是一个人守岁了……

司机等在出发层的8号出口，陈恩赐拖着行李箱上了一层楼。

即将跨年的机场，极其冷清，偶尔穿梭过的一两个人，也是行色匆匆。

陈恩赐完全不赶时间，慢条斯理地从8号出口走出机场。在刺骨寒风中，她一眼就看到了外车道打着双闪灯的保姆车。她穿过人行道走了过去，只是她刚走到保姆车前，一道短促的鸣笛声，在她耳边响起。她扭头，看到了一辆熟悉的黑色车子，安静地停在她身后的那条车道上。

借着机场黄白色的灯光，她看到了车里坐着的人。

陈恩赐和车里的人对视了几秒钟，才讶然地眨了下眼睛。

除夕之夜，秦孑……怎么会在这里？

细想一下，除了那次进城拍外景，她借着休息时间去银河大厦楼下见过他一次外，他们有些日子没见了……

秦孑隔着车窗，静静地望着她，他没下车的迹象，也没跟她打个电话的意思，但莫名给她一种感觉……他好像是特意来等她的。

秦孑不动，陈恩赐也不动。

两个人这般对峙了好一会儿，直到秦孑抬起手落了车窗，陈恩赐立刻迈了脚步，拖着大大的行李箱不紧不慢地走到车旁。

陈恩赐心想，和刚刚一样，秦孑要是不先开口，她一定不会主动跟他讲话的。

等她停在车旁，车窗恰好缓缓落下，车里的暖风迎面扑来，夹杂着浓烈的酒气。

一定不会主动开口的陈恩赐，蹙了蹙眉心："你……酒驾？"

秦孑："……没。"

机场附近没什么人，陈恩赐摘下口罩，她耸了耸鼻尖，酒味更浓了，满脸不信。

"真没，代驾送我过来的。"

"看来代驾比你喝得更多。"

秦孑一时没跟上节奏："嗯？"

"不然，代驾为什么大年三十把你送机场来？"

秦孑嗤笑了一声，眼尾微弯，喉结轻动："所以当时就把代驾的单毁了，结果没想到，耗到现在也没找到新的代驾。"

陈恩赐心想着你就骗鬼吧，除夕之夜，哪里来的代驾，八成是让你司机送你过来的。她面上却顺着秦孑的话，很给面子地往下胡诌："哦，那你可真是太不理智了，跨年之夜要在车里等酒醒。"

秦孑一脸赞同地点了下头："谁说不是呢？"

顿了下，他抬眼看向陈恩赐："有没有兴趣做个兼职？"

陈恩赐明知故问："什么兼职？"

秦孑看穿了小姑娘的心思，轻笑了一声："你说呢？"

陈恩赐瘫着一张脸，只差没把"我就是不说"这几个字安脑门上了。

秦孑喝了点酒，语调有些懒洋洋的："代驾。"

陈恩赐"哦"了一声："也不是不可以，不过我出场费有点贵。"

秦孑：“付不起怎么办？”

陈恩赐刚想说“那我友情给你打个九点九折”。

结果话都还没到嘴边，秦孑就眼底含笑地对上她的目光，口吻轻缓地说道：“要不……用人还？”

陈恩赐耳尖不争气地有些泛红。

秦孑继续道：“嗯……春节期间给你当两天生活助理怎么样？”

呃……想歪的陈恩赐，耳朵更红了，原来他是这个意思……

“耳朵怎么红了？”秦孑将头歪到了车外，“该不会是……”

没等秦孑把话说出口，陈恩赐就理不直气也壮地打断了他的话：“知不知道现在室外多少度，零下八度，冻的！”

陈恩赐有些心虚，看着秦孑，又说：“到底还要不要请我做代驾了？”

“要。”顿了顿，秦孑意有所指地说，“当然要你。”

陈恩赐没听出秦孑的话外音，用脚尖轻轻地踢了踢自己的箱子：“那麻烦你有点生活助理的素养好吗？”

秦孑笑了下，推开车门，不知是不是酒喝多了的缘故，他说话的声音有些温柔：“不好意思，第一次给人当生活助理，缺了点经验。”

陈恩赐摆出一副勉强接受他这说辞的大度模样，木着一张脸看着秦孑拉着自己的行李箱走向车尾。

陈恩赐开着车在快驶上三环时，车外突然响起噼里啪啦的爆竹声，车载收音机里传出了倒计时。

十、九、八、七……

陈恩赐转头，往窗外看了眼，满天的烟火将J城渲染得像是动漫里才有的那种繁华都市。

……五、四、三、二、一。

在农历新的一年到来的那一刻，坐在副驾驶座上的秦孑，忽然出了声：“陈兮，新年快乐。”

陈恩赐愣了愣，视线从窗外转到了秦孑身上。

就连她自己都记不清楚，已经多少年她在跨年这一刻没有听到过这句话了。

在震耳欲聋的烟火声中，陈恩赐笑了：“新年快乐，秦孑。”

秦孑没说话，微微侧头对上陈恩赐的眼睛。

当初秦孑靠着一张照片走红时，最引人着迷的就是他那双眼睛，尤其是他眼角天然自带的红晕，格外勾人。

只是对视了一眼，陈恩赐的呼吸就不争气地慢了半拍。她很快收回目光，努力地稳着心神，直视着正前方的道路佯装成专心开车的模样。

窗外爆竹声响个不停，直到陈恩赐将车驶进秦孑住的小区时，整座城市才安静下来。

兴许是喝了酒的缘故，秦孑靠着椅背闭着眼睛像是睡着了。

直到陈恩赐将车停在秦孑家门口，正准备喊醒秦孑时，她看到他别墅里漆黑一片，这才反应过来跨年夜秦孑可能不会来自己住的地方过年……

她到嘴边的话，顿时变成了：“你……是要回这里吗？”

秦孑掀开眼皮，看到外面熟悉的环境，坐直了身子：“到了？”

陈恩赐点了下头，刚想说话，秦孑又说：“直接开进地下车库吧。”

陈恩赐踩了油门，将车子停到地下车库后，见秦孑解开安全带要下车，将刚刚的话又问了一遍：“你不和家里人一块儿过年？”

秦孑收住推开车门的动作，“嗯”了声：“他们都不在J城，留下我一个人全跑出去浪了。”

秦孑太了解小姑娘的脾性了，和小刺猬一模一样，动不动就会竖起刺保护自己。所以即便陈荣告诉他陈恩赐从来都是一个人过年，在她面前他也会装作毫不知情的样子。

好在小姑娘心软……只要他稍稍卖个惨，他就能留她过春节。

想着，秦孑又说：“家里的阿姨也回老家过年了，到现在年夜饭都没吃上。”

原来今年春节他也是一个人呀？

陈恩赐不知怎的，脑海里突然闪过前不久在银河大厦对面看到的那个给秦孑送饭的女人，她浑然不觉地就脱口而出了一句：“居然没人给你送年夜饭？”

秦孑奇怪地看了陈恩赐一眼：“大过年的，谁吃饱了撑的没事干会跑来给我送年夜饭？”

陈恩赐暗自“嘁”了一声，心说，又不是没人这样，而且还是她亲眼所见的。

秦孑压根儿不知道身边小姑娘到底在想些什么，顺着刚刚的话题问：“你刚下飞机，也没来得及吃年夜饭吧？”

陈恩赐轻点了一下头。

“那走吧，让生活助理给你做一桌年夜饭。”说完，秦孑就率先下了车。

秦孑是会做饭的，当初和陈恩赐在一起的那七个月里，没少亲自下厨给陈恩赐煮饭。

阿姨临放假之前，特意在冰箱里填满了各种食物，即便只有两个人，他还是搭配出了四菜一汤。

陈恩赐洗了个热水澡，换了一身家居服，踩着拖鞋从楼上走了下来。

厨房里开着抽油烟机，她循着轰轰轰的声音走了过去。厨房门没关，她倚着餐厅的门，正好可以完整地看到正在厨房里忙碌的秦孑。

陈恩赐没出声打扰秦孑，也没离开，就那么靠着门栏望着秦孑忙前忙后。望着望着，她忽然就想到了他和她在一起后，他第一次给她做饭的场景……

秦孑收到林静姝房卡的第二天，下楼吃早餐的陈恩赐和秦孑就在电梯里和林静姝碰了个正着。秦孑的手明明牵着陈恩赐的手，可林静姝像是没看到般，见到秦孑，立刻绽放了一抹明艳的笑，对着两个人道了一声："早。"

秦孑神情淡淡的，没吱声。

陈恩赐回了声："早。"

林静姝没接陈恩赐的话茬，站定在秦孑身边。

陈恩赐看似脸上没什么神情变化，但眼角的余光却往林静姝那边瞥了一眼。她看到林静姝几乎要贴上秦孑的胳膊，眼神顿时暗淡了几分。

秦孑往陈恩赐身边挪了小半步。三秒后，林静姝也跟着秦孑挪了一截距离，扭头望着秦孑问："昨晚睡得好吗？"

秦孑还是没说话，只是揽了陈恩赐的肩膀，将她和自己调了个位置。

林静姝看了眼插在自己和秦孑之间的陈恩赐，眉心微皱了皱，眼底闪过一抹不爽。林静姝往前踏了一步，刚想往秦孑身边继续凑。秦孑突然对着陈恩赐伸了一下手："拿来。"

陈恩赐不解地对上秦孑的目光："拿什么？"

"你说呢？"秦孑见陈恩赐还是一头雾水，伸出手在她脑袋上揉了一把，然后就将手伸进了她的兜里，掏出一张房卡。

这房卡不是丢在她房间的床头柜上了吗？什么时候到她兜里了？

在陈恩赐的疑惑中，秦孑将房卡递向林静姝："不好意思，林小姐，对于你的建议，我深思熟虑了一整夜，越想越觉得委屈。"

林静姝看了眼昨天自己塞给秦孑的房卡，对上他的眼睛："委屈？"

林静姝一脸的不可思议，她好歹也是当红小花旦，他皮囊是好看了点，但她能看上他，也算是他八辈子修来的福气了："你是在说你委屈？"

"不，林小姐，你误会了。"秦孑口吻淡淡地道，"我是说有你这样一个情敌，我家小女朋友太委屈。"

林静姝怎么也没想到，秦孑不是拿她和他比，而是拿着她和一个没什么名气的小演员比，当场脸色变得更难看了。

陈恩赐仿佛局外人般，眼角的余光偷瞄到林静姝气得一阵儿青一阵儿白的小脸，从昨天看到林静姝递给秦孑房卡后，浮现在心头的那抹不舒服倏地散了一大半。

电梯转眼到了一楼，秦孑单方面结束了和林静姝的沟通，拉着陈恩赐径自走了出去。

等到彻底和林静姝拉开距离后，陈恩赐得了便宜还卖乖地凑到秦孑耳边，小声地说："你刚刚那样太没风度了，一点也不给女孩子面子。"

秦孑笑了声，学着陈恩赐的样子，微歪了下头，凑近她耳边："小女朋友说得对，不过下次我还犯。"

说完，秦孑情不自禁地亲了下陈恩赐白皙的耳垂。陈恩赐触电般地缩了下脖子，没再说话。但随着她耳尖泛红，她嘴角也跟着微弯了起来。

秦孑一直陪到陈恩赐晚上的戏结束，才回了 S 城。

之后的日子和之前分隔两地时一样，两人照旧每天电话微信切换着联系。剧组拍摄得很顺利，陈恩赐的戏比预想中早了两天结束，她没跟秦孑打招呼，在剧组安排的酒店又住了一晚，次日一大早就悄悄地回了 S 城。

到花园小区家门口时，才十一点钟，陈恩赐拿着钥匙跟做贼似的动作很轻地开了门，然后将行李箱随便往门口一丢，就换了拖鞋"嗒嗒嗒"地跑向了主卧。

门没锁，她轻而易举地就推开了，如她想的那样，经常熬夜的秦孑躺在床上睡得正沉。

陈恩赐轻手轻脚地蹭了过去，弯着身盯着秦孑看了一会儿，见他没醒的迹象，就伸出手戳了戳他喉结。

秦孑皱了下眉，还是没醒来。

陈恩赐又戳了他喉结两下，秦孑才迷迷瞪瞪地睁开眼看了下陈恩赐，然后就伸出手攥住她的手重新闭上了眼睛。

三秒后，秦孑似是反应过来般，忽地又睁开了眼睛。他盯着俯视着自己的女孩儿看了一会儿，然后看了眼手中抓着的白皙指尖，大脑彻底清醒了。

陈恩赐见他眼神逐渐清明，笑嘻嘻地问："意不意外？"

秦孑轻笑了声，撑着胳膊慢腾腾地坐了起来："意外。"

坐好后，秦孑冲着陈恩赐张开手："来给你男朋友抱抱。"

"才不要！"陈恩赐带着几分不好意思地撇开了头。

秦孑闷笑着将陈恩赐拉进怀里，陈恩赐没躲闪，将脸靠在他肩膀上，轻轻地蹭了两下。

两人安静地抱了一会儿，陈恩赐力道很轻地咬了下秦孑的肩膀："我还没吃早饭，有点饿了。"

"给你做饭吃？"

陈恩赐眼睛一亮，很是稀罕："你还会做饭？"

秦孑"嗯"了声，问："想吃什么？"

陈恩赐歪着脑袋想了想："想吃虾。"

"行，等我十分钟，我去洗漱下，我们去超市。"秦孑松开陈恩赐，抓了把睡得乱糟糟的头发，打着哈欠，卷着一身的慵懒去了浴室。

十分钟后，秦孑一身清爽地回了卧室，从衣柜里拿了两件衣服，当着陈恩赐的面开始换。

没等他把睡裤脱下来，陈恩赐已经溜出了卧室。

秦孑在T恤外套了件帽衫，就从卧室里走了出来。他走到鞋柜旁，看到第一次见陈恩赐时，她拎着的那个能装下她的大箱子，随口道："这么重的箱子，怎么没提前给我打个电话，让我下去帮你拎。"

"啊？"陈恩赐正在系鞋带，看了眼自己的箱子，"我走到楼下，正好遇到了住在我们楼下的那位小哥，我撒了个娇，他就立刻帮我拎上来了。"

秦孑"哦"了一声，没再说话。只是在他换完鞋后，他竟然伸出手，拉着陈恩赐的箱子推开了门。

陈恩赐问："你干吗？"

秦孑单手将箱子拎出门槛："带着箱子去超市见见世面。"

说完，秦孑就拎着箱子噔噔噔地往楼下走去。

有毛病吧！

陈恩赐一边在心底嘀咕着，一边锁了门跟上秦孑。

箱子没能进超市见见世面，因为超市规定不允许大型箱子进入。

回家的路上，陈恩赐看着一手拎着购物袋，一手拖着箱子的秦孑，越看越觉得秦孑有毛病。

等到了家楼下，陈恩赐看着两手拎着重重的东西爬楼梯的秦孑，越发觉得秦孑有毛病了。

一进家门，陈恩赐的手就摸上了秦孑的额头："原来没发烧啊，我还以为你是脑子烧坏了，才会拎着这么重的箱子来回跑。"

"我为什么拎着箱子来回跑你不知道？"

陈恩赐眨了眨眼睛："为什么？"

秦孑换了鞋，扔了句"自己想"，就拎着从超市买回来的食材进了厨房。

陈恩赐跟在他身后，又追问了两遍。

秦孑始终没接她的话。

陈恩赐按捺不住心底的好奇，伸出手戳了戳秦孑的胳膊："你告诉我，行不行？你就说你怎么样才肯告诉我吧？"

秦孑将淘好的米放进电饭煲里，按了开关后，才撩起眼皮看了她一眼：“你撒个娇试试。”

“哈？要怎么撒娇？”陈恩赐蹭到秦孑跟前，仰着头喊，“哥哥？”

秦孑一怔。

“还是……”陈恩赐抓住秦孑胸前的衣服，踮起脚尖轻轻地吻了下他的嘴角，“哥哥，求你告诉人家嘛！”

陈恩赐的手落到秦孑的腰间，轻轻地扣着他的腰带：“哥哥。”

秦孑轻笑了一声，握住陈恩赐的手，声音微微有些发哑：“好了，不闹了，去看会儿电视，做好饭喊你。”

“你个骗子！”陈恩赐转身走人，撒了娇也没告诉她为什么。

打开电视，陈恩赐看了半分钟广告，才后知后觉地反应过来。她丢下遥控器，跑进厨房：“秦孑，你该不会是因为楼下的小哥帮我拎了下箱子，就吃醋了吧？”

被戳穿的秦孑，低着头认真洗菜。

陈恩赐从秦孑左边换到了右边：“秦孑，你要不要这么小心眼，只是拎个箱子而已，又不是拎我。”

秦孑将菜放在案板上，只听一阵“咔咔咔”的声音，菜就变成了均匀的小方块。

“不对，秦孑，你不单单因为楼下的小哥给我拎了下箱子吃醋，你还因为我说了那句，我就撒了个娇，他就立刻帮我拎上来了，对不对？”

秦孑木着一张脸，将切好的菜放进盘子里。

“你知不知道我怎么对楼下小哥撒娇的？我说哥哥，帅哥哥，求求你帮帮忙……”

看到秦孑微顿的神情，陈恩赐“嘿嘿”地笑了：“你果然是吃醋了！

“我瞎说的，小哥知道我们住在楼上，他看到我拖着那么大的一个箱子，什么也没说，就好心地帮我提上楼来了，根本没什么撒了个娇，也没什么哥哥，更没什么帅哥……”

陈恩赐的话没说完，秦孑低头堵住了她的唇。

他吻得有些狠，时不时地重咬一下她的唇。

起先，他只是想要堵住她说个不停的嘴，后来吻着吻着就有些刹不住了。

秦孑别墅的厨房，远比当初他和她住的那个花园小区的厨房宽阔明亮许多，可陈恩赐却将这个处处都是品牌厨具的奢侈厨房错看成了那个很小很旧的厨房。

厨房里，少年的秦孑吻着她。

再后来，她大脑晕晕乎乎的，分不清东南西北。她只知道，等她稍微清醒一些时，她已经被他抱进了主卧，放在了床上的被窝里。

他看着她乖巧温软的样子，忍不住闷笑了一下："下次再让我吃醋，还这样收拾你。"

陈恩赐红着脸转开了头，他看到她眼角湿润了，抬起指腹一边轻轻地蹭走，一边问："又哭了？"

陈恩赐将脸埋进了被子里。

秦孑对着她露在外面的头发，反复地亲了好几下，说："你休息会儿，我去煮饭。"

陈恩赐脸埋在被子里始终没反应，秦孑隔着被子，冲着她眉心的位置吻了下，便起身离开了。

直到门关上很久，她才将脑袋从被子里一拱一拱地拱了出来。她摸了摸眉心，又摸了摸被子上他刚刚亲吻的地方，将脸埋在了枕头上。

那个时候……他和她真的挺好的。每一分每一秒，她都觉得很快乐。

那段时间……是她八岁后的那些年里最幸福的一段时间。

她从来没奢望过那样的幸福可以拥有一辈子，但她以为她可以稍微幸福得久一点……

也许她真的可以稍微幸福得久一点，如果没有那个人出现的话。

秦孑端着一盘菜，走出厨房才发现站在餐厅入口的陈恩赐："洗完澡了？"

陈恩赐沉浸在回忆里，迟缓了几秒才回过神来。

秦孑察觉到陈恩赐的异样，问："怎么了？"

陈恩赐望着秦孑恍惚了一阵儿，才彻底从回忆中抽离出来："没什么，就是有点饿了。"

秦孑道："马上就开餐。"

前天，秦楠亲自包了饺子，托人给秦孑送到了家里，还剩了一大半没吃。

秦孑将菜全都出锅后，煮了二十个饺子当主食，跟汤一起端上了桌。

"不是吵着饿了吗？赶紧吃。"秦孑递给陈恩赐一双筷子。

陈恩赐道了句"谢谢"，接过筷子，夹了一只虾。

剥完皮放进嘴里，陈恩赐抬头望了眼秦孑："味道竟然都没变。"

秦孑盛汤的动作微顿了顿，过了一会儿，将汤碗轻轻地放在陈恩赐面前："还没忘？"

陈恩赐低着头专心剥虾，没想太多："哪有那么容易忘？"

秦孑没说话，也没动筷子，坐在对面静静地望着陈恩赐。

陈恩赐吃了小半盘虾，抽纸巾擦手时，发现秦孑碟子里一点油渍都没有，才问："你怎么不吃？"

"吃。"秦孑拿起筷子，夹了一个饺子，放到自己碗里。

等吃了几个饺子后，他才发现陈恩赐一直都在埋头吃菜，便夹了一个饺子，放到她面前："大过年的，饺子一定要吃。"

陈恩赐犹豫了一下，夹起饺子递到嘴边咬了一口。

饺子是三鲜馅的，皮薄馅大，味道没得说，可陈恩赐却没心情品尝饺子的味道。

在北方有个习俗，吃了饺子才叫过年，她已经记不清有多少年，跨年夜她没吃过这种手工饺子了，也记不清有多少年，跨年夜没有人陪着她吃过一顿像样的年夜饭了……

陈恩赐心情有些复杂，有点感动也有点感慨，还有点说不出来的暖。她吃了一个饺子又吃了一个饺子，然后握着筷子的指尖，就泛起了不易被人察觉的轻颤。

秦孑的手机突然响了，打断了陈恩赐复杂的情绪。

秦孑扫了眼手机屏幕，是秦楠打来的视频电话。

他放下筷子接听。

秦楠笑着道："不好意思啊，留守儿童，跟你那边有时差，本想卡着你那边的零点给你送新年祝福的，结果晚醒了一个多小时……"

留守儿童……谁说他是留守儿童，他家小姑娘明明在陪着他过春节。

秦孑自动忽略了是他坑蒙拐骗了小姑娘来他家过春节的，也自动忽略了是他陪着小姑娘过春节不是小姑娘陪着他过春节，毫不客气地对着屏幕"呵"了一声。

一点也不意外，他那一声呵惹得秦楠在视频里怼了他一通，然后给他道了句"新年快乐"，就"啪"地挂了电话。

之后没多久，秦孑的手机又响了，这次是他父母打来的电话，再之后是他的外公外婆、爷爷奶奶……

接连接了几通电话后，秦孑才意识到陈恩赐的手机始终都是安静的，他似是想到什么般，将手机调成了静音，当成睡着的样子，单方面装眼瞎没看到手机屏幕上时不时进的来电。

陈荣说，陈恩赐这些年春节都是一个人过的……原来竟是一个人到如此彻底的地步，连个最基本的新年祝福电话都没有。

陈恩赐面色平静地吃着饭，像是早就习惯了这样的情况，眉目间没流露出半点失落。但她越是这样，秦孑发现自己心越疼。

陈恩赐见秦孑手机消停了下来，以为他终于接完了电话，抬头笑着说：“你家里的亲戚还挺多。”

秦孑知道她只是闲谈，可她越是装成没事的样子闲谈，他心底就越是有说不出来的压抑。他其实一晚上都忍着没提她家里的事儿，大过年的，他是真的不想给她添堵，可他还是没忍住，问道：“……过年，他们也不联系你？”

陈恩赐捏着筷子的指尖用了点力道，不知道是不是当初在H城跟他开口提过家里事儿的缘故，在秦孑面前，她倒是没那么排斥提及，迟疑了两秒，她“嗯”了一声。

过了一会儿，她又抬头笑着说：“打了也没话说，彼此给彼此找不自在。”

秦孑没说话，隔着餐桌静静地望着陈恩赐。

陈恩赐真不想毁掉今晚还不错的跨年夜，她若无其事地笑了：“再说，我也不稀罕他们打，我微博不少人给我道祝福呢，我收到的祝福肯定比他们多多了。”

秦孑还是没说话，但他却伸出手拿起了手机。

陈恩赐正纳闷儿，她的手机就“嗡嗡嗡”地响了。她看了眼来电显示，是秦孑。

陈恩赐没接，抬头又看了眼秦孑。

秦孑依旧没说话，举着手机，没有放下的意思。

陈恩赐实在是摸不透秦孑的意思，她见他那么执着，只好将手机接听，递到了耳边。

“陈兮？”隔着手机和现实，秦孑开了一次口，陈恩赐却能一前一后听到同样的声音。

陈恩赐下意识地“嗯”了一声，她刚想问：“你有什么话不能当面说，干吗给我打电话？”结果话还没到嘴边，秦孑又开了口：“新年快乐。祝你新的一年，心想事成，大吉大利。”

陈恩赐还没从秦孑这不着边的操作里回过神来，他就已经将电话挂断了。

他将手机往餐桌上随意一扔，回视着她有点发蒙的目光：“是的，不稀罕他们打。

“孑爷给你打。

“孑爷一个人顶他们所有人。”

陈恩赐懂了他刚刚为什么打了那通电话。

陈恩赐不知道该说什么。

她真的觉得秦孑这个人太会了，会撩，会不动声色地温暖人。

她终于理解，为什么这么多年来，她没有遇到新的人，不是没有遇到，而是当年遇到的太好了，以至于后来的怎么都入不了眼。

陈恩赐愣了好一会儿，才对着秦孑弯了下嘴角："是啊，孑爷一个人顶全世界。"

时间过得飞快，转眼间就到了初五，陈恩赐要回剧组了。

陈恩赐整个春节都没回自己家，J城的戏份在年前彻底拍完了，这次回组她要直接去W城待上一个多月，所以要先回家整理一些南方过几天开春转暖的薄衣物。

机票订的是傍晚七点钟的，陈恩赐怕时间来不及，早早地就收拾好了行李，带到了一楼。吃完午饭，秦孑拉着行李箱，刚准备送陈恩赐回家，门铃突然被按响了。

"稍等我下。"秦孑走到玄关处，按了接听。

随着里面传出一道"阿孑"，陈恩赐从可视门禁里看到了一张女人的面孔。

陈恩赐虽只是远远地看过那个女人两次，一次是傍晚，没太看清楚脸；一次是隔着马路，只看到了一个面部轮廓，但陈恩赐还是透过视频一眼就认出了来人就是那个秦孑陪着逛过超市的女人。

女人的气质很好，举手投足间都很沉稳，以至于她虽然五官不是那么精致，但给人的感觉却很优雅有韵味。

女人其实哪哪都可见缺陷，可这些缺陷落在陈恩赐的眼底，不但没像当初她点评林静姝时那么理直气壮，反而有种说不出来的危险。

就是因为足够不完美，所以才足够危险。

秦孑看到视频里的人，立刻开了门锁。

随着大门缓缓地打开，陈恩赐看到那女人回到车上，开进了院子里。

陈恩赐当然不可能让陌生人在秦孑家里撞见自己，她指了下楼上："我先上去待一会儿。"

秦孑知道陈恩赐的意思，微点了下头。

陈恩赐拉着箱子，前一秒从二楼电梯出来，后一秒楼下门被打开。

秦孑问："你们怎么过来了？"

"再再和灵灵一直吵着要过来给你拜年，恰好今天路过你这里，就拐了进来。"说话的是按门铃的那个女人，她声音很温柔。

随着她话音落定，紧跟着还传来了两道声音。

一道是稚嫩的童声："孑叔叔。"

一道很年轻，像是二十岁出头的大学生："秦先生。"

陈恩赐佯装无聊的样子，轻手轻脚地踩着楼梯，走到拐角处，漫不经心地往客厅里偷瞄了一眼。

大学生正蹲在玄关处帮小女生换鞋子。那个女人拎着一个大纸袋跟秦孑在讲话："阿孑，这是现摘的草莓，在采摘园我尝了下，味道还不错，特意给你装了两盒。"

秦孑伸出手想去接过来。

"没关系，反正也不重，正好我帮你将草莓洗干净，放在冰箱里冷藏，你随时可以吃。"

女人看起来对秦孑家很熟悉，直接冲着餐厅的方向走去。

"不用了，随便放在哪里就好，回头我自己洗。"

"就一会儿工夫的事……"

阿孑……陈恩赐在楼梯处杵了一会儿，就踩着台阶回了二楼。楼下时不时传来一道"阿孑"，陈恩赐抿了下唇，面色平静地掏出手机叫了一辆专车。等有人接单后，陈恩赐在软件里给司机师傅留了句"来车库那个门接我"，就拎着箱子进了电梯。

陈恩赐从车库出来，等了不到一分钟，她叫的车就到了。

车子开了没几分钟，秦孑的电话就打了过来。

陈恩赐视而不见。

手机一直在掌心里"嗡嗡嗡"响个不停，吵得陈恩赐心烦意乱，她下意识地解锁屏幕，想将秦孑拉黑，但真的点进了他的电话号码，她又下不去手了。心头的那抹躁意更浓烈了，陈恩赐冰着一张小脸盯着又进来的电话看了片刻，将手机往包里一塞，决定眼不见为净。

五分钟后，陈恩赐情不自禁地将手机又从包里掏了出来。

六个未接来电，全都是秦孑打来的。

通话记录突然变成了来电界面……秦孑的第七个电话打了进来。

陈恩赐犹豫了一下，还是接听了。

"陈兮，你在哪儿？"

不知道是不是陈恩赐的错觉，她总觉得秦孑的声音有些紧张。

陈恩赐条件反射地想气哄哄地怼一句"关你屁事"，可她一想到那个女人端庄贤淑、说话柔声细语的模样，不知怎的就收住了飙到嘴边的话。

他不就是陪着她逛过一次超市吗？

她不就是跑到银河大厦给他送过一顿饭吗？

她不就对他家轻车熟路了点吗？

自己犯得着为了这点鸡毛蒜皮的小事儿，毁了自己的仙气吗？

陈恩赐想着，就深吸了一口气，皮笑肉不笑地对着手机说：“在回我家的车上。”

“不是让你等我吗？”

你让我等你，我就等你？当她陈爷不要面子啊！

陈恩赐笑得更假惺惺了：“我看你家里来了客人，怕时间来不及，就先走一步了。”

“你怎么走的？”

我怎么走的关你什么事，好好在家吃你的草莓吧！

陈恩赐嘴角挂着一抹冷笑，却开口平静地道：“我叫了一辆车，为了避免和你家的客人撞上，我特意从地下车库那边走的。”

顿了顿，陈恩赐还故作轻松地调侃了句：“我是不是很机智？”

秦孑没接陈恩赐的话，在电话那头沉默了好一会儿，问：“……刚刚为什么不接我电话？”

陈恩赐心说，故意的，你能怎样？怎么破问题一个接着一个没完没了，那么多草莓还堵不上他的嘴？

纵使她心底煞气重得快要冲破肌肤，可隔着一部手机，她开口的语气听起来却很平静如常：“啊？刚吃完饭，有点困，所以上车眯了一会儿，昨晚睡觉手机被调成静音了，忘记调回来了，没能接到电话。”

许是陈恩赐解释得天衣无缝，电话那头的秦孑没再说什么。但陈恩赐总觉得他想要问什么，其实她也不知道他真要是想问什么的话，到底会问她些什么，可她心底莫名有些期待。

然而手机两端安静了约莫十多秒钟后，秦孑再开口，只是很轻地“嗯”了一声。

陈恩赐唇边的冷笑渐渐地收了起来：“我快到家了，先不说了。”

秦孑：“好。”

陈恩赐收起手机。

明明要保持仙女气的是她，可真这么做了，她发现胸口更憋闷了。

她性子直，藏不住心事，唯独对两件事耿耿于怀不肯宣之于口——

一件是六年前的那个人，一件就是现在这位她连名字都叫不上来的女人。

以前她也想不通，喜欢秦孑的女人不少，例如林静姝，上赶着送房卡的事林静姝都做过，可她也没多么往心里去，怎么换了这两个人，她就那么介意那么无法释怀？

直到此刻她才知道，因为她感觉到了危险。

从第一眼见到她们，她就读到了一种讯号，一种让她受伤的讯号。

她怕受伤，所以在感受到这种信息后，就毫不犹豫地开启了自我保护功能。

有关六年前的那个人，陈恩赐其实很不愿提及。即便她很努力地将那个人封杀在脑海中，可这些年来，只要她想到秦孑，那个人总是会紧随其后在她脑海里晃一圈。

那个人叫苏南南。

长得还算漂亮，但对陈恩赐来说，让她畏惧的从来都不是颜值，苏南南真正让她畏惧的是一眼看上去的天真和无害。

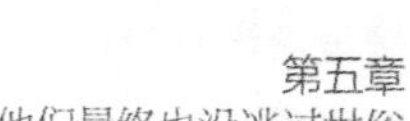

陈恩赐和苏南南的缘分，可以追溯到她住进花园小区的第一天。

严格意义上来说，她算是苏南南的救命恩人。

没错，她住进花园小区的那晚，在小胡同里从一个彪悍的男人手下救走的那个女孩子就是苏南南。

她和苏南南是在认识林染的那一天互留的联系方式。

陈恩赐其实没想着和苏南南有太多交集的，对她来说，出手相救只是举手之劳。可苏南南嘴太甜又很会黏人，一口一个姐姐，无辜而又可怜，她没拗得过苏南南，就互留了电话号码。

有时候她在想，如果那一天，她没跟苏南南交换电话号码，是不是事情就不会走到分开的那一步。

只可惜，这个世界上从来都没有如果。

该发生的故事终究还是会发生，该走散的人终究还是会走散。

苏南南有了陈恩赐的电话号码后，每天都会给她发消息，就算她忙得没工夫搭理苏南南，苏南南也会坚持不懈。苏南南是真的会说话，不像她，脾气暴躁一言不合就怼天怼地怼空气。

苏南南不是喊她姐姐，就是喊她兮姐。苏南南会跟她分享自己的小秘密，也会跟她说早安晚安，还会告诉她拍戏要注意休息，多喝热水。

苏南南会要她地址，在最冷的寒冬给她寄暖宝宝；苏南南会记住她无意之间透露出来的一点信息，然后在她回 S 城时，早早地守在机场接机；苏南南会在出去旅游的时候，给她带礼物……

没有人能做到对这样的一个人一直保持着疏离和抗拒，陈恩赐也不例外，她渐渐地和苏南南越走越近。慢慢地，她回到 S 城会约苏南南出来见面，再慢慢地苏南南不但闯入了她的世界，还闯入了秦孑的世界，也顺势闯入了容与和林染的世界。

起先，苏南南每次都是陈恩赐带着，才会和秦孑他们见面。陈恩赐那个时候虽然没有担什么大角色，但也都是戏份很不错的配角，有时候在剧组里一待就要待上大半个月。

苏南南那么会哄人，林染和陈恩赐一样都神经大条，两人因陈恩赐相识后，一回生二回熟，再后来，即便陈恩赐不在S城，苏南南也能跟着林染混到秦孑和容与跟前。

陈恩赐从未多想过，只当大家是朋友。

那个时候早已有了微信，春节聚会的时候，苏南南建了个群，将大家都拉了进来。聚会结束，群未解散，苏南南每天都会在群里聊天。

而当时的陈恩赐已经小有名气了，有了经纪人，也有了助理，每天都在飞来飞去跑通告。

偶尔闲暇下来，陈恩赐会去群里看下他们的聊天记录，秦孑一如既往的话少，容与和苏南南话最多，林染居中。

那段时间，陈恩赐没怎么回过S城，和秦孑仅有的见面都是靠着视频。苏南南却和他们吃饭的次数很频繁，其中有一周四天晚上他们都约了夜宵。

即便如此，陈恩赐也没觉得哪里不妥，林染和她关系更好一些，偶尔私下给她通电话，也没任何不对劲的地方，所以陈恩赐是真的没任何危机感。

过完那一年的春节，春天就到了。三月二十号，在接近陈恩赐生日的那天，她总算有了几天休息时间。陈恩赐谢绝了工作人员陪着过生日的提议，将近一个月没见男朋友的她，连夜搭乘飞机赶回了S城。

陈恩赐想给秦孑一个惊喜，可是秦孑却不在家。她给秦孑打电话，才知道是他们机器人的研发又一次失败了，整个团队聚在一起正开会。秦孑听到她回来，很高兴，说晚一点就回来了，让她先休息。

在飞机上睡了一觉的陈恩赐，没什么困意，但有点饿意，再三跟自家男朋友表示慢慢来不着急后，她就去联系林染了。

林染二话不说答应了陪她去吃东西，只是在陈恩赐说喊上苏南南时，隔着手机，林染的语气一下子冷了下来："别喊她了，我有事要跟你说。"

陈恩赐以为林染和苏南南闹了什么小矛盾，女生之间的友谊一向如此，什么都能产生不愉快，又能很快好得跟连体婴一般。

陈恩赐和林染约在了火锅店，她先到的，点好菜，拿着筷子边涮肉，边对姗姗来迟的林染劝道："染染，你跟南南是不是闹了什么别扭？大家都是朋友，没必要啦……"

林染没说话，端着酒瓶倒了一杯酒，一口闷了一大杯。

陈恩赐追问："到底怎么回事，你跟我讲讲？要是南南不对，我去找她，让她给你道歉。"

林染抬头，隔着火锅冒出的雾气，望着陈恩赐动了动唇，欲言又止。

"到底怎么了？这可一点都不像你……"

林染又喝了一杯酒，低头盯着空掉的玻璃杯看了一会儿，然后像是下定决心般，抬头对上了陈恩赐的眼睛："兮兮，你小心着点苏南南。"

陈恩赐笑了："不是，染染，我小心她什么？"

"我不确定是不是我想太多了，但我觉得苏南南不是什么好人，她绝对不像是你我看到的那么单纯。她接近你也好，通过你接近我也罢，我觉得她都不是为了和你我做朋友，她真正的目的，是……"林染抿了下唇，对上陈恩赐的眼睛，"……是孑爷和容与那两个傻子。"

陈恩赐嘴边的笑收敛了许多："……染染，会不会是你想太多了？"

"我也希望是我想太多了，但是我前两天手机没电，用容与手机玩游戏的时候，恰好在游戏里碰到了苏南南。她一口一个与哥哥在游戏里私聊容与就算了，还给容与送了很多皮肤……"顿了顿，林染像是在犹豫什么般，迟疑了一会儿，才继续说，"除此之外，我还翻看了她和容与的微信聊天记录。在我们不知道的背后，她给容与点过很多次下午茶，容与那个傻子你也知道，话多得不行，所以他们聊得很多，聊天记录里不止一次提到你家那位男朋友。"

陈恩赐张了张口，没说话。

林染继续喝了半杯酒："还有就是，苏南南前天在你家过的夜。"

陈恩赐握着筷子的指尖，微抖了一下，夹住的鹌鹑蛋掉进了锅中，溅起的辣油落在了她的手背上，烫出一股钻心的疼。

"兮兮，我不是在挑事，我只是把我知道的都告诉了你。我以前也以为苏南南什么都没瞒我，讲真的，我看到容与手机上那些聊天记录，我怎么都不敢相信，我还再三确定了好几次那是不是苏南南的微信号。

"兮兮，苏南南明知道你和孑爷的关系，还这样做，她显然是没把你当朋友。你最近那么忙，整天飞来飞去，不在孑爷身边，而苏南南有大把的时间在他们身边耗。俗话说得好，女追男隔层纱，我劝你还是长点心，别到时候被人撬了墙脚……"

陈恩赐面对林染的絮絮叨叨，始终没说话，但她却拿起手机，点进了微信。

她点开苏南南的聊天框，划拉屏幕才后知后觉地发现，不知从什么时候开始，苏南南不像从前那样黏着她了，有时候她们俩都能两到三天不发一次消息。

陈恩赐退出微信时，发现苏南南卡哇伊的动漫头像换了。

也许这个头像是很早之前就换了，只是她刚巧点了下，刷新了过来。

苏南南的头像看起来黑乎乎的，缩小后看不出什么，可陈恩赐放大后，发现那是对着窗户拍的一张倒影。里面有两道身影，从轮廓上来看，陈恩赐一眼辨认出除了苏南南外，另外一个是……

"依照我对孑爷的了解，前天苏南南在你家过夜，应该也是她耍的什么小伎俩，孑爷和她不至于发生什么，但是，这也只是我的依照，我觉得你还是要留意下……"

林染叨叨了半天，发现陈恩赐盯着手机屏幕半晌不吱声，便伸出手在她面前晃了下："看什么呢？"

陈恩赐没说话，眼睛眨也不眨。

林染站起身，凑到陈恩赐跟前。

林染看着屏幕上那头黑乎乎的照片，没看懂："这照片有什么好看的？兮兮？"

陈恩赐回神，看了一眼林染，迟疑了一小会儿，抬起手，指了下右边的那道身影："这……是秦孑啊。"

林染眼底浮出怒意："我果然没想多，她就是个漫天作妖的贱坯子！"

林染骂够了，见陈恩赐一直没说话，就也跟着沉默了下来。

陈恩赐小脸仿佛被冰封了般，寒意森森。林染很少见这样的陈恩赐，心底有些担忧，半晌，她才动了下唇："兮兮，你别乱想，说不定苏南南吃定了你脾气暴躁，故意搞出这种操作，好暗中看你和孑爷撒泼大闹，趁机挑拨你们。

"真的，兮兮，虽然我也很生气，但是我觉得还是要搞清楚事情真相，不能上当！

"尤其是不能在气头上，最失去理智的时候去吵架，因为那个时候说的话往往都不经过大脑，很容易伤人伤感情的。

"再说，苏南南若是真把你当朋友，你生气也值当；若她没把你当朋友，你生气伤身，她还真不配！"

陈恩赐食不知味地吃了一个小时的火锅，林染苦口婆心地劝了她一个小时。林染担心她，还特意先陪着她走到花园小区。分开之前，林染还没忘记嘱咐了好几句要陈恩赐冷静，见了秦孑的面要好好跟他谈。

吃了一顿火锅回来，秦孑还没到家。

陈恩赐去洗了个澡，冲掉了一身的火锅味，然后就坐在客厅的沙发上，开始看电视。

电视里正在播一部狗血剧，里面正好演的是小三上位的戏码，她看着被赶出家门哭得伤心欲绝的原配，手指一点一点地弯曲，握成了拳头。

秦孑过了十二点才回来。听见门响，陈恩赐扭头望去，随着门开，她看到了有些时日没见的男朋友。

秦孑看上去很疲惫，不知是不是没睡好的缘故，眼尾处天然的淡红色比平时深上一些。不过他看起来还是很帅，尤其是在和她眼睛对上的一刹那，微勾的嘴角和微弯的双眸，又暖又苏。

他换完鞋，走到她身边，将手里拿着的书和本子往茶几上一丢，就弯身将她抱进了怀里："好久不见，我的小女朋友。"

他将脸埋在她脖颈里，深吸了几下，然后轻轻地蹭了蹭她的肩膀，才放开了她："我去洗个澡。"

秦孑脱掉外套，进卧室，拿了身干净的衣服，往浴室走去。

推开门之前，他像是想到什么般，扭头看了眼陈恩赐："对了，前天你让苏南南来家里拿走了你的 iPad？"

陈恩赐眨了眨眼睛。

"没有吗？"秦孑蹙了下眉，"她说是你答应借的，那天我在开会，开了整个通宵，根本走不开，见她和你真的聊了微信，我就把钥匙给她了。"

陈恩赐这才想起来，真的有这么一件事，不过不是前天，是比前天还要早两天："是有这么回事。"

确定完，秦孑"唔"了声，推门进了浴室。

趁着秦孑洗澡的工夫，陈恩赐将这件事告诉了林染。

林染："那苏南南真够心机的，趁着孑爷和容与他们开会，跑去装作很急的样子借东西，然后赖在家里大半夜，那不摆明了就是让人误会嘛。如果我没猜错的话，她一定是早上拎着早餐去给孑爷送钥匙的，还说什么，不好意思打断他们开会，一直在门外等着。

"不是我吹牛，兮兮，我这百分百还原了现场。因为她和容与那个大傻子聊天的时候，好多次都是这种套路，骗男人一骗一个准儿。

"这事儿是误会最好了，不过你还是要防着她。"

秦孑洗澡之前，手机就丢在陈恩赐面前。他手机密码是他和她在一起的那一天的日期。

只是一个伸手，陈恩赐就能点开微信，看看苏南南和秦孑究竟聊了些什么。

但陈恩赐没有。

或许在旁人看来，要么是骨子里的自信，要么是骨子里的相信，让她不像其他女人一样，怀疑自己的另一半和别的女人有牵扯时悄悄地查看手机。只有陈恩赐清楚，不是自信也不是相信，是不敢。

陈恩赐回来的第二天晚上，他们组了个聚会。

林染是不想让苏南南来的，但容与那个脑子缺根筋的人，并未发现有什么问题，在苏南南给他发消息问他们在哪里时，毫不犹豫地就分享了一个定位过去，还顺势问了句，来不来？

二十分钟不到，苏南南就出现在了包厢门口。三月下旬的S城，白天虽然很暖和，但到夜里还是有些凉意，苏南南却穿着一件很精巧的吊带裙，配上她惯有的无辜神情，怎么看怎么让陈恩赐觉得她还是从前那个喜欢黏着自己的苏南南，根本无法将她和林染口中的人联系在一起。

无法联系归无法联系，在林染的提醒下，陈恩赐还是感觉到了苏南南和以前的变化。

大概是这段时间苏南南和他们都混熟了，她虽然还是和从前一样一口一个姐姐地喊着陈恩赐，但她大多数的话都是专挑着秦孑和容与的话题接。

那个时候的容与就已经是个喜欢张罗大家玩游戏的游戏黑洞，那天的游戏都是大冒险，骰子上贴着什么做什么，还蛮赶巧的，苏南南和秦孑在一场游戏中撞在了一起：对唱《广岛之恋》。

苏南南眨巴着眼睛，看向陈恩赐："姐姐，只是一首歌，我能和孑哥唱吗？"

不知道是不是心理作用，陈恩赐总觉得苏南南这句话充满了挑衅。

只是一首歌，陈恩赐和容与还合唱过，说明不了什么，可那一刻，她其实是很想拒绝的。

想归想，她嘴上说的话，却很轻描淡写："你们唱啊。"

苏南南见陈恩赐答应了，立刻拿了两个话筒，将其中一个递给秦孑。

秦孑捏着陈恩赐的手，没接。

输得最多喝得也最多的容与，见秦孑无动于衷，他敲着酒杯指责："不是，秦狗你什么意思？该不会是玩不起吧？"

容与话都还没说完，就被林染毫不留情地踩了一下脚。

在容与疼得"嘶"的吸气声中，秦孑懒洋洋地"嗯"了声："玩不起。"

陈恩赐心底的那抹不舒服就那么散了。

苏南南神情垮了，但很快就笑得无害又乖巧地开口说："没关系的，听孑哥的。"

说着，苏南南还羡慕地来了句："孑哥对姐姐好好哦。"

林染无声地冷笑了下，就把心头的那抹火发在了"咕咚咕咚"喝酒的动作上。

陈恩赐和秦孑谁都没说话，唯独容与在那里哇哇乱叫："林染，你干吗踩我的脚！而且还是用鞋跟踩，你谋杀啊！"

林染像是被容与吵烦了般，拿起一个抱枕砸在了容与的脑门上："你给我闭嘴，我踩你怎么了？我还打你呢！"

游戏的小插曲，谁都没放在心上，抑或说，有人放在了心上，但谁都没有表现出来。

包厢里的气氛继续其乐融融闹闹哄哄。

到后半场时，陈恩赐去了一趟洗手间，她在隔间里接到了经纪人的电话，就聊了一会儿。

走出洗手间，陈恩赐正准备打开水龙头洗手，不知什么时候来到洗手间的苏南南喊住了她："姐姐。"

陈恩赐抬头，透过面前的镜子看向苏南南。

苏南南可能喝多了，脸红红的，望着她的眼睛也红红的："姐姐，我受不了了，我忍了好久，可我忍不下去了……我真的不想告诉你，但是我真的憋不住了……姐姐，我喜欢孑哥。"

陈恩赐低着头，洗手的动作微顿了下，没说话。她很平静，就仿佛苏南南口中说喜欢的人，和她毫无关系般。

苏南南无辜澄澈的眼底，蓄满了泪水："姐姐，我知道我不该喜欢他的，可我做不到，我管不住我的心，我真的好喜欢好喜欢好喜欢他，我晚上做梦都是他，我白天没心情做任何事情，总是会想到他……我知道你和他在一起，我也想过不要去喜欢他，我真的努力过，但是失败了……我不仅没能忘掉他，我反而更喜欢他了……姐姐，我能不能喜欢他？"

陈恩赐认真地冲掉手中的肥皂，关掉水龙头，抽了两张纸巾仔细地擦着手。

苏南南走到陈恩赐身边，楚楚可怜地望着陈恩赐："姐姐，你让我喜欢他好不好？姐姐，你让我和你一样喜欢他好不好？"

陈恩赐将擦完手的纸巾捏成了纸团。

大滴大滴的泪顺着苏南南的脸砸了下来，她那模样看起来像极了爱到极致无比痛苦："姐姐，你让我追他好不好？你们没结婚，我不算小三的，我可以追他的，你别恨我好不好？

"姐姐，我真的觉得我可以追上他……孑哥会喝我送过去的奶茶，会吃我送过去的下午餐，会在下雨的时候把伞给我用……就在前天晚上，我身体不舒服，他还留我在你们家里休息了……

"姐姐，你跟我说过，你根本不想结婚。你既然不想结婚，那你迟早要跟孑哥分开的，所以我追他好不好？我愿意结婚，我愿意嫁给他，我愿意为他相夫教子，我愿意……"

陈恩赐将纸团往垃圾桶一丢，转头看向苏南南："你想追就去追吧，不用跟我说。"

陈恩赐的语气很淡，透着一抹说不出来的冷。她说完，片刻都没逗留，就直接走人了。

回到包厢，她才发现，秦孑不在。她等了一会儿，见秦孑还没回来，刚想出去找他，包厢门被推开，秦孑走了进来。

“去哪儿了？男朋友。”等秦孑坐下后，陈恩赐拿着叉子，戳了一块哈密瓜，笑嘻嘻地递到他嘴边。

秦孑盯着陈恩赐的眉眼看了一会儿，张口叼走了哈密瓜。

苏南南说什么她身体不舒服，他留了她在他们家里过夜……那都是瞎扯。那天他开了一夜的会，直到第二天早上散会，才想起来钥匙被苏南南拿走了。他没苏南南的电话，正准备让容与帮他去联系苏南南时，苏南南就拎着早餐来送钥匙了。当时苏南南怎么说的来着，说她看他们在开会，没好意思打扰……

苏南南是胡编乱造，可陈恩赐不知道具体发生了什么，为什么一点反应都没有？

苏南南对她男朋友一口一个喜欢，一口一个追他，苏南南都表现得那么虎视眈眈、挑衅十足了，她怎么还能如此毫不在意无动于衷？

她到底是过于自信呢？还是根本不在乎他呢？

还有，苏南南说什么陈恩赐根本不想结婚……她不想和他结婚吗？

很多琐碎的细节，单拎出来，真的根本不值一提，可当矛盾来了，那些曾经被忽视的小细节，就会被放大。

秦孑想到了他第一次去横店探班，她亲眼所见林静姝给他塞了房卡，却不闻不问；秦孑想到了他在春节前夕想带她去选对戒指，被她找借口拒绝掉了；秦孑还想到了他和她为了逃婚离家出走的，现在在一起了，提出一起回J城过年，而她却临时以公司安排了工作为借口大年三十还在外面飞……

和陈恩赐交往的这几个月，他们几乎没闹过矛盾，就算是有些不愉快，秦孑也会第一时间妥协的。

他家小女朋友那么乖，他想让她留在他身边的每一天都是开开心心的。

他也知道，小女朋友和他最开始在一起的时候，并没那么喜欢他。可这都过去多久了，他把能给的、能想到的，都给了她。

人心都是肉做的，再凉的心，也能被捂热。可到现在他才发现，他怕是捂热一块石头，都捂不暖他家小女朋友的那颗心。

是人都不会是完美的，他也一样，他会有欲望，会有渴望，也会想要更多。

他想从他小女朋友的眼底看到在意，看到醋意，看到爱意。

所以他做了试探。

知道吗？

这个世界上最不能被试探的就是爱情和人性。

那天晚上，在回家的路上，秦孑掏出手机，滑了一会儿屏幕，说："苏南南加我微信了。"

陈恩赐"哦"了一声。

"她连续给我发了三次申请。"

陈恩赐又"哦"了一声。

"我要同意吗？"

陈恩赐往前走了两步，声音很淡地说："随你啊。"

秦孑眼神凉了下来，他默不作声地跟着陈恩赐往前走。

深夜的街道上很安静，有只流浪猫沿着街道蹿过，在经过两人面前时，嘴里发出很细的"喵"叫声。

秦孑看着没入草丛中的猫的身影，突然不甘心到了极点："我同意了。"

陈恩赐"嗯"了一声。

"毕竟加了我那么多次，总是忽视显得太没礼貌。"

陈恩赐又"嗯"了一声。

秦孑像是一拳打在了棉花上，使不出力道，也使他心底越发憋火。之后，他一个字都没再说，她也安静得不像话。

回到家，秦孑将钥匙往旁边的鞋柜上一丢，换了拖鞋，就进了主卧。

陈恩赐在门口站了一会儿，才走进客厅，坐在沙发上。没多久，主卧的门打开了，她带着几分希冀看向门口，秦孑却看也没看她一眼就进了浴室。

他洗完澡出来后，依旧没看她。

陈恩赐盯着再次关上的主卧门，抿了抿唇，回了次卧。

和秦孑在一起后，只要住在花园小区，他和她一定会睡在一起，那一晚是他和她第一次在花园小区里分房而睡。

那天晚上，陈恩赐没怎么睡好，闭着眼睛做了一夜的梦。

说是梦，其实也不是梦。

她知道那都是真实发生的事情，只是那些事情的主人公不是她，而是她妈妈。

她知道自己有个爸爸，但是她小时候真的很少见到爸爸，有时候大半年见一次，有时候一年见一次。从她记事起，围绕在她身边的只有奶奶和妈妈。她不清楚爸爸是做什么工作的，她只知道可以称之为陌生人的爸爸很富有，每个月会派他的司机过来给她们送很多东西，妈妈之所以留在这里，是因为奶奶不想离开。

奶奶是在她上小学二年级去世的，奶奶走后，妈妈也没继续留在乡下的意义，也为了让她可以早点接受更好的教育，便对爸爸提出去找他。

一开始，爸爸会以各种理由拒绝妈妈，后来妈妈察觉到了不对，开始和爸爸隔着电话吵架。她记得有将近一个月的时间，她每天晚上总能听到妈妈恼怒的质问声或摔电话的动静。

后来她放暑假了，妈妈收拾了一夜的东西，说带着她去找爸爸。

再后来，她和妈妈看到了林菀尔和陈荣。

在陈恩赐的印象里，妈妈是个很好相处的人，很少动怒，但是那段时间，妈妈就像是变了个人一样，控制不住情绪，动不动就大哭大闹，在她身上再也看不到往日的优雅从容，看到的只有歇斯底里。

陈青云起先还怀有愧疚，对着妈妈会道歉，会认错，会请求原谅。可是时间长了，耐心也会耗尽，陈青云开始觉得妈妈不可理喻，无理取闹。

她记得有一次他们吵得很凶，凶到酒店里的东西都被砸了，就是那一天陈青云对着妈妈说的离婚。

她从来没有见过妈妈那么可怕的一面。妈妈就像是变成了一个怨恨到极致的恶魔，盯着陈青云说，他休想离婚，除非她死。

耐心耗尽的男人，远比女人狠心多了，陈青云第二天就安排了律师谈离婚。因为妈妈的不配合，律师最后说走司法程序，起诉离婚。

妈妈要见陈青云，陈青云想要躲开妈妈，太容易了。

妈妈连律师都没找，面对陈青云安排的律师，从一开始愤怒地斥骂，变成了我不可能离婚，再到后来只有一句想要离婚除非我死。

她是真觉得妈妈挺可怜的，心甘情愿从大城市跑到乡下照顾了丈夫母亲八年，怀孕的整个过程丈夫没陪在身边不说，就连生产的那天都是一个人在医院度过的，可最后呢，最后丈夫瞒着她在外面有个新家。

可那个时候的她，还不到八岁，除了觉得妈妈可怜和爸爸错了，她什么都做不了。她好几次晚上去洗手间，看到妈妈还没睡觉，一个人在哭，嘴里还念着自己不会离婚的，再后来，妈妈只能借助安眠药才能勉勉强强睡一会儿。

那个时候，妈妈已经有很长时间，没关心过她吃饱了没，穿暖了没。

她不想留在 J 城了，她想回乡下，哪怕没有爸爸，只要有妈妈陪着她，她也觉得足够了。她哭着对妈妈说，她们回去吧，她可以不要爸爸的。

她不清楚是不是她的哭管用了，妈妈真的答应了她，说带她走。那天下午，妈妈又给陈青云打了个电话，可陈青云没接。陈青云大概是太想摆脱妈妈了，开始用钱砸妈妈，想让妈妈在离婚协议书上签字。那天的妈妈，很冷静，冷静地说自己想想，第二天给答复。

然后……妈妈再也没有第二天了。

妈妈答应她，第二天就带她回乡下。妈妈告诉陈青云，第二天给他答复。

她也好，陈青云也好，他们谁都等不到她妈妈的第二天了。

永远都不可能等到她妈妈的第二天了。

做了一夜梦的陈恩赐，是从妈妈躺在满浴缸血水中的画面惊醒的。

那已是次日中午，她出去洗漱时，主卧的门还关着。她以为秦孑还没睡醒，叫外卖的时候，还带了他那一份。直到他那份外卖凉透了，她才知道秦孑一大早就出去了，她也不知道他去哪里了。休假的她，在家里等到晚上十点钟，他才回来。

她以为他不高兴了一天一夜，应该好了，可他还是没跟她说话，和头一晚一样当她不存在般，回了主卧。

陈恩赐也不清楚究竟是为什么，她和他明明很好，怎么短短的两天就变成了这样。

她承认有她自己的原因，她对感情一直都是很消极的态度，她从没想过未来，与其说是没想过，确切地说是她不敢想。

就连当初答应和秦孑在一起，她心底想的也是，哪怕有一天他跟她分手了，他那么帅，对她又那么好，她也是不亏的。

她其实也想去问问，苏南南和他究竟是怎么一回事。

她还想问问，他同意苏南南的微信好友请求，是不是因为欣赏苏南南，或者是不是对苏南南有了那么一丝丝的心动。

但也只是止于想，她并未付诸行动。

她见过母亲对着男人一哭二闹三上吊的画面，狼狈、难堪、歇斯底里。

然后呢？

然后逼疯了自己，换来的是男人更深的嫌弃和厌恶，以及恨不得立刻摆脱的嘴脸。

所以她没问，没敢问。

她怕听到自己害怕的答案，怕不知道该怎样面对那个局面。她不想吵架，就是因为她见了太多她妈妈和陈青云吵架的画面，所以她从骨子里反感两个人争吵。她觉得很没意思，若是两个人真的没了感情，吵来吵去，吵到最后，也吵不回当初的相爱。

也或许除了怕之外，她也在等，等秦孑主动跟她提，等秦孑像对以往那些对他示好的女孩子那样对苏南南，和苏南南快速切断。然后，她笑嘻嘻地说他太没风度了，他回一句小女朋友说得对，但是我下次还犯。

陈恩赐没问，秦孑也没说，他和她就那么开始了冷战。

他们虽没说过话，却在无形中较着劲儿。他们互不退让，都想着试探出对方的底线，也都想着让对方先迈出一步，借此证明对方是在意自己的。

他和她相逢得再戏剧，相处得再美好，最终也没逃过世俗。

他们变成了芸芸众生中再普通不过的情侣，他们患得患失，他们疑神疑鬼。

陈恩赐只有六天的假，六天里有四天她和秦孑都是在冷战中度过的。

最后一天是陈恩赐的生日，生日过后的第二天上午八点钟，她就要飞C城去录制节目了。

生日的前一晚，陈恩赐犹豫着给秦孑发了条短信，问他明天要不要一块儿吃个饭。

午夜十二点，生日来临的那一刻，她反复地看手机，以为可以等来他的祝福。

她收到了一条又一条的消息，接到了一个又一个的电话，她都没等到她一直等的那一个。

她当时真觉得她和秦孑走到了尽头，可她却没想着要先说分开。她想是他先告的白，就还是他先说吧。他若是不说，那她和他也许还会好起来的……

生日那天，她颓废地在次卧躺到了下午两点钟，才垂头丧气地拉开了门。她刚出门，脚就被绊了一下，低头一看，是一个盒子。

盒子有一面是透明的，里面坐着一个鲜花堆砌的小兔子。

盒子上贴着一张字条，字条上写着一句话：生日快乐，小女朋友。

简简单单的八个字，瞬间让她心情大好。什么苏南南，什么微信好友，什么四天的冷战……在那一刻都变得不值一提。

他和她之间紧绷着的那根弦，一下子就消失了。她“嗒嗒嗒”地跑回次卧，拿着手机就开始给他发消息。

“好饿哦。”

“你家女朋友还没吃早餐午餐，饿死了要！”

秦孑很快就回了她消息：“在开会。”

她刚看完前一条消息，他的下一条消息就进来了：“想吃什么，给你点外卖。”

她按着手机，打了一串想吃的，打完后，又补了句：“就吃楼下的米线吧。”

秦孑下完单后，给她发了一张截图，然后又发来了一条消息：“晚上回去给你做你想吃的。”

下午六点，秦孑拎着从超市买的大袋小袋回了家。

听到动静，陈恩赐立刻从次卧跑了出来，她可乖可乖地奔到门前，帮他拿了拖鞋。

秦孑笑了声，将手中的袋子放在地上。换完鞋后，他将她一把抱起，放坐在了鞋柜上，然后用手扣低她的脑袋，微仰着头和她接了个吻。

他侧头吻她时，她睁开了一下眼，看到他突起的喉结，她放在他肩膀上的手，蓦地就揪住了他的T恤，整颗心被撩得一颤一颤的。

秦孑做了一大桌子的菜，全都是她喜欢吃的。吃完后，他去洗碗，她去洗澡。她从浴室出来的时候，他正好关了厨房的灯，她指了指身后的浴室，没经过大脑就来了句：“你快去洗澡，我给你暖被窝。”

不太清楚是她那句话撩到了他，还是他们冷战的那几天起了作用，那天晚上的秦孑很“过分”。

陈恩赐半条命险些折在他手里，每次她以为他结束了，终于肯放过她了，他就又来了。越往后，他越没完没了得寸进尺，最后一次的时候，他吻着吻着像是带了气，用牙齿重重地咬了她一下。

她记着自己要录节目的事，被他咬得缩了下脖子，声音娇娇地提醒他：“别用力，会留痕迹的。”

他笑着减轻了力道，唇贴着她的肌肤，含混不清地说：“嗯，轻点。”

她没说话，脸红红地往他怀里钻去。

他抱紧了她，手指玩着她的头发，然后在她快要睡着时，低头吻了下她的头顶：“陈兮？”

“嗯？”

“跟我回趟J城吧。”

困意跑了一大半，她迟缓了半分钟，从他怀里抬起头。

他对上她的眼睛，又说：“我爷爷下个月生日，我们一块儿去给他过生日。正好那天，你也见见我家里的人。”

见见我家里的人……陈恩赐当然知道这句话代表着什么。她和秦孑在一起的时候，是没想过结婚的事，可现在他提出来了，她也没像之前那样很肯定地对他说她不想结婚。

陈恩赐只是本能地说：“怎么这么突然？”

“不突然了，想了好久了……”秦孑往床尾移了移，让自己脸对准陈恩赐的脸，“想把你娶回家好久了。”

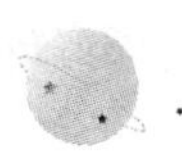

第六章
等不及想要追你了

“小姐，到了。”

司机的提醒声，让陈恩赐回了神。她看到车子停在了家楼下，这才急忙下了车。

不管是当年，还是现在，秦孑的桃花是真的多……

纵使刚刚和秦孑通电话时，她表现得再像个没事人一样，可想起过去又想起刚才，她心底还是有些说不出来的窝火。

从电梯里出来，陈恩赐看到站在门口的秦孑，愣了愣，心口憋着的那股邪火莫名就散了。

秦孑倚着墙壁的身子缓缓地站直了：“司机绕远路了？”

陈恩赐一愣。

绕什么远路，从他家到她家，不管走哪条路都没太大差别，倒是他……

没等陈恩赐问出口，秦孑像是知道她要说什么一样，笑着对上她的眼睛：“我是超速了。”

陈恩赐没想到秦孑竟会直接承认，张了下嘴，一下子说不出话来了，总觉得气氛变得有些怪怪的。她回视着秦孑的目光，看了好一会儿，才“哦”了一声，说了句“那你等着交警叔叔的罚单吧”，然后就走到门前，输入密码进了屋。

她没关门，也没跟门外的秦孑说进来，只是在换完拖鞋后，顺道往门口丢了一双男士拖鞋，就头也不回地推着箱子往里走去。

秦孑盯着那双拖鞋，知道那是傲娇的小姑娘默许了他进屋。他眼底浮现了一抹笑意，过了几秒钟，才迈步进屋。

主卧的门没关，秦孑一进去，就看到正对着衣柜选衣服的陈恩赐：“需要帮忙吗？”

陈恩赐一边取衣服往地毯上丢，一边回：“不需要。”

秦孑“哦”了一声，踏进更衣室，将她选出来的衣服，一件一件地叠好放进行李箱里。

有了秦孑帮忙，行李很快就收拾好了。

去 W 城要住很久，陈恩赐习惯性地想带两套床单被褥过去。

阿姨将洗干净的床单被褥放在了衣柜的最上方，陈恩赐蹦了两下，没能拽下来。就在她想着搬个凳子过来时，秦孑站在她身后，问：“哪个？”

陈恩赐随便抬了下手：“就最上面的那两套就可以了。”

秦孑轻而易举地拿了下来。

陈恩赐道了一声谢，抱着床单被褥，走到箱子前。

秦孑刚准备将柜门拉上，视线却被里面叠得整齐的一张床单吸引了过去。他伸出手碰了一下，熟悉的触感和面料，让他认出那就是她当初从他家里卷走的那张床单。

她竟然还留着？

秦孑扭头，看着陈恩赐蹲在地上，想尽办法将床单被褥装进已经快塞满的行李箱里。

秦孑笑了下，又回头看了眼那张床单。

等秦孑再看向陈恩赐时，小姑娘实在是塞不进去要带走的东西，已经暴躁地把半个箱子的东西全弄乱了。

看着快要拆箱子的小姑娘，秦孑眼底的笑意更深了，他拉上柜门，走到她跟前：“我来吧。”

“不用，我可以。”

“你可以把剩下的半个箱子也弄乱。”

陈恩赐“呵呵”了一声，撒手不管了。

她倚着首饰柜，看着秦孑给自己整理箱子。她怎么塞都塞不进去的东西，在他有条不紊的动作下，不但全塞进去了，还留出一些空余的位置。

收拾好行李，陆星还没到。陈恩赐看秦孑没有要走的意思，也没赶他走。她去餐厅给自己倒了一杯水，喝完后，才想起来还没招待“客人”：“你喝水吗？”

“不喝，谢谢。”

陈恩赐“哦”了一声，还是倒了杯水，放在秦孑面前。

秦孑又说了句：“谢谢。”

陈恩赐没说话，坐在秦孑对面的沙发上。

他没说话，她也没说话。他低着头看手机，她煞有其事地看着打开的电视。

途中好几次，她抬头看向对面的他，想问他为什么超速来她家，但话到嘴边，却没问出口。

电视机的声音开得很低，房间里安安静静的，偶尔听到一两句广告词的声响。

过了不知多久，秦孑放下手机，抬起眼看了陈恩赐数秒，忽然开口："陈兮。"

陈恩赐扭头："啊？"

"你不问我为什么过来吗？"

陈恩赐心跳忽地慢了半拍，迟疑了两秒，问："你为什么过来？"

秦孑没说话，房间里又安静了下来。

陈恩赐抬头看向秦孑，是他先开的头，他怎么反而不说话了？

就在她想要动唇的时候，秦孑对上她的眼睛，出了声："怕你不高兴。

"怕你多想。

"怕你误会。"

有些错误，人年轻的时候都会犯，那是因为那个年纪特有的不成熟导致的。到了一定年龄，会慢慢地体会到，面子其实没那么重要。

陈恩赐指尖微颤了下，过了好一会儿，才消化完秦孑话里的意思。虽然她早就猜测他超速过来，是怕她不高兴，怕她误会，可真的从他口中得到确切答案时，她发现自己的情绪还是波动得有些厉害。

她避开秦孑的视线，哼哼唧唧地说："我有什么可误会的？"

陈恩赐声音很小，像是自言自语，却被秦孑耳尖地捕捉到了，他解释道："误会我和她们关系匪浅。

"的确是关系匪浅，但不是你想的那样。

"我不可能没有异性朋友，但她们对我来说，更像是家人。"

陈恩赐的确是怀疑秦孑和那个女人有点问题，听到他的解释，她像是卸掉了心头压着的一块大石头般，心情好转了许多。但是，她很快就察觉到了不对劲，他和她分手了，他跟她说这些做什么？他该不会是……

陈恩赐被自己的想法吓到了，她张了张口："你为什么跟我解释这些？"

秦孑看了陈恩赐一眼，又收回视线，过了片刻，他才说："怕增加以后追你的难度。"

陈恩赐一进剧组，和秦孑就再也没见过面。

倒不是因为不想见面，而是因为两个人一个在J城一个在W城，又各有各的事情要忙，是真的没什么机会能碰上面。陈恩赐的剧组生活很单调，化妆拍戏卸妆睡觉；对比她，秦孑也没好到哪里去，开会敲代码吃饭睡觉。

二月底，陈恩赐回过一次J城，但那天秦孑有事抽不开身。等秦孑好不容易空闲了，陈恩赐又要飞回W城了，一个月未见的两个人那次完美错开后，又是一连二十多天没能碰上面。

好在平时两个人会用手机联系，秦孑那边倒还好，工作之余可以开个小差，陈恩赐这边就没那么方便了，拍起戏来有时候一整天拿不到手机，所以只能做到什么时候拿到了手机什么时候回消息。

三月的最后一天，拍摄了长达三个半月的《生命》圆满杀青了。

陈恩赐在最冷的时候离开的J城，她走的那天，春节前的积雪还未融化。当她再回来时，J城已经是春末，蓝天白云，春风和煦，路边的枝干郁郁葱葱，马路两边的迎春花开满了一株又一株。

陈恩赐家在J城，对J城一直都有种归属感。可当她在回城区的路上，将车窗开了一道缝，春风带着远处的花香灌进车里时，除了那些熟悉的归属感外，还灌了她满腔说不清楚的激动。

这种心情，还是这些年她无数次回J城，头一回有。

车子驶入梧桐墅的时候，陆星的手机“叮咚叮咚”响了起来。不知道是谁给她发的消息，看完后，她抿了下唇，望着陈恩赐道：“恩恩，我有事，不能陪你了。”

陈恩赐有点小失落：“好不容易拍完了戏，还以为可以出去休闲一下。”

“改天吧。”陆星嘿嘿地笑了下，哄道，“改天我请你去泡汤。”

陈恩赐心底说着行吧，嘴上却哼了一声：“你个爱变卦的女人。”

回到家，陈恩赐将行李箱的东西一股脑地倒在地板上，但凡是衣物，不管穿过的还是没穿过的全都塞进了脏衣篓里，把剩下的东西自我觉得归整好后，闲下来的陈恩赐在家有点待不住了。

之前在回家的路上，胸口莫名浮现出的那种激动更强烈了，她在房间里瞎晃悠了好几圈，反应过来自己之所以这样激动，是因为秦孑。

这种感觉就像是当年，她拍完戏归心似箭回花园小区的状态。

她想见他。

想回J城第一时间就见到他。

当年他是她男朋友，她见他天经地义，可现在，她得师出有名。

陈恩赐想起圣诞节那天，她跟秦孑通视频电话时，她因为周桐的事跟他道谢，然后说等她杀青了，请他吃大餐。

找到理由，她立刻拿着手机给秦孑发了一条消息：“我来还债了。”

秦孑应该是在忙，隔了一会儿才回她的消息：“什么债？”

陈恩赐：“不是跟你说过吗？杀青了请你吃大餐。”

秦先生："回J城了？"

陈恩赐还没来得及回消息，秦孑又发来了一条消息。

秦先生："什么时候有空，我请你。"

陈恩赐："我最近这几天都有空。"

停了下，陈恩赐又问："你今晚有时间吗？"

秦孑没回她消息，直接拨了个电话过来："想吃什么？"

陈恩赐刚想回句"随便"，但话到嘴边，她想到那个秦孑陪着逛过超市还给秦孑送过饭的女人。她往自己厨房扫了一眼，看着摆放在灶台上连标签都没撕掉的锅，突然有点不想出去吃了。

陈恩赐想了下，说："我们在家吃吧？"

秦孑应该是在忙，隔着手机能听到他那边噼里啪啦敲键盘的声音："行啊，想吃什么，晚上我煮给你吃。"

陈恩赐不答反问："你想吃什么？"

秦孑敲着键盘的动作停了下来："怎么，想煮饭给我吃？"

被猜中心思的陈恩赐，哼了一声："做梦吧你。"

秦孑轻笑了下："梦都不敢做，怕你下毒。"

听听，这是人会说出的话吗？陈恩赐"呵"了一声。

秦孑低笑了声，没再逗他家小姑娘："晚上谁家见？"

陈恩赐看了眼自家调料匮乏的厨房："你家吧。"

"要我接你吗？"

"不用了，"陈恩赐有着自己的小心思，"我自己开车过去。"

"家里密码记得吧？我要是没在家，你直接进去。"

秦孑对陈恩赐底气十足回的那声"我记性好着呢"一点也不放心，挂断电话后，他往她微信上又发了一遍密码。

陈恩赐以前就很少逛超市，她走红后，更是很少在这种人群聚积的地方出没。为了让自己进出超市显得不那么起眼，她特意穿了一套运动服。

陈恩赐在乡下住过八年，虽然厨艺这一块她天生没这个技能，但买菜还是会的。她也没想好怎么搭配菜，就把自己认识的，挨个都买了一些，然后在自助区结完账，拎着大包小包驱车直奔秦孑家。

离秦孑下班回来还有好几个小时，陈恩赐觉得时间足够她现学现卖了。她放下东西，趴在餐桌前，拿着手机一边骚扰着自己的生活助理，一边百度着各种菜谱搭配。

两个小时后，陈恩赐拿着自己用笔写下来的五张纸，信心满满地进了厨房。

半个小时后，陈恩赐看着自己切得歪七扭八的各种蔬菜肉类，自我觉得也还不错嘛。

傍晚五点钟，陈恩赐照着菜谱，终于成功地将两道大菜炖煮在了火上。

就在陈恩赐准备继续做接下来的菜时，门铃被按响了。

秦孑提前下班回来了？

陈恩赐有点不好意思，又有点紧张地蹭到玄关处。

门恰好被拉开，陈恩赐压着怦怦怦直跳的小心脏，抬头望去："你怎么这么早就……"

陈恩赐看着进来的人，愣了。

不是秦孑，是一大一小两个女生，陈恩赐虽叫不出全名，但认得。就是春节那次她在秦孑家碰见的，好像大学生模样的这个叫灵灵，小学生模样的那个叫再再。

两个女生像是也没想到会见到秦孑以外的人，一脸呆滞地望着陈恩赐没能说出话来。

三个人互相对峙了好一会儿，那个叫灵灵的女大学生开了口："秦大哥不在家吗？"

她们是怎么知道秦孑家密码的？是秦孑告诉她们的？他和她明明约好了，他为什么还要让别人过来？

陈恩赐表情淡了下来 ，"嗯"了一声。

小学生再再没那么多心思，直白地问："孑叔叔不在家，那你为什么会在他家里？"

那个叫杨灵的女大学生，等莫再再把话说完后，才轻轻地拉了下她，阻止了她不礼貌的言语："不好意思，再再还小，说话不会拐弯，还希望你别跟小孩子一般见识。"

陈恩赐没说话，也没法说话。说不介意她可没那么大的心眼，说介意就是跟个孩子过不去，她丢不起这个人。

杨灵笑了下，又说："再再是来找秦先生的，她需要秦先生在他上次辅导她的家庭功课上签字，所以我们可以进去等吗？"

陈恩赐心想，自己能说什么？不能？她以什么身份说出这两个字。

这里不是她的家，她们和她一样知道他家的密码，显然是他授意她们可以随意出入这里的，她又有什么资格阻拦她们？

陈恩赐还是没说话，只是冷着一张脸，让开了门口。

两个人换了鞋，就进了客厅。

陈恩赐伸手去关门时，恰好一阵风迎面吹来。

春天的风明明是暖的，却吹得她心口有些冷。

陈恩赐折回客厅，杨灵和莫再再像是在自己家里般已经坐在沙发上，打开电视在换台了。

杨灵看了陈恩赐好几眼，将她一直想问的话问了出来：“你是……陈恩赐吗？”

“陈恩赐？”莫再再转了下头，眨巴着眼睛问，“是那个抢走了榕榕爸爸的坏女人吗？”

榕榕是陈恩赐之前演的一部剧里的角色，她在那部剧里演女二号，那个时候的她已经声名狼藉，接到的角色也都不是什么好角色。

“再再，那是电视剧里的角色，不能带到生活里来。”杨灵很是认真地对着莫再再教育了两句，“再再，你得给陈阿姨道歉。”

莫再再抠着遥控器，在杨灵的逼迫下，不情不愿地说了声：“对不起。”

陈恩赐对不熟悉的人一向都有些偏冷，她说不出没关系，所以只是很轻地扯了下嘴角，就进了餐厅。

“灵灵姐，我听我同学说，陈恩赐是个坏女人，她可多丑闻了，网上都说她是交际花……灵灵姐，交际花是什么意思？”

陈恩赐又冷笑了下，没再听两个女生说些什么，直接进了厨房。

锅里炖了鱼，已经烧开了，陈恩赐没戴手套，直接伸手去掀盖子。刺骨的烫疼，让她急忙松了锅盖，她低头去看手指，已经红了。

她打开水龙头，冲了好一会儿凉水。直到手指的痛意褪去，她才戴上隔热手套，重新掀开了盖子。

迎面扑来了香味，可她却没了一开始时的雀跃，她盯着锅里的鱼看了一会儿，才抬头去找菜谱，然后按照指示，放调料，转小火。收汁的过程中，陈恩赐去洗了两个土豆，削皮的时候，也不知道是她没做过饭不够熟练，还是因为走神了，不小心刮到了指腹上的一小块肉，血汩汩地冒了出来，没一会儿将土豆染红一大半。

陈恩赐盯着冒血的指头看了一会儿，然后将削皮刀和土豆往水池里一丢，就抽了两张纸，擦干手上的水珠出去找创可贴了。

“灵灵姐，你什么时候换的新手机？”

“去年年底呀。”杨灵听见身后有脚步声传来，往后看了一眼。

杨灵见陈恩赐冷着一张脸，没看她和莫再再，便很快收回了视线，装作和莫再再继续聊天的样子，轻声说：“是秦大哥送我的。”

“孑叔叔送的？”莫再再鼓了鼓腮，有点不开心的样子，“他为什么不送我呢？”

“你还小啊，不能玩手机。”杨灵声音柔柔的，“秦大哥不是经常送你礼物吗？”

“别提了，作业本、试卷，我根本不想要！”

杨灵被莫再再生不如死的语气逗笑了。她刚想再说点什么，莫再再就看到了陈恩赐手上的血，一下子站起了身：“你的手指怎么了？”

杨灵早在听见脚步声时，就看到了陈恩赐手指受了伤。听到莫再再这句话，她没办法再装作视而不见了，只好摆出刚发现的样子：“陈小姐，你手指怎么伤得这么严重？”

杨灵说着，走到陈恩赐跟前：“陈小姐，我来帮你吧。”

“不用了，谢谢。”陈恩赐避开了杨灵伸过来的手，从医药箱里翻出创可贴，撕开贴在手指上。

陈恩赐动作有些急，又是左手贴的，没贴好，但她实在不想在杨灵面前跌份，就当成贴好的样子，将手握成拳头，藏起手指就又去了餐厅。

陈恩赐刚想摊开手，就听到了脚步声，她急忙将手又藏了起来。

杨灵倒了两杯水，没着急出去，而是犹豫了一下，问：“陈小姐，网上说你和秦大哥以前交往过，所以现在你们算是复合了吗？”

陈恩赐冷漠地看着杨灵，一言不发。

“陈小姐，你别多想，我就是好奇问问。”顿了顿，杨灵又说，“我认识秦大哥好几年了，这几年里我从来没听他提起过你，所以我一直以为网上那些消息都是子虚乌有的。

“之前我生日，秦大哥送我回学校，我还问过他，他有没有喜欢的人，他说没有来着。

“所以我一直以为秦大哥现在还是单着的，秦大哥也是的，有关你的事，从来也不跟我们提，前几天还碰到秦大哥了……”

陈恩赐突然有些想笑。她看着眼前的杨灵，不知怎的就想到了苏南南。

她们都是一类人，只不过杨灵比苏南南段位要高许多。苏南南是明目张胆地追秦孑，而杨灵字里行间杀人诛心。

杨灵那些话乍一听没什么，可仔细一想，全是信息。

陈恩赐和秦孑分开的这几年，他们很熟，可秦孑从没提过陈恩赐；杨灵生日的时候，秦孑送她回学校，那说明那天是秦孑陪她过的生日；前几天他们还碰上了，这是在暗示他们经常见面……

陈恩赐面上很平静，只有她自己知道，她内心到底是怎样一个翻江倒海的状况。向来骄傲的她，怎么可能让自己在杨灵这样一个还没进社会的小女生面前失态，所以她面对杨灵的话中有话，连个神情都没变化，直接进了厨房。

关上门，陈恩赐的脸色立刻冷到了极致。

她靠着门板站了一会儿，心底莫名冒火，掏出手机，指尖飞快地按了几下键盘。

——你什么时候滚回来？

陈恩赐闭了下眼睛，将落向“发送”的指尖收了回来。

厨房的炉灶上，炖着的菜发出咕嘟咕嘟的声音，抽油烟机嗡嗡嗡的声响，吵个不停。

陈恩赐听着这些有烟火气的声音，心情越发暴躁。她盯着灶台上的锅，越看越来气，气冲冲地走上前，“咔咔”两下，将火挨个熄了。然后，她抬手把抽油烟机一关，身上的围裙一扯，重重地往旁边的大理石桌面上一甩，就拉开门走了出去。

莫再再不知什么时候来了餐厅，正端着烧开的热水壶准备往水晶杯里倒水。

水晶杯遇开水必炸……陈恩赐想都没想就出了声：“住手。”

她到底还是晚了一步，莫再再已经将水倒进了杯子里。陈恩赐几乎没犹豫，就奔到莫再再跟前，迅速将她从桌前拉开。

陈恩赐的动作很突兀，莫再再受惊地尖叫了一声。紧接着，桌面上传来“啪”的一声，放在大理石桌面上的水晶杯应声而碎。

水珠飞溅，陈恩赐本能地将莫再再挡在了身后。有几滴水珠溅在了陈恩赐露在外面的肌肤上，她来不及在意自己，转头看向被吓得眼底蓄满泪的莫再再，她声音很冷，但语气却透着几分紧张：“没事吧？”

莫再再没说话，眼泪大滴大滴地滚了下来。

陈恩赐最不会的就是哄人。就在她不知所措时，听到动静的杨灵跑了过来。

“再再，你怎么哭了？”杨灵将莫再再拉到自己面前，弯身一边帮她小心翼翼地擦着眼泪，一边温声细语地哄着她，“再再，没事了。再再，不哭了啊。再再，你让姐姐看看，有没有被烫到……”

杨灵刚刚不在餐厅，她不可能知道餐厅里发生了什么事，她来了后，也没问具体发生了什么事，就对着莫再再来了句有没有被烫到……

陈恩赐微蹙了下眉，忽地出声：“是你让她用水晶杯倒开水的？”

杨灵被问得一愣：“什么？”

陈恩赐直视着杨灵的眼睛，将刚刚的话详细地重复了一遍：“你知道水晶杯遇开水就炸，所以故意让这个孩子给你用水晶杯接开水，你这样做的目的是什么？”

杨灵像是在心虚着什么似的，避开陈恩赐的视线：“你在说什么呀，我根本听不懂。”

“听不懂？”陈恩赐在心底冷笑了一声，一点也不给杨灵留颜面地说，“你最好是真的听不懂，否则你就太不是人了，为了一己私欲，连个孩子都利用，亏你还是大学生，行为手段卑劣得真的很让人瞧不起。”

杨灵急道：“我真的不知道你在说什么，你……”

不等杨灵把话说完，陈恩赐直接看向莫再再：“你不用告诉我，是不是她指使你这么做的。我也不需要知道，我只想跟你说一句话，刚刚是我动作快，拉开了你，否则现在的你，已经被送去医院了。要是水晶杯的碎片炸到你脸上，指不定你就毁容了。

“你还小，很多是非曲直看不懂，但是我劝你最好离这种人远点，对你未来好。”

杨灵有些不悦地站直了身子，不卑不亢地望着陈恩赐，大义凛然地说：“陈小姐，你无凭无据，这样指控我，怕是不好吧？你们当明星的，是不是天天演戏，演多了，在现实中也是个戏精……我又不傻，我看到杯子碎了，我当然要问再再是不是烫伤了。你说是我指使再再这样做的，是你亲眼所见吗？刚刚餐厅里只有你和再再两个人，为什么不是你指使再再做的？”

客厅的方向传来了开门声。

杨灵嘴边咄咄逼人的话瞬间消失殆尽，取而代之的是满脸的歉意：“对不起，陈小姐，再再她还小，她不是故意的……您别跟她一般见识，您也别责怪她。这个杯子多少钱，我帮再再赔……”

在杨灵的话语声中，秦孑出现在了餐厅门口。

杨灵看到秦孑，眼角立刻落了泪：“秦大哥，您跟陈小姐说一说，让她不要生气，再再刚刚不小心打碎了一个水晶杯，陈小姐不高兴了……”

陈恩赐本以为回来的只有秦孑一个人，她怎么都没想到，他后面还跟着一个人。

是那个他曾陪着逛超市的女人，她的手里拎着几个保温盒，隔着袋子依稀能闻到饭菜的香气。

陈恩赐面对杨灵的颠倒黑白，什么话都没说，视线冷冷地盯着那个女人手中拎着的保温盒。

女人看到陈恩赐，愣了愣，然后视线绕着餐厅看了一圈，就出了声：“怎么了？”

莫再再喊了一声“妈妈”，就哭着扑到女人的怀里，号啕大哭起来：“妈妈，我不是故意的，我不小心打碎了杯子，惹了那个阿姨不高兴了。妈妈，我错了，对不起。”

陈恩赐心想，这一幕可比她演过的电视剧里的那些剧情精彩多了。

她最讨厌的就是被人冤枉，她心底明明气极了，可她面上却冷静得过分。

她有很多话要问。

她想问秦孑是什么意思，明明约了和她今晚家里见，怎么还让这么多人来家里？

她想问杨灵敢不敢对天发誓，自己所说句句属实，若有一句谎言不得好死。

她想问莫再再是怎么做到，小小年纪就学会睁着眼睛说瞎话的。

她还想问问不在场的苏南南，当初接近她，是不是就是为了秦孑？

明明她很想见他的。

明明她来的时候很欢喜的。

明明她从不逛超市的，明明他们约好的……

天知道她之前有多开心，可现在呢，那个时候有多开心，她此刻就有多可笑。

六年前苏南南是这样，六年后这三个女人又是这样……

总是这样，一直这样。

她本来就怕这种女人，他却总是不断地招惹这种女人来到她面前。

有意思吗？

没意思极了！

陈恩赐越想越气，从六年前到现在，她心里的某根弦，突然啪地断了。她没等周围的人说话，转身就进了厨房，端起灶台上煮了半天的菜，冲着水池毫不犹豫地倒了进去，顺势连锅一股脑地砸了进去。她像是不解气般，把切好的菜和肉也往垃圾桶里一股脑地一丢，然后又重重地踹了一脚垃圾桶，将垃圾桶直接从厨房踹到了餐厅。

“陈兮……”

见秦孑叫自己，陈恩赐看都没看他一眼，直接将冷飕飕的视线落在了杨灵和莫再再身上：“看到了没有，我这样才叫不高兴。”

说完，她就冲着餐厅门外走去。

“陈兮！”秦孑抬手去拉陈恩赐。

陈恩赐抢先甩开了他的胳膊，抬手将脖子上的项链扯了下来，往秦孑脸上一砸：“去死吧你！”

项链到底没砸到秦孑的脸上，撞在了他的胸前，随后掉在了地上。

那是他送给她的生日礼物，她不知带了多大的怒火，竟将项链从中间生生扯断了。

秦孑盯着脚边的项链愣了下，才抬起了头。

陈恩赐唇瓣抿得紧紧的，瞪着他的眼中冒着怒火。她看着像是在生气，可她的眼底却有着泛红的迹象。

她这是要哭了吗？

秦孑心里莫名慌了一下。他还没来得及有所反应，她却像是恨极了般，用力地咬着牙关，狠狠地瞪了他一眼，转身走了。

她头发全都梳了起来，他看到她白皙纤细的后颈上，有着一道红痕，是被她扯项链的时候，勒出来的。

秦孑看着那道红痕，心跳瞬间乱如麻。

不知是没想到陈恩赐会发这么大的火气，还是被陈恩赐的脾气吓到了，餐厅里的几个人一时之间谁也没有出声，就连哇哇大哭的莫再再，嘴里都没了声响。

偌大的别墅里静得落针可闻。

过了不知多久，杨灵心有余悸地回了神。她先小心翼翼地看了眼莫蓝，然后才怯怯地望向秦孑："秦大哥，都是我不好，我不该因为再再说要找您签字，就不打招呼擅自带着再再过来，我没想到陈小姐会在，也没想到会惹陈小姐发这么大的火……"

秦孑扫了一眼杨灵："我就喜欢她冲我发火。"

杨灵瞬间被噎得脸色一白："秦大哥，对不起，都是我的错，我、我等下会帮您把、把厨房收拾干净，我……"

"我厨房哪儿不干净了？"秦孑没给杨灵再开口的机会，直接看向了紧贴着莫蓝大腿站着的莫再再。

莫再再大气都不敢喘一下，往莫蓝的身后轻轻地躲去。

秦孑没说话，直接对上莫蓝的眼睛。自打老余死后，他对莫蓝一直都有所亏欠，跟她说话也向来当成大嫂般敬重几分，今儿是头一回，他说出的话冷得就跟吞了冰碴似的："蓝姐，你女儿可真是撒得一口好谎！"

莫蓝自个儿也正晕乎着，杨灵下午给她打电话，说自己去接莫再再放学了，不用她过来了。过了没一会儿，杨灵又说她们来秦孑这边了，她还以为是秦孑让她们过来的，便没多问。再之后，杨灵让她把晚饭送过来，她也没觉得哪儿有问题。

莫蓝到的时候，恰好和刚回来的秦孑在门口碰了个正着。

秦孑还纳闷她怎么过来了，她还纳闷他让莫再再和杨灵过来怎么自己不在家。他们两人连那一出都还没掰扯明白，结果一进门，就又看到了这么一出鸡飞狗跳。

莫蓝自己都没弄明白这是怎么一回事，对着秦孑更是无从解释，但她隐隐能感觉到自己女儿给秦孑捅了大娄子，她只能愧疚道："阿孑，你先别生气，我等下会问清楚再再这究竟是怎么一回事。要是再再撒了谎，你放心，我不会饶了她的，还有杨灵，我也会细细问清楚的。”

顿了顿，莫蓝又说：“你先去追陈小姐，这边我来处理。”

秦孑也着急去追陈恩赐，没工夫在这里算账。他听完莫蓝的话，弯身捡起脚边的项链，大步流星地往门外走去。

走了两步，他像是想到什么般，又回头留了句：“厨房谁也别碰，我怕她没摔够。”

陈恩赐来到地下停车场，才发现自己浑身都在发抖。

她走到车前，抬起手，拉了好几次车门，竟然没拉开。

她闭着眼睛，对着车子深吸了好几口气，才总算拉开了门。

她钻进车里，一下就红了眼眶。

她从没像现在这样委屈过。

当初她在高速路上，被陈青云赶下车，都没像现在这样委屈。后来，她莫名其妙被人发通稿全网黑，黑到身败名裂的时候，也没像今天这般委屈。

她觉得自己现在就像是被全世界欺负了一般，哪哪都委屈极了。

他怎么可以这么欺负她，很多事情，她不说，但不代表她不在意。她承认她自己有问题，她胆小她害怕，她只想着保护好自己，可他不能因为她什么都不说，就以为她什么都不在意，就也跟着什么都不注意去欺负她啊。

亏他当初给她一解释，她就信了……

简直太糟蹋人了好吗？！

陈恩赐越想越觉得委屈，委屈到了骨子里。

她这一辈子都不要原谅他了。

真的。

陈恩赐吸了下鼻尖，眼角的余光看到不远处的电梯门开了，秦孑从里面走了出来。

陈恩赐眼底的红，瞬间褪得一干二净，取而代之的是寒到极致的冷。

秦孑两三步就走到了她车旁，她抢先一步锁了车门。他拉了好几下车门，没能拉开，就伸出手敲她的车窗。不知道他在车外说了点什么，她也没兴趣听，直接发动了车子。

她前一秒刚气呼呼地踩了油门，后一秒秦孑就站在了她车前。她连忙又踩了急刹车，车头紧贴着他的腿停了下来。

兴许是刚刚太惊险，她心头的那股怒火，竟莫名其妙被吓跑了一大半。

陈恩赐惊魂未定地坐在车里，隔着挡风玻璃盯着秦孑看了一会儿，确定他没事后，不知怎么回事，她眼泪啪的一下就落了下来。

不想让秦孑看到自己哭了，她条件反射地低了头。她抬起手抹了一下眼睛，本以为可以止住眼泪，谁知眼泪就跟决了堤的河流般，怎么止都止不住。

陈恩赐将脑袋低得更厉害了。隔着挡风玻璃，秦孑只能看到她微颤的肩膀。

秦孑的心剧烈地抽疼起来。他知道这个时候的她什么都听不进去，他没打扰她，只是静静地杵在车前等。

她渐渐地安静了下来，他这才摸出手机，给她发了两条消息。

“陈兮，你下来，我们好好聊聊。”

“你要是不想好好聊，也行，下来让我看看你手上的伤。”

听见手机铃声，陈恩赐过了一小会儿才拿起手机。看到是秦孑发来的微信，她迟疑了下点了进去。扫完内容，她抿了下唇，没回消息，直接摁灭屏幕，将手机丢在了一旁的副驾驶座上。

看到这一幕，秦孑只好拿着手机继续给陈恩赐发消息。

“我知道你很生气，但是能听听我的解释吗？”

“就算是你要判我死刑，那也要给我一个留遗言的机会不是？”

“陈兮，对不起。”

“让你今天不高兴，是我的错。”

“我真的不知道她们会过来，到现在为止，我都不知道具体发生了什么。”

“陈兮，你真的不听听我的遗言吗？”

“陈兮，你想这样耗着，那咱俩就这样耗着，我不可能放你走的。”

“就算是要走，也是她们走。”

“这个家里没有闹了不愉快，你走的道理。”

“陈兮……”

秦孑不知道自己到底发了多少条消息，发到最后，手机没电了，自动关机，车里的小姑娘始终都是无动于衷的模样。

小姑娘是脾气大，但来得快去得也快。这是头一回，过了这么久，别说好转，就连好转的迹象都没有。眼看着都已经过去快一个小时了，小姑娘这是要在车里跟他耗到地老天荒吗？

秦孑生怕离开车头，陈恩赐一脚油门蹿走。他按了两下手机，见屏幕因为亏电刚亮就自动黑了，只能将手机丢回兜里。

他发现自己此时竟无计可施。这种认知，让他有点烦躁，又有点心慌。

他指尖划着车头，来回踱着步子。

小姑娘真的发起脾气来，竟然这样难哄……

两个人，一个在车里，一个在车外，就这么无休无止地僵持了起来。

不知过了多久，旁边的电梯开了。莫蓝和哭得一抽一抽的莫再再从里面走了出来。

秦孑看到莫蓝，立刻站定了身子。

莫蓝对着秦孑很温柔地笑了下，拉着莫再再冲着陈恩赐的车窗口走去。

秦孑生怕莫蓝激怒了车里的小姑娘，下意识地开口：“蓝姐……”

莫蓝像是知道秦孑要说什么般，冲他摇了下头，然后就弯身轻轻地敲了下车窗。

陈恩赐看了眼莫蓝，没落车窗，也没开车锁。

莫蓝很有耐心，又敲了两下车窗，见陈恩赐还是没有要跟自己沟通的迹象，便从随身携带的包里，翻出了便笺纸。她拿着笔在便笺纸的背面写了一行字，然后贴到了玻璃窗上。

“陈小姐，再再有话跟您说，我希望您能和再再谈谈。”

莫再再就站在窗前。隔着车窗玻璃，陈恩赐看到她无措的眼神和挂满泪水的小脸，她面颊有些红，像是被人打了一巴掌。

陈恩赐心突然就软了，她能跟秦孑较真，能跟杨灵较真，也能跟这个她叫不出名字的妈妈较真，可她没办法跟一个孩子较真。

尽管这个孩子很熊。

陈恩赐抿了下唇，抬手开了车锁。

推开车门，陈恩赐从车里走了下来。

莫蓝往后退了两步，把空间留给了自己女儿和陈恩赐：“再再，你闯的祸，你自己解决。”

莫再再下意识地抓住莫蓝的衣角，却被莫蓝毫不留情地扯开了。她想跟着母亲一起往后退，但在母亲的视线下又不敢退开，只能无措地站在原地。

莫再再仰着头，望着陈恩赐，张了张口，话没说出口，眼角先滚下来大滴大滴的眼泪。

她咬着嘴唇，慌张地往后看了眼妈妈。

“再再，妈妈说过，妈妈会跟你承担你犯的错，但是你也得自己敢于承认错误。”莫蓝看得出莫再再眼底的害怕，她又鼓励道，“妈妈答应你的事情，妈妈一定会做到，不管孑叔叔和陈阿姨他们原不原谅你，只要你面对了自己的错误，妈妈就会原谅你。你还是妈妈的好再再。”

莫再再流着泪看了莫蓝一会儿，然后才转头看向陈恩赐。她抖了好一会儿唇，总算开了口：“陈阿姨，对不起。”

“对不起，陈阿姨，是我撒谎了……”莫再再低了头，小声地说，“是灵灵姐让我去给她倒热水的，也是灵灵姐让我用那个杯子的，杯子是倒了热水后自己炸碎的。

“是灵灵姐说，只要我那么说，她就帮我写一个学期的作业，还给我穆影帝的签名，我才对妈妈说谎的。”

莫蓝见莫再再不说话了，提醒道：“还有呢？”

莫再再哭得更厉害了，小身子一颤一颤的：“还有，今天也不是孑叔叔让我和灵灵姐过来的，是灵灵姐找的借口，带我过来的……其实、其实我根本没什么家庭作业需要孑叔叔签名的。”

“陈阿姨，是我错了，你别生气了……对不起，陈阿姨……”莫再再对着陈恩赐鞠了个躬。

等她起身后，莫蓝又开了口：“还有呢？”

莫再再脑袋垂得低低的，听完妈妈的话，继续抽着鼻子小声地说：“妈妈问我了，我都告诉妈妈了，说我倒开水的时候，是你把我拉开的……妈妈让我给你道歉，也让我给你说谢谢。”

“陈阿姨，谢谢你。”莫再再又弯下了身。

所以，真的不是秦孑让她们过来的？

陈恩赐心头堵着的那股气散了许多，莫再再刚刚是挺气人的，可她面对一个孩子可怜巴巴地道谢和道歉，却又气不起来了。她无声地叹了口气，弯身从车里抽了两张纸巾，给莫再再擦了擦眼泪。真的不擅长走温情路线的她，憋了好一会儿，憋出了一句：“以后不要这样了。”

莫再再哭着点了点头，然后扭头看了眼身后的莫蓝。莫蓝这才重新走到莫再再跟前，拉着莫再再的手：“陈小姐，是我管教不严，真的很对不起。

“还有晚饭，也是杨灵给我发的消息，平时阿孑和阿与他们没事时，也总去我那里吃饭，我以为是他们晚上想吃我做的饭，所以就送了过来，真没想到会闹出这样的不愉快，实在是很抱歉。

“好了，该解释的也都解释清楚了，再再作业还没写，我得带她先走了。”

莫蓝先道了别，然后让莫再再也道了别，这才拉着她离开。

空荡荡的地下停车场，一下子又只剩了陈恩赐和秦孑两个人。

陈恩赐看都没看秦孑一眼，弯身冲着车里钻去。

小姑娘好不容易被蓝姐请下了车，他怎么可能会让她再回车里，早就有所准备的秦孑，一把抓住陈恩赐的手腕，将她从车里逮了出来。

“你干什么？”陈恩赐用力地挣扎着。

秦孑没说话，紧紧地箍住陈恩赐一双细细的手腕，俯身从车里拿了她的手机和包。

“你拿我东西做什么？你放开我——”陈恩赐刚想抬脚去踹秦孑，秦孑忽然弯下身。随即，陈恩赐感到一阵头晕目眩，等她缓过神来时，她已经被他扛在肩上，带进了电梯。

头朝下的陈恩赐，因为血液冲脑，腿又被秦孑压着，双手的抓打显得苍白而又无力。

陈恩赐顿时气得五脏六腑都疼了起来，动不了手的她，只能选择动口：“你把我放下来，你有病吧你，以为自己是霸道总裁啊，动不动就把人扛身上，有种你一直别放我下来。

“秦孑，我是你爸爸。

“秦狗……”

电梯门打开，秦孑踢开主卧的门，将陈恩赐往床上一扔，然后就转身绕着房间，“哐啷哐啷”一通操作，将能锁的门和窗挨个全都上了锁。

陈恩赐被丢到床上，缓了半分钟，才从床上坐起来。她看了一眼给最后一扇窗上锁的秦孑，愣了愣，像是想到什么般，冲到门前。

她拧了下门锁，发现真被反锁了，而钥匙还被秦孑拔走了。她顿时更炸了：“你神经病啊，锁什么门，把钥匙给我。”

陈恩赐见秦孑不理她，抬脚脱了一只鞋，冲着秦孑砸了过去：“我让你把钥匙拿过来。”

“你听不懂人话是不是？钥匙！”陈恩赐又砸了一只鞋子过去，她见秦孑压根儿没理她的意思，撸了撸袖子，“你过来，我现在不想动口了，我只想动手。”

一直没说话的秦孑，真的走了过来。

他这是以为她不敢动手？

陈恩赐看着越来越近的秦孑，抬手揪住他的衣领，将他往下一拽，抬起腿用膝盖重重地顶上他的小腹。陈恩赐正在气头上，是真的用了力道，她明显地感觉到秦孑身子紧绷了一下，随后有一道不算清晰的闷哼声传来。

小时候在乡下，她经常被村里的男孩子嘲讽没有爸爸，嘲得过火了，她不管打得过还是打不过，一怒之下就冲了上去。

她哪里打得过那些男孩子，不是胳膊青一块紫一块，就是腿上肿一块。

疼是真的疼，但疼过后，她不长记性，下次被惹怒了，照样头铁地往上冲。次数多了，她也就打出经验了，对付那些打不过的男生，就得速度快，赶在对方出手前，先下手为强揍趴他。

她这些毫无章法的蛮劲，也就对付对付普通人，碰上秦孑这种会打的，很容易被控住。

陈恩赐见过秦孑打架，也知道秦孑能打，更知道自己就算是暴躁地出手，他也能躲开。可她怎么也没想到，秦孑不但没躲，还结结实实地挨了揍。

她看着捂着小腹弯下身的秦孑，思绪一时之间有点跟不上事态的发展。

秦孑当然知道他家小姑娘出手狠又准，可他怎么也没想到她爆发出来的力气竟然那么大，疼得他险些当场背过去。他咬着牙齿，切切实实地感受了一会儿疼，然后才慢慢地站直身子："气出爽了没？没出爽，再来一次？"

陈恩赐一开始真的气炸了，脑子都是乱的，压根儿没心思去理会秦孑不断发来的消息。后来听完莫再再的话，她气消了许多，也知道，今晚这一摊子烂事，都是杨灵一个人的杰作，秦孑也算是受害者，无缘无故躺枪不说，还背了一口大锅。

就算是这样，她还是不想理秦孑，甚至还有点气他，因为不管是苏南南还是杨灵，都是他招惹来的。她是真觉得自己很委屈，明明是他的烂桃花，难过的却是她……

她在最难受的时候，是真的想着再也不理他了。可现在，他挨了她揍，他不但没生气，还好声好气地哄她，她竟动摇了。

她不傻，当然知道他是故意没躲开，故意让她揍他的。他太了解她了，知道她一肚子气无处发泄，就用这样的方式让她发出来。

陈恩赐一边骂着自己没出息，一边心底更委屈了。

秦孑看陈恩赐不说话，往前踏了一步："你要是不想动手，那你和那会儿一样，砸我。"

秦孑将陈恩赐扯断的那条项链递到她面前："你随便砸，我保证不躲。"

秦孑明明在哄她，他以前也经常这般纵容地哄她，可她这次却没像从前那样，一被他哄立刻就一点气都没了，她反而更难过了。

她刚刚明明在车里已经哭了很久了，可她看着秦孑指尖的项链，眼眶毫无征兆地又红了。

"看来还是气着，你不想砸，我帮你砸……"秦孑真的抬起手，拿着项链要冲自己脸上砸去。

陈恩赐下意识地拦了他的动作。随着她的抬手，她的眼泪"啪"的一下，不小心掉了出来。

真的是憋屈死了。

明明受委屈的是她，她还这么心软。

陈恩赐简直烦死了这样的自己，越烦眼泪就越往下落："你觉得这样有意思吗？你明知道我是容易心软的人，还故意不躲开，故意让我真的揍你。"

"有你这样欺负人的吗？你不觉得你这样真的很没意思吗？"陈恩赐的手

微微颤抖了起来，“就算今天这些事，不是你存心的，就算你是无辜躺枪，可有一点，你不得不承认，杨灵能这样，是你一手纵容的。”

陈恩赐不说还好，一开口就将压在心头最耿耿于怀的事情说了出来：“她敢这样利用一个孩子，敢擅作主张不打招呼在你家来去自如，还不是你默许的？

“在你告诉她你家密码的那一刻，你就已经给了她这样做的权利。”

看到陈恩赐落泪，秦孑心里仿佛被扯开了一个口子似的疼痛难忍，可他七上八下的心却安稳了许多。

小姑娘总算肯说话了……

她打他，骂他，哪怕把这个家全砸了，他都不怕，就怕她沉默不语，把明明是几句话就可以说清楚的小事，拖成隐患。

六年前的前车之鉴，是他这些年最后悔的事，他此生不想重来第二次。

秦孑一直没说话，任由陈恩赐说，只是在她说到杨灵的时候，他越听越觉得扯淡。

什么叫他默许的？什么叫他给了杨灵这样做的权利？还有他什么时候告诉杨灵家里密码了？这哪儿跟哪儿。

“陈兮，杨灵这两个字，我也是刚刚知道的。”

刚刚知道的？陈恩赐气得连话都不想说了，只想冷笑。

他当她是傻子在骗吗？

“陈兮，我没骗你，我是今晚才知道她全名的。”

“是是是，今晚才知道的。”陈恩赐真的冷笑了出来，“今晚才知道名字的人，都能随随便便输入你家密码；今晚才知道名字的人，都能来你家就跟来自己家一样；今晚才知道名字的人，能轻车熟路地开电视、拿拖鞋、倒水喝……”

杨灵的出现，本来就将秦孑这些年给她的那些委屈、愤怒、忐忑不安一下子全激了出来，现在他又睁着眼睛说瞎话，她更是气得五脏六腑错位般地疼：“今晚才知道名字的人，呵呵，你怎么不说，你今晚才知道Z国有这么一号人；你怎么不说，你到现在连她性别是男是女都不知道……

“我就不该跟你废话，我就该直接打死你，抢了钥匙走人。我算是看明白了，所有的事，归根结底，全都是你秦孑水性杨花朝秦暮楚吃着碗里的霸着锅里的……

“你就不应该活在现代，你应该穿回古代，最好当个皇帝，坐拥后宫佳丽三千……”

秦孑在小姑娘不带喘气地喷他的话语中，总算把事情理清楚了。

那个叫杨灵的女人，知道他家密码？进屋后，把他家当成自己家一样，表现得很熟络？

他承认，他知道杨灵这个人，有关她的名字，也只是从莫蓝口中知道一个“灵”字。他还知道她是他资助的众多大学生中的一个，至于她是怎么知道是他资助的，他不清楚。他和她没什么交集，自然也不会去查人家背景，更何况，和她相熟的是莫蓝，她还是莫再再的家庭教师。他见她的次数总共都没超过五次，除了知道她是大学生外，年龄、学校、班级他一概不知，怎么可能把家里的密码告诉她？

老余走后，丢下蓝姐和刚出生的莫再再，孤儿寡母可怜得很，他和容与没少帮衬，这么多年下来，说他们是一家人也不为过，可就算是这样，蓝姐也不知道他家密码。

知道他家密码的人，就那么几个，但都是秦家的人，不可能告诉杨灵，而陈恩赐正因为这事儿跟他发飙，更不可能了，所以……

秦孑走到床头，给关机的手机连了电源。等了大概一分钟后，手机自动开机，他俯身点了两下屏幕，拨了一个电话出去。

他开了免提，电话响了三声后，被接听，里面传来一道中年妇女的声音：“秦先生？”

秦孑没废话，直奔主题：“我家里的密码，是你告诉杨小姐的？”

电话那头瞬间安静了下来。

“除了你，没别的可能性了。”秦孑看了一眼陈恩赐，又问，“她给了你什么好处，你连我家密码都能随随便便告知她？”

电话那头依旧很安静。

“行吧，你要是真不想说，那我只能报警了。”

“秦先生，”电话那头的人支支吾吾地开了口，“我一开始并不想告诉她的，她跟我说，她和你是男女朋友，她想给你个惊喜，还一直给我送礼物。我觉得那姑娘人挺好的，也看她跟莫小姐那边走得比较近，我就当真了。对不起，秦先生，我真的没想那么多，对不起，秦先生，真的很对不起……”

中年妇女边说边道歉，秦孑没领情，留了句“你明天不用过来了”，就把电话给挂了。

秦孑转头看了眼陈恩赐：“是家里的阿姨。”

陈恩赐虽将秦孑和家政阿姨的通话一字不落全听进了耳中，却仍冷着一张脸没说话。

秦孑盯着陈恩赐看了一会儿，拉开床头柜，从里面拿了一盒创可贴，走到她面前。小姑娘眼眶红红的，鼻尖也红红的，她看到他靠近，将脸往旁边一扭，一副看都不想看到他的样子。

秦孑看着小姑娘甩给自己的、白皙的脖颈，轻声道：“给我看看手。”

陈恩赐像是没听到他的话般，丝毫反应都没有。

秦孑的视线沿着她的脖颈，顺着她的胳膊，落在了她手上。他盯着她看了几秒，伸出手拉了拉她的胳膊。她想都没想就甩开了他，他继续去拉，她继续甩，如此反复了好几次，秦孑忽地抓住她的手。

她下意识地往后一缩，没能挣开他的手。

他掌心很暖，但指尖有些凉。他紧紧地攥了一会儿，见她没再抗拒了，这才将她手拉到胸前。

她手上好几处被烫出了一小片红，拇指裹着一个歪七扭八的创可贴，创可贴没贴好，被血染红了。

他很轻地撕开她指腹上的创可贴，拿着酒精棉片擦干了血迹。她伤口的血已经止住了，因为削下来一小块肉，看着有些瘆人，秦孑盯着看了两眼，问："疼吗？"

她没说话，他低头很轻地冲着她指腹吹了两下。酥酥麻麻的感觉，让她指尖微微一颤，下意识地往后缩了一下。

他笑了下，拆开一个新的创可贴，小心翼翼地给她粘上。

处理完伤口，他没立刻松开她的手，而是抓了好一会儿，才慢慢放开，然后盯着她冰冷的小脸，轻声问："听听我的遗言，行不行？"

陈恩赐抿了下唇，还是没有说话。

秦孑沉默了一小会儿，说："杨灵是我资助的一位大学生，除此之外，我和她真的没有任何交集。到现在为止，我见她的次数也就比你多那么一两次。和她熟的是蓝姐，杨灵是冉冉的家庭老师，蓝姐要上班，有时候脱不开身，都是杨灵照顾冉冉。

"上次杨灵会跟着蓝姐来我这儿，是杨灵没买到回家的票，蓝姐看她一个人可怜，收留她在自己家过的年。

"你还记得老余吗？

"当年你见过一次，有点胖的那个，蓝姐是他老婆，冉冉是他女儿。当初容与每天嚷着要吃食堂，指的就是蓝姐做的饭。

"那会儿你每次问我吃的是什么，我说和容与一样吃的是食堂，其实都是蓝姐给我们送的饭。我们吃了蓝姐很长时间的饭，蓝姐当初怀冉冉，我们几个人不知道，老余也没说，大家又都是男人，吃得又多，脑力劳动一点也不亚于体力劳动，消耗得很快，有时候还会加餐，蓝姐经常大半夜挺着个肚子给我们煮夜宵。"

"老余……"秦孑忽然顿了下来。

陈恩赐看似置若罔闻，实际上一直都在竖着耳朵听秦孑讲话。她见他突然没了声音，忍不住用眼角的余光往他脸上瞟去。

秦孑没察觉到她的小动作，垂眸沉默了片刻，又说："老余他走的时候，再再刚过两岁生日，蓝姐一个人带着再再不容易，我跟容与没事会常去看她们。再再算是我和容与看着长大的，每个月我一定会过去两次，检查下再再的作业，顺便看看蓝姐她们有没有需要帮助的……

"不去不行的，蓝姐很少麻烦我跟容与。当初跟她说，有事给我们两个打电话，但她几乎从不给我们打电话，我和容与以为她没事，过得很好。再再过三岁生日的时候，我跟容与过去，隔着门听见再再的哭声，敲了半天门没人开，最后报了警。原来蓝姐高烧近四十度，整个人都烧迷糊了，再再也不知道多久没吃东西，哭得整张脸都肿了。

"就是从那个时候开始，我跟容与约好每隔一段时间就过去看看蓝姐她们。

"在蓝姐看来，我跟容与就像是她弟弟。上次她来我家送草莓，不单单是想着我，也想着容与。蓝姐这样做，其实是不好意思，她觉得我跟容与照顾了她很多，她亏欠了我们，就想着从别的力所能及的地方还回来。容与是 S 城人，你知道的，蓝姐做得一手好 S 城本帮菜，所以有时候会真的馋蓝姐做的饭。蓝姐有时候空闲了，也会做一堆菜送到银河来。"

陈恩赐微微有些发怔。

上次她在银河门口，碰到他下楼去接莫蓝，是这么一个情况吗？

难怪他会说，莫兰对他来说是家人，不是家人胜似家人……

"说这么多，不是在为我自己狡辩，是想让你知道究竟是怎么一回事。不管怎样，今天是我不好，让你在我这儿不高兴，就是我不对。"秦孑缓了下，声音很轻地说，"对不起。"

没搞懂究竟是怎么一回事的时候，陈恩赐真想在自己这里凌迟处死秦孑，可现在听完他说的这么一长串的话，彻底搞清楚人物关系后，心底释怀了许多。

她虽然还是没说话，但眉眼却没刚刚那么冷淡了。

秦孑知道自己总算快把小姑娘给安抚好了，提着的一颗心也渐渐地落了下去："不能总口头道歉，还得有点实际表现，明天我就让人把门锁换了，密码重设，包括沙发、电视，还有茶几，餐厅的热水壶、水杯，只要是杨灵碰过的，统统都换了。

"不但统统换了，还让人彻彻底底大扫除一遍。"

陈恩赐动了下嘴唇。没等她说话，秦孑又说："你要是觉得这样还不行，那我让人大扫除完了，把房间里里外外全都消一遍毒。

"要是还不行，我跟她说过话，把我也消个毒。

"你要是不信我，我现在就当着你面安排……"

秦孑说着，真拿起手机，拨了个电话出去。听着秦孑将刚刚跟自己说过的话对着电话一一讲了一遍，陈恩赐这才意识到他是来真的，她急忙伸手揪住他举着手机那只手的袖口，轻轻地往下拽了拽。

秦孑对着手机将最后两句话补完后，一边挂电话，一边低头问："怎么了？"

陈恩赐别开头，避开秦孑的视线，有点不自在地说："那个、那个……你没必要这样。"

"没必要哪样？"

"就是……换门锁、换沙发那些……"陈恩赐想了下，还是有点在意杨灵在秦孑家里随便自如的架势，又补了句，"不过，大扫除还是要的。"

秦孑被陈恩赐后半句小声嘟囔的话，逗得低笑了一声。

他家小朋友要不要这么可爱。

听到秦孑的笑声，陈恩赐更不自在了。

秦孑现在可没胆量招惹他花了好几个小时总算哄好的祖宗："别的都能听你的，唯独这次不能听你的，说好换就都得换，我有洁癖。"

陈恩赐撇了撇嘴，没太走心地说："地板还被她走过呢，你是不是也要掀了。"

"掀掀掀。"秦孑真的又拨了一次电话。

陈恩赐连拦都没来得及拦，秦孑就挂了电话，问："心情好点了没？"

陈恩赐没说好，也没说不好。

秦孑很有耐心地又柔声问："都十点了，吃点东西好不好？"

陈恩赐迟疑了一小会儿，几不可闻地点了下头。

"吃东西前，我能不能提个小小的意见，下次再生气，你怎么骂我都成，但能不能别用水性杨花这种词？"

陈恩赐愣了下，没忍住，"扑哧"笑了出来。见她笑了，秦孑也跟着笑了。他伸出手，帮她整理了一下有点乱的头发："总算笑了，再不笑，我都要想办法让你再踹我一脚了。"

陈恩赐想到自己刚刚出手那么重，有点不好意思起来："很疼吗？"

她声音很小，秦孑低头，凑到她面前："嗯？"

陈恩赐没想到秦孑会突然靠近，她抬了下头，额头恰好抵上他挺拔的鼻尖。她心猛跳了一下，迟疑了几秒钟，才又小声地说："我说，很疼吗？"

"嗯，挺疼的，"秦孑的鼻尖沿着陈恩赐的眉心，顺着她的鼻梁，缓缓地滑到了她的鼻尖处，"正好长记性。"

他和她唇间只隔了他俩鼻尖的距离，她屏住呼吸，他也停了心跳。

过了一小会儿，他用鼻尖轻轻地蹭了蹭她的鼻尖，然后侧头凑到她耳边：“秦是你，楚是你；碗里的是你，锅里的也是你。”

秦孑声音很轻，他的唇近得几乎要贴上她的耳朵。他每说出一个字，她的耳膜就轻轻地颤一下，连带着她的心也跟着泛起微微的抖。

等陈恩赐回过神，秦孑已经不在主卧了。她身后的门虚关着，被他拔掉的钥匙重新插在了门锁里。陈恩赐轻呼了一口气，发现自己脸烫得厉害，她下意识地冲着旁边的镜子扭了下头，看到自己两只耳朵都红了。

“秦是你，楚是你；碗里的是你，锅里的也是你。”

朝秦暮楚，吃着碗里的霸着锅里的……他这是在告诉她，他从未变过心，自始至终都是她吗？

陈恩赐的心又不受控制地猛跳起来，她眼角的余光往旁边的镜中轻轻地瞄去，看到自己耳朵红扑扑的，跟在雪地里冻了一圈回来似的。

在气头上的时候，陈恩赐并没觉得自己失态了。现在气消了，理智回来了，她一想到自己刚刚又是发脾气又是哭，整个人就羞愧得挠心挠肺，恨不得找个小黑屋把自己给封存起来。

简直是太丢人了，她竟然在他面前跟个小女生似的哭鼻子……

陈恩赐越想越尴尬，可她一个人在主卧里待着实在是无聊。她纠结了一会儿，就磨磨蹭蹭地拉开门，又磨磨蹭蹭地踩着楼梯，绕到了客厅。

在这磨磨蹭蹭的一路上，陈恩赐还给自己想了个下楼的借口。

结果，借口没用上。

偌大的房间空荡荡的，并没有秦孑的身影。不过能看得出来，沙发和茶几明显被他整理过了，沙发上的靠枕不知去向，就连沙发下的地毯，也被抽走了。

沙发旁边还多了个空气净化器，开到了最高档，发出呼呼的响声。

陈恩赐像女王视察般，晃到空气净化器前，伸出一根手指，轻轻地戳了一下，凑凑合合地在心底表示了一下满意。

隐约间，她听到餐厅有说话声，便走了过去。

秦孑背对着餐厅的门口，站在窗前打电话：“她人还在我家门口待着，你赶紧找两个保安，把她弄走。

“你可拉倒吧，她想待着就待着？等会儿被楼上的那位看到了，我还活不活？

“得了吧，道歉？她哪是道歉，她是扔炸弹吧？今天差点儿被她玩死半条命，再道个歉，我整条命都搭进去了。

“你就告诉她，我对她的资助现在开始停了。蓝姐和再再那边，你也让她别去，叫她好自为之吧……”

陈恩赐听懂了秦孑话里的意思，她走到客厅的窗前，往外看去，果然看到了守在门外的杨灵。

没一会儿，有保安过来了。大门离别墅有点距离，又关着门和窗，陈恩赐听不到声音，但能看到杨灵对着保安哭闹和挣扎。不过杨灵到底是个女孩子，再撒泼闹腾，也扛不住两个保安，很快，她就被保安带走了。

没戏看了，陈恩赐意兴阑珊地回到餐厅门口。

秦孑正好收了电话，陈恩赐和他眼神前一秒碰到一起，后一秒，她就指着旁边的饮水机说："我口渴。"

她刚想装模作样地去给自己倒杯水喝，秦孑就出了声："小心脚下。"

陈恩赐收了步子，低头望去。两块切得挺丑的土豆，就在她脚边不远处。

顺着那两块土豆，陈恩赐看到了稀稀拉拉的水渍，滚在一边的垃圾桶，以及一地垃圾。

看着自己的伟大杰作，想到自己那会儿气呼呼的举动，陈恩赐更不好意思了。

秦孑倒是一脸坦然地走到吧台前，给她倒了一杯温水。

陈恩赐接过水杯，象征性地喝了两口，就又看向一地杰作。这到底不是她家，搞成这样，简直不要太尴尬。

陈恩赐又喝了一口水，然后压着不好意思，清了清嗓子说："那个……我帮你一块儿收拾一下吧。"早知道她刚刚就不摔了，何苦呢，摔完后还得她收拾烂摊子。

吃完饭时间已经不早了，但是被杨灵那么一折腾，两个人单独相处的时间其实并没多久。秦孑见陈恩赐还不太困，就尝试着问："看场电影？"

陈恩赐想了想，勉勉强强答应了："好吧。"

秦孑垂眸笑了下，带着陈恩赐去了地下观影厅。秦孑翻了几张碟，抽出其中的一张问："看这部？"

陈恩赐凑过去，看了眼片名——《恋恋笔记本》。

这是一部跨越时间长河的爱情故事，讲的是一对恋人，分手多年后重新在一起的故事。陈恩赐早在很多年前就已经看过了，她记性好，剧情还记得，不过不影响她再刷："可以啊。"

《恋恋笔记本》这部电影当年获得了 MTV 电影奖最佳吻戏的殊荣，不得不说除了拍摄手法、剧情都很完美外，这部电影里的吻戏，是真的很有感染力和震慑力。

在女主角圈着男主角的腰，被他腾空抱起来，两个人接吻时，陈恩赐不知怎的扭头看了眼身边的秦孑。他直视着正前方，不知在走神，还是陷入了剧情中，并未察觉到她投来的目光。

观影厅没开灯，屏幕上散发出的光，在他脸上忽明忽暗地闪过。陈恩赐望着秦孑的侧脸，微微有些入神，直到她将目光落在他唇上时，她忽然像是触电般，移开了视线。

她也太不知羞耻了，竟然会因为一部电影里的接吻镜头，萌生出和他接吻的念头。

她一定是疯了。

陈恩赐在心底碎碎念了不知道多久，突然感觉到耳边有气息喷来，她后背下意识地一僵，紧接着就听到秦孑很缓很轻的声音："这部电影有好几种译名，我最喜欢的其实并不是这个被人人记住的名字，而是一个很少有人知道的译名。"

陈恩赐不知道是不是自己的错觉，她总觉得秦孑这些话，不是在跟她讲电影，而是在暗示她些什么。

"那个译名叫，"秦孑停了下，说，"忘了忘不了。"

陈恩赐心尖像是被什么东西狠狠地撩拨了一下似的，很重地连跳了好几下。

忘了，忘不了。

她突然觉得这不是自己的错觉，而是女人天生的直觉，她不知哪里来的自信和笃定，就觉得这五个字，秦孑是说给她听的。借着聊天的方式，将无法宣之于口的心事讲给她听，就像是醉酒的人借着玩笑话说着真心事，愚人节的那天借着愚人节快乐说着让自己一个人发疯的秘密。

秦孑没再说话了，电影还在继续着，流畅的英文充斥着整个观影厅，可陈恩赐大脑却是一片空白。

不知过了多久，她轻轻地转了一下头。

秦孑已经坐正了身子，目不转睛地直视着正前方的大屏幕，看起来认真而又专注。

若不是她耳边残留着余温，她都以为，刚刚秦孑凑到她耳边说的那两句话是她做的一场短暂而又虚无缥缈的梦。

陈恩赐盯着秦孑的侧脸看了许久，才将目光落向正前方的大屏幕。

她前一秒移开视线，后一秒秦孑微侧头看向了她的侧颜。

忘了，忘不了。

曾无数次想忘了你，却又无数次忘不了。

那种想忘不能忘的劲儿，混杂着委屈，掺杂着崩溃，在心头摁下去又鼓起来，反反复复。

不止一次告诉自己，别再重蹈覆辙了。

可在不喜欢你这件事上，我从来就没有说话算话过。

电影结束的时候，已经是凌晨一点二十七分了。看着大屏幕上不断划过的演员表，秦孑始终没起身的迹象。

陈恩赐看他没动，也跟着没动。

演员表的最后一行字消失后，大屏幕自动熄屏了，观影厅里陷入一团漆黑之中。

陈恩赐下意识地坐直了身子：“那个，我们是不是要出去了？”

秦孑还是没说话。

人在黑暗中，听觉会变得敏锐许多，陈恩赐隐隐可以听到两个人的呼吸声。

他这不言不语又不走人是什么意思？

陈恩赐等了一会儿，正准备开口，突然秦孑手里的手机亮了。屏幕散发出的一团荧光，在观影厅显得格外刺眼。

陈恩赐借着那道光，看到了秦孑线条完美的下颌，也看到了半晌不动的秦孑，缓缓地冲着她扭过头来。

不知是被手机的光衬的，还是周围太黑暗，他的眼睛很亮，像是藏了星光。

秦孑盯着她看了好一会儿，眼睛像是会放电般微微闪了闪：“为什么哭？”

“啊？”陈恩赐怎么都没想到秦孑会问她这个问题。

为什么哭？

起先她意识到自己哭的时候，觉得很丢人，后来她就在想，自己真的是被气哭的？或者是被委屈哭的？有这一方面的原因，好像又不全是这方面的原因……只是，她事发后一直和他在一起，都还没来得及去细想。

此时他突然问起，她隐约知道了点什么，但又不确定。她别开眼，避开了他的视线，眼角的余光恰好看到手指上的创可贴，然后她就下意识地回：“手指疼的。”

这四个字，一下子让她找到了出口，她点了点头，像是在说服自己般，又斩钉截铁地开了口：“真的是疼的，手指切下来一块肉哎，出了那么多血，好疼的……”

“真的是因为手指疼吗？”秦孑打断了陈恩赐的胡言乱语。他声音挺温和的，可不知怎的就是让陈恩赐发不出声音了。

其实他也没说什么，但陈恩赐心底莫名心虚了起来。她总觉得自己心底的秘密，被他猜透了。

甚至那个秘密连她自己都还没理清楚。

观影厅又陷入一片安静中，秦孑的手机屏幕灭了。过了一小会儿，他又按亮了。

他还在盯着她看，眼神安静又深邃。陈恩赐被他看得有点害怕，下意识地想起身逃开，可她整个人又像是被什么力道狠狠地按在了座椅上般，动弹不得。

这是他和她认识这么久以来，他第一次带给她这样的感受。她不清楚自己到底在怕什么，但她就是怕，还有点说不出来的慌，她觉得这样的自己太不像陈恩赐了。

她很想说“我想回家了”“我困了”“你这么看着我是什么意思？”，可她的喉咙像是被卡住了一般，一丁点的声音都发不出来。

她心跳越来越快，就在她快要承受不住这样的气氛时，秦孑动了动唇。

他的声音很轻很轻，却像是一道巨雷般炸在了她的耳边。

他说：“陈兮，你是不是吃醋了？”

吃醋……他以前也这样说过她。

那个时候的她，生气得又是骂他，又是贬低得他一文不值。

可现在听到这两个字，她张了张嘴，不但没能骂出来一个字，心底反而还跟着响过了一道惊雷。

吃醋……她哭是因为吃醋吗？除了委屈和生气外，更多的是吃醋，是不喜欢看到他身边有别的异性？让她哭的那种没来得及去细想的原因，就是……吃醋吗？

陈恩赐生气的时候，秦孑是没想太多的，她哭的时候，他更多的是心疼，是想要哄好她。等到事情平息了，他才发现，今晚的她很反常。

她这样反常的举动，让他真是惊喜又意外。

“陈兮。”看着被自己轻飘飘的一句话，问得半晌都没能说出一个字的小姑娘，秦孑又开了口，“本想再等等的，等时机再成熟点，等我再有把握点……”

他这话说得前言不搭后语，陈恩赐眨了眨眼睛，没听懂。

等等，等什么？

“但你实在是太厉害了，”秦孑低笑了一声，“一哭，就让我再也等不及了……”

陈恩赐蹙了蹙眉，模模糊糊地猜到秦孑是什么意思。她心跳得更慌更快了，理智告诉她，不要接秦孑的话茬，可她的嘴却没听她大脑的，在她自己都没察觉到的情况下，已经问出了口：“等不及什么了？”

“等不及想要追你了。”

秦孑手机屏幕又灭了，他这次没按亮屏幕。

一片漆黑中，陈恩赐听见他又说：“陈兮，从现在开始，我来追你，好不好？”

第七章
又怕重蹈覆辙

陈恩赐浑浑噩噩地跟着秦孑离开了观影厅，浑浑噩噩地看着秦孑替自己收拾好包，浑浑噩噩地跟着秦孑去了地下停车场，又浑浑噩噩地坐在秦孑的车里被他送回了家。

整个过程中，她还浑浑噩噩地跟秦孑说过很多话。

回到家，她在鞋柜前跟丢了魂儿似的，杵了大半天，才后知后觉地开了灯。她人都走到主卧门口了，才反应过来没换鞋，又晕晕乎乎地退回到玄关处。

她机械地卸妆、洗澡、护肤，又机械地就着半杯温水吞了几粒维生素，然后机械地关灯、上床，盖好被子闭上了眼睛。

陈恩赐懵懵懂懂地在床上躺了不知道多久，才悄悄地将手缓缓地伸到腿边，用力地掐了自己一把。钻心的疼痛，让她“嘶”着声音倒抽了一口很长的凉气。

这一掐，反倒让她清醒了许多，也意识到秦孑说的那句“陈兮，从现在开始，我来追你，好不好”，不是梦。

刚刚紧张的时候，她什么都不记得了，现在清醒下来，点点滴滴倒像是高清电影般一一回放在她的脑海里。

秦孑那句话，真的是吓到了她，让她一时之间跟被毒哑了似的，除了愣愣地看着他，说不出一个字。

秦孑应该是想要给她足够的消化时间，没再说话。她和他在漆黑的观影厅里，面对面坐了好久，最后还是他打破了沉默：“走吧，时间不早了，送你回家。”

直到车子开到了大马路上，她才感觉自己有了呼吸。她分不清是因为紧张还是慌乱，胸口有些憋闷，就将车窗开了一条小小的缝隙。微凉清爽的夜风，灌进车里，让她总算有了意识。她透过后视镜盯着开车的秦孑看了一小会儿，突然扭头对着他来了句：“对不起，陈爷我好马不吃回头草。”

听到这句话，秦孑愣了一下，随后就发出一道很轻的嗤笑声。前面正好有辆车，车速有点慢，秦孑熟练地控着方向盘，超过了那辆车。等他将车子开到那辆车子正前方时，他开口道：“没关系，回头草会绕路超车。”

陈恩赐无语。

她有点不死心，过了一会儿，又说：“我在微博上对着全网立过flag，我不能打自己的脸。”

秦孑道：“真要是有那么一天，我替你挨打。”

陈恩赐：“……”

车子快到梧桐墅时，陈恩赐不甘心地掏出手机，翻出一条又一条的短信，举给秦孑看。

“看到没有，很多人追我的，这是今天下午我刚收到的表白……

“这个人为了追我，前不久把我代言的卫生巾买了半车……还有这位，我拍戏的时候，每天让人去剧组送下午茶……还有这个，他叔叔对我表白过，他也对我表白过……我觉得我应该告诉他叔叔，你大侄子也喜欢我，然后再告诉大侄子说你小叔叔也喜欢我，然后让他们叔侄两个自相残杀……

“还有这位，你看到没，他已经给我表白过很多次了，每天都给我发消息……”

秦孑趁着前方路段没车，扫了眼陈恩赐的手机屏幕。

——“我可以爱你吗？陈恩赐小姐。”

——“今天也是想你的一天。”

秦孑扯了下嘴角，重新看向正前方，转着方向盘，驶入了梧桐墅的地下停车场。

陈恩赐得意道：“我几乎每天都能收到类似的短信，真不是我吹牛，我可是每隔两天会清理一次短信记录，要不然我手机内存早就炸了……”

车子停稳在陈恩赐家楼下的电梯入口处。秦孑轻笑了一声，解开安全带，扭头问：“那你为什么没把我和你的短信记录一起清理掉？”

他这突如其来的话，让陈恩赐面色僵了一下。然后，她低头看到了手机短信栏里的秦孑。

自从他和她加上微信后，他们很少短信联系了，最后一次短信记录，都是年前的事了……

看着小姑娘变生硬的神情，秦孑没忍住很低地笑了一声。

笑。秦孑居然敢笑话她。

陈恩赐耳朵微微有些红，她暗自磨了两下牙齿，语气不善地开口说：“你会不会听重点，我刚刚说那些话的重点是，虽然我在网上声名狼藉，但是我行情还是很好的，喜欢我的人很多呢，你……”

秦孑又笑了一声。

陈恩赐被秦孑发现她没删掉他们的短信，本来就不好意思，现在听他笑了一声又一声，顿时一点也不想理身边这位了。她“啪”的一下解开安全带，就头也不回地拿着自己的东西下了车。

陈恩赐刚走到车头处，手腕就被秦孑拉住了。她连挣扎都没来得及挣扎，整个人就被秦孑压在了车头上。

随着他身上好闻的气息覆盖而来，他的唇凑到了她耳边：“如果你给我看那些短信，是为了让我吃醋，那我告诉你，你目的达到了，现在的我好吃醋。”

他就像是在耳语般，声音又轻又缓，说话间吐出的呼吸尽数喷洒在她耳郭，勾起一阵儿一阵儿的烧。

秦孑这人是红颜祸水转世吧，随随便便就要人命……

陈恩赐心脏不争气地开始乱跳，腿也不受控制地开始发软。她为了让自己看起来像是被追的那一个，悄悄地吞咽了一口唾沫，微抬了抬下巴，极力维持着语调的平静：“你错了，我是为了让你知难而退。”

秦孑看着眼前白皙细嫩的肌肤，声音变得有些哑：“傻不傻？

“追你是我的事，难不难也是我的事，你替我操心做什么？

“真要不想被我追上，那就跑呀，努力地跑，撒丫地跑……”

秦孑头往下低了低，低到唇几乎要贴上陈恩赐的耳朵：“不过话说回来，在追你这件事上，放弃算我输。”

陈恩赐的呼吸又乱了。

她怔怔地望着秦孑的肩头，有点分不清东南西北。

秦孑缓缓地站直了身子，顺带着将她也拉了起来。他伸手轻拍了拍她的头顶：“晚安，我在追的全世界。”

尽管秦孑和她已经分开了两个多小时了，可当她回想起刚刚他送她回家的点点滴滴，她的心还是不受控制地怦怦怦乱跳着。

陈恩赐用力地捂着胸口，像是借此在努力地压抑着什么般。过了好一会儿，她才缓缓地睁开了眼睛。

秦孑这个人太惊艳了。

就因为他太惊艳了，所以他危险而又致命。

六年前，她已经因为没抵抗得住，尝试过一次了。哪怕那个时候她把自己保护得很好，哪怕那个时候两人从一开始在一起，她就不断地提醒自己他和她有那么一天迟早是会分开的。她以为她早就做好了心理准备，可真等到分开的时候，她还是深刻地体会到了什么叫作致命的危险。

其实就算是到了现在，她都想不明白，当年的他怎么说不要就不要她了。

陈恩赐轻轻地掀开被子下了床，来到客厅，倒了一杯酒，席地而坐在落地窗前，望着窗外的灯光，思绪飘到了六年前。

因苏南南而发生的冷战，在陈恩赐生日这天就此告终。

晚上，两人亲昵完后，秦孑提出让陈恩赐和他一块儿回J城给他爷爷过生日。她本能地问了句：“怎么这么突然？”

“不突然了，想了好久……想把你娶回家好久了。”

娶……他和她在一起的第二天，他也跟她说过这个字。

——“等机器人研究出来了，我就娶你过门。”

那个时候，她很笃定自己是不会结婚的。时隔几个月，他又对她说了这个字，她心底更多的是迟疑和犹豫。

她分不清自己到底是想要嫁给他却不敢嫁给他，还是像没认识他之前根本不愿意结婚。

她一时拿不定主意，沉默了好一会儿，就拿着他说过的话，问：“你机器人研究出来了呀？”

“没有，”秦孑很快就懂了她的意思，“没有也想娶你。”

陈恩赐一时间不知道该怎么回。

秦孑盯着她的眼睛打量了一会儿：“你不想嫁给我吗？”

陈恩赐看出秦孑的失落，她不知怎的就下意识地回道：“没。”

顿了顿，她又说：“我就是觉得我们还小，可以再等等，而且我现在有很多戏要拍，又是上升期，我要是结了婚会受影响的，我……”

秦孑觉得她说的这些都不是问题：“这个好处理，我们可以隐婚，隐到你愿意公开的那天为止。”

陈恩赐又没话说了。

秦孑看得出陈恩赐的犹豫和挣扎，他捏了捏她的手指，翻身躺平在床上，顺势将她抱在自己身上。然后，他压着她的脑袋，一边亲吻着她的嘴角，一边声音含糊地说：“陈兮，我是认真的。”

她没说话，他就继续吻她，吻着吻着，她就从他的身上换到了他的身下。

他在她耳边说了很多话，说到后来，她不知道是没扛得住他的美色，还是真的被他说动了，在他不知第几次贴着她的耳边说“跟我回J城，见爷爷他们好不好？”时，她咬着唇忍着嘴边险些溢出的声音，很轻地点了点头。

他很开心，结束的时候，还跟她又确定了一遍。看到她又一次点头时，他将脸埋在她的脖颈里，笑得双肩微微发颤。

她看他笑，也跟着笑了，心头压着的那抹不确定，就那么散了。

她想，见就见吧，嫁就嫁吧，她不想看他失落，也不想惹他不高兴，反正就像是当初决定当他女朋友时一样，他长得那么帅，对她又那么好，就算是将来离了婚，那也是她赚到了。

第二天醒来，陈恩赐飞 C 城，秦孑亲自送她去的机场。分开之前，秦孑还再三提醒她，秦老爷子生日的时间。

陈恩赐是真的想和秦孑一起回 J 城，一起去给他爷爷过生日，然后一起去见见他的家人。

她想着自己不能空手回 J 城，于是开始悄悄选礼物。

她翻来覆去选了好几天，总算确定好了给他爷爷的生日礼物。她还提前告诉了经纪人，秦孑爷爷生日的那天，她有点私人的事情要处理，不能接任何通告。

但很多时候，真的会出现意外的。

意外之所以是意外，是因为你也不愿意发生这样的突发情况。

她临时接的一个通告，由于时间安排不妥，导致延期了半天，合同签约的时候写了类似条款，合作方不算违约。她走不开，只能被迫留下。她翻了一天的航班信息，最后跟秦孑商量出来的结果，是他从 S 城飞 J 城，她从她所在地飞 J 城，他们在机场会合。

虽然通告延期了半天，但这样的安排，足够她赶去给秦老爷子过生日。

可“计划赶不上变化”这句话一点也不假，通告结束后，她直接搭车赶往机场。那天真的很邪门，说都说不清楚的诡异，后来陈恩赐想，大概上天都不想让她和秦孑在一起，所以才会有那样赶巧的事发生。

那天，通往机场的高速上出了连环车祸，有人当场死亡，还有一辆车起火了，救护车和消防车都赶来了。情况太严重，路被封了一个小时。当时陈恩赐身处在高速路上，进也不能进退也不能退，等路况好不容易通畅了，因为堆积的车辆太多，导致车开不快，等她赶到机场时，飞机已经停止了办理登机手续。

她只能选择临时改签飞机，但最早能起飞的一趟航班，是晚上九点钟。等她到 J 城，差不多十一点半，从机场出来，肯定会错过秦老爷子的生日。她有想过改成高铁的，但是高铁票早就卖空了。

她第一时间给秦孑打了电话，当时的秦孑应该是在飞机上，手机是关机状态。

她给秦孑发了很多条微信，将事情一一说清楚，然后就改签了新的航班。

秦孑到 J 城的时候，她还在机场候机。秦孑看到她发的那些消息，只回了她一句话：“实在是赶不过来，就不用勉强了。”

虽然秦孑这样说，陈恩赐还是当晚飞了过去。

晚上十一点半，飞机降落在J城机场。一有信号，陈恩赐立刻联系了秦孑。她给他发了很多条消息，他都没有回她。她以为信号不好，等从飞机上下来后，她一边等行李，一边给他打电话。

可一直都是无人接听的状态。

那一刻，她才后知后觉地反应过来，秦孑其实在回短信时，就已经生气了。

没能联系到秦孑的她，知道秦老爷子过生日的地点，虽然已经很晚了，她还是抱着希望打车跑了一趟。

餐厅打烊了，除了门口亮着的霓虹灯外，整栋楼的窗口都是黑的。陈恩赐站在空无一人的路边，又给秦孑拨了好几个电话，依旧无人接听。

陈家就在J城，距离这家餐厅只有一千米远，可她那一刻看着始终不接她电话的秦孑的手机号码，突然觉得自己像是被整个世界抛弃了一般，无处可去。

她很慌，也很怕。穿着高跟鞋东奔西跑了一天，她也很累了，蹲在路边，握着手机给秦孑发了一条消息。

“秦孑，你接我电话好不好？”

她从来都没有这么低声下气过，那是第一次，没人知道她发这条消息时，到底把自己放在了多卑微的位置。

她等了很久，都没等到他的回复。

直到她蹲得双腿发酸时，她才重新又按着键盘，给他发了一条消息：“对不起。”

她就近找了一家酒店住下。她以为第二天醒来，秦孑气消了就肯理她了。

她满怀希冀地睡了。睡了不过四个小时的她，从梦中惊醒，她拿起手机，却见秦孑依旧没有给她回任何信息，她才发现，她错了，他远比她想象中要气愤很多。她又给他打了一个电话，竟是关机状态。

按照原计划，她当天晚上是要飞C城的。

她临起飞之前，一直都在给他打电话，他一直都没开机。她在登上飞机后，给他留了言。

“我去C城，有个活动，两天的时间。”

“我十点到，十一点我们通个电话可以吗？”

空乘小姐催促着陈恩赐关机，她口中说着好，但在关机之前，还是飞速地给他又发了一条消息。

“对不起。”

那晚到C城，秦孑开机了，但是没回她消息，她打电话过去，他也没接。

十二点的时候，林染给陈恩赐打了个电话。

她从林染的口中得知，秦孑回了S城，和容与他们在酒吧里喝多了，拉都拉不回去。

林染还说，秦孑看着心情好像很糟糕，问她知不知道怎么回事？

有了秦孑的动向，陈恩赐安心了许多，她没跟林染提她和秦孑之间究竟发生了什么事，她只拜托林染好好照看着秦孑。

那天晚上三点钟，秦孑他们才回了家。第二天早上七点钟就要起床的陈恩赐，也三点钟才睡下。

等陈恩赐那天忙完，已经是晚上了，秦孑还是没理她，但林染却跑来跟她发牢骚了："兮兮，我觉得你家那位疯了，他睡醒后，又拉着容与他们出来喝酒了。你确定你不回来管管吗？你知道他们今天是怎么喝的吗？白酒、威士忌、洋酒红酒掺着喝，这么喝下去，不喝到胃吐血才怪呢！"

和前一天晚上一样，秦孑他们折腾到了大半夜，陈恩赐也大半夜才睡。

连续三天没睡好的陈恩赐，状态差极了。经纪人也察觉到她的不对劲，问她是怎么一回事。她只说不舒服，没睡好。

经纪人劝了她两句，走开了。

后来，等到化完妆，她躲开了助理和化妆师，还是跟经纪人开了口："今天下午活动结束后，我想回S城。"

经纪人说："可你明天还要去Z城。"

"我不想去了，"陈恩赐抿了下唇，"我最近很累，还有很重要的事情要去处理，你想办法帮我取消吧。"

陈恩赐那个时候虽然已经有点名气了，但是还不够火，带她的经纪人比较强势，希望艺人可以听从自己的一切指挥和安排。计划好的行程，陈恩赐非要取消，经纪人大怒："你现在还没火，你就这样耍大牌？你知不知道，我帮你接下来这些通告，跑了多少关系。麻烦你尊重一点我可以吗？"

经纪人许是见陈恩赐迟迟不肯改变主意，最后就留了句："今晚不管怎样，你都必须跟我飞Z城，这次的通告你要是敢给我搞砸了，我绝对会将你压榨到死。"

陈恩赐当然知道经纪人说到做到。

经纪人其实也不想真的放弃好不容易带到今天的艺人，和陈恩赐因为分歧产生了不愉快后，还没忘记扣了她的身份证。

但是那天下午，陈恩赐忙完C城的事后，还是悄悄地溜了。她在机场补办了一张临时身份证，飞回了S城。她一下飞机，就收到了经纪人狂轰滥炸式的语音消息。

陈恩赐这样不听话擅作主张地逃跑，让经纪人气到了极致。最后，经纪人给她留了句："我不管你用什么方法，明天上午十点之前，你最好可以到Z城。如果我看不到你人，后果自负。"

陈恩赐没回经纪人的消息，从机场出来后，她第一时间联系了林染。果不其然，秦孑又跟容与他们去酗酒了，她从林染那里拿到地址，拦了一辆车直奔而去。

到了酒吧门口，她递给司机两张红色的钞票，连零钱都没有要，就急匆匆地下了车。

她找到包厢，推开门，看到的只有容与他们。

林染见到她，立刻站起了身："兮兮，你回来了？"

陈恩赐没看到秦孑，迫不及待地问："他呢？"

"孑爷吗？他去洗手间了……"没等林染把话说完，陈恩赐就顺着标识，跑去了洗手间。

秦孑背对着洗手间的入口，正在洗手。

陈恩赐暗松了一口气，慢慢地走了过去。

秦孑察觉到动静，抬头，透过镜子看向了她。他没说话，低着头继续慢慢地清洗着手。等她站在他跟前时，他洗好了手，正拿着纸巾认真地擦着手指。

她停下脚步，开了口："秦……"

她只说了一个字，他扬手将纸巾往旁边的垃圾桶里一弹，就扯着她的胳膊，将她往洗手台上一压，低头堵住了她的唇。

他的吻突如其来，陈恩赐只感觉到浓重的酒味，都还没反应过来究竟是怎么一回事，他的舌尖就撬开了她的唇。

他吻得很急，像是要将她整个生吞入腹般，没一会儿就将她肺里的空气榨干了。她憋得难受，微微挣扎了一下。而她这样小小的举动，不知怎的就刺激到了他。她后仰得难受，推着他的肩膀想要稍稍站起来一些，他却抓住她的双手，狠狠地攥着她的手腕，吻得更凶更猛了。

吻到最后，她唇舌疼得厉害，甚至都尝到了血腥味。

她被他攥着的手腕，颤得厉害，就连身体都疼得抖了起来。直到她口中的血腥味蔓延到他的口中，他才一点一点地停了下来。

他没有立刻离开她的唇，而是贴着她的唇停留了好一会儿，才慢慢地搂着她的腰，带着她一起站直身子。

他微微地错开了一些距离，垂眸盯着她红肿的唇和被他咬破的嘴角看了片刻，又轻轻地低头，吻上了她的唇。

他静静地抱着她，不松开，也不说话。

有不少人进进出出洗手间，他们就站在洗手台前，使得大家只能用另外一个洗手台，也使得不少人频繁地侧目看他们。两个人这般僵持了不知道多久，陈恩赐见秦孑始终没有松开她的迹象，便轻轻地出了声："秦孑，我们……回家吧。"

秦孑抱着陈恩赐没动静。

陈恩赐由着他搂了一会儿，然后尝试着稍稍挣扎了一下手腕。见他松开了攥着她的力道，她腾出一只手，扯住他的衣角轻轻地拽了两下："回家，好不好？"

过了好一会儿，秦孑才说："好。"

陈恩赐陪着秦孑去买了单，然后跟容与他们说了一声，就和秦孑离开了酒吧。

陈恩赐看秦孑喝得有点多，特意让司机在路边的药店停了一下。拎着买的解酒药回到车上后，陈恩赐看了眼望着窗外没怎么说话的秦孑："你……吃晚饭了吗？"

秦孑扭头看了眼陈恩赐："你饿了？"

陈恩赐虽然没吃晚饭，但到现在也没感觉到丝毫的饿意。她下意识地想说"我不饿"，可话到嘴边，又被她鬼使神差地改了："嗯，有点饿。"

秦孑问："想吃什么？"

听到这四个字，陈恩赐一下子安心了许多。他肯问她想吃什么，是不是代表他……已经没有那么生气了？

陈恩赐想了下，问："你呢？你想吃什么？"

秦孑眼睛一眨不眨地望着陈恩赐，像是有话要说般："我都可以。"

顿了顿，秦孑又说："我听你的。"

陈恩赐笑了，彻底安了心："吃米线？"

秦孑点头，毫不犹豫道："好。"

陈恩赐又笑了下，没再说话。她眼角的余光看到他放在两人中间的手，迟疑了一下，然后悄悄地抬起自己的手，握住了他的手。

他指尖微颤了一下，就将盯着她的视线，落在了窗外。

陈恩赐见秦孑没躲开，便大着胆子抓紧了他的手。

秦孑喉结上下滚动了两下，回握住她的手。

车子停在花园小区门口，司机说到了后，秦孑还紧紧地攥着陈恩赐的手呆了好几秒钟，才松开掏出钱包付了钱。

时间不早了，米线馆里的人并不多。老板娘认识他们，见他们进来，立刻热情地张罗他们坐下。

陈恩赐问："你也吃一点东西好不好？"

秦孑微点了点头。

陈恩赐扭头对着老板娘要了两份她和秦孑常吃的口味。

米线很快上来了，秦孑抽了两双筷子，他将其中一双递给陈恩赐后，就举着另一双，将陈恩赐砂锅里的米线捞了一半到自己的锅里，然后又将自己锅里陈恩赐喜欢吃的腊肉、鹌鹑蛋一一挑拣进她的锅里。

一切如常……跟平常没任何区别。

陈恩赐真觉得秦孑没事了，胃口也跟着好了很多，本来不饿的她，吃了自己锅里一大半的米线。

秦孑也动了筷子，但他并没有吃多少。陈恩赐以为他是喝多了酒胃不舒服，回到家，给他调了一杯蜂蜜水："染染跟我说，这几天你都在喝酒，是不是也没吃东西？"

秦孑接过水杯，默默地喝着蜂蜜水没说话。

"我刚看过了，冰箱里没什么吃的东西了，我给你叫外卖吧……喝点粥好不好？"

陈恩赐叫了一份暖胃的红枣粥，顺便又买了一些易消化的主食。放下手机后，陈恩赐又问："现在感觉好点了吗？要是还不舒服，就吃两粒药……不过能不吃还是不要吃……"

直到秦孑将蜂蜜水喝完，把杯子放在茶几上，陈恩赐才意识到从回家到现在，秦孑都没开过口，一直都是她一个人在讲话。

陈恩赐抿了下唇，也沉默了下来。她望着秦孑看了好一会儿，问道："你……是不是还在生气？"

"我真的不是故意的，那天真的是意外，我没想到路上会出车祸，也没想到会堵车，更没想到会堵那么久……"陈恩赐为了缓和气氛，凑到秦孑跟前，笑着抱着他的胳膊摇了摇，"不生气了，好不好？"

她和秦孑在一起的这段日子里，只要她撒娇，他永远都会妥协。陈恩赐也不知道那晚怎么了，她前一秒娇滴滴地哄完他，后一秒，他就猛地甩开了她的手："陈恩赐，在你眼里，我是不是就是个傻子？"

在他和她在一起的第一天，他就知道她叫陈恩赐，可后来的日子里，他一直都喊她陈兮。

这是第一次，秦孑喊她陈恩赐。

陈恩赐心底"咯噔"了一下，盯着自己空掉的指尖愣了片刻，才抬头望向秦孑。

他这是还没消气吗？

陈恩赐自知理亏，鲜有耐心，也鲜有这么好脾气的时候："你怎么可以这么说我男朋友，就算你是我男朋友，你也不能这么说我男朋友。”

陈恩赐边说，边又伸出了手。这次，她指尖都还没碰到秦孑的胳膊，秦孑就躲开了：“够了，陈恩赐，你能不能不要用这种语气跟我讲话？”

秦孑嘴角挂着一抹冷笑，确切地说更像是自嘲的笑容：“你知不知道，你这样跟我讲话的方式，只会让我觉得可笑。”

秦孑的声音很轻，他以往也时常用这种很轻的语气跟陈恩赐说话，但都是说一些让她脸红心跳的话。可现在他很轻的语调，说出来的话，却让她胆战心惊：“在你眼里，我算什么？

“我算你男朋友吗？是不是在你心底，不管发生什么事情，只要你给我撒个娇随便敷衍地哄一哄，我就没事了？

“你究竟把我当成了什么？我对你来说，是男朋友吗？是一条狗吧，你说什么就是什么，对吧？”

陈恩赐盯着落空的手愣了好几秒钟，才对上秦孑的眼睛。她是真的想不明白，秦孑为什么会说出这样的话，她也不懂他到底是哪里来的那么大的怨气和怒气。

就因为她错过了他爷爷的生日吗？

陈恩赐想不出来别的可能了：“秦孑，你生气我可以理解，但是你爷爷的生日，我真的不是故意不去的……”

“是，你不是故意的。”秦孑暴躁地抬起手，抓了一把头发，“你是有意的。”

“从一开始，你就没想过要来参加爷爷的生日宴吧？你那天之所以答应我，就是哄我玩的对不对？”秦孑低头笑了下，“哄我很好玩，是不是？”

秦孑又笑了一声：“哄得还挺真的。”

果然是因为他爷爷的生日……

陈恩赐起身，拿起自己随身携带的包，从里面翻出她给他爷爷准备的生日礼物：“我真的没有骗你，你看，这是我给你爷爷准备的礼物，我好多天前就买了。你要是不信，我给你翻出购买记录，我……”

不知是酒精导致的，还是太多的矛盾堆积到今天，终于爆发了，秦孑失去了一贯的理智和控制力：“不用了，你就算是翻出来，我也只能说一句，你真不愧是个演员，戏演得真好。

“陈恩赐，我其实挺纳闷，你这样演来演去，就不累吗？

“你真以为我是个傻子，什么都不知道是不是？

“春节，我让你跟我一起回J城，你当时说什么来着？说你有工作……我说好，将来有时间再说。你真以为那次我不知道，其实你根本没有工作，只是不想跟我一起回J城，临时找你经纪人即使是低出场费也要大除夕地往外跑。

“陈恩赐，你跟你经纪人打电话的那天，我恰好听到了，我只是当作不知道而已。我告诉自己，你有你自己的难处，可你呢？

“陈恩赐，你口口声声说对不起，说你不是故意的，你若真不是故意的，你若真想跟我一起回J城给爷爷过生日，那么多天，不够你准备的？”

直到这一刻，陈恩赐才知道，秦孑为什么会这么生气，为什么会生这么久的气。

原来春节那次的事，他是知道的。

难怪他不相信她……难怪她到J城后，她给他打了那么多通电话，他都没接。

“春节那次，是我、是我没准备好，是我骗了你……但是爷爷生日这次，我没有，我真的没有……我虽然很怕，但是我真的是想和你一起回J城的……我真的没想到临到跟前会发生那样的事情，我要知道，我一定会取消我那次通告的……我……”

秦孑看着陈恩赐急急忙忙解释的样子，面色稍稍松缓了一些。他沉默了一小会儿，迈着步子走到她面前。

他蹲下，微仰着头直视着她的眼睛看了好一会儿，突然出声问：“陈兮，你爱我吗？”

陈恩赐一下子被问蒙了。

她爱他吗？

她是喜欢他的，她很确定，因为和他在一起，她很开心，也很自在。

可是她爱他吗？她没想过这个问题。

她沉默了好一会儿，张了口：“我……”

没等陈恩赐出声，秦孑垂眸笑了：“我知道答案了。”

你不用说了，我知道答案了——

我很早之前，就已经知道答案了，只是我自己不愿意去面对，抑或说我以为我可以有一天得到我想要的那个答案。

我一直不明白，林静姝给我房卡，苏南南当着你面说喜欢我，你为什么可以做到那么事不关己淡定从容，现在我才知道，原来是不爱。

看着秦孑的笑，陈恩赐心底莫名发慌，她下意识地伸手抓了一下他的肩膀：“秦孑，我、我是喜欢你的。”

喜欢……秦孑嘴角的笑更大了，他垂着的眼眸里是满满的失落和难过。

喜欢，只是喜欢吗？

秦孑觉得自己的心像是被什么锋利的东西捅过似的，翻滚起拉拉扯扯毫无止境的痛。

他和她都没再说话，安静的房间里突然响起了手机“叮咚”的声响。是他的手机，他摸出来，看了一眼，是苏南南发来的微信：“孑哥哥，你要的资料，我帮你找到了。你有没有时间，我给你送过去？”

他和她面对着面，他的手机举在眼前，就等同于是举在了她眼前。

她清清楚楚地看到了苏南南发给秦孑的每一字，甚至是每一个标点符号。

陈恩赐心底的慌，突然变成了凉。

她盯着他的手机屏幕，抿了下唇，将要说的话咽了回去。

秦孑说不清自己到底是在赌气，还是在赌最后一把。他没回苏南南的短信，但是他却在收起手机后，对着她说了句：“我出去一趟。”

陈恩赐指尖微颤了一下，盯着他还亮着的屏幕没有说话。

秦孑保持着蹲在陈恩赐身前的姿态没动。

手机因为长时间没人碰触，自动灭了。

眼前忽然暗下去的手机屏幕，让陈恩赐稍稍清醒了一些，她缓缓地掀起眼皮，对上秦孑的眼睛。她面色很平静，眼神也很安静。她定定地望了他一会儿，然后轻点了下头，开口的语气冷静得可怕。

她说：“好。”

秦孑的心狠狠地抽疼了一下。

好。

很好。

秦孑点了点头，站起了身。

那天的他一定是疯了，她越是表现得淡定从容，他就越是想要撕破她那副表情，他想从她脸上看到生气、吃醋，哪怕一点点的不悦都可以。因为他想，只要她脸上有一点点的动容，他就能告诉自己，她不只是喜欢他的，她也有一点点爱他的，她就是嘴硬不好意思才说她是喜欢他的。

他拿着手机装模作样地发语音消息，他就是要让她听到。

他说：“晚一会儿见。”

他还说：“约在哪里见？”

那天的他绝对是疯了，他进了主卧，放下手机后，还拿着衣服去浴室洗了个澡。他将自己收拾得干干净净利利索索，浑身上下闻不到一丝酒味，才走了出来。

他一边对着镜子整理头发，一边拿着手机发了一条语音：“我现在出发了啊。”

自始至终，她坐在沙发上都没有任何反应，她背挺得笔直笔直的，坐姿规整得跟个小学生似的。她望着正前方的电视，眉目平静。

他从主卧出来后，看了她一眼，没说话，直接从她面前走过。换完鞋，他又看了她一眼，见她还是那副无动于衷的模样，他出声道："我走了啊。"

陈恩赐缓缓地转头望向门口，冲着他轻轻地点了下头，"嗯"了一声。

秦孑直视着陈恩赐的眼睛："我可能会很晚才回来，你自己早点休息。"

陈恩赐又"嗯"了一声，然后就轻飘飘地将视线落回到正前方的电视机上："知道了。"

秦孑在门口站了一会儿，什么话都没说，转身推门走了。

随着门"哐啷"一声被关上，陈恩赐脸上还是看不出任何情绪。

电视里播放着一档很搞笑的综艺，一群艺人时不时地笑翻了天。陈恩赐看着他们笑，也跟着笑，笑着笑着，她就慢慢地扭头看向了门口。

她想起身，想追出去，想喊住他，想问他一句，你能不能不要去找苏南南。她想跟他说，我真的很不喜欢你明知道一个女孩子喜欢你，还跟她走得这么近。

她是真的起身了，可当她奔到门口时，她又突然觉得很好笑。

他惹的桃花，他自己都不在意，她为什么要在意？她在意了，能改变什么吗？她母亲不够在意吗？可结局呢？

陈恩赐收回了放在门把上的手，又重新坐回了沙发上。她在不知道第几次看到同一款奶粉广告时，门锁被打开，出去没多久的秦孑折返了回来。

她扭头看去，见他两手空空。她还没出声问他怎么这么快就回来了，他先开了口："忘记拿钱包了。"

陈恩赐点了下头，把到嘴边的话咽了回去。

秦孑又开了口："你帮我拿一下吧，正好我不想换鞋了。"

"好。"陈恩赐起身，问，"钱包在哪里？"

"就在我电脑旁边。"

陈恩赐"哦"了一声，去了主卧。他的钱包就在鼠标跟前放着，她很容易就找到了。

她走到他跟前，将钱包递给他。

他没接，只是微低着头，打量着她。他的眼神很复杂，她看不懂也猜不透，她被他看得莫名有些烦躁，就将钱包往前递了递："给你。"

他还是没接，依旧那样眼睛一眨不眨地盯着她看。

陈恩赐见秦孑不接，将钱包放在了旁边的鞋柜上："给你放在这里了啊。"

秦孑顺着她的动作，看了眼钱包。没一会儿，他就别开了头，似是压抑着什么痛苦般闭上了眼睛。

陈恩赐看他不说话，就也没再说什么，转身往屋里走去。

随着她的动作，秦孑很缓慢地睁开了眼睛，看向她的背影。

他真觉得自己是个傻子，要赌一把的是他，看似洒脱地出了家门的是他，可是站在门口怎么也挪不开脚的还是他。他以为她会追出来，可他等了十几分钟，门后始终没有动静。这十几分钟里，他胡思乱想了很多，她会不会哭，会不会生气，他越想越心底不安。他暴躁地绕着门口走了两步，然后掏出钥匙开了门。

可她呢？

她比他想象中冷静多了，事不关己多了。她跟个没事儿人一般在看电视，就好像刚刚出门去找别的女孩子的人不是她的男朋友一般。

秦孑看着陈恩赐坐在沙发上，看着陈恩赐拿着遥控器换台，那一刻感觉自己就像是被逼到绝路上的野兽。

他只是想要从她脸上，不，哪怕就是眼底，看到一点点的在意就好了。

他真的没有别的要求。

可就算这点要求，她也给不了他。

秦孑觉得自己真的疯了，被她逼疯了，或者说他被自己的那份爱逼疯了。

他爱她，所以希望她也是爱他的，他太渴望在爱情里他们是对等的了，他太希望他的爱也能换来她同样的爱。他犯了所有人都会犯的通病，他终究不是圣人，一开始是他无怨无悔心甘情愿的，可付出到最后，他还是心有不甘。

知道吗？

有的时候，过于深爱，也是过于伤害。

他太不甘心了，他太想要得到她的回应了。他看着她毫不在意的模样，很想上前握住她的肩膀，质问她，他到底要怎样做，她才肯愿意尝试着去爱他。

他心头压着的那股气，越来越浓。气到最后，他既没有上前去抓她的肩膀，也没有质问她，而是很轻地喊了她的名字：“陈兮。”

她迟疑了两秒，扭头看向他。

他回视着她的眼睛，又喊了一遍她的名字：“陈兮。”

然后，他说：“我们分手吧。”

陈恩赐指尖下意识地握紧了掌心的遥控器。她以为自己听错了，看着他的眼神是蒙的。

秦孑盯着她的眸光很深，他像是生怕她听不懂他说的话一般，半晌，又开了口。

他说：“分手吧，陈兮。”

陈恩赐就像是被定格的画面，望着秦孑的眉眼没有任何变化。

秦孑深深地又凝视了她一阵儿，然后就拿起鞋柜上的钱包，转身推门走了。

门又一次关上了，房间里又一次只剩了她一个人，可她就像是浑然不知刚刚究竟发生了什么似的，还保持着刚刚的动作和神情，盯着秦孑站过的地方望着。

她望了很久，眼神从最初的平静变成木然，直到她因长时间盯着一处眼睛泛酸，她才轻轻地眨了眨眼睛。她盯着早已没了他身影的地方又看了好一会儿，才慢慢地将视线落回到了电视上。

——陈兮，我们分手吧。

——分手吧，陈兮。

这两句话在她脑海里反反复复地缠绕了很多遍，她才总算弄明白是什么意思。

分手……他这是不要她了吗？

四月底的S城已经转热了，花园小区的房子没开窗，可她这一刻却觉得整栋房子四面透风，她就像是处于最北端的城市，冰寒的风肆虐地穿过她浑身上下的每一块骨头，疼得她不知所措。

他终于还是不要她了。

还好，她跟他在一起的时候，就告诉过自己，不要太抱希望。

还好，她一直够冷静够淡定，没让自己变得像母亲那样狼狈难堪。

还好，还好……

陈恩赐扯着嘴角笑了下，然后缓缓地低下了头。她眼睛有点酸，喉咙有点堵，她咬着牙关拼命地忍着，忍到整张脸都有点发抖，眼泪在眼底直打转，最终还是没有落下来。

你看她，保护住自己了呢。

她都没哭呢。

在他说分手的那一刻，她就知道他和她已经结束了，不会再有未来了。她应该走了，可她还是留了一夜。

那一夜是她过得最长的一个夜晚。

秦孑去见苏南南了，她以为他会回来，可时针过了十一点，过了十二点……过了凌晨三点，门纹丝不动，始终没有被人打开的迹象。

连续好几天没怎么睡好，原本极为缺觉的她却一点也不困，前半夜她不断地看门，后半夜她一动不动地盯着窗户上倒映出来的自己的身影看。

不大的房间里，只有她一个人。

那时她才发现，原来花园小区这个房子很大呢。

窗外天色渐渐地亮了起来，窗户上再也没有她的身影了，她这才收回了视线。

窗外阳光渐渐明媚，整个房间有一半沐浴在阳光里时，门被敲响了。

她以为是秦孑回来了，起身走到门口，隔着猫眼往外看了一眼。

不是秦孑，是有一段时间没见过的苏南南。

她不清楚苏南南跑过来做什么，她不想见苏南南，但苏南南像是知道她在家一样，给她发了消息："姐姐，我知道你在家里。"

"姐姐，你该不会因为我喜欢孑哥哥，所以连我的面都不敢见了吧？"

她明明没有错，可怎么就成了不敢见苏南南了。看完短信，她就开了门。

她们都撕破脸了，也没必要再假惺惺地上演什么姐妹情深，陈恩赐连家门都没让苏南南进。

苏南南也没有要进的意思，从包里拿出 iPad，递给陈恩赐："姐姐，我就是来还 iPad 的，我本来想让孑哥哥带给你的，但是他说这是你的东西。"

她的东西……陈恩赐点了点头，连话都没说，接了 iPad 就直接当着苏南南的面甩上了门。

陈恩赐知道苏南南就是故意来恶心她的，存心来给她找不痛快的，但苏南南成功了，成功地给她添了堵。她在自己的 iPad 里，看到了不知道是苏南南不小心同步到相册里的，还是故意放进相册里的照片，全都是秦孑的照片。这些不是她拍的，只可能是苏南南拍的。

陈恩赐恶心又生气，她拿起手机点进微信，暴躁得想要删掉苏南南的好友时，却在朋友圈里看到了苏南南给秦孑点了赞。

陈恩赐笑了下，将手机和 iPad 往旁边一丢，进了洗手间。

她站在洗手台前，对着镜子看了一眼在沙发上坐了一整夜没合过眼的自己，面色很平静，没有悲伤，也没有痛苦，看不出任何异样。

她对这样的自己满意极了，她虽然被他甩了，但她至少没有在苏南南面前丢人现眼。

她认真地洗了个澡，又认真地护理了一下皮肤，然后就开始收拾行李。忙碌的整个过程中，她的手机一直在响，是在 Z 城的经纪人打来的。经纪人到底还是没等到她，从最初的威胁变成了气愤，加上她迟迟不接电话，又开始发微信骂她。

陈恩赐被吵得有些烦，直接关了机。

收拾完行李的时候，已经差不多中午十二点了，她不知道自己能去哪里，也没想好自己要去哪里，但她清楚她必须要离开花园小区。

在这里住了七个月，她的行李比来时多了三倍。她拎着重重的箱子下楼时，不知怎的就想到了他当初说的那句"带着箱子去超市见见世面"。

那个因为楼下的小哥帮她拎个箱子就会吃醋的男生，终究还是和她走散了。

那个平安夜带她去看烟花，问她想不想省房租的男生，终于还是和她分离了。

那个因为她发了一条我也想你了的微信，第二天就出现在她面前，说舍不得你想的男生，到底还是松开了她的手。

坐在出租车上，陈恩赐没开机，没告别，只言片语都没留下，直接将 SIM 卡取出来，掰断了。

她来 S 城的时候是一个人。

她离开 S 城的时候还是一个人。

她就像是做了一场梦，一场长达七个月的梦。

梦很美，但终究还是会醒的。

梦不长，也不难讲，相逢时红了脸，离别时红了眼。

她以为那场梦很快就会烟消云散。

后来的后来，她才知道，年少时不要遇到太惊艳的人。

会误终生。

陈兮，我们分手吧。

分手吧，陈兮。

时隔六年，陈恩赐都还记得秦孑当时说出这两句话时的语气。

平静。

平缓。

哈，你看，都过去了六年。她竟然还没忘记，所有事就仿佛是昨日刚发生的一样。

陈恩赐轻笑了一声，举起酒杯，将剩下的红酒一饮而尽。她又给自己倒了一杯，刚刚回忆六年前那段时光时，她喝了不少酒，现在酒劲有些上来了，她不小心将酒洒在了手上，浸湿了她指尖的创可贴。

她抽了一张纸巾，吸走了创可贴上的酒，垂着眸又灿灿地笑了。

你说，他到底是怎样的一个人。

对她好的时候，要她的命。

抛弃她的时候，慢性要她的命。

是啊，慢性……

陈恩赐慢慢地品了一口酒，掀起眼皮望着面前的玻璃。窗外万千灯火，可她却仿佛看到了多年前孤零零地坐在花园小区里那个年少的小姑娘。

刚分手的时候，她没那么难过，她从 S 城赶去了 Z 城，得到的是当时经纪人劈头盖脸的一通骂和长达半年的冷藏期。

那个时候，她已经有些积蓄，丢了爱情丢了工作，也不至于落得很惨的下场。她回了J城，在五环租了个小公寓，开始适应一个人的独居生活。

第一个月，她没什么太大的感觉。

第二个月，J城换季，她感冒了，发着高烧躺在床上无人问津时，她不知怎的就想到了秦孑。她大概是烧迷糊了，跌跌撞撞地爬下床，打开门，在门把上摸了半天，也没找到装着退烧药的白色塑料袋。后来，当她意识到她烧得记忆错乱，她已经不住在花园小区时，她抱着胳膊蹲在了地上。

那是他和她分手后，她第一次想他。

那天晚上，她一个人打车去了医院，一个人排队挂急诊，一个人取药，一个人打点滴，然后她才彻彻底底地回过神来，他和她真的分手了，已经分手两个月了。

第二次她很想他，是夏末秋初，她午睡时突然惊醒，她总觉得自己忘记了些什么，可她就是想不起来。直到傍晚来临，J城半个城市的天空被落日染成了红色，她才想起来，一年前的今天他和她相识的。

你知道吗？

想一个人，没有一次和两次，只有零次和无数次。

之后的漫长岁月，她总是能想到他。

看到“秦”字能想到他，看到“S城”能想到他，看到“未婚夫”能想到他，看到“前男友”能想到他，深夜躺在床上刷个微博，看到一句煽情的话语还是能想到他，戴着耳机听首歌，听到某句深有感触的歌词依旧能想到他……

她其实命挺好的，就在她以为自己要被经纪人一直无止境地打压下去时，她遇到了陆星。陆星帮她解了约，帮她签了新的公司，一家比之前好一百倍的经纪公司。陆星只带她一个艺人。

她重新变得忙碌起来，那个时候的她，开始炙手可热，追她的人很多很多。她走到哪里都能收到各种各样的表白、鲜花和礼物，可她没有一个看得上眼的。

陆星笑着骂她挑剔，说她眼光也太高了。她笑着说她是天上来的小仙女，凡人怎么可能配得上她。

追她的那些人里，有一个陆星最满意，是个有点背景的富三代，但并不是那种不学无术之人，相反还是高才生，双博士学位，年纪轻轻便斩获了很多荣誉，对人彬彬有礼，总之用陆星的话来说，万里挑一难得一遇。

那个人追了陈恩赐四年，整整四年，就连她被全网黑勾搭遍了所有娱乐圈大佬、知名导演和有名气的男明星时，他都未曾放弃。

陆星都看不过眼了，明里暗里地撮合着陈恩赐和那个人。

陈恩赐拒绝了那个人四年，都没能摆脱他。最后是在她最落魄，被全网追着骂得最惨的时候，他向她求了婚，她是真的很感动，只有她一个人知道，她那一刻险些就点头了，险些就接了那枚戒指，险些就嫁了，可她最后还是说了句对不起。

那个人不甘心，也不肯死心，扬言要越挫越勇。

陈恩赐真的不忍心看着他在她身上浪费时间，她不知怎的就开口说了句："我有爱的人。"

对方家教良好，听到这句话，并未勉强，虽爱而不得，但并未因爱生恨，就此和她别过。

他走后，躲在旁边的陆星跑到陈恩赐跟前："恩恩，你有爱的人？为什么我从来都不知道？"

陈恩赐笑着说："没有，我骗他的。"

说完那句话后，她脑海里浮现出了秦孑。

那是她跟了陆星后，第一次想到他。

她以为自己忙起来，就不会想他了。那时她才发现，不是没再想他了，而是放在心底，没让自己去碰触了。

四年多，一千多个日夜里，她和他谁都未曾联系过谁，可那一天她再回头看过去，她突然懂得，这四年多里，追她的人那么多，对她真心实意的人不是没有，她之所以一个都没能入得了眼，是因为他。

四年来，她才发现，她是爱他的。

分手的时候，她不懂爱；分开了很久很久之后，她爱上了。

就是因为爱上了，所以从那一刻开始，她看到"秦"字，恨得牙痒痒，看到"S城"，恨得牙痒痒；看到"未婚夫"，恨得牙痒痒……

就是因为爱上了，他和她在网上突然被网友扯在一起，她看到他那句"不是她，没复合"时，满心怒火。

就是因为爱上了，她没再让自己得过且过地丧下去，她想接《生命》，想做有意义的事，想好好地生活。

就是因为爱上了，她才做不到那么洒脱。

她就是有些怨他，明明最先招惹的人是他，他怎么就先放手了呢？

他为什么就不能再等等，再等等她……

就是因为爱上了，他说，陈兮，让我再追你一次好不好时，她既欣喜又恐慌。

她想回头，又怕重蹈覆辙。

因为没人知道，口口声声说着永远都不要爱情的她，到底是有多爱他。

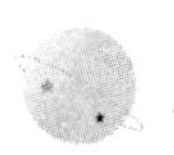

第八章 我愿意陪你后悔了

第二天陈恩赐是被晒醒的。

她睁开眼睛，看着面前的落地窗和高高挂在半空中的太阳，蒙了好一会儿，直到看到身边空掉的红酒瓶和倒在地上的高脚杯，才迷迷糊糊地反应过来自己昨晚喝多了，直接醉倒在了阳台上。

她拿起手机，看了眼时间，见才上午十点钟，就一边打着哈欠，一边从地上爬起来回了主卧，一头栽倒在床上，闭着眼睛眯了一会儿，反倒睡不着了。

唉，他也太会给她抛难题了。

陈恩赐翻了个身，想到秦孑昨晚说要追她的那句话，更没困意了，索性下床去洗澡了。

她在浴室里冲了很久，想要将昨晚回家后，半夜回想起的那些前尘往事引起的混乱都随水冲走。谁知越冲越烦躁，她“啪”的一声关了水龙头，胡乱地拿着浴巾裹在身上。没有陆星陪伴，她其实没计划出门的，只是在中午十二点的时候，她家的门铃突然被按响了。

她怎么说也是个经常上热搜的大明星，虽然每次上热搜都不是什么好事，但她对住宅保密性做得还是很好的，陆星刚跟她通过电话，过来的可能性不大；林染十分钟前刚在“铿锵玫瑰”群里发了在餐厅的自拍照，不可能瞬移到她家楼下；她昨天刚从剧组回的 J 城，最近也没在网上买什么东西，不会是快递，所以来的人只可能是……

陈恩赐搂着抱枕，蹭到门口，按了接听键。

透过墙壁上的监视屏，她看到了站在一楼电梯入口的秦孑。

今天不是周日，他应该要上班的呀，怎么跑过来了……陈恩赐忍着满心的狐疑，同意了秦孑上楼的请求。

她住在三十二楼，在秦孑搭乘电梯上来的这段时间里，陈恩赐“噔噔噔”地奔进更衣室，换了一件奶黄色的碎花裙，然后对着镜子整理了下头发，就迈着步子返回到了门口。

几秒后，门被敲响，陈恩赐特意在心底数了五个数字，然后清了清嗓子，确定等下自己开口的时候，语气会显得自然平稳，这才不紧不慢地拉开了门："你怎么过来了？"

“给你送午饭。”

陈恩赐自认为的淡定，险些被秦孑张口就来的五个字当场击毁，她暗吸了一口气，很沉稳地“哦”了一声，让开了门。

秦孑换了鞋，进了厨房，他将袋子里的盒子一个接一个地拿出来后，就去检查厨房用具。

锅五颜六色的，看着挺漂亮的。盘子更别说了，一个赛过一个的精致，有的还是番茄、鱼、洋白菜造型的。

这些用具，保护得还挺新的……

秦孑顺手拿起一个平底锅，然后在看到后面还没撕掉的标签后，一阵默默无语。

能不新吗？标签都还贴在上面……

秦孑忍不住“啧”了一声，心想，不知道的还以为这是商场展示区。

秦孑解开衬衣袖口的纽扣，将袖子往上卷了卷，露出两截冷白精致的手腕，就打开水龙头开始清洗没用过的厨具。

秦孑拎来的食材，大多数在他早上起床后就已经处理好了，所以他洗完厨具后，就开了灶火。

四十分钟后，两菜一汤摆在了餐桌上。

秦孑收拾完厨房，抽了两张纸巾，一边擦手上的水珠，一边对着站在一旁围观自己做饭的小姑娘问道：“会洗碗吗？”

陈恩赐在心里翻了个白眼，听听，这是什么歧视小仙女的问题。

“不会洗碗就放在水槽里，晚上我过来给你洗，会洗，就自己洗一下。”秦孑边说，边将袖子放了下来。他系好袖扣，拿起自己的手机，对着陈恩赐说，“饭趁热吃，我走了。”

陈恩赐眨了眨眼睛，以为自己听错了。她看着整理好衣服，真要走人的秦孑，脱口问道：“你不吃？”

秦孑扬了下眉：“怎么？想让我陪你吃？”

陈恩赐很纳闷秦孑是怎么把“你不吃”这三个字，理解成她想让他陪着吃的，她在心底暗自翻了个白眼：“你可真自作多情。”

秦孑轻笑了下，停在陈恩赐面前：“一点钟有个会，下次有时间陪你吃。”

所以，他真的只是单纯来给她送饭的？秦孑凌晨刚说了要再追她一次，中午就行动了……行动就行动吧，可他也太会追了吧？！

陈恩赐清楚地感觉到自己那颗好不容易安定下来的心，变得又不安定了。她“哦”了一声，见秦孑还没走，就小声地问：“你还有事吗？”

“嗯，有。”

陈恩赐刚想问什么事，结果话都还没到嘴边，秦孑又出了声：“手呢？”

“干吗？”陈恩赐嘴里这么问着，但还是把右手伸了出来。

“另一只手。”

陈恩赐像看神经病一样看了一眼秦孑，然后换成了左手。

他和她离得有些近，她能听见他口袋里的手机一直在振动，像是有人在给他打电话。

他置若罔闻地握着她的手腕，低头看向她的手指：“嗯，伤口恢复得不错。”

说完，秦孑揉了把陈恩赐的头顶，留了句“好好吃饭，不许挑食”，就摸出口袋里不停振动的手机，一边接电话一边往门口走去。

“我马上回公司……没干吗……伺候我小祖宗来了……”

陈恩赐下意识地扭了下头，看到秦孑拉开门真走了。她眨了眨眼睛，一脸不可思议。过了一会儿，她举起自己受伤的那根手指。

他最后所谓的有事，就是看一眼她的伤口？

还有，他最后那句“伺候我小祖宗来了”，小祖宗指的是她？

陈恩赐越想，心跳越不受控制。在她胸膛隐约都能传出“怦怦怦”的声音时，她张了张口，骂了声。

秦孑哪是太会追了，简直是太太太会追了。

追得她那颗心……反正是安定不下来了。

于是，心迟迟无法安定下来的陈恩赐，吃完饭后，出门去散心了。

陈恩赐一个人不太想逛街。兴许是吃太饱的缘故，出了门她又有些困了。她开着车子绕了一圈，最后去了 SPA 会馆。

陈恩赐没提前预约，到了后，才知道 SPA 会馆只剩了一间房。接待陈恩赐的技师，本想带着陈恩赐去那间房，但挺赶巧的，另外一个技师与此同时也接待了一位客人，将陈恩赐要去的那间房也给预订了。

陈恩赐和那位客人在房间门口碰面，两人看到对方，均是一愣。

随即两人就跟提前打好招呼般，很有默契地脱口而出：“怎么是你？”

陈恩赐听到这话，笑了，心想怎么就不能是我？

陈荣看着陈恩赐的笑脸，冷着一张脸扭头看向了别处。

SPA 会馆的两个技师正发愁房间预订重复了，想着怎么处理这件事，现在见两人认识，立刻开口说：“两位陈小姐是认识吗？”

“剩下的这间房正好是个双人房，两位陈小姐要是认识，要不就一起？”

陈恩赐蹙了蹙眉，想都没想就开了口：“不认识。”

与此同时，陈荣冷傲的声音也跟着响起：“不认识。”

十分钟后，两位“不认识”的陈小姐，在技师的带领下，走进了仅剩的双人间。

技师调好淋浴的水温后，对着互相不搭理对方的两人道：“两位陈小姐，浴袍在这里，拖鞋在这里，你们洗完澡可以按这个呼叫铃喊我们进来。另外，两位陈小姐有什么要喝的吗？”

坐在沙发上正看手机的陈恩赐，眼皮都没抬一下：“柠檬水。”

站在距离陈恩赐约莫五米远的地方，双手抱在胸前，正在打量房间的陈荣：“柠檬水。”

陈恩赐和陈荣不约而同地抬头，看了对方一眼。

很快，两人就错开了视线。

陈恩赐冷冷淡淡地道：“玫瑰茶，谢谢。”

陈荣冰冰凉凉地道：“不好意思，帮我换成玫瑰茶。”

陈恩赐：“……”

陈荣：“……”

气氛微微有些凝滞。

技师看了看陈恩赐又看了看陈荣，小心地开口道：“玫瑰茶和柠檬水都各来一杯可以吗？”

陈恩赐没说话。

陈荣也没说话。

技师知道她们这是默许了，面带微笑地说了句“等会儿见”，就退出了房间。

随着门被带上，光线昏暗的房间里更静谧了。

陈恩赐低着头看了一会儿手机，当陈荣不存在般，放下手机，起身解开了裙子的拉链。

同一时刻，倚着按摩床见陈恩赐半晌没动静，决定径自去洗澡的陈荣，解开了衬衣的纽扣。

不过在两个人正打算褪去衣服时，她们像是想到什么般，纷纷抬头看向了对方。

陈恩赐：“你手机呢？”

陈荣：“你去洗手间待会儿可以吗？”

三秒后。

陈荣：“你要我手机做什么？”

陈恩赐：“你让我去洗手间待一会儿，你怎么不去洗手间待着？”

又三秒后。

陈恩赐：“我要你手机，是怕你偷拍我。”

陈荣：“我让你去洗手间，是怕你偷窥我。”

又三秒后。

陈荣：“你神经病吧，我偷拍你做什么？”

陈恩赐：“我偷窥你？偷窥你身材哪哪都不如我吗？”

陈荣：“你！”

“我怎么了？我说错了？你自己说你哪儿比我强？还有你看看你，年纪轻轻的，不是一身黑色套装，就是白色套装，活得真古板。”陈恩赐说着，走到陈荣跟前，扯着她解开了两颗纽扣的衬衣，往里瞄了一眼，“还有这内衣，款式也太老旧了。天啊，你是活在上个世纪吗？内衣外面还要再穿个吊带……”

陈荣气得扬手拍开陈恩赐揪着自己衣服的指尖，拿着手机“噔噔噔”地进了洗手间，反锁上了门。

陈恩赐这才脱了衣服，进了浴室。

陈恩赐裹着浴袍从浴室出来的时候，陈荣已经从洗手间出来。

陈荣见陈恩赐出来，立刻放下手机，看都没看她一眼，就气冲冲地进了浴室。

陈恩赐撇了下唇，挑了个床，躺在了上面。

陈荣洗完澡出来后，按了呼叫铃，没一会儿技师进来了。这家SPA会馆的技师手法好，力道适中，让人舒适又放松，没一会儿浑身松懈下来的陈恩赐和陈荣就各自睡了。

等陈恩赐和陈荣再醒来，已是项目结束的时候。技师将两个人的浴袍送到了她们的床边，就离开了。

陈恩赐和陈荣谁也没理谁，各自披上浴袍，拿着自己的衣服，一个进了浴室，一个进了洗手间。

房间里的光线太暗，不适合补妆，出来后，陈恩赐拐去了公用洗手间。她站在洗手台前，刚掏出化妆包，旁边不远处的一扇门被推开，陈荣走了出来。

两人隔着镜子互相看了对方一眼，依旧谁也没跟谁说话。

陈荣洗完手后，也掏出了化妆包。

陈恩赐透过镜子，看到陈荣拿出的口红色号，微蹙了蹙眉心。陈恩赐对着镜子涂完口红后，左右照了两下，确定没什么问题，便将手中的那支口红，往陈荣面前一丢：“用我的吧。”

陈荣侧头看了陈恩赐一眼，自顾自地拧开了自己的那支口红。

“你的那个色号太老气了，你又不是每天都泡在办公室里，没必要搞得自己一直那么老成。而且，说句实在话，那个口红色号让你老了至少十岁，你试试我的，绝对让你的肤色比平时显得白两个色号。”陈恩赐整理好自己的东西，拎着包头也不回地往门口走去。

“你的口红。”陈荣对着陈恩赐的背影道。

“你都用过了，我怎么可能还要？送你了，不谢啊。”

陈荣看着被陈恩赐关上的门，气得跺了下脚，气冲冲地拿起陈恩赐的那支口红，丢进了垃圾桶里。

谁稀罕你的口红，谁要谢谢你了！

陈荣深吸了一口气，举着自己的口红，往嘴上涂去。只是在口红快要挨上她唇的时候，她突然停了下来。

这个颜色很显老，很不显白吗？

陈荣挣扎了几秒，看向了旁边的垃圾桶。她用力地抿了抿嘴角，然后从一旁抽了两张纸巾，将手伸进了垃圾桶里。

陈荣抽出两张湿巾，将陈恩赐的那支口红，反复地擦了好几遍，这才心底舒坦地拧开了口红。

她凑到镜前，尝试着往唇上涂了一点，发现唇边的肤色，真的显得比平时亮了一些，然后就对着镜子认认真真地涂了个满唇。

从SPA会馆出来，已是晚上六点钟。

陈恩赐本想直接下楼回家，但她踏进电梯后，看到楼层提示上的一家日料广告牌。

那是她最喜欢吃的一家日料，全J城仅这里有一家，厨师每天接待的顾客也是有限的。本来不觉得饿的陈恩赐，突然有些饿了。她犹豫了一下，最后还是选了那家日料店所在的楼层。

因为不是周末，用餐的人并不多，陈恩赐虽没提前预约，但因为她常来吃，店长见到她，立刻带她进了后面的隐蔽区。

“陈小姐，有一段时间没见了。”

“是，刚回J城没几天。”

“那正好，前段时间有了新菜品，等下给你尝尝。”

“谢谢。”

陈恩赐和店长边闲聊着边进了隐蔽区。

店长拉开一把椅子：“陈小姐，请坐。”

陈恩赐刚坐下，就看到旁边的那桌坐了个熟悉的身影，她扭头望去。

先眼尖地看到陈恩赐进来的陈荣，想都没想就条件反射地抽了一张纸巾，然后在陈恩赐目光扫向自己后，她正准备擦口红的动作，进也不是退也不是。

陈恩赐是真没想到，她来吃个晚饭，也能和陈荣坐邻桌，愣了愣，嘀咕了句：“阴魂不散。”

陈荣脸色一沉，将手中的纸巾撕成了两半。

陈恩赐心想自己大概是被他追得神经质了，竟觉得陈荣被自己气到说不出话来的样子有些可爱。她摘下口罩，忍不住逗了陈荣一句：“不是要擦口红吗？怎么不擦了？”

被当场拆穿想法，陈荣张了张口，却怼不回去一句话，索性面无表情地黑着一张脸，将撕成两半的纸巾叠在一起，用力地撕成了四条。

陈恩赐笑了一声，对着上菜的服务员道了声谢谢，然后一边抽筷子拌酱油芥末，一边扭头看了眼愤愤地丢下纸巾条，吭哧吭哧倒酱油的陈荣，又屈尊降贵地逗了句：“你这样丧着一张脸一个人用餐，是还没从你前男友的劈腿中走出来？”

陈荣气得手一抖，将酱油直接倒桌上了。她抽了纸巾，一边擦洒在桌子上的酱油，一边狠狠地瞪了眼陈恩赐。

等将纸巾丢进一旁的垃圾盘里后，陈荣突然像是想到什么般，扭头看向正拿着一块北极贝蘸酱油芥末的陈恩赐：“你呢？一个人用餐是还没从你前男友甩你中走出来？”

陈恩赐慢条斯理地将北极贝塞进嘴里，不紧不慢地嚼烂吞咽入腹后，才扭头看向陈荣：“不好意思，让你失望了，我前男友正在追我。”

陈荣一噎。

陈恩赐：“我之所以一个人出来吃饭，是因为我被我前男友追得有点烦。”

陈荣气愤极了，她是在跟自己炫耀吗？被前男友回头追，很了不起吗？！

陈荣不想跟陈恩赐讨论这个话题，便一门心思地装死吃美食。

陈恩赐一点也不介意陈荣对自己的忽视，她吃了几口美食，又扭头问：“话说，你前男友有没有正在追你？”

陈荣刚往嘴里塞了一口三文鱼，出于教养和礼貌，她没能开口。

反倒是陈恩赐，很快就又开了口纠正自己的错误：“不对，是你前男友有没有回头追你的钱？”

“你！”陈荣像是被踩到尾巴的猫，瞬间奓毛了。她气得丢下筷子，顾不上所谓的淑女，张口就想说话，结果嘴里正含着东西，一时没注意呛到了嗓子眼里，芥末的辣味惹得她下一秒捂着嘴剧烈地咳嗽起来。

陈恩赐看着陈荣咳红的脸和被芥末辣出的眼泪，被秦孑惹得不安分的心愉悦了许多。陈恩赐笑眯眯地倒了一杯温水放在陈荣面前：“本来挺烦的，但是看到你这样，开心多了。”

怎么听怎么觉得这是嘲讽，陈荣瞬间缩回伸向水杯的指尖。

“我是认真的。”陈恩赐见陈荣咳个不停，伸着胳膊轻轻地拍了拍她的后背，“谢谢你啊。”

谢谢你啊……

陈荣愣住，看了一眼陈恩赐，见她笑盈盈地望着自己，心头原本被她气出的那团火瞬间散了。陈荣动了动唇，没说话，抓起陈恩赐倒给自己的那杯温水，“咕咚咕咚”地喝了大半杯。

陈恩赐嫌跟陈荣隔着一个小过道说话费劲，直接将自己的桌子，往陈荣那边挪了挪。

陈荣盯着面前的餐食，伸出手帮了她一把。两人挨到一起后，陈恩赐毫不客气地戳走了陈荣仅有的一份芝士焗大虾。

陈荣一愣，她刚刚是不是就不该手贱帮她拉那一把桌子？

陈恩赐一边剥着虾壳，一边扭头问：“有没有人告诉你，你生气憋火的样子，其实很好看？”

陈荣突然觉得自己是真的手贱，她虎视眈眈地瞪着陈恩赐的桌子，心想现在把她桌子推开，还来得及吗？

“对，就是这个表情，最好看了！”陈恩赐说着，拿起手机拍了张照片，发到陈荣的微信上。

陈荣看着手机里的提醒，心口有点疼。

“是真的，从小就见你跟个小大人一样，笑不露齿，哭不出声，走路文静得跟古代皇宫里的秀女似的，遇到喜欢的东西不敢表露出来，就连追顾君逢都追得含含蓄蓄，你不累我都替你累得慌。你现在这样，想生气就生气，想瞪人就瞪人，比以前那副死板的样子漂亮多了。”

陈荣张了张口，转头看着低着头认真扒虾肉的陈恩赐，心底不知怎的泛起一抹说不出来的酸暖。

从小到大，没人跟她说过这样的话。

陈荣听得最多的就是妈妈说的要淑女、要大方、要端庄、要懂事、要微笑……久而久之，她都忘记了，想哭就哭，想笑就笑，想生气就生气是什么样的感觉。

就像当初，顾君逢和别的女人都那样了，她也只是讲道理，只是质问顾君逢为什么那么做。

其实哪里有那么多道理可言，当时那样的情况，最简单干脆的做法，就是暴揍顾君逢一顿。

她想都不敢想的事，陈恩赐却帮她做了。

她想都不敢想的情绪，陈恩赐却使她有了。

陈恩赐察觉到陈荣的注视，扭头冲她看去。

没等陈恩赐的视线碰触到自己的眼睛，陈荣就垂下眼皮遮掩住满眸的情绪，伸手端走了服务员刚给陈恩赐上的那盘烤三文鱼头。

陈恩赐和陈荣都不清楚到底是谁先提起的话题，总之她们不知不觉中就聊到了一起。

“话说，网上说的都是真的吗？真的是秦孑甩的你吗？”

“嗯，对。”顿了顿，陈恩赐又补了句，“不过现在他回头求我来了。”

陈荣撇了撇嘴：“知道他回头求你了，你不用一直强调。”

“那好吧，我换个说辞，他中午就一个小时休息时间，还特意跑我家给我煮了一顿饭，搞得我好烦。”

“我不觉得你有在烦，我觉得你是在炫耀。”

“炫耀？来来来，姐姐给你看看什么叫作炫耀……”陈恩赐拿出手机，翻出她自己都分不清是谁发的短信，一一亮给陈荣看，“看到没有，这是姐姐今天到现在为止收到的表白短信，至于之前的就不给你看了，怕刺激到你。”

陈荣原本还想着继续往下看，见陈恩赐收起了手机，“嘁”了一声：“我还不想看呢。”

陈恩赐“呵”了一声，过了一会儿，又转头看向陈荣：“话说，有人追你吗？”

陈荣咀嚼的动作一顿。

“看你这表现，就知道没有，不过我要是男的，也不会追你，除非他眼瞎了想找个妈妈恋……”

陈恩赐的话还没说完，一个从来没给她们上过菜的男服务员走了过来：“陈荣老师？”

陈恩赐和陈荣循声望去。男服务员确定自己没认错人后，很是高兴：“陈荣老师，真的是你。我是徐拾一，你还记得我吗？你大学时义务去我们学校讲过课，我就是那个倒数第一……”

陈荣听到“倒数第一”这四个字，想了起来：“哦，我记起来了，你都长这么高了。要是我没记错的话，你去年就高考了？”

“对，我今年大一，就在这附近的那所大学读，我没课的时候在这里做兼职……”徐拾一拿出手机，“老师，我能加你的微信吗？”

陈荣说了句“好”，点开了微信二维码。

“老师，我先去忙了，回头我微信联系你。”

等徐拾一走远后，陈恩赐“扑哧”笑了一声：“还真有人眼瞎。”

陈荣瞪了一眼陈恩赐。过了一会儿，陈荣自己也笑了：“别瞎说，我大学的时候，人家读初中，小了我整整八岁呢。这要是放到古时候，我大个八年，真能当他妈妈了。”

随着陈荣话音落定，她的手机屏幕突然亮起。

徐拾一给她连发了两条微信消息：“老师，能在这里遇到你，真是太开心了。”“老师，我成年了。”

陈恩赐“啧”了一声：“你看吧，我就说他眼瞎。”

陈荣：“……”

女人的话题，总是能变得很快，前不久还在讨论男人的两位陈小姐，没多久话题就变成了哪些彩妆最好用。

在这一方面，陈荣是盲区，而陈恩赐是专家。

陈荣从没想到区区彩妆竟然有那么多套路，她听得一愣一愣的。为了避免有人打断陈恩赐，她还掏出卡将两个人的单全买了。就连起身离开餐厅的时候，她一手拎着自己的包一手拎着陈恩赐的包，跟在陈恩赐身边跟个助理似的，又是帮陈恩赐开门，又是帮陈恩赐按电梯。

陈荣的车子停在B2，陈恩赐的车子停在B3，陈荣为了能多听一会儿陈恩赐的分享，一路跟着陈恩赐到了B3不说，还拎着陈恩赐的包一路陪着陈恩赐走到了她的车旁。

就在陈恩赐正准备收尾，说回头微信给陈荣科普其他时，她的声音忽地一顿，往前走的步子停了下来。

陈荣看陈恩赐停了，也跟着停了下来。她先是冲着陈恩赐问了句“怎么了”，然后就顺着陈恩赐的视线看去。

前方不远处，一个男人捂着一个女人的嘴，用力地揪着她的头发往前拖。女人拼命地挣扎着，却没能挣脱掉男人的钳制。兴许是她太不老实了，惹得男人暴躁地呵斥了她两声。

男人在说话的过程中，大概是疏忽了，女人张口咬了他的手，他疼得骂了一句脏话，随后就揪紧女人的头发，毫不留情地抬手冲着她脸上狠狠地扇了两巴掌。

陈恩赐看到这一幕，下意识地往前踏了一步。

陈荣见状，伸出手拉住了她：“你要干什么？”

陈恩赐没说话，但脚步又往前挪了一下。

陈荣直接挡在了陈恩赐面前：“你认识他们吗？”

陈恩赐直视着正前方的一男一女，觉得背影有些熟悉，像是在哪儿见过，可她一时半会儿又想不起来是谁，便对着陈荣摇了摇头。

陈荣道："你不认识你往前走什么，你别告诉我，你要去见义勇为，你了解他们吗？万一人家是小两口吵架呢，你这么冲过去，指不定费力不讨好不说，还要惹一身骚。"

陈恩赐动了下唇，觉得陈荣说的不是没道理，便没吭声。

不远处，女人不知道是不是被男人那两巴掌打怕了，瑟瑟抖着身子没敢再乱动。

男人见她总算老实了，气稍稍消了一些，抓着她的头发，继续拖着她往前带。

两人往前走了没多远，停在了一辆黑色的大G前，车门打开，男人将女人塞了进去，紧跟着也钻进了车里。

大G贴了防偷窥膜，随着车门被关上，车里究竟发生了什么，无人可知。

陈荣见两人都上了车，就收回了视线。她看陈恩赐还在盯着那辆车看，劝道："好了，别看了。虽然那男人打女人，是很没品，可万一那女人做了什么对不起男人的事呢？例如出轨被抓了个当场，再例如拿着男人的钱在外面养了个小白脸呢……"

陈恩赐听到后半句话，缓缓地看向陈荣。

碰触到陈恩赐的目光，陈荣愣了两秒，随即想到顾君逢就是拿着自己的钱在外面养了个女人，她顿时有点不好意思地挪开视线："我就是打个比方，你看我干什么？"

陈恩赐心想，我认识的人里就你一个这样蠢到家的恋爱脑，我不看你看谁？

只是这话还没到嘴边，不远处的那辆大G车门突然被拉开，刚刚被塞进车里的那个女人，衣衫不整地从车里钻了出来。

很快，那女人就被再次扯进了车里。

尽管只是很短的一瞬，陈恩赐还是看清楚了那个女人露在车外挣扎了两下的胳膊，不知道是被掐的还是被捏的，全都是青青紫紫的痕迹。

随着"砰"的一声，车门又一次被人大力地关上，不知车里的两个人在做什么，车身微微晃动了起来。

陈荣问道："刚刚那个女人胳膊上都是伤吗？"

陈恩赐"嗯"了一声，盯着那辆黑色的大G，不知怎么回事，心底浮现了一抹很不好的预感。

原本没太当回事的陈荣，也有些不安了起来。两个人都没再说话，不知过了多久，陈恩赐轻声说："我总觉得，我们刚刚应该拦一下的。"

陈荣吞咽了口唾沫："我们别多想，也别自己吓唬自己，应该不会有事的。"

说完这句话，陈荣又看了眼那辆黑色的大G，不知道车里究竟发生了什么，车窗传来了“咚”的一声响，听得她心跟着颤了颤。

地下停车场除了一排排的车辆，并没有其他人经过。陈荣看着空荡荡的楼层，莫名有些害怕起来，她情不自禁地往后退了半步，说：“那个，我们走吧，别在这里待着了。”

陈恩赐轻点了下头，仍站在原地没动。

直到陈荣又催她，她才收回盯着大G的视线，往自己车子跟前挪去。

陈荣看得出陈恩赐的犹豫不决，她有点担心自己走后，陈恩赐一个人一声不吭地跑过去插手这些和她们毫不相关的事，便抢先拉开了副驾驶座的车门，钻了进去：“正好，你离开停车场也要经过B2，带我一程吧。”

等陈荣系好安全带后，陈恩赐踩了油门。她车子刚驶出停车位，那辆黑色的大G车门被推开，那个男人赤着上半身从车里钻了下来，绕到后备厢，拿了一件新的衬衣，一边往身上套，一边冲着不远处的电梯走去。

男人的步子走得并不算稳，看起来像是喝了不少酒的样子。

在男人进电梯时，陈恩赐透过后视镜恰好看到了他的脸：“是他啊。”

陈荣扭头：“你认识那个男人？”

等男人的身影消失在电梯里后，陈恩赐“嗯”了一声，不咸不淡地说：“揍过他两次。”

陈荣一怔：“他是谁呀？”

“宋涛。”

“宋涛？有点熟悉，是宋建国的儿子？就那个酒品很差，喝醉酒总是捅娄子的那个宋涛？”

陈恩赐的车子恰好要经过大G的前门，她和陈荣一边说着话，一边缓缓地往前开去。她在听到陈荣一连串的问话后刚想回话，大G的车门又推开了，那个女人从车里滚了下来。

陈恩赐连忙踩了刹车，车子还没完全停稳，她就推开车门，奔到了那个女人跟前。

女人穿了一件连衣裙，裙子的上半截几乎被撕烂了。她露在外面的肌肤，惨不忍睹。

车门开着，陈恩赐往里看了一眼，车座上散落着女人的内衣、破裂的丝袜，还有男人的衬衣。衬衣是灰色的，衣领处有着血迹，血迹中还掺杂着一些别的东西。

陈恩赐早已不是少不更事的小女生，单看到的这些，她就已经知道刚刚车里到底发生了些什么。她的手情不自禁地攥成了拳头，修剪得很短的指甲，掐得她掌心生疼。

她刚刚不应该犹豫的。

她刚刚应该拦一下的。

她只要拦一下，拦一下……就不会发生这样的事情。

陈恩赐听见了脚步声，回头，看到是陈荣走了过来。

陈荣似是也没想到会这样，她张了张口，又张了张口，好半天才对着陈恩赐说了句："我不知道会这样，我……"

是啊，谁都不知道会这样……谁都没有预知未来的能力，陈荣刚刚拦她也是为她好。

陈恩赐没说话，她蹲下身扶起了从车上滚下来的女人。

女人顺着陈恩赐的动作，抬了下头。透过女人凌乱的头发，在看到她眉眼的那一刻，陈恩赐惊了。

半晌，陈恩赐才出了声："周、周桐？"

陈荣走过来帮着陈恩赐一起搀扶女人，听到这话，诧异地抬头："你认识她？"

陈恩赐"嗯"了一声，在陈荣的帮助下，将周桐扶了起来："《生命》剧组里的一位演员。"

除了《生命》的主演和导演外，陈荣对其他人的情况不是很了解，她听到竟是自己投资的项目里的演员，表情僵了下，说："要不要报警？"

陈恩赐看向周桐。周桐眼神空洞而又茫然，俨然是没听到她们的对话。

陈荣又开了口："要不然我们还是先把她送医院吧，她现在的状况看着很糟糕。"

陈恩赐点了下头："我车子后备厢有毯子，你帮忙拿过来。"

陈荣照办。

陈恩赐用毯子将周桐裹住后，刚准备扶着她上车，突然像是想到什么般，对着陈荣说："你先扶下她。"

等陈荣扶住周桐，陈恩赐就走到车旁，拿着手机对着车里拍了一连串的照片，然后又找了个袋子，把带着血迹的那件灰色衬衣装了起来。

去医院的一路上，车里都很沉默。周桐就像是丢了魂儿的破布娃娃一般，坐在后车座上一动也不动，全程望着车窗外，连眼睛都没有眨一下。

陈荣有认识的医生，提前打了个招呼，直接将周桐送进了病房。

半个小时后，医生给出了检查结果。

"她身上的伤，都是一些皮外伤，没什么大碍。但是她下体有严重的撕裂，现在还在出血，她的精神状况看起来很糟糕，需要心理医生配合治疗。

"另外就是，你们认识她的亲人吗？我刚问了她好几遍，她都没有说话。

我们医院还是需要留个联系方式的。”

陈恩赐没任何犹豫就开口说：“留我的吧。”

陈荣下意识地抬手想要阻拦陈恩赐，但她的指尖还没碰到陈恩赐的衣襟，就又默默地缩了回去。

她刚刚已经阻拦过一次了，却酿成了这样的大错。

陈恩赐在医生递上来的单子上，签完自己的姓名和电话号码后，抬头问："我能进去看一看她吗？”

“可以。”医生点了下头，“我先去给她配药。”

“谢谢。”

等医生离开后，陈恩赐推开了病房的门。

周桐已经换了病号服，躺在床上，表情木木地盯着天花板。她听见有人靠近，却没转动一下眼珠。

陈恩赐看着这样的周桐，心底越发不是滋味。

事情没有发生在自己身上，陈恩赐感受不到周桐受到的伤害和刺激，所以任何言语在这个时候都显得很苍白无力。陈恩赐知道说了也是白说，但她还是轻声细语地安慰了周桐两句："你别乱想，现在最重要的是好好休息，养好身体。”

周桐还是跟个活死人般，没有任何反应。

陈恩赐帮她拉了下被子，想告诉她，证据都帮她留下来了，但话到嘴边，想到这个时候谈这些，只会更刺激周桐，便又咽了回去。

病房陷入了安静。

直到护士拿着药瓶进来，房间里才有了一些很细微的动静。

护士扎针的时候，柔声细语地道了句：“可能会有点疼，稍稍忍一忍。”

周桐缓缓地转了下眼珠，看向了自己的手腕，她亲眼看着针头一点一点地扎进自己的血管，脸上没有任何情绪波动。

兴许是药效的作用，也兴许是周桐在逃避，护士扎完针没多久，周桐就闭上了眼睛。

等她彻底睡着了，她的眼角才有眼泪滚了出来。

陈恩赐看着周桐流下来的那行泪，心头有说不出的压抑。

陈恩赐从医院离开的时候，已经是晚上十一点钟了。她回去的一路上，频繁地走神，以至于她乘坐电梯，到了自己所在的楼层，电梯门都打开了，她还站在电梯里没动。

“陈兮？”

闻声，陈恩赐迟缓了两秒，才抬头望去。站在电梯外的秦孑伸手帮她按住了即将关上的电梯门。

陈恩赐走出来，问：“你怎么来了？”

秦孑盯着陈恩赐观察了片刻，说：“一直没联系上你，有点不放心，就过来看看。”

陈恩赐掏出手机看了一眼，才发现手机不知什么时候自动关机了：“没电了。”

秦孑“嗯”了声，又看向陈恩赐的眉眼。

小姑娘看着无精打采的，是遇到了什么麻烦事？

陈恩赐打开门，见秦孑一直盯着自己看，就对上了他的眼睛。

碰触到她的目光，秦孑出声问：“有心事？”

陈恩赐被周桐的事搞得心神不宁，一向不太喜欢跟人谈心的她，不知怎的就对着秦孑点了下头。

虽然小姑娘情绪不高让他有些担忧，但她很轻的这一下点头，却使他左胸膛里炸开了花。

尽管此时的他，不该有这样的欣喜。可他还是控制不住，心头像是点了烟花般噼里啪啦地响个不停。

这可是除了H城那次，小姑娘第二次对他袒露心事呢。

怕是小姑娘自己都没发现自己不知不觉中的改变。

陈恩赐放秦孑进了门，她倒了两杯红酒，递了一杯给秦孑。她烦躁地喝了小半杯后，才对着秦孑开了口。

不知道是不是在H城有过一次这样经历的缘故，这次倒没上次说得那么困难。她将今晚发生的事情一五一十地讲了一遍，讲到最后，没刹住车，顺带着说了几句心里话。

“看着周桐那样子，真的有点难受，当时我要是冲上去，拦一下，就不会这样了。

“我怎么就犹豫了，我就应该二话不说地冲上去，把宋涛那个浑蛋往死里揍一顿……”

看着小姑娘暴躁懊恼的模样，秦孑开心得有点想笑。

他家小朋友都跟他说心里话了呢。

不过秦孑只是想想，没敢真的笑。

因为他㞞，怕笑了后，被小姑娘揍。

更何况，周桐也是真的惨。

等陈恩赐说得差不多了，秦孑才开了口：“其实这事怎么怪都怪不到你头上来。周桐是很不幸，但她幸运的是碰到你和陈荣。如果她没有碰到你们，指不定连个送她去医院的人都没有。再说，你不是帮她保留了证据吗？要不是你，她可能连给自己个说法的机会都没有。”

秦孑说得是没错，但陈恩赐还是叹了一口气：“我就觉得我不该犹豫。”

“换成别人也会犹豫的。这不是你的错，整件事错的是宋涛，你不能把他的错强行加注在自己身上。你这是为难你自己，你应该对自己说声对不起。”

陈恩赐被秦孑的谬论惊呆了。

怎么到他那里，变成了她要给自己说声对不起？

陈恩赐还没从秦孑诡异的说辞中回过神来，秦孑就又开了口：“对不起。”

陈恩赐像是看怪物一样，看了眼秦孑。

秦孑接收到陈恩赐的眼神，再次开了口：“对不起。”

陈恩赐直接被秦孑这两声“对不起”搞蒙了，她看着秦孑还挺认真诚恳的态度，眨了眨眼睛，缓缓道：“你有病？”

秦孑一点儿也不觉得陈恩赐这是在骂他，接得特别坦然：“目前身体状况自我感觉良好，应该没有病。”

陈恩赐无语，心道，我看你不是没有病，是病入膏肓了。

秦孑压根儿不知道自己在陈恩赐心底病入膏肓了，耐心地解释道：“第一句对不起，是舍不得你自己跟自己说对不起，所以我替你说了，不用谢。”

谁要谢谢他了？

“第二句对不起，是追你的第一天，没能让你开开心心的，是我的不对。”

听到第一句对不起的解释，陈恩赐正想着骂秦孑一句“看来你真的病得不轻”，却在听到紧接着的第二句解释时，突然卡壳了。

半分钟后，她在心底默默地骂了一声，别开头，避开了秦孑的视线。

这种情况下，他也能追？

六年前，秦孑当天表白，她当天就接受了，没享受到他追她的过程，以至于她现在被他打了个措手不及，不知道该如何应对。

又过了半分钟后，察觉到自己那颗心又不安分的陈恩赐，举起酒杯像是喝白开水一般吞了大半杯红酒。

她就不该放秦孑进家门。

想着，陈恩赐就毫不留情地下了逐客令：“请问你可以走了吗？”

“用完就丢。”秦孑“啧”了一声，声线微微有些上挑，“小姑娘，够无情的呀！”

陈恩赐没想太多，听到秦孑这话，脑子不知怎的就突然短路了：“我用了吗？”

秦孑端着红酒的手一抖，直接将颜色格外漂亮的液体洒了出来。

陈恩赐起先没反应过来，她看到飞溅到桌面上的红酒，还想着嘲一句“你癫痫啊”。结果话没到嘴边，她就意识到秦孑周身的气氛好像有点不对劲。

尴尬吗？好像不是……更像是暧昧。

暧昧，她和他说了点什么，他散发出这么欠扁的信息？

陈恩赐蹙了蹙眉，回忆了一下自己刚刚说的话。

不知道是不是心理作祟，陈恩赐觉得气氛不止暧昧了。

准确地来说，她觉得秦孑看她的眼神很微妙，似是透着某种信息。

“别看了。”在陈恩赐直勾勾地注视下，秦孑突然出了声，“再看，真的有反应了。”

正好在寻思着秦孑该不会是在“想入非非”的陈恩赐闻言表情一僵，她视线不知怎的就顺着他的腰带往下挪了一寸。

秦孑被陈恩赐看得身体蓦地一绷，清楚地感觉到自己在应验自己刚刚说过的话。

他不会这么没出息吧？

秦孑暗暗地咬了下牙齿，极力地想让自己冷静下来，可他脑海却不受控制地晃过她闭着眼睛、颤着睫毛被他按在墙上吻的画面。

他真就这么没出息。

就在秦孑好不容易压住那些躁动的想法时，他微微抬了下头，瞄见了旁边的小姑娘。

她还在看着他……

秦孑克制不住地伸出手扣住她的脖子，将她带到自己面前。他的唇准确地冲着她的唇凑去，只是在快要挨上的一刹那，他微偏了一下脑袋，停在了她的侧脸前。

她回家后将长发用皮筋绑了起来，从他现在的这个角度看去，恰好可以看到她弧度漂亮的一截脖颈，肌肤细致白嫩，没有任何毛孔。

秦孑呼吸猛地一顿，那种念头在他体内滋生得更猖狂肆意了。他盯着她近在咫尺的面颊和脖颈看了一会儿，扣着她脖子的手，微微往上一抬，将她捆绑着头发的皮筋扯了下来。

乌黑柔顺的长发瞬间散落，遮掩住了她的耳朵和脖颈。没了眼前的那抹刺眼的白嫩，他的呼吸稍稍顺畅了一些，他贴着她的发丝，轻声道：“耍流氓啊。”

陈恩赐睫毛轻颤了一下，下意识地扭头冲着秦孑看来。

没等她瞥到他，他的手就按住了她的小脑袋，继续道：“盯着我看了那么久，真不想让我走了？”

他的声音低沉轻缓，像是从嗓子深处荡出来的，听得陈恩赐心尖一阵发颤。

室内的气氛更微妙了，偌大的平层静得一塌糊涂，就连室温都开始以肉体可以感觉的速度在攀升。

在陈恩赐觉得自己的脸烧得快能煮鸡蛋时，她“啪”的一下放下手中的高脚杯，猛地站起了身。她指着坐在沙发上的秦孑：“你起来。”

她见秦孑没动，直接上手夺了秦孑指尖的杯子，同样“啪”地往茶几上一放，然后揪起秦孑的衣领，拖着他往门口走去。

小姑娘的力气很大，扯得他上半身都弓了下来，领带勒得他有些喘不过气来：“再扯下去，要窒息身亡了。”

“死了最好！”陈恩赐揪着他往门口一路拖去，嘴里咬牙切齿，手上的力道却明显缓了一些。

停在玄关处，她大力地把他往门口一推：“别逼我动手轰你。”

秦孑嘴里应着，手上却将被她扯得乱七八糟的领带拽了下来。不知道他是故意的，还是有意的，他还顺势解开了领口的两颗纽扣。

他弯身换鞋时，衣领垂下去，他精致的锁骨，不偏不倚地撞入她的眼中。

陈恩赐看得心尖乱跳，见他换个鞋还磨磨叽叽的，想动手轰人了 。

秦孑换好鞋，起身：“我走了啊。”

陈恩赐满脸写着“快走不送”。

秦孑转身，手搭上门把时，他像是想起什么般，从口袋里摸出一个丝绒小袋子，递给陈恩赐：“对了，这个给你。”

陈恩赐接了过来，掀起眼皮看了眼秦孑后，将小袋子打开。

是她生日那天，他送给她的那条项链，被她扯断的地方，已经修好了，看起来和从前一模一样。

陈恩赐收好项链后，见秦孑还杵在门口：“还有事？”

秦孑“嗯”了声：“缓一会儿。”

陈恩赐总觉得秦孑这句话别有深意，但她还是没忍住，问：“缓什么？”

秦孑垂了下眼眸：“你说呢？”

陈恩赐没反应过来，随着他的视线也垂下了眼，看到他目光落到他腰间时，她张了张口，脸上好不容易褪去的温度再次达到了新高。

陈恩赐这次连话都不想说了，往前踏了一步，打开门，直接上手将秦孑轰出了家门。

秦孑听到“砰”的一声，看着险些怼上自己脸的密码门，低笑了一声。他没着急走，倚着门边的墙壁站了一会儿，才直了身。

踏进电梯的时候，他感觉到自己指尖缠着一个东西，低头望去，是他从她头上摘下来的皮筋。红色的，还带着两个很小的白色小球球。

他将皮筋顺手塞进口袋里，过了一会儿，他又掏出来戴在了手腕上。

秦孑走后，陈恩赐去洗了个澡。等她磨磨叽叽从浴室出来时，已经是凌晨一点多了。

躺在床上，她拿起手机，看到微信里多了一条秦孑发来的消息。

“晚安，我追的小仙女。”

陈恩赐不太想理这位被自己轰出家门的追求者，她翻了个白眼，将手机丢在了床上。

过了一会儿，她手机又响了一声。她拿起来，见还是秦孑发来的，很没头没脑的一句话：“300 斤的某女没看到她老公躺在沙发上，一屁股把他坐死了。法律并没有追究她的责任，因为法不责众（重）。”

神经病？陈恩赐刚想发个问号过去，屏幕里又进了一行字。

“有一个美女，开出的征婚条件有两点：要帅，要有车。电脑去帮她搜寻，结果出来了：象棋！”

“顾客：你们卖的酒怎么没有酒味啊？服务员接过一闻：啊，真对不起，忘记给您掺酒了。”

“王警官，咱们谈谈心吧。面对上级的无理要求，王警官只好娇羞地伸出手指，在上级胸口连弹三下……”

“……”

陈恩赐看着一条一条跳进眼中的消息，点开了键盘。

——你号被盗了？

这五个字还没打完，秦孑又发来了新的消息。

“冷笑话是网上盗的，但哄你开心是真的。”

“现在心情好点了吗？”

“没好，我再去网上盗点。”

陈恩赐点着键盘的动作不由自主地停了下来。许是她没回他消息的缘故，他又盗了一堆奇奇怪怪的冷笑话过来。

陈恩赐看着看着，嘴角在她自己都没察觉到的情况下，一点一点地上扬了起来。

陈恩赐知道他这是在说周桐的事。

她也知道他看得出来她因为周桐内疚不安，在变着法地哄她开心。

刚刚秦孑在的时候，和他聊着聊着天，被他半路转了思绪。后来洗澡的时候，想到周桐，她心底就跟落了一个大石头似的，沉甸甸的，压得她喘不过气来。现在，她看着他盗来的一条一条冷笑话，心情突然好了。

她将刚刚打的那几个字一个一个地删掉，然后动着指尖重新打了几个字：

“够了。”

秦孑没再发冷笑话了，他发了两条正儿八经的微信。

“别乱想。”

“不是你的错，但我愿意陪你后悔。”

陪。

陈恩赐心瞬间软到了极致，她的手就跟不是她自己的一般，不受她控制地在屏幕上按了起来。

“哥哥。”

秦孑坐在车里，看到“哥哥”这两个字，眼前突然浮现出当初住在花园小区，她有事求他的时候，伸出两根白白细细的手指扯着他的袖扣，轻轻摇着喊“哥哥”的画面。

秦孑蒙了一会儿，然后在心底默默地骂了一声。

她是要玩死他吗？

今晚还让不让他睡了？

秦孑拿着手机，按了几个字：“缓不下去了。”

半分钟后，屏幕里跳进来一条消息：“滚。”

秦孑轻笑了一声，抬头看了眼身后的高楼，见她的那一层关了灯，知道她这是要睡了，然后踩着油门滚了。

等红灯的时候，秦孑瞄见自己手腕上的皮筋，然后心血来潮地拿起手机拍了张照片。

他很矜持地先问了容与和唐久一人一句：“在干什么？”

容与：“加班。”

唐久：“加班。”

秦孑面无表情地回了个：“哦。”

过了一会儿，他将自己拍的照片分别发给了两个人。怕他们看不懂他的照片，他还特意用箭头指明了一下。

容与：“够了啊，秦狗。”

容与：“有小皮筋了不起啊？”

唐久：“……”

唐久：“老大，你是特意来送夜宵的吗？”后面跟了一串哭唧唧的表情。

秦孑单纯只是为了秀秀小皮筋，没再回唐久和容与的消息，而是点进了朋友圈。

这都快凌晨两点钟了，姑姑秦楠竟然还活跃在朋友圈没睡觉。

秦孑揣着分享的心态，把照片给秦楠也甩了过去，告诉她。

十分钟后，秦楠给秦孑回了一串语音消息。

“大半夜不睡觉，骚什么骚？你就熬夜吧，小心熬到头秃！有根小皮筋嘚瑟个什么劲儿，你姑父好多年前就有了，你看他给你嘚瑟了吗？

“真要是有本事，你学学你姑父，现在都去洗第二遍澡了……”

秦孑扯了下嘴角，大半夜的开什么车。

不知是不是秦孑的微信起了作用，陈恩赐这一觉睡得很安稳。第二天，她睁眼已是上午十点钟。

洗漱完，陈恩赐坐在餐桌前吃早点时，拿起手机看了一眼，发现早上八点钟，秦孑给她留了一条言：“醒了，告诉我声。”

陈恩赐一边啃着面包，一边给秦孑回了个问号：“？”

秦孑可能是在忙，直到她吃完早餐，他才给她回复：“有邮箱吗？”

陈恩赐不太懂秦孑的意思，但还是给秦孑发了个邮箱号过去。

大概过了半个小时后，秦孑回了消息：“发过去了。”

陈恩赐在心底嘀咕了一声“莫名其妙”，然后就走进书房打开了电脑。

两分钟后，她登进邮箱，看到秦孑发来的邮件，是个内存很大的压缩包。

陈恩赐点了下载。

虽然她家里的网速很快，但还是下载了差不多二十分钟，才到她的电脑上。

解开压缩包，陈恩赐看到里面有好几个视频。

确切地说，那是监控视频。

私房菜馆宋涛和周桐的纠缠，昨晚在地下停车场宋涛扯着周桐上车，以及在她和陈荣没遇见周桐和宋涛之前，周桐和宋涛在洗手间门口撞上，宋涛认出周桐，周桐不断道歉，却没抵得过宋涛，被他拽进电梯的监控全都有。

看完那些监控，陈恩赐起先是被宋涛惹得满腹愤怒，等她气呼呼地灌了半杯凉水，压下怒火后，她愣了。

秦孑为什么给她发这些监控？

不对……是秦孑怎么知道她会需要这些监控？

——“别乱想。”

——“不是你的错，但我愿意陪你后悔。”

昨晚她的关注点在“陪”上。到了现在，她才知道，他那句话不单单是她理解的意思。

他真正的意思是：不是你的错，但我愿意陪你后悔，你想怎样后悔，我都会陪着你的。

他知道她会愧疚，会觉得对不起周桐，会想着帮周桐，尽最大可能地弥补自己昨天那一刻的犹豫。所以他抢在前面，把她会做的事情，提前帮她做了。

他说陪着她，就真的来陪着她了。

陈恩赐坐在书桌前，看着电脑里他发给她的监控视频，忍不住拿起手机，又给他发了一条消息。

和昨晚一样，还是两个字："哥哥。"

但和昨晚又不一样，昨晚她是鬼使神差之下发的，可今天却是她很清醒的情况下发的。

想着，陈恩赐又发了一遍："哥哥。"

第二条消息过去后，秦孑秒回了她信息。

"别闹啊。"

"我在开会呢。"

陈恩赐眉眼染了一抹笑："哥哥，你在开什么会？"

秦孑磨了磨牙齿，心想，你就作吧，最好别被他追上。

陈恩赐在银河待过，知道秦孑忙起来是真的忙，她没再打扰他，而是给陆星打了个电话，将昨晚周桐的事一五一十讲了一遍。

陆星起先以为陈恩赐是在讲故事哄自己玩，后来知道是真的后，在电话那头大骂特骂宋涛不是人。

在陆星骂得正起劲儿的时候，陈恩赐接到了一个来电，是个座机号码。

陈恩赐让陆星稍等下再骂，然后接听了电话。

"您好，这里是市人民医院，请问您是周桐周小姐的紧急联系人吗？"

陈恩赐握着手机的指尖微微收紧，她迟疑了两秒，才动了唇："……是。"

对方什么都还没说，可她的预感却很糟糕。

"请问，"她吞咽了一口唾沫，"周桐出了什么事吗？"

"是，周桐周小姐不见了……"

挂断医院的电话后，陈恩赐重新接通了陆星的："星星，医院刚给我打来了电话，说周桐不见了。"

正准备继续破口大骂的陆星，"啊"了一声，问："怎么不见的？"

"还不清楚，护士说周桐的东西全在病房里，人却不见了。"顿了顿，陈恩赐起身，一边往主卧走，一边又说，"我得去医院看看。"

"你别去了，我去吧。医院人多，保不准会有人认出你，到时候被媒体各种一加工，指不定在网上闹出什么乱七八糟的传闻……"

在陆星的劝阻声中，陈恩赐已经换好了衣服，她拿着钥匙，对着手机草草地留了句"我先不跟你说了"，就将电话给挂了。

陆星很快就又拨过来电话，陈恩赐没接。在她钻进车里的时候，陆星给她发了条微信：“哪个医院？”

陈恩赐知道陆星这是拦不住她，过来找她的意思，飞速地动着指尖发了个医院定位，就踩着油门开出了梧桐墅。

陈恩赐到医院的时候，住院部的护士已经调取了整栋大楼的监控，正在追踪周桐的身影。

据每隔一会儿都会去查一次房的护士说，周桐天还没亮就醒来了，她睁眼后就一直盯着窗外看。途中，护士好几次进去观察她的情况，跟她讲话，她就跟个雕塑一般，不言不语，甚至眼珠子动都没有动一下。送过去的早餐，周桐根本没有碰。九点钟医生查房的时候，发现她开始发烧，当时又给她配了一些药。

医生看她状况很糟糕，上午十点钟还特意请来了心理医生。心理医生在病房里待了两个小时，都没能让周桐开口说一个字。

午餐周桐还是没动，十二点十五分，护士去给周桐拔的针。当时周桐躺在床上闭着眼睛，护士以为她睡着了，测量了下她的体温，见有点退烧的迹象，便去查看别的病房了。

十二点四十五分，护士又进来看了一次周桐，床上是空的，但是洗手间里有流水声。护士以为周桐在上厕所，也没多想。

直到护士一点半再过来，发现还是半个小时前的情况。护士推了下门，发现洗手间里水龙头开着，却没人。护士这才意识到可能是出事了，立刻联系了护士长，整层楼都找遍了，都没找到她，然后就联系了陈恩赐。

陈恩赐到了没多久，陆星也到了。正好这个时候，护士也从监控里找到了周桐的行踪。

周桐是十二点二十七分离开的病房，可能是电梯排队的人太多，她直接走的安全通道。

十二点四十分，住院楼门口出现了周桐的身影，她穿着病号服，并没有直接往医院外走，而是去了医院附近的小公园。

她待的地方恰好是监控死角，医护人员从这个时间点，翻了许久的视频，在两点十二分的时候，看到周桐出了医院的西门，然后上了一辆出租车。

医院的监控拍不到出租车的车牌号，而街道的监控需要去找警方调取。从周桐离开医院到现在，不过才两个多小时，根本算不上失联人口，无法报案。

陆星人脉较广，她没多久就将周桐的住宅、喜欢去的地方，以及关系不错的人都摸了个大概。陆星一一联系过去，最终却是一无所获。

陈恩赐尝试着给周桐打了几个电话，全都是无人接听的状态。最后还是护士整理病房的时候，发现周桐的手机就在枕头下，被她调成了静音。

周桐的手机设了密码，点亮屏幕后，陈恩赐只能看到锁屏上的一些推送。

陈恩赐大致扫了一眼，然后看到了一条不知道是谁发给她的微信："桐桐，你要宋涛的地址做什么？"

时间是下午两点钟。

宋涛的地址……周桐找人要过宋涛的地址？

陈恩赐正疑惑着的时候，身后不知道是哪个护士突然"咦"了声："夏医生做完手术后，消毒的手术刀怎么少了一把？"

手术刀？

陈恩赐看了眼陆星，没理陆星问她的"怎么了"，直接奔到刚刚说话的那个护士跟前："你说的夏医生，他是什么时候做完的手术？"

"中午十二点半左右。"

十二点半左右……陈恩赐又问："当时你们经过了哪条路？"

小护士虽然纳闷，但还是一五一十地告诉了陈恩赐。

陈恩赐问："能不能把那个时间段，你们手术结束后，走的路线监控调出来看一眼？"

住院楼一到五层是手术室，没多久陈恩赐要的监控就调了出来。

在看四楼监控的时候，陈恩赐真的找到了周桐的身影，她看了眼时间，十二点三十七分。

也就是说，周桐下楼的过程中，有去过手术区，她还问了宋涛的地址……

周桐她……

陈恩赐心底萌生的那抹猜测越来越强烈，她抿了下唇。下一秒，她就扯着陆星避开医护人员："陆星，你快想办法找下宋涛的住宅地址。"

"找他地址做什么？"

"你别管了，快点找。"

没几分钟，陆星就从一个导演那边，拿到了宋涛的住宅地址。

陈恩赐没犹豫，拽着陆星奔向了电梯。

希望是她猜错了……

可是昨晚，她的犹豫已经酿成了一次悲剧，不能再有第二次了。

周桐将从医院带出来的那张红色钞票递给司机，没理会司机找零的呼喊声，径自冲着面前的别墅区走去。她穿着病号服，脚上踩着拖鞋，引得零零散散在小区里散步的住户注目。

她浑然不觉，只是顺着一栋栋别墅的门牌号往前走，然后在找到她想要找的别墅后，停了下来。

她仰头盯着一望无际的蓝天白云看了一会儿，就迈着步子缓缓地走到了门前，抬起手按了门铃。

“叮咚叮咚”的声音响了一阵儿后，有人从屋里跑了出来。

那人应该是宋涛家的用人，看到周桐穿着一身病号服，愣了愣：“请问，您找谁？”

“我找宋涛。”

“您是宋先生的朋友？”

周桐轻点了点头。

用人放周桐进来，领着她一路进了屋。换好鞋后，用人指了下不远处的沙发：“小姐，您先稍坐，宋先生昨晚喝醉了，到现在还没睡醒，我上楼去看看。”

周桐又点了下头。

等用人离开后，周桐暗暗地捏了捏藏在袖子里冰凉的手术刀，空洞无神的眼中泛起一抹凉意。

没多久，用人从楼上下来了：“小姐，宋先生说让您上去。”

周桐慢慢地起身，冲着楼上走去。

“小姐，二楼右手边的双开门，是宋先生的房间。”

闻声，周桐扭头对着用人道了句：“谢谢。”

不知是面前这个女人的脸色过于苍白，还是她的声音过于平静，用人在碰触到周桐眼睛的那一瞬，后背没来由地爬起了一股寒意。

用人打了个激灵，等她回过神来时，周桐已经迈着轻飘飘的步子，消失在了她的视野里。

走至双开门前，周桐机械地抬起手，敲了两下门。

“进。”

听到宋涛含混不清的声音传来，周桐推开了门。

偌大的卧室里空荡荡的，两米宽的欧式大床上被子堆成了一团。浴室里有水声传出，周桐往里走了几步，循声望去，看到宋涛背对着门口站在洗手台前正在漱口。

他低着头，没看面前的镜子。周桐看着他的后背，按了按紧贴着胳膊的手术刀，跟着了魔似的，情不自禁地靠了过去。

周桐走路很轻，跟幽灵一般，一点声音都没有。

正在洗脸的宋涛，被水声影响了听觉，根本没有察觉到身后有人靠近。

周桐盯着宋涛距离自己越来越近的后背，昨天的种种画面，突然在她眼前闪过。她哭着哀求他，她被他拽进电梯里拖上车，她跪着求他放过她，可他却置若罔闻般揪着她的头发撕烂了她的衣服……

周桐的眼底翻滚出汹涌的恨意，她藏着手术刀的胳膊颤抖得厉害。

就是这个禽兽……就是他毁了她。

他第一次就险些毁了她……她好不容易逃掉了。

他怎么就不肯放过她，他为什么就不能放过她？

为什么偏偏就是她……

周桐盯着宋涛微低的头，视线慢慢地落在他的脖颈上，他刚刚用水洗过，脖颈上湿漉漉的。她盯着缓缓流淌的水珠，眯了眯眼睛，忽地抬起了手。

在她持着手术刀，快要刺上宋涛的脖子时，突然一个人从身后窜出来，抬手袭击了宋涛。她还没来得及回头去看，宋涛的身子晃了晃，只听“咚”的一声，他毫无征兆地倒在了地上。

周桐顿了两秒，抬头看去，透过面前的镜子，她看到陈恩赐手里拎着一根棒球棍，气喘吁吁地站在她身后。陈恩赐可能是急速奔跑过来的，额头上全是汗。

陈恩赐碰触到周桐的视线，张了下口想要说话，但因为气息不稳，尝试了好几次都没能发出声音。

过了好一阵儿，陈恩赐才从心有余悸中缓过劲来，她将手中的棒球棍往地上一扔，往前踏了一步：“跟我走。”

听到陈恩赐的声音，周桐低头看向了脚下躺着的宋涛。

他晕过去……

他毫无还手能力……

他这种人渣不配活着……

周桐用力地握着手术刀，冲着地上的宋涛刺去。

“周桐！”陈恩赐眼疾手快地抓住周桐的胳膊。

浴室的地板有些滑，陈恩赐力道过大，导致她和周桐两个人都摔倒在了地上。她怕周桐脑袋磕到墙壁，伸手挡了一下，伴随着手背钻心的疼传来，陈恩赐感觉到周桐挣扎着要起来。她几乎没犹豫，又抓住了周桐的胳膊。一心只想着杀了宋涛的周桐力道出奇的大，她手里握着的手术刀乱晃，不小心划伤了陈恩赐的肩膀。随着血迹渗出衣衫，滴在周桐的脸上，她才动着眼珠看向了陈恩赐的肩膀。她看着那一团红，整个人逐渐安静了下来。

陈恩赐不敢放开周桐，她紧紧地攥着周桐的手腕：“周桐，你不能用这样的方式解决你和宋涛的事。你这样不叫报仇，你这样叫同归于尽。

“你还年轻，还有很长的未来，你为了这样一个人，毁掉自己的一生不值得。

“周桐，你听我讲，你可以用法律的手段让宋涛付出代价。只要你想，我陪你。

“所有证据我都帮你保留了，包括监控。就连当初在私房菜馆里的监控都有，除此之外，我会给你做人证。

“不只是私房菜馆那一次，还有昨天……昨天我看到了，我替你做证……”

周桐动了下眼珠：“昨天，你看到了？”

“是，我昨天看到了，我在停车场。所以，周桐你信我，只要我们找最好的律师，虽然时间可能会稍微久点，但是宋涛一定会付出他应有的代价的。”

随着陈恩赐的声音，周桐一点一点地将视线从她肩膀的伤口，挪到了她的脸上。

她看到了……她在停车场……她看到了，她在停车场……她在停车场，她看到了……

周桐看着陈恩赐那张精致到无可挑剔的面孔，突然很想笑。

周桐笑了。

虽然她在心底疯狂地哈哈大笑，可周桐的眼角却有眼泪一滴一滴地滚了下来：“你、你真的会帮我吗？”

“会，我会帮你的。”

“谢谢……”周桐哭出了声，她抓着手术刀的指尖，忽地松了力道，“谢谢你，恩赐姐。”

第九章
风云突变

三天后。

一条劲爆的娱乐新闻，铺天盖地地席卷各大媒体主页和微博热搜。

“知名女演员陈恩赐，在今天上午十点钟报假警，因涉嫌虚构事实扰乱公共秩序，有可能会被行政拘留。”

……

关了不知道多久的门被推开，一位中年男警察走到陈恩赐跟前：“有人替你做了担保，在这里，还有这里，分别签字按个手印，你就可以走了。”

陈恩赐没动。

警察将手里拿着的文件夹和笔放在陈恩赐面前。

陈恩赐盯着担责人处的名字，沉默了片刻，提起笔在旁边签了字。

从拘留室出来，陈恩赐一眼就看到了陆星、陈荣，还有站在她们对面不远处的秦孑。

陆星最先奔到陈恩赐跟前：“恩恩……”

紧随其后的是陈荣：“你……”

看着两人眼底透出的小心翼翼和紧张，陈恩赐笑了：“我没事。”

两人沉默了一小会儿，见陈恩赐状态还好，很快就变得愤怒了起来。

陆星怒道：“真是刷新了我的三观，我这一辈子就没碰到过这么恶心的事，又是帮周桐收集证据，又是帮她找律师，折腾了整整三天。这三天我都没怎么合过眼，结果她倒好，最后直接来了句，没这么一回事，简直见鬼了。”

陈荣也生气道：“依我说，那天就不该管她，不该送她去医院，我怀疑是宋涛砸钱砸到她改口了。问题是，她就算是要改口，就算是想要私了，她也不能把你一个人推出来呀。我今天去医院找过她，她已经出院了，现在联系不上她人，想问她到底是什么意思都问不到，最可气的是住院费还是我出的。”

杵在旁边的秦孑，盯着陈恩赐的眉眼看了一会儿，视线缓缓地顺着她的胳膊落在了她的手上。和他想的一样，小姑娘紧紧地攥成拳头的手，微微有些发抖。

都这样了，她还装成没事的样子，想着让别人安心。

秦孑低垂着眼望着陈恩赐垂在身侧的拳头皱了下眉，然后走了过来，打断了陆星和陈荣的义愤填膺：“不好意思，打断一下。

“人是我保释出来的，请问我可以带走了吗？”

陆星和陈荣被秦孑突如其来的话搞得愣住了。等两人回过神来时，陈恩赐已经被秦孑拉着走出了公安局。

陆星下意识地往门口追去：“恩恩……”

陈荣眼疾手快地抓住斜背在陆星身上的包链，将她拽了回来：“你干吗？”

“你说我干吗？那是我家的艺人，没经过我同意，怎么可以被随随便便带走。”

“是你的艺人，又不是你的人，再说，那是我姐，我都没拦着，你拦什么。”

上了车，秦孑系好安全带，扭头问：“饿不饿？”

陈恩赐“啊”了一声，在公安局里扬起的嘴角弧度，又往上弯了弯：“不饿。”

秦孑没说话，踩了油门。

车子往前开了一段距离后，他瞄了一眼她放在腿上的手，还是紧紧攥着的样子。

她像是在极力地压抑着某种随时都可能会崩溃的情绪。

小姑娘在别人面前装得跟个没事人一样已经够累了，在他面前还要装？

秦孑收回了视线，一言不发地继续往前开。在等红灯时，他又往她腿上瞄了一眼。

她攥成拳头的手，因为过于用力骨节突出，青筋都暴了出来。

没追上她之前，他想让自己尽可能地绅士点。

可现在这情景，他要是再绅士下去，她怕不是要把自己手掐烂了。

秦孑心头有些躁意，他直视着正前方踩了一脚油门。在车速快要濒临超速的界限时，他忽然猛打了一下方向盘，一个紧急刹车停在了路边。由于惯性，两人的身子都往前倾了一下。

秦孑坐稳，扭头去看身边的人。

陈恩赐迟了他一小会儿，才转头看向他。

碰触到她眼底的不解，秦孑视线往下移了移，看到她还有着上扬痕迹的嘴角时，心突然又软又疼。

去他的绅士……

秦孑迎着陈恩赐询问的视线，攥住了她的手。

陈恩赐惊得胳膊抖了一下，下意识地想要抽离自己的手。

秦孑猜到她会这样，抢在前头加大了掌心的力道，将她手拉到自己面前。他抬起另一只手，一根手指一根手指地掰开她的拳头。他看着她掌心里被她生生掐出的指甲印，伸出拇指轻轻地蹭了蹭。

一股电流顺着她的手心，一路传到了她的心头，她又想躲。但她还没来得及行动，垂着眸看着她掌心的他，声音很低地开了口："别躲，让我揉一会儿，我心疼。"

陈恩赐像是被点了穴道般，抽手的动作，就这么顿住了。

车内安静了一小会儿，秦孑停了轻揉她掌心的动作，却没松开她的手："我从公安局把你带出来，不是为了看你笑。"

陈恩赐张了张嘴，茫然地看向秦孑。

"你在我面前，没必要这么累，你想气就气，想哭就哭，想骂就骂。"

陈恩赐没说话，但她嘴角残留的那抹弧度，却一点一点消失了。

从上午十点到晚上十点，这十二个小时里，陆星、陈荣包括林染都急得团团转。她知道她们每个人都在竭尽所能地帮她，她不好受，很不好受。可是从拘留室出来，她看到陆星哭肿的眼睛还有陈荣无措的眼神，她只能让自己表现得若无其事。

她真的挺丧的，也挺憋火的，她只不过就是硬撑着那一口气。

母亲走后，她就没了能示弱的人，久而久之，她也就不会示弱了。

习惯了不管遇到多难熬的事，都咬紧牙关自己撑，以至于秦孑说出这些话后，她好一会儿才反应过来，他这是在告诉她，她还有他，不需要一个人硬撑着。

秦孑等了一会儿，见小姑娘还是没把最真实的情绪流露出来，他也没强求她："你真要是在我面前，没办法做到这样，车给你，我下去。但不管怎样，我都不会在这种情况下，放你离开我身边的。"

说完，秦孑又等了一会儿，见小姑娘还是没留自己的意思，便松开了她的手，推开了门。

只是在他弯身下车时，他被一股很轻的力道拉扯了一下。他回头望去，看到自己腰间的衬衣，被两根白白细细的手指揪住了。

秦孑眼底划过一抹惊喜，打心眼儿里觉得陈恩赐一向漂亮的手指今天格外漂亮。

秦孑关了车门，重新坐回到车座上。

陈恩赐没说话，但她脸上不再是之前强行伪装出来的平静和从容。她惊艳的眉眼间流露出的委屈，让他心里泛起了一阵阵的不适。

车里很安静，她不说话，他也没强求她说话。

他的耐心和等待，渐渐地软化了她，她终于开口了。

大概是很少跟人哭诉，她说话吞吞吐吐的："周桐昨天跟我说，她害怕，她不敢去找警察，问我能不能帮帮她……

"我怎么都没想到我拿到公安局的U盘是空的，里面的证据全没了……

"除了我，就只有陆星和她碰过那个U盘……不可能是陆星删的……

"公安局的人给她打电话，她说她根本不认识什么叫宋涛的人……她还说，她跟我就是因为同行，有点联系，但是并不熟……"

陈恩赐话说得越来越顺，语气里也夹杂了一些小情绪。

那是她从未在他面前有过的样子。

秦孑没打断她，任由着她说。说到最后，她渐渐地放开了，跟小女生找家长告状似的，将一桩桩事一股脑儿地往外吐。

"我都好些年没削苹果了，我为了她还削了苹果，浪费我感情。

"那天没能及时阻拦她，亏我总觉得自己亏欠了她，知道她要去找宋涛报仇，我还赶过去阻拦了她。

"你都不知道，我怕她脑袋磕到墙壁，还伸出手帮她挡了一下，可疼了呢。

"她还用手术刀划伤了我……害我怕感染，两天没敢洗澡，我的护肤大计……

"拘留室里有烟味，我一点也不喜欢烟味，我今晚要洗两遍澡，涂两遍护肤霜……"

她说着说着就跑题了，他没提醒她，她也没留意到，继续那么絮絮叨叨着。她说到后面都是一些很琐碎的事，连医院丢了把手术刀都跟他讲了。

她说得认真，他听得也认真，就好似他们在谈价值几百亿的合作方案。

不知不觉中时间过了十二点，在十二点一刻的时候，她打了个哈欠："我不想说了，说起来就憋火。"

她今天在拘留室，有那么一瞬间想甩自己两巴掌的。

她总是这样，遇到看不过去的事，就像傻子一样上去帮忙。这么多年，她不是没吃过亏，也不是没被坑过，每次受了委屈憋了一肚子火，一个人难受的时候，就会跟自己说，以后再也不会多管闲事了，可每次又都不长记性。

陈恩赐有点烦地抓了抓头："总之就是一句话，人间不值得。"

说完，陈恩赐又打了个哈欠："我有点困了。"

秦孑问："去我那儿？"

"啊？"陈恩赐瞌睡虫吓跑了一大半。

秦孑慢悠悠地系上安全带，甩了陈恩赐一记你想多了的眼神："你楼下有记者。"

陈恩赐"哦"了一声，过了一会儿，她又"哦"了一声："对，是，我手机现在都还没敢开机呢。"

到家，陈恩赐上楼洗澡，秦孑去厨房简单地弄了点吃的。陈恩赐又困又饿，耷拉着眼皮，填饱肚子后，就上楼睡觉了。

跟秦孑在车里聊了那么久，陈恩赐的心情的确是好转了，但好转归好转，并不代表她已经不在意了。

怎么可能不在意？

她是真心想帮周桐的，结果被倒打一耙不说，还在网上闹了这么一出负面新闻。

最憋火的是，周桐这闷不吭声的一棍子，陈恩赐只能硬生生地受着，毕竟周桐自己都说宋涛没有侵犯她，陈恩赐还能怎么样？

这种好心当成驴肝肺的滋味真的很难受，就跟哑巴吃了黄连，有苦说不出。

陈恩赐本身是睡着了，但是睡着睡着，就郁闷醒了。她拿起手机，开机看了一眼时间，才凌晨三点钟，她睡了不过一个多小时。

没困意的她，犹豫了一会儿，点进了微博。

评论和私信里都有很多不堪入眼的辱骂，陈恩赐没细看，直接去看了下热搜排行榜，有关她"报假警"的话题，还高高挂在上头。

陈恩赐怕自己心态崩，没去看网友的评论，不过即便如此，她还是有点睡不着了。

她丢下手机，在床上换了无数个姿势，越换越烦。烦到最后，她躺不住了，从床上起来，走到阳台前吹了一会儿夜风。突然想喝点酒，她便悄无声息地下了楼。

秦孑躺在客厅的沙发上，闭着眼睛，呼吸平缓，俨然是已经睡熟了。

四月份的J城，夜里稍稍有些凉，他身上盖着的毯子，掉了一大半在地毯上。陈恩赐轻手轻脚地经过沙发，然后在快到餐厅入口时，她又绕回到沙发跟前，弯腰捡起毯子，盖在秦孑身上。

她动作很轻，秦孑并未被她吵醒。

他垂落在沙发外的手里，还捏着一本书。

陈恩赐想着自己都多管闲事一次了，也不在意多管闲事到底，便小心翼翼地捏着书角，很轻很轻地将书从他手里抽走。

她看了眼他读的页数，找了个书签插在里面，才合上书。

她扫了眼书名，纯英文，还是带学术性的那种。她翻译不出来，撇了下嘴，将书轻轻地放在了旁边的桌子上。

客厅里开了一盏暖黄色的落地灯，就在他头那一侧，想必是他睡前看书用的。

陈恩赐想着灯光照在眼睛上睡得也不舒服，便弯腰去找落地灯的开关。

开关在地上，陈恩赐懒得绕过去，便一手扶着沙发，伸长了一只胳膊去够。

她只顾着去找开关了，没留意到自己这个姿势，上半身几乎都要贴到秦孑脸上了。

终于摸到了开关，陈恩赐伸长了指尖，用力地往下一按。随着灯灭，客厅里的光线瞬间暗了下来。

陈恩赐收回胳膊，刚想站起身，腰就被人搂住用力地往下一压。往前倾着身子的她，心底一惊，都没来得及做出反应，整个人就毫无征兆地趴在了秦孑身上。

他睡前洗过澡，沐浴乳和洗发水的清香瞬间扑面而来。

他家没有她的东西，她洗澡用的就是他浴室的那一套，她用过好多回，除了比较清爽外，也没觉得有多好闻。此时这香气搁在他身上，她却觉得没来由地喜欢，甚至还在自己没察觉的情况下，耸着鼻子嗅了嗅。

“大晚上不睡觉，跑我身上折腾什么？”

被吵醒的秦孑声音带着困倦的哑，他声调不高，确切地说是很轻，像是睡梦中低喃的呓语。可就是这种让人怀疑是幻听的轻微声音，在寂静的夜里，宛如平地惊雷，炸得陈恩赐脑子一蒙，浑身的神经都跟着紧绷起来。

也不知是怎么想的，她明明没什么歪心思，可听到他的声音，她却像是被当场逮住偷家长钱的小朋友，心虚道：“我、我口渴，下来喝水，看你没关灯，就……就……”

陈恩赐留意到秦孑微微往下一扫的视线，嘴里的话卡壳了。

她“就就就”了好几声，直接忘了自己要说什么。

她看秦孑的神情有点令人难以琢磨，就学着他也往下扫了一下，目光落在了她领口深处。

他这里没她的衣服，那会儿洗澡的时候，他随手扔给她一件面料舒适柔软的衬衫。她当成睡衣穿，没那么多讲究，扣子从第三颗开始系的。晚上睡觉前，她把内衣脱了，下楼又没想着他会醒，以至于现在她这样一弯身，透过松垮的衬衣领口，可以看尽该看的风光。

陈恩赐大脑直接蒙了，过了好一会儿，她才回神去捂领口。

秦孑看着她慌乱的举动和跟颗小番茄似的脸，暗自笑了下。大概是被她吵醒，头脑不清醒的缘故，习惯没事逗逗她的因子又跑了出来，他懒洋洋地吐了句：

“刚都碰到我脸和唇了。”

陈恩赐浑身一僵，手指就那么顿住了。

陈恩赐大脑轰地响了一道惊雷，不知所措的她，下一秒直接将原本想捂胸口的手捂在了秦孑的脸上。她觉得远不够，又将另一只扒着沙发的手也捂了上来。

没了支撑力的她，下一秒全身的重量都压在了他身上，使得她和他贴得更紧了。

身上忽然加重的重量，惹得秦孑闷笑了一声。很轻的气息拂过她的掌心，不知是那道不易察觉的笑声太苏，还是他的气息太痒，撩得她心尖颤了颤，她才意识到，她该做的不是捂自己的胸口，也不是掩耳盗铃地捂他的脸，而是尽快从他身上逃离。

下一秒，她就将手撑在他的枕边。她刚想起身，他忽然抓住她白白细细的手腕，往上一带，使得她脸直接栽趴在了他耳边的枕头上。

没了手使力，她根本爬不起来。她稍稍挣扎了一下身体，他就加重了扣着她腰的力道。隔着很薄的布料，她感觉到他缠在她腰上的指尖修长有力。她张了张嘴，不知怎的脑海里就闪过他飞速敲着键盘的手，还有他手腕上那颗痣，以及多年前他指尖从她腰间滑到她胸上的热度……

陈恩赐不清楚是因自己莫名其妙跑偏的思绪心虚的，还是因为紧张和害怕，她大脑一下子转过弯来：“你刚刚说什么来着？我折腾你？

“我是看你毯子掉在地上，怕你感冒，好心跑过来帮你捡起来，我可真是多管闲事，我就不该帮你把书收起来，也不该想着灯照着你睡觉不舒适。

“你不跟我说谢谢就算了，还倒打一耙说我折腾你。我呸，美得你，谁要折腾你了，谁稀罕折腾你了？反倒是你，好意思嘛，吃人豆腐，还一脸坦然，不要脸，可真是太不要脸了！”

小姑娘这么多年还是没变，一紧张，一心虚，一害羞，嘴皮子就厉害得不得了。

也欠吻得不得了。

秦孑望着她说个不停的嘴，眼神变得有些深：“跟从前一样的重量。”

突然被打断，陈恩赐没反应过来秦孑这话的意思：“什么？”

秦孑喉结上下滑了滑：“体重。和从前一样，没任何变化。”

陈恩赐总算反应过来：“你怎么知道？”

秦孑掀了掀眼皮：“你以前又不是没在我身上趴过。”

陈恩赐被噎得说不出话来。

陈恩赐脸烫烫地移开了视线，她有些慌，想挣扎却又使不出力。她心跳越来越快，纠结了好一会儿，最后只得放软了语气，开口说：“你……你打算什么时候放开我？”

她自己都没察觉，她说这话的时候，声音很娇很细，像是在撒娇。

这哪儿是撒娇，这简直是要命。

秦孑没说话。

陈恩赐等了一会儿，见秦孑没说话，她心跳得更猛了。她总觉得自己再不走，可能就真的走不了了。就算等下他让她走，她自己也走不了了。

陈恩赐吞咽了一口唾沫，又开了口：“秦孑，我、我困了，我想上楼，我……”

“别勾引我，我扛不住的。”

陈恩赐呼吸停了下，小声地说：“我没有……”

陈恩赐话音还没落定，就突然被秦孑压在沙发上，堵住了嘴。他的吻来得猝不及防，她毫无准备。他吻得很强势，等她想要推开他时，他的舌尖已探入她嘴中，忽然又吻得极温柔。她大脑晕晕乎乎的，也不知道过了多久，等她大脑有思绪时，他搂着她腰的手，有了动静。

他要做什么？

她呢？

这样是不是就代表她答应了他的追求？这样会不会太冲动了……

他才追她几天呀？有一个星期了吗？她会不会太好追了点？

陈恩赐脑袋瓜里跟炸了锅一样，蹦跶着各种乱七八糟的念头，可她的身体却像是被抽空了般，使不出半点力气。

秦孑的吻，变得越发缠绵勾人。陈恩赐感觉到他的指尖，从她的腰间，缓缓地往上移。

陈恩赐心想，自己现在要是喊停的话，秦孑会停吧。

眼看着他的手都要落到她胸前了，陈恩赐嗓子里还是发不出任何的声音。

真要是擦枪走火了，她能不能不认账，不负责？

能吧？他和她都是成年人了……

陈恩赐心脏跳得厉害，她觉得好像退不回去了。她睫毛颤了又颤，始终没掀开，紧绷着的身子渐渐地软了下来。

就在陈恩赐放松下来，闭着眼睛时，秦孑突然停了下来。

就连吻也停了下来。

他气息不稳地贴着她的唇，顿了好一会儿，突然轻笑了一声，然后他的唇落在她的耳边，压低嗓音道：“真想就这样办了你。”

陈恩赐的心像是要跳到嗓子眼里。她紧张得指尖发麻，突然觉得自己好没骨气。

六年前她没抗得住他，六年后她对他……好像还是没什么免疫力。

这似乎不是她的问题，是他……是他……把一切都想好了。

真要让她就这么栽给他，她真的不甘心，他说分手就分手，说五年不找她就不找她。那五年里她没退过圈，她虽不像是一线巨星那样炙手可热，可她好歹也是绯闻满天飞的流量。

他想找她，太容易了好吗？

没了秦孑的吻，陈恩赐突然头脑清醒了许多，她见他还压在她身上不动，便稍稍挣扎了一下手腕："你……能让我走了吗？"

"能。"

秦孑口中这么说着，却将陈恩赐往怀里抱得更紧了。

不过这次他倒是很快就放开了，起身后，他还顺势将她从沙发上拉了起来："等我下。"

没等陈恩赐问他干吗，他就进了餐厅。

很快，他端了一杯温水出来，递给她。

陈恩赐喝完水，秦孑接过水杯，弯身放在茶几上，然后抬起手轻轻地替她整理了一下凌乱的衣服和头发。在收回手之前，他克制不住地将掌心落在她脑袋上，轻轻地揉了两把，声线有点懒地说："要不是家里没准备，你真不一定走得了啊。"

陈恩赐脸噌的一下又红了，她鼓了下腮，翻着白眼将脑袋从秦孑手中挣了出来。

秦孑被她的样子逗得又发出了一道低笑："我都六年没用过那玩意儿了。"

她又没问他，他跟她讲这些做什么？

陈恩赐"嘁"了一声，嘴硬地说了句："骗人。"

秦孑微垂着头望着陈恩赐的眼睛："没骗你。"

他这是什么表情和语气，看着怪认真的……

陈恩赐心跳漏了半拍，逞强地挪开视线："谁信你？"

秦孑知道小姑娘这是死鸭子嘴硬，没跟她继续争，只是伸出手，轻轻地拨了拨她红彤彤的耳垂："还不走吗？"

"走！"陈恩赐凶巴巴地回了一声，转身欲走。

秦孑懒洋洋地看着她气鼓鼓扭身的架势，眼底染了一抹笑。他在她即将迈步之前，伸出手攥住她的手腕："真要走啊？"

陈恩赐僵了一下，垂着头咬了咬嘴唇，很轻地"嗯"了一声。

秦孑遗憾似的"啊"了一声："我还以为我要出去一趟呢。"

陈恩赐看了眼秦孑。

“准备东西肯定要出门呀。”

谁想知道他出去干什么呀！

陈恩赐甩了下手腕，没甩开，反倒被秦孑往后拽了下，带着她整个人也跟着往后退了半步。她隐隐感觉到她的后背要贴上他的胸膛，她不自在地又挣了下手腕，他却低头，贴到她的耳际：“记得反锁门。

“我可不保证，洗澡管用。”

陈恩赐只觉得全身的血液都逆流冲上了头。她心脏狂跳，还有点口干舌燥。

她怀疑秦孑是故意的，一边绅士地放她走，一边浪荡地撩拨她。

一而再再而三，没完没了的节奏。

陈恩赐反脚就想踹秦孑，不过动作刚做到一半，忽然停了下来。他握着她手腕的力道松了许多，她轻易就挣了出来，转身面向秦孑，然后伸出手，学着他刚刚的样子，帮他也整理了一下睡衣。在指尖落在他肩膀上时，她双手抓着他的领口，把他整个人往下带了带，然后踮起脚尖，凑到他耳边，用很软很轻的声音说道：“那就多洗几次。”

说完，她还冲着他耳朵里吹了一口气。

她明显地感觉到男人的身子一僵。她很是满意他这个反应，下一秒就往后退了半步，松开拽着他衣领的手，扭头“噔噔噔”地跑上了楼。

随着楼上的门“砰”的一声被关上，秦孑才缓过神来。他抬起手，摸了摸耳边，笑了下。

过了一会儿，他又抬起手摸了摸耳边，然后直奔浴室而去。

陈恩赐背靠着门，大口大口地喘了好几口气，才平静下来。她刚躺在床上，然后像是想到什么般，又跳下床，跑到门前反锁了门。

再回到床上，陈恩赐听见隔壁房间的门开了。

秦孑房子的隔音效果其实很不错的，只是现在是深夜，一点动静都容易被放到最大。

旁边的次卧被他改成了书房，但洗手间还保留着，正好挨着主卧床头。

陈恩赐不知道是不是自己的错觉，她隐隐听见了流水声……

陈恩赐莫名其妙就憋住了气，就在她快要受不住时，她后知后觉地骂了一声。

楼下有洗手间，秦孑绝对是故意的。

陈恩赐闭上眼睛开始数绵羊，一只、两只、三只……数到最后，那一只只小绵羊竟然变成了赤着身子站在淋浴喷头下洗澡的秦孑。

什么鬼！

陈恩赐猛地睁开眼睛，强迫自己冷静下来。可人就是这样，越是想要冷静，越是无法冷静。

陈恩赐不但脑海里开始浮想联翩，就连眼前的天花板上都有了画面。而且那些画面，全都少儿不宜……她这是在……馋秦孑的身子？

啊啊啊啊，她觉得自己不干净了。

陈恩赐拉起被子，绝望地蒙住了头。

隔壁终于安静了，陈恩赐这才大着胆子将脑袋从被子里探出来。她深吸了一口气，刚感觉自己活过来了，她的手机屏幕突然亮了，拿起来一看，是秦孑发来的微信："手都不管用了。"

陈恩赐反应过来，像是丢烫手山芋般将手机往旁边胡乱一甩，就又缩着脖子钻进了被子里。窝在漆黑的被窝里，陈恩赐很小心很小心地吐了两口气，才顶着热辣辣的小脸让自己的小心脏平复下来。

秦孑今天是抽哪门子风，浪得没边没际。他该不会是因为她回击了他一手，故意这样变着法地折磨她吧。

他是怎么厚着脸皮，给她发来那种消息的。

一些不可描述的画面，就像是决了堤的河流，在她脑海里奔腾到底不复返。陈恩赐呼吸渐渐有些不顺，脸上的热度顺着她的脖颈一路蔓延到她脚底。

在她浑身都烫得要出汗时，她猛地掀开被子，暴躁地对着床头的墙壁"砰"地砸了一拳。

陈恩赐心底的话还没骂完，她就"嘤"了一声，捂着刚刚气势汹汹砸墙的手背蹲在了床上。

好疼。

陈恩赐生无可恋地挺了一会儿尸，然后就卷着被子继续开始数羊，一只羊、两只羊……五十五只秦孑、五十六只秦孑……九十九只秦孑……

陈恩赐顿了几秒，骂了一声，然后就放弃治疗地盯着天花板开始发呆。

完了，她彻底不干净了。

她脑海里的秦孑，多得都能搞批发了。

被陈恩赐那么一闹，秦孑彻底没困意了。

洗了三次冷水澡的他，懒洋洋地往沙发上一瘫，就摸出了手机。

微信发了快两个小时了，小姑娘还没理他……看来她还在犹豫……

秦孑揉了揉脖颈，放下手机，望着刚刚被小姑娘关掉的那盏落地灯，看着看着，忽然嗤笑了一声。

小姑娘长大了，比六年前难追了。

不过小姑娘比六年前在意他了……

难追就难追吧，反正这是他最后一次追人，也是她最后一次被人追。

陈恩赐第二天醒来，差不多已临近中午。她一想到半夜自己做的那些奇奇怪怪的梦，就忍不住将发烫的脸埋在被褥里装鸵鸟。

简直是太羞耻了……

陈恩赐懊恼了一会儿，因为没扛住“咕噜咕噜”乱叫的肚子，她只能硬着头皮起床去洗漱。

刷牙的时候，她点开了微信，才发现陈荣和陆星两个人居然每个人都给她发了一连串的语音。

陈恩赐以为是出了什么事，挨个听了一下。

陆星：“你那个恋爱脑妹妹可真有意思啊，她居然怼我，说你只是我的艺人，不是我的人。”

陆星：“你怎么就不是我的人了？是我的艺人不就等于是我的人？”

陆星：“秦孑没经我同意，把你带走，我怎么就不能去拦了。她居然说我狗拿耗子多管闲事没有眼力见，我怎么没有眼力见了？”

陆星：“大半夜，你被秦孑带走，万一孤男寡女发生点什么怎么办？她竟然跟我说，发生点什么就发生点什么，只要不闹出人命就好，就算是闹出人命也没关系，你听听这是什么鬼话？”

陆星：“真的，我对你有这种妹妹深表同情。”

陈荣：“你那个经纪人就是一个事儿妈。要不是我拦着她，她都要冲出去堵秦孑车了。”

陈荣：“我跟她说，你是她艺人，又不是她的人，我都没拦，她拦什么。她竟然跟我说，你就是她的人。”

陈荣：“她还说什么，你吃喝拉撒衣食住行她都要管。她这是带艺人吗？我怀疑她是带女儿。就算是女儿，成年后也不能干涉人身自由啊。”

陈荣：“她连你跟秦孑会不会发生点什么都关心，她该不会是喜欢你吧？我劝你小心着点她，要是可以的话，我强烈建议你最好换个经纪人。”

陈荣：“真的，我对你有这种经纪人深表无语。”

什么跟什么啊，这两个人怎么还杠起来了？

陈恩赐给陆星和陈荣一人发了句：“好了，别气了，她也是好心。”

陆星：“哦。”

陈荣：“哦。”

哦？这是还有点脾气？

陈恩赐又将同样的内容给陆星和陈荣一人发了句，鉴于上次她先发的陆星，然后复制粘贴了内容发给陈荣。这次她为了公平起见，先发给了陈荣，然后把内容复制粘贴给了陆星：“回头请你吃好吃的。”

陈荣：“呵呵。”

陆星：“呵呵。”

两个人提前约好的吗？竟然一起耍小脾气。

陈恩赐咬着牙刷，继续哄。

“亲爱的星星，我爱你，么么哒。”

“亲爱的荣荣，我爱你，么么哒。”

两个人谁都没理她了。陈恩赐以为她哄好了，放下手机漱口洗脸。途中，手机连续响了两声。

陈恩赐擦干净手后，看到陈荣和陆星都回了她微信。

陆星：“渣女。”

陈荣：“渣女。”

陈恩赐一愣，好好的咋还骂上人了？

陈恩赐刚想一人甩个愤怒的表情，然后她发现——

她发给陆星的是：“亲爱的荣荣，我爱你，么么哒。”

她发给陈荣的是：“亲爱的星星，我爱你，么么哒。”

翻车的陈恩赐沉默了一会儿，弱弱地忽视掉两个人。在她退出微信时，她瞄到了置顶上方的秦孑。

陈恩赐吐了一口气，故作镇定地走出主卧，下了楼。

秦孑就坐在沙发上，交叠着的两条大长腿格外引人注意。他腿上放着笔记本，指尖在上面敲敲打打，发出很有节奏的声响。

看到他在键盘上乱舞的手，陈恩赐微微有些脸红，本能地想要拔腿上楼。

“醒了？”秦孑眼角的余光扫到从楼上下来的陈恩赐，微侧了下头，问。

陈恩赐只好收住动作，落落大方地冲着秦孑打了声招呼：“几点醒的？”

“没睡。”

陈恩赐刚想问他怎么没睡，秦孑停下敲键盘的动作，抬眸冲着她望来：“想到你在楼上，就睡不着。”

陈恩赐到嘴边的话忽地消失了，她往下走的步子险些自己绊倒了自己。

这都过去一夜了，秦孑还没停止？

不对，好像是从他那次跟她说要追她起，他就一天比一天浪。

陈恩赐耳郭不争气地红了，她看着脸不红气不喘、十分平淡地说出那种话的秦孑，不太想失了牌面，便躲闪着他的目光，哼了一声：“请说人话。”

秦孑本就因为等陈恩赐醒来，才打开的电脑。现在小姑娘醒了，他顺理成章地合了电脑，往旁边一放，真的说了句人话：“饿了吗？”

总算听到句正常话的陈恩赐，“嗯”了声。

“走吧，吃饭去。”

秦孑早就做好了饭，温在火上。

吃完饭，陈恩赐放下筷子，心想着自己在秦孑这里已经打扰了许久，准备跟他告辞让陆星来接自己。结果，秦孑先开了口：“吃饱了？”

陈恩赐点了下头。

“那走吧。”

陈恩赐愣了愣：“去哪儿？”

“带你玩去。”

秦孑带陈恩赐去的是一家密室逃脱俱乐部，还是恐怖主题的。

陈恩赐意外地扭头看向秦孑：“你怎么带我来玩这个？”

秦孑垂眸看了她一眼：“你不是喜欢？”

她是挺喜欢的，只是她不记得她告诉过他呀……陈恩赐茫然地眨了眨眼睛，还没来得及问秦孑他怎么知道的，俱乐部前台杵着的一个男人冲着秦孑挥了挥手：“孑哥，这里。”

陈恩赐只好收了嘴边的话，跟着秦孑走过去。

秦孑一点都没对陈恩赐介绍下眼前这男人是谁的意思，直接冲着男人问：“安排好了吗？”

“放心吧，孑哥，你吩咐的事情，我哪能不当回事，我已经帮你清过场了，里面没人……”

陈恩赐戴了口罩，那男人没认出来她，但在说话的过程中，视线还是古古怪怪地在她身上来回扫了好几圈。

“孑哥，我昨晚打了一宿牌，现在困得要死，等会儿我去补个眠，你们自便。”

男人边说，边指了下旁边的一排冰箱和各种零食：“那边有喝的吃的，你们随便拿。”

秦孑微微侧头：“要不要去挑一挑？”

陈恩赐刚吃饱饭，没什么兴趣。不过她却转着眼珠子看了眼四周，没找到洗手间入口，便扯了扯秦孑的袖子。

秦孑立刻弯下身，陈恩赐凑到他耳边小声问：“我想去个洗手间。”

“一路走到底就能看到了。”秦孑抬手指了下左边的通道，“要不要我陪你？”

陈恩赐摇了摇头，连说了两声：“不用不用。”

“那我在这儿等你。”

陈恩赐“嗯嗯”两声，去了洗手间。

等陈恩赐的身影消失在通道入口后，刚刚嚷着困得睁不开眼的男人，立刻凑到秦孑跟前：“你女朋友？”

秦孑沉默了下，说：“还不是。”

“还不是？”男人“啧”了一声，“那就是说在追着咯？”

秦孑掀了掀眼皮，没反驳。

看到他这副表情，男人挑了挑眉：“一直以为只有别人追你的份，头一回见你追人啊，可以啊，孑爷够大气的，包了整个俱乐部。”

秦孑扯了下嘴角，笑了声。

男人见秦孑不置可否，知道自己说对了，顿时更感兴趣了：“她是谁呀？我总觉得有点眼熟，像是在哪里见过，但是又对不上号。”

男人看了眼秦孑，见他没说话的迹象，又开了口：“不是吧？这么宝贝？连剧透都不能剧透？太不够意思了……”

秦孑嗤笑了一声：“那我意思下？”

男人双眼冒光。

“她啊，”秦孑语调懒懒洋洋的，听着就没个正行，“差点儿让我孤独终老的人。”

男人听得一愣。

秦孑很满意男人说不出话来的表情，他勾了下唇，然后像是想到什么般，从兜里摸了一张卡，放到黑色的大理石桌面上：“这个你先拿着，没密码。”

“不是，你给我卡干什么？你这是来包场的，还是来买我俱乐部的。”男人拿着卡，要还回去。

秦孑心想，跟买也差不多了：“拿着吧。”

“哥，你这样我有点害怕……”

“不拿着，你会后悔的。”

秦孑见陈恩赐从通道那边出来了，便乜斜了一眼男人，示意他闭嘴。男人见状，识趣地收了卡，留了句“你们随便玩”，就遁了。

陈恩赐是真的很喜欢玩密室逃脱类的游戏，尤其是在她心情不好的时候，越恐怖的她越喜欢玩。只不过陆星陪着她玩了两次后，就禁止她玩了。

细想下，有两三年没来过这种地方了，陈恩赐挺激动的，以至于她从洗手间出来后，只想着快点进去玩，完全忘记了问秦孑为什么知道她喜欢玩这个。

进去之前，秦孑拉了下陈恩赐：“放开了玩。”

陈恩赐眼睛一亮：“想怎么玩都可以吗？”

“嗯。”

陈恩赐不太相信："你能说了算？"

秦孑懒洋洋地笑了笑："是你，我就能说了算。"

陈恩赐翻了翻白眼，躲开秦孑的目光，心想着，又来了……

这男人简直是无孔不入，只要逮到一点机会就各种撩拨她。

陈恩赐跟疯一样，彻底玩了个够。等她和秦孑从里面出来的时候，已经是傍晚了。

前台空无一人，秦孑双手插兜带着陈恩赐直接往外走。

陈恩赐想了想，问："不用说一声吗？"

"不用，他醒了自己会去看。"

陈恩赐纠结了下，想到自己的杰作，又问："你确定没事？"

"放心，有事我就杀人灭口。"

陈恩赐一怔。

"杀什么人灭什么口？"接待陈恩赐和秦孑的男人睡醒了，听到这句话，纳闷地一问。

秦孑一脸淡然地回了句"没事"，带着陈恩赐进了电梯。

男人抓了抓脑袋，一头雾水地进了密室逃脱房间。

十分钟后，他尖叫着从里面蹿了出来。

他精心设计的场景、机关，还有那些恐怖的人偶，全都被砸了，而且是被砸成了碎片状。难怪秦狗会给他一张卡，还说他不收会后悔！

这哪是来玩密室逃脱的，这是来砸场子的！

哪有这样玩密室逃脱的，门都被踹烂了！

男人冲进电梯，追到停车场，看到秦孑汽车尾气的他，崩溃地在原地转了三圈，就又气呼呼地回了楼上。

半个小时不到，秦孑的发小圈里，所有人都知道了——

他们孑爷在追一个女的。

他们孑爷下午带那个女的包场玩密室逃脱。

他们孑爷追的那个女的是个暴力狂。

在密室逃脱俱乐部疯了一下午，陈恩赐的衣服早就湿了两圈。秦孑知道小姑娘爱干净，不喜欢汗液在身上自然晾干的那种黏腻感，驱车带着她先回了趟家。

他比她洗澡快多了，她在楼上浴室里磨蹭的那段时间，足够让他将晚餐准备好了。

在他家洗的澡，两人用的同样的沐浴产品。陈恩赐下楼的时候，一直歪着头凑着自己胳膊闻，怎么闻怎么觉得都没昨晚在秦孑身上闻到的那股气味好闻。

进了餐厅，秦孑帮陈恩赐拉开椅子。她坐下的时候，特意偷偷地闻了闻他身上的味道。

就是比她用的沐浴乳和洗发水好闻一些……

陈恩赐在秦孑离开前，又偷闻了一把，除了沐浴乳和洗发水的清香外，她还闻到了一股冷杉的气息，像是清晨森林的味道。

陈恩赐小声嘀咕道："难怪呢。"

"什么？"秦孑扭头看了眼陈恩赐。

"没事。"陈恩赐装模作样地拿起勺子喝汤。

难怪他身上的味道会好闻一些，原来是……混了他的气息。

两人填饱肚子，秦孑隔着餐桌问："着急回家吗？"

陈恩赐明天要飞米兰，是一周前陆星帮她安排好的行程，不过航班是下午，倒也不是那么着急……

陈恩赐摇了下头，隔了两秒，问："有事？"

秦孑"嗯"了一声："想再带你去个好地方。"

陈恩赐来了丝兴趣："哪儿？"

"到了就知道了。"

陈恩赐撇了下唇，跑上楼去换衣服了。

等陈恩赐再下楼，秦孑穿了件白衬衣，身姿挺拔地候在门口。

时间并不早了，街道上的车辆不算多，秦孑单手转着方向盘，上了环线。

越走，陈恩赐越觉得这条路熟悉。

就在她想着，秦孑该不会是带她去……

那四个字还没落定在她脑海里，秦孑转了下方向盘，车子真的驶入了"银河大厦"的地下停车库。

车子停稳后，秦孑侧了下头："到了。"

他看到旁边的小姑娘顶着一脸"这就是你说的好地方"的疑问，弯了下嘴角，解开安全带，绕到她这边帮她打开了车门。

虽然已经很晚了，但银河大厦还有不少人在加班。顶层的实验室灯火通明，隔着玻璃，陈恩赐看到唐久正在吃着泡面。

秦孑倒是没跟实验室里的人打招呼，直接带着陈恩赐进了自己的办公室。

她之前在银河大厦待过两个月，他的办公室她进来过，她着实想不通这怎么就是好地方了。可当她按照他的意思，走到落地窗前，等着他随手将办公室的灯调暗后，她终于懂了他为什么称这里是好地方。

她看到了最美的J城。

环形路上一座座立交桥犹如道道彩虹，一盏盏路灯连在一起像是散落的颗颗明珠，川流不息的汽车灯光闪烁，周围高低交错的大厦灯光星星点点，长长的城墙和美丽的角楼倒映在河面上，银光闪闪。

她从未见过如此盛大的夜景。

她望着窗外像是看到了跌落凡间的银河。

过了许久，秦孑才站在她身边，递给她一样东西。

陈恩赐还没从眼前这样震撼的夜景中缓过来，迟了好一会儿，才扭头望去。

是一个款式简单的黑色U盘。

陈恩赐抬头，看向秦孑："什么意思？"

"周桐的视频。"

陈恩赐听到这五个字，如梦惊醒。

对啊，那些监控视频，是秦孑收集给她的，她手里的证据没了，但秦孑这里有。网上有关她"报假警"一事闹得沸沸扬扬，只要她拿着这个视频，放到网上，她就可以澄清自己。

说不定她还能赢得一个好名声。

诱惑力真的很大啊。

陈恩赐指尖抬了抬，又抬了抬，最后却懊恼地冒了句："算了。

"那毕竟是周桐自己的事，她都不想追究了，我闹到网上去算什么？

"为了澄清我自己，让她背负一个曾被人侵犯过的传闻，这事……我做不出来。

"再说，当时我是真的不知道是她，我要知道是她和宋涛，我一定会去拦的。不管怎样，也算是我失误在先，所以这事就这么算了吧。"

秦孑一点也不意外陈恩赐会说出这些话，他将U盘随手丢在一处，盯着窗外的夜景，嗓音很淡地说："就知道你会这样。"

善良的人，就算是受尽委屈，满腹不甘，最后还是会选择善良。

正在喋喋不休的陈恩赐，听到这句话，嘴边的话消失了一会儿，然后突然"啊？"了一声。

秦孑道："所以下午才会带你出去玩啊 。"

陈恩赐又"啊"了一声，这才明白他话里的意思。

他知道周桐那事儿，她没完全过去，所以下午才带着她出去疯的。

她疯了一场，心底的确好受了很多。这是她这些年来，第一次难过有人陪着。

陈恩赐感觉到自己心底的那道墙松动了一下，她指尖微颤了颤，慢慢地转头看向秦孑。

秦孑像是没留意到她的注视般，还在望着窗外："我心情不好的时候，就会在这里站一站，看看这座城市，所以就想着带你也过来看看，希望你心情好一些。

"其实我明白，碰到这种事情，别人的安慰都是苍白的，但我还是想安慰你一句。

"不是人间不值得，是她不值得。"

陈恩赐仿佛听到"轰"的一声响，心底的那道墙就这么塌了。

她突然觉得秦孑这个人真的是很了不得，竟然在她浑然不觉的情况下，悄无声息地撕开了她刀枪不入的防备。

她望着眼前的他，一时不清楚自己到底是被窗外的夜景治愈了，还是被他治愈了。

想了半晌，陈恩赐也没想通，忽然笑了。

她好像犯糊涂了，纠结那个问题重要吗？

不管是窗外的夜景，还是眼前的他，都是他给的不是吗？

陈恩赐想到这儿，又笑了一声。

秦孑扭头看向她。

碰触到他的视线，陈恩赐开口："我觉得你这个人挺厉害的。"

"嗯？"

"哄人挺厉害的。"追人也挺厉害的。

"那哄开心了吗？"

陈恩赐心底嘀咕着，哄得还挺开心的，嘴上却勉勉强强道："还行吧。"

秦孑看着小朋友一脸傲娇的样子，轻笑了一声，知道这是真开心了。

小姑娘真的长大了，不但难追，还难哄了。

昨晚她半夜下楼，他就知道她那哪是口渴，是心塞。

陈恩赐是真的心情好了，也有心思去想别的了，然后就想到了下午那会儿在密室逃脱俱乐部被她抛到脑后的事。他不但知道她喜欢玩密室逃脱，还知道她玩密室逃脱压根儿不是逃脱，全凭着一股蛮力在拆。

用陆星的话来讲，她进了密室逃脱，就跟在家里没人管的二哈一样。

只不过……陈恩赐开口问："你怎么知道我喜欢玩密室逃脱的？"

秦孑看了眼陈恩赐搁在一边的手机："朋友圈。"

"啊？"不记得自己在朋友圈提过这事儿的陈恩赐，诧异地拿起手机，翻了起来。

"我都翻到三年前了，也没看到我说过这些话啊……

"秦孑，你骗我的吧……我真觉得你是骗我……"

终于翻到秦孑说的那条朋友圈，陈恩赐收住了嘴边的话。

那是四年多以前，她发的朋友圈。

她是吐槽陆星来着，说她找了个没人性的经纪人，连个密室逃脱都禁止她玩。

倒是回复里，陆星怼了她一句——你那哪是玩，你那是拆。

陈恩赐又往下翻了翻，翻到了底，也没再看到任何有关“密室逃脱”的内容，她这才将刚刚看到的那条朋友圈递到了秦孑面前：“你指的是这个？”

秦孑扫了眼她的手机屏幕，慢吞吞地“嗯”了声。

陈恩赐白了他一眼：“你可真闲，四年前的朋友圈，都能被你翻出来。”

过了一会儿，陈恩赐像是发现新大陆般，眼睛亮亮地问：“你该不会是把我每条朋友圈都研究了一遍吧？”

“第一次追女孩子，总得上点心。”

陈恩赐在心底狠狠地翻了个大白眼，又来了……

他们到银河大厦时，本来时间就不早了，昨晚她睡得晚，下午又疯了一场，体力消耗过度，现在心情松散下来后，她有点困了。

在她连打了好几个哈欠，把眼泪都打出来时，秦孑问：“困了？”

陈恩赐捂着嘴，边打着哈欠边点了下头。

“那走吧。”

陈恩赐等哈欠停了，垂下手，然后看着欲转身的秦孑，突然扯住他的袖口说：“昨晚，你把我从公安局捞出来后，我是不是还没跟你说谢谢？”

秦孑垂眼看了看她扯住自己衣衫的两根手指，想到他昨天下车前，她也是这样扯着他，忍不住就轻笑了一声。

陈恩赐被他笑得心尖一颤，到嘴边的“谢谢”就没能说出来。

过了一会儿，陈恩赐缓缓地在心底打了个问号。

她忘词了？被他笑得忘词了？

陈恩赐眨了眨眼睛，有点无法接受这样的自己。

太没出息了吧。

为了让自己有出息点，陈恩赐想了想，然后下一秒就仰着头对着秦孑笑了：“谢谢哥哥。”

秦孑嘴角的笑定住，慢慢地掀起眼皮对上她的眼睛。他看起来还是那副懒懒散散的模样，就连掀眼皮的动作都很漫不经心，可他的眼神却很深邃。

看着他一点一点暗下来的眼神，陈恩赐突然有种捅了马蜂窝的感觉。

他垂头冲着她靠了过来。

陈恩赐躲开他的目光，心想着他要干什么？他该不会是要吻她吧？她是不是应该躲一躲？

正在陈恩赐胡思乱想之际，她耳边有他说话的气息拂过：“不客气，哥哥送你回家。”

次日，陈恩赐和陆星飞米兰。

十几个小时的长途飞行，致使陈恩赐到了酒店，给秦孑留了句到了，就倒头睡了。

再醒来，已是八个小时后。

陆星看起来比她生龙活虎多了，冲进她房间，说个没完：“恩恩，你知道我刚刚去旁边超市买东西，碰到了谁吗？

“你一定不敢相信，我碰到了周桐。”

陈恩赐刷牙的动作停了停，没太大的反应。

“你猜她身边跟着谁？跟着林静姝，还有林静姝的经纪人。

“我从林静姝的经纪人口中知道，她现在开始带周桐了，而且还会和林静姝一起带。林静姝下部剧不是已经确定了吗，女二号直接换成周桐了。周桐现在成了林静姝工作室的人，看来宋涛为了摆平她，没少动用人脉给她砸资源啊。”

陈恩赐洗脸的时候，陆星在她身后转来转去。

陈恩赐洗完脸，陆星跟着她一路走到化妆台前，一边看着她护肤，一边继续叨叨。

“对了，我们结账的时候，就挨在一起，周桐别说跟我打声招呼了，自始至终看都没看我一眼，林静姝都还跟我问了句好呢。

“你是没见到周桐，你见了，绝对不敢相信你的视觉。周桐和之前给我的感觉完全不一样了，整个人气质都大变特变了，说不出来是好还是坏，反正给我的感觉不是特别好……”

护完肤的陈恩赐，无视陆星，走到旁边拿起手机。

过去八个小时了，秦孑居然还没回她消息。

“行了，不说周桐了。”陆星看了眼时间，言归正传，“我们下楼去吃个饭吧，吃完了化个妆做个造型，拍组照片。”

被陆星这么一安排，陈恩赐直到米兰的下午四点钟，才有时间看手机。

此时的J城是晚上十点钟。

秦孑就算是忙得飞起，随手给她回个消息的时间总是有的吧。

陈恩赐给秦孑打了个电话，没人接。她蹙了蹙眉，刚想着再打一个，结果被陆星喊走了。

陈恩赐不清楚是不是自己过于敏感了，她总觉得心底有点不安。

跟着陆星和知名品牌的设计师合完影，陈恩赐拿着手机悄悄地退到没人的地方。陈恩赐刚翻出秦孑的电话号码，屏幕里就跳出了林染的来电提醒。

接听，陈恩赐还没开口，林染就在手机那头出了声："恩恩，你看新闻了吗？"

"什么？"陈恩赐的第一想法是难道自己又在网上闹出什么幺蛾子了，"我怎么了？"

"不是你，是孑爷……"

陈恩赐握着手机的指尖一颤："他……他怎么了？"

说完这句话，陈恩赐才发现自己的嗓音比手指还要抖。

她突然有点怕，从心底最深处泛起的那种害怕。

"有个女大学生，站出来对着媒体说她遭受孑爷性侵。"

陈恩赐大脑空白了几秒，以为自己听错了。

"那女大学生发了一篇长达三千字的微博，讲了事情的来龙去脉，总之说得有鼻子有眼的。现在网上乱成了一团，都在说孑爷是个伪君子，说他外表清心寡欲洁身自爱，实际上无耻下流卑鄙恶心……具体情况我也说不清，你自己上微博看看就知道了，事情远比我告诉你的要严重很多……"

由于"报假警"风波，陈恩赐这两天没怎么上过微博。

挂断林染的电话，她第一时间登录进微博。热搜第一就是秦孑，除此之外，第三名、第七名、第十名，也都和秦孑有关。

林染说的那个女大学生很好找，热搜第一名进去后，最热门的帖子就是那篇三千字的文章。

发帖子的人叫：超甜的布丁。

"事情过去快一个月了，我依旧还是会做噩梦。从小就知道一个词叫知恩图报，也许我接下来说的故事会被你们骂没良心，可我还是要说。因为我不想让更多的人被他蒙骗，也不想让更多的女孩遭受和我一样恐怖的经历。"

从开篇的内容来看，可以看出发帖的人思路极其清晰。

"我虽然用了故事两个字，但它并不是故事，它是真实发生的。我叫杨灵，S大的大二学生，我出身于……"

陈恩赐越往下看，后背越凉。

杨灵上来先卖惨，说了自己出身多不好，说了自己是靠社会救济才有机会上学，还说她高中的时候得到了很大一笔资助金。她很感激，一直想要找到资助自己的人，直到上大学，她才知道资助自己的人是秦孑。

紧接着，杨灵用洋洋洒洒的一大段文字表达自己的感动，以及必须要当面表示感谢的心情。

她说她尝试着联系了秦孑，没想到秦孑真的和她见面了。之后她又用一大段洋洋洒洒的文字来表达她初见秦孑，对他的印象和看法，说他研发了医疗机器人，对社会做出很大的贡献，他看着风度翩翩，还如此有善心。杨灵一再强调她觉得秦孑是她遇到的在这个世上最好之人，就从这里，杨灵文字的画风变了。她说她从没想到她如此信赖的人，竟然会是一个伪君子。她还说若是她知道当面感谢会是这种结果，她一定不会做出这样的决定，她反复地说她人生中最后悔的事，就是当面感谢了秦孑。

杨灵说当面感谢完秦孑后，她以为自己和秦孑不会再有交集了，但她没想到秦孑主动联系了她，秦孑还让她去他一个朋友家帮他朋友的孩子补课。因为她受他的资助，所以她没要一分补课钱。杨灵还说，那个孩子是个单亲家庭，妈妈很忙，她常年帮忙带孩子，为此她落下了自己的功课，险些在上学期结束的时候挂科。

杨灵说，她永远都忘不掉今年的三月二十五日，每个月的二十五日是秦孑给她打资助款的日子。那天的秦孑却让她去他家里取，她去了，然后她怎么都没想到，秦孑竟然会对她动手动脚。她说，秦孑根本不是大家看到的那副美好的模样，他就是一个禽兽。她有喜欢的人，她表达了，可秦孑却说，他在她身上投资了这么多钱总是要回报的……

密密麻麻的三千字，看到最后，看得陈恩赐手抖得险些拿不住手机。

杨灵真的很聪明，更或者说，她联系媒体时，媒体给她出谋划策了，发的文字很有煽动性不说，放出来的配图更有迷惑性。

杨灵给莫再再补课的照片，杨灵送莫再再上学的照片，杨灵银行卡收到资助金的到账截图，杨灵的学生证，以及杨灵晒出的相册截图，清楚地显示了三月二十五日那天，她拍的秦孑的豪宅。

除了这些，还有同学站出来为杨灵做证，说她那晚回宿舍后多么多么失魂落魄。那位同学还放出了杨灵身上有伤的照片，以及杨灵每晚噩梦惊醒的小视频。

杨灵丢出来的“证据”太具有引导性了，她又实名发的微博，几乎引得所有人都信了。

不得不说，杨灵这一招真的很毒，用自己的清白和名声来毁掉秦孑。

若秦孑是个陌生人，陈恩赐觉得自己大概都会信了杨灵这些说辞。

秦孑因为医疗机器人曾经有多火，现在这事在网上就闹得有多炸。

这件事是从半夜开始发酵的，到现在差不多快二十四个小时了，杨灵这条微博的回复已破百万。

评论清一色都是骂秦孑的……

陈恩赐被全网追着骂过，骂的言语只会比此时放在秦孑身上的过分而无不及。可陈恩赐看着那些话，胸口的那股怒火，却远比曾经看自己被骂时来得都盛。

她在银河大厦待过，她亲眼看过秦孑为医疗和AI做出的努力。

她跟着他去过医院，她亲身经历过他研发的医疗机器人带给她的震撼。

去H城团建，她看到过银河的人是怎样陪伴养老院那些老人的。

那天，陈恩赐从江暖的口中知道秦孑这些年默默无闻为社会做过些什么。她深深地记得江暖告诉她的那句，他说人才不一定非要来银河，留在Z国就好。

真是可笑。

就在半年前，所有人都还在转发“谢谢为Z国健康尽绵薄之力的你”。

舆论是一把双刃剑，可以救人，也可以杀人。

有些人可以被迫接受舆论给的那一刀，或被黑，或被诽谤，但是有些人不可以。

不可以的这种人，无论出于什么理由，无论他是高调还是低调，都不可以。

也不应该。

为众人抱薪者，不可使其冻毙于风雪。

陆星找了陈恩赐好几圈，最后在露台看到了她。

两人相识多年，无形中早就有了默契，只需一记眼神，陆星就知道出事了。

起先陆星以为是陈恩赐一波未平一波又起，紧张得不得了，拿着手机翻出来一瞅，看到不是陈恩赐而是秦孑，一口气还没松完，戳开里面的内容，就又没忍住“嘶”了声。

“这杨灵是谁呀？秦孑真的认识这号人？怎么会闹出这种事情？知道公关最怕什么了吗？最怕的就是扯上感情。管你是真是假，只要跟情感沾边，这就注定是掰扯不清的一笔糊涂账。”陆星一目十行地扫着杨灵的三千字，“而且这稿子，一看就是专业人干的，太了解天天泡在网上的那些人的心理了。整篇文章，九假一真，但就那一真，足以杀人不见血地要了你的命，就像是……”

陆星说到这里，意识到自己提了不该提的，收住了到嘴边的话。

当初的陈恩赐，势头最猛的时候，就是这样被诽谤的。

起先只是一个小号在爆料，因为规模太小，关注的人太少，真的不值当理会。

谁知那个小号日复一日地抹黑，什么吃饭的时候，导演临走之前，悄悄地往盘子下面放了一张房卡，陈恩赐不动声色地拿走，跟了出去；什么拍戏的时候，男主角和陈恩赐一前一后进了洗手间，在片场做夫妻。总之短短的两个月，那小号就跟亲眼所见般，有鼻子有眼地写尽了陈恩赐在娱乐圈里的各种艳事。

配上时间地点据知情人所见，再贴上几张似是而非模棱两可的照片，那些事情就变成了网友口中的“石锤”。

陆星用尽了人脉，托了无数关系，甚至……到现在为止她自己都跟做梦一般稀里糊涂地嫁给了穆楚词，也没能将那些石锤从陈恩赐的身上挪走半分。

绝望吗？很绝望。

你明知道那些全是假的，你明明尝试着去辩解，你努力地想要澄清。

但是，没有人听。

你永远都叫不醒一个装睡的人。

在这个打字不需要负责任的时代，有时候沉默不语，反而比发声更能保护自己。

就是这么扭曲。

陆星见陈恩赐神态如常，知道她没顺着自己刚刚险些脱口而出的话多想。陆星稍稍放心了一些，但过了一会儿，她看到陈恩赐指尖冲着键盘上落去，她如梦惊醒般，冲上去："恩恩，你干吗？

"恩恩，你不能随随便便在网上说话，你清楚你和秦孑的情况，你现在发声，是添乱。"

陆星去夺手机，陈恩赐下意识地躲了一下。

"恩恩，你把手机给我。"

陆星急得只差没当场跪下喊陈恩赐祖宗了："恩恩，有什么事情我们可以好好商量，但是，现在你先把手机给我好吗？"

陈恩赐寒着一张脸，沉默了两秒，最后松开了指尖的力道，由着陆星将自己手机收了起来。

发生了这种事情，也没什么心思参加什么晚宴了，陆星看到身后人来人往，怕突然有人闯进来，索性拉着陈恩赐离开："我们先回酒店。"

她们在的地方，离酒店并不远，五分钟的车程就到了。一进酒店房间，陆星就开始劝陈恩赐："我知道你生气，但是你相信我，秦孑他能处理好这件事的，他姑姑是谁，你不知道吗？秦楠，辰光传媒的老总，她不可能坐视不理的。

"事情太突然了，估计他们还没想到好的对策，也有可能是想要再等等，看看杨灵那边的动向再做处理。

"恩恩，你也别太上火了。

"再说，秦楠手里的水军多的是，到时候不行就水军洗……"

陈恩赐像是受到什么刺激般，突然出声："水军若是能洗的话，陈恩赐就不会成为现在的陈恩赐，不会被人一提，就是勾搭过整个圈子的大佬，勾搭过所有知名导演，只要是长得帅的男的，她都会凑上去。

"这件事很好处理，只要我开记者发布会，就能处理。"

陆星蒙了："不是，跟你有什么关系？你开记者发布会怎么就能处理，你……”

“三月二十五日，我生日的那天晚上，秦孑和我在一起。”

陆星不只是蒙了，简直是炸了：“你生日的那天晚上，秦孑和你在一起？

“那天在剧组，你喝得有点多，我送你回的房间。我走后，秦孑进了你房间？”

陈恩赐轻轻地点了点头：“对，就这样。”

就这样？就这样！她艺人在她眼皮子下，带了个男人进房间待了一宿，她居然浑然不觉？

陆星不知道是该骂自己，还是该说陈恩赐，她来回在房间里跟陀螺似的转了好几圈，最后停在陈恩赐跟前：“不行，这个发布会你不能开。

“你别忘了，这些年网友是怎么骂你的。你若是开了这个记者发布会，所有的炸弹都会跑到你这边来，会把你炸得体无完肤。

“要是你拿出证据，说秦孑那晚和你在一起，这就等于彻彻底底地坐实了这些年你那些风言风语，你一辈子都不可能洗白了，甚至还会有人说你，一边在网上说着不回头，一边见秦孑功成名就转身凑上去……到那个时候，秦孑还是大家心目中的英雄，你呢？你成什么了。不行，总之就是不行，想别的办法，这个念头你趁早打消。”

陈恩赐道：“别的办法？你告诉我，别的办法是什么？杨灵显然是用玉石俱焚的方法要毁了秦孑。你再看看网上，他们完完全全地忘记了，秦孑对社会对国家对全民做出的贡献，他们只记得他是一个伪君子，只记得他毁了一个人生还没开始的女大学生……

“陆星，这些年，你还没看透吗？”

刚刚还很激动的陈恩赐，突然声音就淡了下来：“那些学历平均是小学生的网民，你跟他们是讲不通道理的。若是能讲得通道理，宋处安就不会自杀了，他根本没有撞到那个老人，但那个老人说自己被撞到了。老人有心脏病，自己突发身亡，最后所有媒体都说是宋处安害死的那个老人，逼着他道歉，他道歉后有用吗？还不是被骂，被骚扰，就连家里的人都不能正常工作正常上学正常生活。他自杀了，那些媒体开始深扒老人，开始洗白他，网友开始抵制网络暴力，说什么雪崩的时候，没有一片雪花是无辜的，可是他们谁想过，他们就是他们口中的雪花，他们道歉了吗？

“没有一个人道歉……”

陈恩赐轻笑了一声：“在这个随随便便打个键盘不需要负责的时代，‘对不起’这三个字竟是一种善良。”

陈恩赐脾气生来暴躁，也没什么耐心，她跟陆星说着说着话，就又烦了起来。她想看手机，但摸了摸包，想起来手机在陆星那儿，就走到书桌前拿起了 iPad。

“恩恩，就算你说的都对，就算你这些话真的快要说动我了，可我也没办法配合你去开记者发布会。对我来说，你是最重要的，我首要目的是保护好你，我不可能明知道前面是火坑，我还纵容着你去跳。

“恩恩，你就听我的，我们再等等，再等等好不好……”

陆星背对着陈恩赐，看着窗外说了很多话，见陈恩赐始终不吱声，她扭头往后看了一眼。

她看到不知何时凑到书桌前的陈恩赐，正对着 iPad 在不断点着。

陆星只觉得心猛地就提到了嗓子眼，她飞速奔到陈恩赐跟前：“恩恩，你不要在微博上乱说话，你……”

陆星走到跟前，一眼就看到了陈恩赐点出的发送，以及一闪而过的脏话。

陆星只觉得血压嗖的一下就攀到了巅峰，急需几颗速效救心丸的她，抖着手指夺走了陈恩赐指尖下的 iPad。

“祖宗，小祖宗，你别这样不顾后果，你……”

陆星点到微博主页，刚想删掉陈恩赐发的微博，结果发现是个小号，这才捂着胸口，将 iPad 往陈恩赐面前一丢，然后瘫坐在了旁边的椅子上：“我真是要被你吓出心脏病了，你早说是小号啊。”

陈恩赐一边继续戳着 iPad 逮谁骂谁，一边抬起眼皮看了眼闭着眼睛大口喘气的陆星：“星星，我是认真的，记者发布会，你帮我安排下。”

“不行，没得商量。”

陈恩赐停了戳屏幕的动作，目不斜视地看着陆星。

陆星在她的视线中，缓缓地坐正了身子，同样很严肃地回视着她，又摇了摇头：“真的不行。”

陈恩赐没说话，陆星也没说话，两个人就这样对峙着。过了不知道多久，陆星开了口：“跟你托个底吧，恩恩，其实我不想跟你说的，我压力很大的，公司早就处于放弃你的状态，我真的是硬扛着扛到现在。你要接《生命》，我陪着你接了；你要停掉所有的通告，我陪着你停了；《生命》你零片酬演出，所以你想啊，这都七八个月了，你给公司一点创收都没有，公司对你的意见真的很大了。他们已经找过我很多次了，要么你去接那些乱七八糟的剧或者通告，要么就要按照合同起诉你赔偿违约金和你解约了。

“恩恩，我挺看好《生命》那部戏的，我把我们两个人所有的命脉都赌在那部戏上了，好在那部戏后期制作很快，下个月就能播了。我真的有种预感，《生命》会大火，你会卷土重来。而明星是靠作品说话的，不管你现在有多少流言蜚语，多少黑料污点，只要你作品够硬，只要你没违法，那都不是事。

“恩恩，算我求你了，你再等等，再等等……”

陈恩赐就像是哑巴了般，低着头盯着 iPad 没说话。屏幕上她骂了一半的话，还停在那里。

她看着看着，屏幕黑了，她依旧没有反应。

陆星看着这样的陈恩赐，有点担心，也有点后悔自己刚刚说得太多了：“恩恩……”

“星星。”陈恩赐没等陆星把话说完，就低垂着眼眸，打断了她，“在私房菜馆，周桐被宋涛欺负，我于心不忍站出来了；在乡下录制综艺，那个小男孩晕倒，我二话不说送他去了医院……我上个飞机，看到一个老太太走得慢，都能故意把包掉在地上，好让后面的人不要挤。

“我能为素不相识的陌生人做这些，为什么到了秦孑这里，我就不可以？

“我因为周桐，闹了报假警风波，是秦孑陪着我的。

“没人哄我，是他哄我的。

“过春节，我一个人，是他陪我过的。

“所以，我不能坐视不理……我不能这样对他的……”

陈恩赐抬头看向陆星：“只要你让我开记者发布会，以后公司让我做什么都可以，那些乱七八糟的剧我可以去拍，女三女四我都不在意，那些奇奇怪怪的综艺我也可以去上，就连那些饭局我也可以去……”

陆星有点说不出话来。

她们又沉默着僵持了许久，陆星说：“这样吧，我们各退一步，你听我的，再等等，行不行？如果明天，国内那边还没动静，我陪你回国好吗？”

“好。”

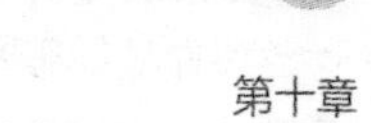

第十章
谁都没给过她安全感

陈恩赐是真心说出这个“好”字的，也真的想等等看。可她等到晚上八点钟，她和林染联系了好几次，林染那边一点消息都没有。她给秦孑发了很多条微信，秦孑都没回。她点开微博，看着那些越来越多不堪入目的字眼，她“好”不下去了。

她想到了曾经她被全网黑，深夜里她一个人看着这些言论的感受。

她努力地让自己表现得很不在意，可半夜睡着睡着她会突然睁开眼睛，然后一夜无眠。

就算是像陆星说的那样，秦孑可以搞定，秦楠可以搞定，可这些骂声却是实实在在存在的，哪怕一切会真相大白，可此时此刻的秦孑，也是难熬的。

米兰时间晚上十一点五十五分，陈恩赐坐上了回J城的飞机。她想，自己一定是疯了，竟然会做出这样疯狂的举动。

陈恩赐想，陆星看到自己给她留的言后，一定会气疯的。

到J城，陈恩赐没离开机场，而是直接飞往W城，从W城再返回J城已是夜里十一点钟了。

她尝试着给秦孑拨了个电话，还是关机状态。

她先去了秦孑家，见门口堵着不少记者，又见偌大的别墅黑乎乎的，知道秦孑这是没在家，便没让司机停车，直接又去了银河大厦。

银河大厦正门口也有几个记者在蹲点，陈恩赐进了地下停车场，然后搭乘电梯去了顶楼。

今天是周末，过了零点的银河顶层只有实验室里亮着灯。秦孑懒洋洋地窝在自己的位置上，戴着耳机，正在敲键盘。

他太专注了，没留意到陈恩赐的靠近。

她站在他身后，看了眼他的电脑屏幕。和六年前一样，全都是密密麻麻的英文字母。

这都什么时候了，他竟然还有心情敲代码？

陈恩赐盯着屏幕上不断跳出的代码看了一会儿，将视线落在了秦孑身上。

兴许是她眼睛一眨不眨地盯着他太狠了，他察觉到了什么，仰着头往后看了眼。

看到她，他心脏震了一下。

过了好一会儿，他抬手将脑袋上的耳机套在了脖子上，锁着她的眼睛，哑声道："小姑娘，你这是要哥哥的命啊……"

兴许是熬夜太久，他眼角处天生的淡红，颜色有些偏深，衬得他漆黑的眼格外撩人。

他头发被耳机压得有些塌，少了一些清冷，多了几分乖顺。

他应该是泡在公司有一段时间了，身上的衬衣有些皱，领口扯开了两个扣子，袖口卷着，露出一截冷白消瘦的手腕。

一天一夜的奔波中，陈恩赐想象过无数种秦孑的状态。

或是暴躁地砸烂了整个办公室，通过骂杨灵宣泄自己的愤怒；或是不甘被这般侮辱企图和人解释；或是因为记者抛出的尖锐问题大打出手；抑或是一个人一声不吭地偷偷躲起来，喝得酩酊大醉……

总之不管是哪种状态，都不是她眼前看到的这种状态。

陈恩赐怎么想怎么觉得秦孑都不该是这样，除非他……还不知道网上那些沸沸扬扬的消息？

"你……"她想问的那句"你还好吗"，被这么一闪而过的念头，打回了腹中。

别说是从他身上找到一丝丝难过，就连一点点颓废之气都没有。

陈恩赐越看秦孑，越坚信自己刚刚的猜测："手机怎么回事？"

秦孑"啊"了声，缓了大概几秒钟的样子，他"唔"了声，看起来很高兴的样子："你给我打电话了？"

说着，他坐直身子，从堆满各种书籍纸张的文件堆里翻了一通，找到手机："被记者打爆了。"

陈恩赐听到这儿，往前挪了两步，拿起座机。

果然，电话线也被拔了。

所以，杨灵那事，他是知道的。

他都知道了，怎么还跟没事人一样。

转念，陈恩赐又想到当初她不想让陆星过于担心，也是和秦孑一样，跟个没事人似的。那个时候，她当着陆星的面，该吃吃该喝喝。等陆星走了，她会从梦中惊醒、会彻夜难眠、会胸口堵得想死。

陈恩赐越脑补，越觉得秦孑这是在故作坚强。她喉咙像是被什么东西掐住一般，泛着窒息的心疼。她很想安慰他，可她除了怼人的时候特能说，这种时候，她总是会莫名词穷。

从小到大，她都是这样。

不太会安慰人。

不太会说好听话。

陈恩赐望着秦孑，张了张口，又张了张口。她尝试了好几次后，懊恼地在心底骂了句脏话。

她第一次讨厌这样的自己。

她第一次后悔小时候的自己怎么就没学会甜言蜜语这项技能。

陈恩赐索性直奔主题，她从兜里摸出U盘，“啪”的一下丢在秦孑的键盘上：“我把三月二十五日那天晚上，你出现在我们剧组酒店的监控给弄来了。”

秦孑指尖微颤了颤，拿起被小姑娘暴躁地丢在键盘上的U盘。他说不清此时的自己心底到底是什么滋味，五味杂陈，复杂混乱。但他能感觉到自己心跳得很快，像是个情窦初开，碰到自己喜欢的女孩子，不知所措的少年。

正如他刚刚说的那样，小姑娘真是来索命的。

秦孑的沉默不语，落在陈恩赐的眼底变成了无精打采。

他果然很难过。

陈恩赐也跟着难过了起来：“秦孑，你放心，我会帮你澄清的。”

秦孑闻声，掀起眼皮看向陈恩赐。刚刚沉浸在自己思绪里的他，压根儿没听到陈恩赐说了什么，只是顺着自己的想法问：“你从米兰回国后，直接去了W城？”

陈恩赐“嗯”了声。

很轻的一道“嗯”，落在秦孑耳中，如闻天籁。

陈恩赐应完，随即心如刀绞似的疼了起来。

当初陆星安慰她，她也是这样转移话题的。

“秦孑，你信我，我真的能帮你澄清的，我只要开记者发布会，告诉他们，那天晚上你和我在一起，事情就会平息了。

“也许会有一些人不信，但是没关系的，那是极少数的一部分无知之人，不用理会，谁都不可能做到让每个人满意的。”

听着小姑娘越来越急的声调，秦孑眼底荡出了一抹浅浅淡淡的笑：“小姑娘，你知不知道你这样，会让我怎么样？”

陈恩赐说话的声音突然停了。

秦孑的嘴角扬得更明显了：“会让哥哥……连人带命都给你。”

陈恩赐张了张嘴，耳尖红了。这都什么时候了，他还有心情扯这些有的没的。

或者，这也是他掩盖难过的一种方式？

陈恩赐抿着唇看了秦孑一会儿，很严肃地开口说：“秦孑，你不用这样强颜欢笑的。你放心，你就算是哭了，我也不会告诉别人的。”

秦孑轻笑了一声，拿着U盘轻蹭了下陈恩赐的耳垂：“想什么呢。

“我是真高兴。”

摊上这种掰扯不清的烂事，谁也不可能不在意。不过她的出现，一扫阴霾，是真让他打心底里开心。

陈恩赐不信：“你骗人。你不要以为我傻，我知道的，现在这种情况你越是高兴，就越代表不高兴。”

秦孑又笑了声：“U盘我收下了，发布会就不开了。”

“为什么？”陈恩赐蹙眉看向秦孑，“和杨灵扯在一起落个这样的名声，还不如和我扯在一起，落个私生活混乱的名声。再说，杨灵比我丑多了好吗？身材也没我好……”

秦孑哑然失笑，他是真的好奇，他家小朋友脑子里每天哪里来的那么多奇奇怪怪弯弯绕绕的想法。

陈恩赐捕捉到秦孑嘴角的笑，眉心蹙得更厉害了：“你这是什么表情？”

“不能拖你下水的表情。”

不能拖她下水……这都什么时候了，他还想着不能拖她下水。

陈恩赐盯着秦孑看了一会儿，想出了缘由：“秦孑，面子有的时候真的没有那么重要。”

怎么又扯上面子了？秦孑纳闷地扫了眼陈恩赐。

“被女人罩一次，没什么丢人的。

“你不用不好意思，也不用觉得自尊心受损了，以前我怎么没觉得你这么要面子了。怎么这么多年没见，你越活越大男子主义了？

“有人分析过，这种心理的男人，其实不是过度自信，而是过度自卑，是一种很消极的心理状态……”

这都什么跟什么呀？怎么就扯到了大男子主义，扯到了他心理消极？

秦孑强忍着撬开陈恩赐小脑袋瓜的冲动，忍无可忍地伸出手拉住她的胳膊，将她整个人毫无征兆地拉趴在自己身上，然后微微侧头，贴到她耳边，咬牙切齿地说：“听好了，我只说一遍。

“我之所以不让你开发布会，是因为我心疼你。”

陈恩赐愣了愣，脸克制不住地烧了起来。她到底还是有些不放心，怕秦孑只是因为不想连累她，一个人在强撑。

她扭头看了秦孑一眼，然后红着耳尖飞快地移开视线：“真的只是这样？”

“真的。”秦孑看着她红扑扑的耳朵，忍不住伸出手捏了一下，“没骗你，这点事，哥还是能搞得定的。”

陈恩赐耳尖仿佛传来一股电流，她缩了缩脖子，“哦”了一声。

过了一小会儿，陈恩赐又开了口：“那你要是搞不定，记得告诉我哦。”

秦孑不知道是被她的话逗的，还是被她可可爱爱的声音逗的，笑了：“嗯，搞不定肯定告诉你，到时候还请陈爷罩着我。”

陈爷放心了。

过了几秒，陈恩赐意识到自己还趴在他肩头，用下巴轻轻地点了点他肩膀：“请问，现在你能放开陈爷了吗？”

秦孑闷笑了声，由着她从自己身上爬起来。陈恩赐整理了一下有点乱的衣服，然后看了眼秦孑身后密密麻麻的英文字母，下意识地想问，这么晚了你不回家吗？

话到嘴边，她又想到他家门口堵着那么多人，他也回不去，然后她想了想，问：“你要不要去我家？”

秦孑看了眼陈恩赐，慢吞吞地说：“想去，但今天去不了。”

“啊？”

“明早我要赶去医院。”说着，秦孑抬起手，敲了敲电脑屏幕，“就为这些东西，我已经熬了两宿了。”

难怪他身上的衣服皱巴巴的……陈恩赐好不容易压下去的怜爱感，再次冒了出来。

杨灵联合媒体在网上作妖，网友不知真相漫天辱骂，而他……却在这里没日没夜地加班。

秦孑揉了下因这两天长期对着电脑，有点僵硬的脖子：“先送你回去？”

陈恩赐摇了下头：“不用，楼下有记者。”

秦孑想了想，也对，他车子只要开出去，必然有记者跟着：“那我帮你叫辆车？”

陈恩赐又摇了下头：“也不用。”

“那我在附近给你开个酒店，坐了两天飞机，过去洗个热水澡好好睡一觉。”

陈恩赐拉住秦孑点开电脑网页的手。

秦孑转头，询问似的“嗯”了一声。

陈恩赐咬了咬嘴角：“我想在这儿待着。”

秦孑望着陈恩赐的眼神有些加深。

陈恩赐慌乱地游移着目光，然后就胡诌了个借口：“我回国回得匆忙，没有带身份证。”

顿了顿，陈恩赐又说：“你忙你的，你放心，我不会影响你的。”

秦孑低笑了一声，语气里藏着满满的宠溺：“行，听你的。”

陈恩赐随便拉开了旁边的一把椅子坐下。

她在，秦孑没戴耳机。正如她说的那样，她安安静静地趴在桌子上玩手机。

安静的实验室里，充斥着清脆而有节奏感的敲键盘声。

也许是见到秦孑，看他状态还好，她放了心，也许是长达一天一夜的奔波太累了，陈恩赐慢慢地趴在桌子上睡着了。

等她再睁眼，是第二天清晨六点钟。

她看着不太熟悉的环境愣了一会儿，才发现自己睡在沙发上，身上盖着一件黑色的大衣。

没看到秦孑，她猛地站起了身。这才发现，秦孑两条大长腿搭在桌子上，脸上盖着一本书，窝在椅子上睡觉。她没打扰他，从包里翻出随身携带的洗漱用品，去洗手间收拾了一下自己。再出来的时候，秦孑已经睡醒了，拨着头发，正往洗手间这边走。

他看到她，“唔”了一声，进了洗手间。

过了半分钟，他又叼着牙刷，从洗手间里出来：“手机借我用下。”

他满嘴牙膏，一说话牙膏沫到处飞。虽没飞到陈恩赐脸上，但她还是一脸嫌弃地抬起手在面前挥了两下，才把手机递给秦孑。

秦孑单手拿着她的手机按了一阵儿，然后手机往她身边一丢，就回了洗手间。

陈恩赐拿起手机看了眼，发现他给容与发了条消息，让容与来公司楼下接他。

二十分钟后，陈恩赐和秦孑下了楼。

到了医院，秦孑弯身下车前，让容与先把陈恩赐送回家。

陈恩赐摇了摇头：“我不回去了，我下午还要飞米兰。”

秦孑愣了两秒，说：“我可能没时间陪你。”

“没事，你们忙你们的。”顿了顿，陈恩赐又说，“我回家也是一个人，现在这个点还堵车，到家待不了多久，我又要出门了。”

秦孑没说什么，由着陈恩赐去了。

在来的路上，陈恩赐从容与和秦孑的交谈中大概了解到，医疗手术机器人在实践中遇到了一些问题。这几天他们加班加点就是在解决这个问题，今天上午正好有个患者要用医疗机器人做手术，他们得过来盯着。

进了医院，秦孑和容与就去跟患者的几个主治医生开会去了。

起先，陈恩赐一个人时不时地拿着手机打发一会儿时间，后来她就隔着玻璃，看着里面的秦孑发起了呆。她听不清里面到底在聊什么，她只能看到秦孑不断地开口讲话。

昨晚他应该是没怎么休息，脸色看起来有些疲惫。她想到昨晚自己没撑住困意趴在桌子上入睡之前，还迷迷糊糊地看了一眼他，他还在聚精会神忙着。

他未必心态就有她看到的那么好，他也许很难过，只是他没时间去顾及自己的心情……因为对于一个一直守护着Z国人民健康的他来说，今天这个手术，治愈这个患者，远比去解决网上那些纷扰更为重要。

陈恩赐突然冒出一股很强烈的冲动，她很想要抱抱秦孑。

很想很想。

在陈恩赐走神中，门开了，秦孑从里面走了出来。

“无聊不无聊，要不要让江暖过来？”

陈恩赐晃了下脑袋：“不用不用，我可以玩手机的。”

秦孑刚想再说点什么，就被一个医生打断了：“秦孑，这是今天的患者。”

秦孑收住嘴边的话，看去。

陈恩赐纯粹是凑热闹，也看了一眼，然后她愣住了。

她怎么都没想到，世界竟会这么小。这个患者，竟是她认识的人。

那人看到她，显然也是一愣。大抵是多年未见，他也有点不确定，没敢直接上前跟她打招呼。

主治医生带着那个患者和秦孑沟通了大概半个小时的样子，途中那位患者反复地看了陈恩赐几次。在离开之前，那患者犹豫了一下，还是尝试着喊了声：“恩赐？”

陈恩赐盯着和印象里差别过大的人沉默了一会儿，开口：“杜叔。”

“真的是你啊，你怎么会在这里？”杜文成看了眼秦孑，想到陈青云的名字，隐隐懂了，又问，“你和陈总……”

陈恩赐知道杜文成要说什么，当初她和陈青云断了联系，就是因为她不肯按照陈青云的安排结婚，现在杜文成看到她和秦孑在一块儿，自然也会觉得她和陈青云没事了。

她不太想在这么多人面前，谈及陈青云，语气说轻不轻说重也不重地打断杜文成的话：“杜叔，您是怎么回事？”

杜文成笑了笑：“年纪大了，身体总是会出点毛病。”

陈恩赐连陈青云的名字都不想提：“那你现在还在原来的地方上班？”

“没有，生病之后就辞职了。”

“哦。”

杜文成曾是陈青云的秘书，跟在他身边多年，什么人都见过，什么事都经历过，他看得出来陈恩赐跟陈青云还是老样子，忍不住想多劝两句："恩赐……"

"杜叔，你这些年怎么样？"

杜文成叹了口气，心底清楚陈恩赐这是连劝都不想让自己劝，只好顺着她的话说："还行吧。你呢？"

"也还好。"

陈恩赐和杜文成寒暄了几句，杜文成就跟着主治医生走了。

秦孑这才开口问："你们认识？"

陈恩赐微点了点头："一个叔叔。"

陈恩赐本来以为在出发去机场之前，还能跟秦孑再见上一面，但实在是不赶巧，秦孑一直都没从杜文成的手术中抽开身。他手机关着机，陈恩赐等了又等，见再不走时间就真的来不及了，便跟护士要了一张纸一支笔，给秦孑留了个字条，就走了。

秦孑没看到陈恩赐，刚想去找容与要手机，就有个小护士跑来塞给他一张字条："刚刚那位小姐留给您的。"

秦孑说了句谢谢，等小护士走开后，才打开了字条。

"再不走，就赶不上飞机了。"

后面跟着一个手画的哭唧唧的表情，之后又是一个小人抬着一只手挥挥挥的画。

秦孑看着这两幅很生动的简笔画，轻笑了一声，刚想将字条卷起来，就看到字条的背面还有一幅画。

两个小人，一个小人被另外一个抱在怀里。被抱着的那个小人身上写着个"孑"字，抱着的那个小人写了个"兮"字。

"兮"字小人的脑门上，还顶着一团脑补云雾：解决不掉，记得找陈爷，陈爷罩你。

秦孑又轻笑了一声，然后才留意到被抱着的"孑"字小人脸上，挂着两行歪歪扭扭的泪水。

在他家小姑娘心底，他有那么脆弱吗？

"看什么？"从洗手间出来的容与，见秦孑单手拿着一张纸动也不动，情不自禁地凑了过来。

没等容与靠近，秦孑就将字条折叠起来，塞进了贴着胸口的装饰口袋里。他压了压胸口，掀起眼皮："情书。"

容与："……"

秦孑和容与吃了个饭，再回医院，术后的杜文成已经被医生从麻醉中彻底唤醒过来。为了避免出现局部伤口感染，或者是神经系统方面的损伤，医生建议杜文成暂且不要入睡。

秦孑和容与进去的时候，杜文成的家人正陪着他聊天。术后的杜文成很虚弱，动一下都有点困难，但他见两人进来后，门口迟迟没再进人，还是问了句："恩赐呢？"

秦孑淡声道："去机场了。"

杜文成收回四处找陈恩赐的视线，没再说话。

过了一会儿，杜文成又看向了秦孑。秦孑正好也在看着他。两人虽没说话，但也都看出对方有话要说。他们心照不宣地支开了其他人，秦孑让容与先回了公司，杜文成让自己妻子去吃饭，没多久，病房里只剩了秦孑和杜文成两个人。

秦孑早就看出陈恩赐和杜文成那会儿聊天有些不对劲，他没绕弯子，直接问："你口中的陈总，是陈恩赐父亲？"

"是，陈总是她父亲，我是陈总的秘书。"顿了顿，杜文成问，"恩赐这些年和她父亲关系还是很糟糕吗？"

一句话问得秦孑有些愣。

在H城，她跟他讲过她家里的情况，他只知道她父亲再娶了，生了个妹妹和弟弟。后来春节，他碰到过一次陈荣，陈荣说她和家里人都不亲。他想了想，也是可以理解的，自己母亲不在了，父亲和别人重组了家庭，虽说有血缘关系，听着是一家人，但她在那个家里，总归是个尴尬的存在。

他一直以为，她只是和家里的人关系淡，家里的人也不亲她，但他从没想到还会扯上"糟糕"这两个字。

秦孑眼皮蓦地一跳，问："她和她父亲关系很差？"

这下杜文成也跟着愣了："你不知道？"

秦孑不知怎的心底有点慌。

"她没跟你说过？我在网上看新闻，说你们以前在S城那会儿，在一起过，我还以为你会知道的……"杜文成说着说着，就"也是"了一声，"她不跟你说也正常，她那性格，这么多年就没变过，小时候吃了亏就不喜欢说，长大了也还是这样……"

秦孑想起陈恩赐说的那句"在乡下住过八年"，想起了《体验田园》里她对那些农活了如指掌，想起了陈家条件不错，为什么她却没有活成陈荣那种大小姐的模样，想起了很多很多他在她身上看到的那些"谜"。

他一直想着揭开那些谜，如今终于有人可以帮他揭开了，他竟有点怕。

他盯着杜文成，沉默了好半天，才出了声："能给我讲讲吗？讲讲她的事。"

“恩赐的奶奶，也就是陈总的母亲，比较封建保守，不管儿子发展得多好，都不想离开自己生活了多年的地方。陈总有个姐姐，早夭，所以陈总母亲只有陈总这么一个儿子，陈总不能放下J城的生意不要，最后只能是恩赐她妈妈辞职，回去照顾陈总母亲。

“恩赐妈妈回去的时候，还不知道自己有了身孕，是到了乡下才知道的。所以恩赐出生后，是跟着奶奶和妈妈长大的。她名字是妈妈给取的，说是上天给的恩赐。

“恩赐妈妈怀孕的那十个月里，陈总很忙，都是派我每个月回乡下探望。恩赐她妈妈怀她吃了不少苦，吐得很厉害，恩赐在她妈妈肚子里三四个月的时候，也就是她妈妈孕期最难熬的那段时间，林小姐怀孕了，也就是陈总现在的太太。

“老板的事，我这个做下属的，肯定不会多嘴。大概是恻隐之心吧，我每次再去探望她们，会多买点东西，买贵的，买好的，多给点钱，反正都是陈总的钱。

“恩赐出生的那天，是恩赐妈妈自己去的医院，恩赐满月酒都是我回去帮忙张罗的，恩赐是在她八个月，也就年底的时候，才见到的她爸爸。恩赐妈妈很漂亮的，是当时的校花，追她的人很多。其实我也搞不懂陈总到底喜欢林小姐哪儿，反正恩赐长到两岁，都会说话了，也就见了陈总两三次。最令我记忆深刻的一次，是我有一次去探望她们，恩赐见了我，仰着头喊了我一声爸爸，我当时特无措。

“恩赐小时候挺皮的，不是把这家的孩子给打了，就是把那家的孩子给推泥坑里，她妈几乎每天都要拎着鸡蛋跑去别人家道歉。有次我过去，恩赐就在院子里被罚站，我就问她又闯什么祸了，她没吭声。后来她就问了我一句，她爸爸是不是不要她了？我就说没有啊，然后问她为什么这么说。她吞吞吐吐了大半天，跟我说，小朋友们都说她没爸爸，我也是那个时候，才知道是别人先嘲笑欺负她的，她后来才还的手。然后她跟我说，让我不要告诉她妈妈。她说她妈妈会哭。

“所以她打小就这样，为了不让她妈妈担心，她没说过在学校里发生的任何事情，被欺负了回家也不告状，怕她妈妈看到伤，就自己洗澡换衣服。她奶奶挺疼她的，后来她奶奶卧床不起，神志不清，都是她帮着她妈妈照顾的。

“后来她奶奶去世了，她妈妈带她来了J城。陈总当时让我把她们安排在了酒店，说是家里装修，其实那会儿住在家里的是林小姐。不在一起的时候，发现不了端倪，在一起了，恩赐妈妈渐渐地发现了陈总的不对劲，跟踪陈总，发现了林小姐，发现了林小姐生下来的两个孩子。

“陈总是真的挺喜欢林小姐的，就要娶她，要跟恩赐妈妈离婚。恩赐妈妈不同意，那段时间，恩赐妈妈和陈总闹得翻天覆地，其实最可怜的还是恩赐。你敢相信，恩赐烧到四十度，恩赐妈妈和陈总谁都没发现？你敢相信，恩赐饿了三天三夜，最后是给我打电话，问能不能带她去吃饭？

“我就觉得孩子很可怜，没事干时会去看看她，每次去看她，带点吃的，她都是狼吞虎咽。然后她还总问我一个问题，是不是她妈妈和她爸爸都不要她了？

“再后来，恩赐有一天很高兴地告诉我，她妈妈答应带她回家了。在她看来，J城也好，陈总也罢，都不是她的家，她口中的家就是她小时候出生的那个地方。恩赐妈妈也是这么说的，要带恩赐走，恩赐信了，陈总也信了，大家都以为这场闹剧就此结束了，但是……

“恩赐妈妈自杀了，自杀在酒店里，是恩赐最先发现的。

“陈总没办法，只能把恩赐带回陈家。那个时候恩赐大概还是对陈家有点幻想的，她就觉得她妈妈不要她了，她还有爸爸……

“其实她根本不知道，打小陈总没带过她，对她压根儿就谈不上有什么感情。对陈总来说，他只有一个女儿就是陈荣，出差回来带礼物，也都只想着陈荣。恩赐住进陈家很久后，陈总回来都还是带两份礼物，我见过好几次，恩赐当时就远远地站着，也没说话。

“起先那两年，她还会往陈总面前凑，后来就不凑了。她故意夜不归宿过几次，没人发现，她在学校里被叫过几次家长，都是我去的。从一开始她见到我会问句，爸爸还好吗，爸爸什么时候回家，爸爸知道这件事吗？到后来，变成了，你别告诉他。

“陈总唯一一次主动去找恩赐，是恩赐逃婚，陈总带着我亲自跑了一趟横店。那次他们两个人闹得很僵，陈总在高速路上，把恩赐丢下了……就是从那之后，恩赐和陈总就断了联系。”

秦孑没说话。病房里只有杜文成断断续续的声音。

秦孑大脑有点空白，思绪有点跟不上杜文成的这些话，直到他听到很后面，才渐渐地能发出一点声音：“是六年前的那次平安夜吗？”

杜文成想了好一会儿，点点头：“好像是的。”

所以，六年前，在横店，他找到她，看到她脸上的巴掌印，是陈青云给的。

秦孑说不清自己心底此时到底是什么感受，他就觉得胸口空荡荡的，手脚木木的，全身的血液仿佛都凝固了。

杜文成以为秦孑还在等着自己往下说，就又开了口：“其实恩赐性子没看起来那么淡，她心很软的，谁对她好她就会对谁好。你要看到她对你一分好，那她可能心底是对你十分好的，她不会表现出来的，她大概可能是害怕吧。

“她没有安全感，总觉得什么都不会是自己的。

“想想也是，怎么可能会有安全感，谁都没给过她安全感。”

陈恩赐踩着点办的登机牌。过了安检，陈恩赐才得知由于航空管制，飞机起飞时间待定。

一路小跑过来的陈恩赐，捂着有点岔气的右腹，憋了半天骂了一声。

早知道如此，她就优雅点、从容点。

时间充足了，陈恩赐也不着急了，很优雅从容地在VIP休息室里找了个位置。

叫了杯咖啡，陈恩赐刚想掏出手机，知会陆星一声飞机晚点，结果远在米兰的陆星，心有灵犀地给她来了电话。

陈恩赐将铃声关掉，翻出耳机塞进耳朵，接了电话。

“星星，我航班延误了，具体到米兰的时间还不确定……”

“这事我知道了，航空公司给我发短信了。”

陈恩赐一下子就不乐意了：“我的机票，凭什么通知发你那儿？”

陈恩赐不提还好，一提电话那头的陆星就炸了：“你还好意思问？你平时都是跟我在一块儿，飞机票留的都是我的电话号码，现在闹这样的情况怪谁？要不是你一声不吭大半夜偷溜回国会这样吗？你问我凭什么？你自己说凭什么？”

陈恩赐隔着口罩，抠了抠鼻尖：“人家就是随便一问嘛，你至于发这么大火吗……”

陆星：“呵呵。”

陈恩赐：“嘿嘿。”

陈恩赐知道陆星这是消气了，连忙趁热打铁转移话题：“星星，你给我打电话是有什么事吗？”

陆星“哦”了一声：“被你气得差点儿给忘了正事，你还记得我们来米兰的那天，有好几个权重很高的博主发了有关你报假警一事的真相吗？

“说那天之所以会闹出那种新闻，是因为你碰到了一个人悄悄地跟踪一个小男孩，然后趁着小男孩不注意，扛起来就跑，你以为是拐骗孩子的，就报了警。结果经警察调查，人家真的是父子，然后就闹出了报假警一说。

“因为那几个博主平时发的娱乐信息都是真的，所以当时他们出动后，很多网友都信了，评论画风也跟着转向了，从说你不遵纪守法，变成了一串哈哈哈哈，纷纷嘲笑你傻得可爱。

“我们也一直想着要公关那件事，但还没来得及去做，就被人抢先做了吗？

你也让我去查查是怎么一回事，我们当时不都觉得是《生命》剧组搞的吗？结果我问了一圈，《生命》剧组从制片人到导演再到副导演，以及策划营销团队的总监，全都是一脸蒙，就在刚刚……”

陆星说到这里，想到什么似的特意停了一下：“先打个岔，接下来我要告诉你的事情，你可不能奓毛啊。”

“你觉得我会奓毛吗？”

“会。”

陈恩赐无语：“为了咱俩的和平，那你还是不要告诉我了。”

陆星无奈道：“我要是能不告诉你，我肯定不告诉你，我这不是没办法嘛，热搜噌噌噌往上蹿，各大新闻唰唰唰往外爆。你现在飞机晚点，在机场待着无聊，随便点个网页，等会儿就看到了，我又不在你旁边，你指不定给我作出什么漫天的妖来。”

陈恩赐听懂了，她没等陆星告诉自己是怎么回事，直接点开了微博。

一进去，立刻有一条推送进入了她的主页——

“糖糍粑粑疑似成真，唐安逸和陈恩赐秘密交往多时”。

陈恩赐的脸色立刻阴沉下来。

她二话不说点进这条新闻，越看眼神越冷，尤其是在她看到有关她拍《生命》时的片场采访。记者问她，为什么接《生命》这部戏时，她说因为一个人，一个可以让她很想努力变好的人。

写新闻稿的小编辑，说她口中的这个人，就是唐安逸，并且还放了证据。就是前几天唐安逸参加活动接受采访，记者问他对感情的看法时，他说了一句：我觉得我爱的人，一定是一个可以让我很想努力变好的人。

“不是，这都什么跟什么呀？

“唐安逸这个采访是现场直播，我那个采访早在去年就有了，他怎么会跟我说一模一样的话？

“他这是盗我的词好吗？！

“还有，我们两个穿的鞋子一样，怎么就是情侣鞋了，那是赞助商给的！

“另外，除夕之夜两人一前一后从机场出来，这就叫秘密约会？除夕之夜我连唐安逸一根汗毛都没看到！”

听陈恩赐语气越来越激动，陆星急忙开口：“我就知道你会是这种反应，所以我才给你打电话的，我会去联系唐安逸的经纪人，到时候我们一起发声明稿澄清。你这次一定要听我的，不要随便在网上发言。

“报假警的事好不容易平息了，现在就不要再闹什么乱子了。

“另外，有个更重要的事，接我们刚刚的话题，你跟唐安逸的这条新闻，娱乐圈博主都炸了，但是，那几个帮你发报假警一事的博主一个都没转发。我就觉得很奇怪，然后我想起了当初你在《体验田园》剧组里，救小男孩的时候，有几个博主帮你剪辑视频回击网络暴力，我留了个心眼，去对比了一下，你猜咋样？就是他们，一个都不差。

“我托关系问了问，最后得知，这几个博主都是辰光传媒养出来的，而辰光传媒和我们公司怎么也是对家，不可能帮你的，所以……肯定是秦楠的意思，而能让秦楠这么做的，不需要我说，你心底也有数了吧？”

陈恩赐心头的火，忽地就熄了。

她没说话，但她什么都明白。

秦孑。陆星说的是秦孑。

是他知道她心软，不想拿着周桐的隐私在网上闹，所以第二天就编了故事消除她的负面新闻。

之前救小男孩一事，一开始大家被人带节奏，不分青红皂白全网骂她。后来事情澄清后，没有一个人给她道歉，是他知道她不会站出来装委屈，所以他替她委屈了。

那个时候，他和她分开五年，刚重逢没多久。

那个时候，她还看他哪哪都不顺眼。

那个时候，她恨不得千刀万剐了他泄恨。

那个时候，他已经在瞒着全世界站在她这边了。

“恩恩？”陆星见电话那边一直都很安静，有点不放心。

陈恩赐眨了眨眼睛，回神，她心底有些乱，她想要一个人静静。她没等陆星再开口，就说：“唐安逸那事，你抓紧时间处理。我先挂了，去个洗手间。”

陈恩赐觉得自己疯了，可她却又觉得自己没疯。她不知道自己哪里来的自信，是前所未有的那种自信，她觉得秦孑隔了五年，之所以会再次出现在她的世界，就是为她而来。

她想起当初，秦孑发给她的那条短信。

“你还记得那年圣诞我给你说的话吗？”

她有那么两个瞬间，觉得他指的是那句——“等机器人研究出来了，我就娶你过门。”

他就是在机器人研究出来之后，重新出现在她眼前的。

他是来娶她的吗？

他就是来娶她的吧？

陈恩赐心底翻江倒海了半晌，才总算平静了一些。她拿起手机看了眼微博热搜，发现自己和唐安逸的事热度不但没退，反而越演越烈。

她冷着双眸，立刻给陆星打了个电话：“唐安逸那事怎么还没解决？”

“别急别急，我在联系唐安逸的经纪人，可能是在忙着，一直没联系上。我已经找了他们认识的朋友，都打过招呼了，再等等，再等等……”

在陆星的安抚中，陈恩赐耐着性子等。

五分钟过去了，热搜又往上升了一个排名。

十分钟过去了，热搜排名虽然没动，但后面的热搜数值涨了十万。

半个小时后，一刷新，热搜直接向上蹿了两名。

眼看着热度已经飙到和秦孑性侵一事一样的高度了，陈恩赐彻底不耐烦了。

陆星那边大概是忙着找唐安逸的团队，电话占线，陈恩赐只好压着小脾气等。

在陈恩赐耐心快要用尽时，陆星的电话打了过来，陈恩赐秒接：“怎么样？”

“还是没联系上……”

在陆星的讲话中，陈恩赐刷新了一下微博热搜，发现“唐安逸点赞”这个话题出现在了热搜榜上。她点进去，看到网友截图，说在一分钟前，唐安逸点赞了一个媒体发的他和她在一起的微博，虽然他已经取消了，但还是被人截图了。

陈恩赐看着“唐安逸点赞”这个话题里不断蹦出的网友留言，抿了下唇：“不用联系了。”

“怎么了？”

陈恩赐截图，反手甩给陆星：“有时间上微博，没时间接你电话？以为我是傻子，不知道他一次一次绑着我炒热度？只不过这个圈子就这样，我不想一般见识罢了，他倒好啊，上次搞个糖糍粑粑没完，现在又来一次，这次还搞得这么大。”

陈恩赐越说越来气，她那句话是给秦孑说的。秦孑现在都还处于舆论的风口浪尖上被人骂着，他唐安逸凭什么顶着她炒热度？

“他真以为自己玩得天衣无缝，别人什么都不知道吗？他能跟我说一模一样的词，摆明了是一直盯着我的动态。

“行啊，真行，绑着我消费上瘾了是不是？”

陈恩赐点开唐安逸刚刚点赞的那条微博，二话不说来了个转发：“对不起，我口中的这个人，不是唐先生。”

暴躁极了的陈恩赐，又转了一次：“我口中的这个人对我来说很重要，唐先生在我这里，连重要都不及，何谈很重要？”

转发成功的三秒后，陈恩赐继续转：“最后，点一首《独角戏》送给唐先生，还请唐先生戏别演得太过，以免伤身。”

——“想想也是，怎么可能会有安全感，谁都没给过她安全感。”

——“对她来说，不是不在意，是不敢在意吧。”

——“她不是那种捂不暖的人，她只是没人疼，觉得谁都留不住，也就不想留。”

……

秦孑不知道自己是怎么离开杜文成病房的，他也不知道自己在楼道里站了多久，他只知道，有人碰了他一下，他迟缓地抬起头，看到了唐久。

“老大，是与哥让我来接你的，我在楼下等了你半天，没等到你，就上来了。

“老大，你一个人站在这里发什么呆？”

唐久嘴张张合合个不停，可秦孑却一个字都没听到。秦孑就像是失聪了一般，耳边一片空静。好一会儿，秦孑才稍缓了过来，站直了身子：“你……”

他声音涩得厉害，一开口就停了。

他顿了几秒，清了清嗓子，又说：“你怎么过来了？”

“啊？”唐久抓了抓脑袋，他刚刚说了那么多话，老大这是一句都没听到吗？

唐久只好将刚说的话又说了一遍，他看秦孑脸色不太对劲，忍不住又多了句嘴：“老大，你是不是身体不舒服？”

秦孑垂眸，摇了下头。他在原地又杵了一会儿，说：“走吧。”

唐久见秦孑一下子又变得跟没事人一般，有点摸不着头脑。他心底虽犯着嘀咕，但还是跟着秦孑老老实实地下了楼。

唐久开车将秦孑直接载到了四季酒店门口：“老大，你家暂且回不去了，我给你在四季酒店开了个房间，你这都好几天没合眼了，上去好好睡一觉吧。

“衣服什么的我都给你准备了。这是我的手机，你先拿着用，有什么需要可以直接联系与哥，还有车子我也给你留下。”

秦孑沉默了一会儿，接过唐久递来的各种东西，下了车。

进入酒店房间，秦孑洗了个热水澡，头发囫囵一擦，就倒在了床上。杜文成的那些话，就跟梦魇似的，又缠上了他。

在外人看来，六年前他和她谈的那场恋爱美好无比，可有个词叫冷暖自知，他一直都很清楚，那些所谓的美好，背后全是隐患。她对苏南南说的那句“你想追就去追吧，不用跟我说”，就像是压死骆驼的最后一根稻草，成功地引炸了他和她之间隐藏着的矛盾。

他太想从她眼底看到在意、看到爱了，他拿着苏南南开始试探她。他从一开始的“苏南南加我微信了”，到最后的那句“我同意了”，他揪着这件事，反复地对着她讲了好几次，只要她流露出一点不高兴，不，哪怕是一丝丝，他就会立刻收住，跟她道歉，跟她说骗她玩的。

可她没有。

她太淡定了，淡定得让他看不到希望。

他生气了，是真的生气了。他没办法不生气，他以为他不理她，她就会来哄哄他，可她没有。

情侣之间，很多时候，真的很没道理的。不管之前有多好，一件很小的事，就可以让他们成为死敌。

那个时候的他和她就是死敌吧。他倔强得不肯低头，他想我都哄你那么多次了，每次都是我低头，你要是在意我，总会低头一次吧。

她和他一样，也没低头。

他们之间就隔着一步的距离，可那一步，他和她谁都不肯迈出。

他们就那么较着劲儿冷战了四天，那四天里他一天比一天绝望，也一天比一天害怕。

他就像是为情所困的野兽，在那场爱情里找不到出路，可他又不甘心，他努力地找啊找啊，最后他找到了。

他想快一点把她娶回家，想让她成为他的妻子，受到法律保护。只有这样，她就是他的了，他就有一辈子的时间，可以慢慢地让她喜欢上他。

她答应了，她答应了爷爷生日的那天，陪他回J城。

他挺开心的。

真的挺开心的。

但是最后她还是骗了他。

她没来。

她爽约了。

他每天喝得烂醉，不接她电话，不回她短信。她过了好几天，才回了S城找他。那个时候他就在想，瞧瞧啊，她一句我想你，他能连夜赶去横店。可她呢？迟了好几天才回来。

其实她还不如不回来呢。

其实他也想让自己冷静下来。

可是那段时间，他不清楚他到底是在跟她较劲儿，还是跟自己较劲儿，他就跟疯魔了一样，就想知道她到底爱不爱他。

他越是在她身上找不到她爱他的影子，他就越是想要努力地去找。

他问她爱他吗？她说喜欢。

他最怕的答案出现了，他不甘心，冥冥之中上天像是安排好了一切，不早不晚，就在那个时候苏南南给他发消息了。

他就像是一个得不到糖果的孩子，任性又努力地在她面前秀存在感。

他不知道，她到底是怎么做到那么淡定的，她说她喜欢他，他深夜要去见一个女人，她竟然那么无动于衷。

他用最霸气的姿态摔门离开了家，只有他知道，站在门外的他心底有多尿有多慌。

都说，人在最无助最无力的时候，才会祈求上天。

那晚的他，在心底不知道对着上天默默地求了多少遍，让她出来吧，让她追出来吧。

她没有。

他可真是太没出息了，当时都那样了，他还在想着她会不会哭。

他找了个拙劣的借口，又回了家。她安静地坐在沙发上看电视，嘴角还挂着笑。

呵。

太讽刺了。

他看着她平静得如同一潭死水的模样，不知是气的还是绝望，他很想撕了她这样的表情。

他说，陈兮，我们分手吧。

他说，分手吧，陈兮。

瞧瞧，他都说了这样的话，她眉眼还是那么平淡安静。那一刻，他觉得自己尊严扫地，面子尽碎。

他转身离开。那一转身，就是五年。在他看来，他始终觉得是她不要他的。

因为她比他干脆。

说分手的他，在门口守了整整一夜。说喜欢的她，连个机会都没留给他。

——她不是那种捂不暖的人，她只是没人疼，觉得谁都留不住，也就不想留。

——觉得谁都留不住，也就不想留。

她和她父亲撇清关系的那一天，她仰着头问他，真的能免房租吗？

那一刻她是不是在想，如果他不离开，她也不会离开？

所以，她和他在一起，从没想着要留他，但也从没想着要离开。

可事实上，她没留住她妈妈，也没留住她爸爸，到最后她还没能留住他。

在那场爱情里，他没讨到好处，她也没好到哪里去。

当初他试探她的时候，想着她让他这么疼，他也要让她同样疼。

如今真相大白，她真的疼了。

他却发现，还不如就他一个人疼呢。

心脏疼个没完没了，耳边的手机嗡嗡嗡振动个没完没了。秦孑一动不动地躺到耳边彻底清静下来，才拿起手机，是容与打来的电话。

唐久应该是告诉了容与，自己的手机搁在他这里。他没接听，锁着的屏幕上显示着很多条容与发给他的微信。

“秦狗，你睡了吗？”

“秦狗，你别睡。”

“秦狗，你不至于睡这么死吧？”

“秦狗……”

秦孑动着指尖，点进微信，往上滑了好几下，才到了顶端。

“秦狗，你看这个。”

下面跟着一条微博链接，再下面是容与发来的语音消息：“微博已经炸锅了，陈爷还是那个陈爷，隔了一年，又三连转发怼人了。

“她是真的刚啊，一点面子都不给唐安逸，什么独角戏，这不是明摆着告诉全世界的人，她和唐安逸的绯闻，全都是唐安逸一个人在炒作吗？

“不过，话说回来，不知道哪里来的自信，我总觉得我女神口中那个对她来说很重要的人是你。

“秦狗，你追妻有望了。秦狗，我给你发了这么多条消息你到底看到没有，关键时刻你掉链子，怕不是要追妻火葬场啊，秦狗？活该你单身！秦狗秦狗秦狗秦狗……”

秦孑被容与的语音吵得脑壳有点疼，他随手退出微信，进了微博。他在热搜榜上一目十行地了解了大概情况后，就进了陈恩赐的微博主页。

“对不起，我口中的这个人，不是唐先生。”

“我口中的这个人对我来说很重要，唐先生在我这里，连重要都不及，何谈很重要？”

“最后，点一首《独角戏》送给唐先生，还请唐先生戏别演地太过，以免伤身。”

不是唐先生……很重要……连重要都不及，何谈很重要？

秦孑心跳得很厉害，他盯着这三条微博看了又看，然后动着指尖往下一滑，看到了大概一个月以前她点赞的一条《生命》剧组采访的视频。

主持人：请问陈恩赐老师，您觉得您能演好《生命》这部戏吗？

陈恩赐：我会尽力而为。

主持人：那您跟穆楚词对戏，会有压力吗？

陈恩赐：还好。

主持人：我们都知道，穆影帝早在两三年前就已经转型到这种现实题材上了，可您一直都是拍一些偶像剧或者是网剧，您为什么会突然接了《生命》这部戏。

陈恩赐：因为……一个人。

主持人：是对您来说很重要的一个人？

陈恩赐：是对我来说，让我很想努力变更好的一个人。

陈恩赐接《生命》是因为一个人，一个让她很想努力变更好的人。她是和他重逢后，才接了《生命》，而《生命》的题材是医疗和 AI。

秦孑不知道自己到底在紧张什么，他胸口起伏得厉害，可呼吸却没来由地屏住了。他盯着手机屏幕里的陈恩赐，想到千里迢迢从米兰飞回 J 城的她，想到她红着脸说我就想在这儿待着，想到她明知道他很忙上午还跟着他泡在医院里……

他整个人就像是被人当头砸了一锤似的，蒙了。

直到他手里拿着的手机重新振动，容与的电话再次进来，秦孑如梦初醒般，从床上噌的一下蹿了起来："正好，你帮我订张机票，只要是不需要办签证的地方，随便哪儿都行，总之要国际航班。"

陈恩赐刚发完微博不久，说明她还没起飞，还在机场。

容与到嘴边的话，被秦孑一连串的安排给噎了回去，顿了两秒，他才出声："不是，秦狗，你去机场做什么？还随便订张机票，哪儿都行，你该不会是被我女神的微博刺激傻了吧？"

"让你定就定，哪来那么多废话。你才傻，我要去表白。"

"恩恩？

"陈恩赐？"

在陈恩赐发微博的过程中，陆星反复喊了她好几次。每喊一声，陆星心底就"咯噔"一下，连续"咯噔"了三次后，陆星隐约猜到了电话那头的小祖宗之所以如此安静，是在忙什么。

陆星登录微博，进了陈恩赐主页，刷新了一下后，看到了一条转发。她倒抽了一口冷气，又刷新了一次，再次看到了一条转发。

陆星只觉得心脏都停止了跳动，她抖着指尖，继续刷新，得，时隔一年，那熟悉而又久违的三连怼又重出江湖了。

她祖宗果然还是她祖宗。

你陈爷果然还是你陈爷。

陆星闭着眼睛，深吸了一口气，在心底倒数了三声。

三、二、一……

三声结束后，陆星一点也不慌地点进微信，看着嗖嗖嗖进来的消息，继续一点也不慌地点开设置退出登录。

当初陈恩赐三连怼秦孑，陆星还能批评教育她一番。现在，别说批评教育了，陆星自己都想去骂唐安逸了。什么鬼，捆绑炒作差不多就行了，越了底线，别说她家艺人不乐意，她也不是那么好糊弄的。

心态莫名很稳的陆星，登录微博，看到“陈恩赐三连怼”短短几分钟已经上了热搜，忍不住有点奇怪地戳了进去。然后，她“扑哧”笑了，对着那头还没切断通话的陈恩赐开口说：“恩恩，秦楠他们家那几个博主，可真有意思，秒转你那三条微博。”

连续转了三次微博怼完唐安逸，陈恩赐心口终于顺了那么一些。她本以为陆星会疯狂尖叫，没想到陆星开口说的竟是秦楠家的那几个博主，一时没忍住“扑哧”笑了：“星星，你是不是关注错重点了？”

“有吗？”陆星知道陈恩赐指的是骂她，陆星刚想说句“我现在不想骂你，我只想等你到米兰了打你”，结果话到嘴边，陆星突然停了下来。

这几天事情层出不穷，陆星也忙得晕头转向，总觉得哪里有点不对劲，但又没时间去细想。

现在被陈恩赐这么一问，陆星突然发现……她还真关注错了重点。

“恩恩，你不说，我都没想那么多，你这么一说，我现在才反应过来，我好像遗漏了很重要的信息。

“恩恩，你看到秦孑丑闻，反应那么强烈，还吵着要站出来帮他开记者发布会，宁可毁了自己也要保住他。我姑且相信你这样做，是因为秦孑帮过你，你只是单纯地想要报恩。但是我都答应了你，秦孑要是一直解决不掉这件事，我陪你回国，可你大半夜一声不吭悄悄溜回国是什么意思？

“还有，我们圈子里，捆绑消费就跟家常便饭一样，以前你也不是没有过，别忘记了，就去年，在录《体验田园》时，你救小男孩，因为没打招呼失踪，被剧组拿着在网上炒热度。那事比起唐安逸这次，有过之而无不及，你当时也没多介意啊。我不是说唐安逸这次事情做得不过分，我是说，这次你反应有点过于强烈。

“救小男孩那次你被全网骂，我气得要死，你反倒无所谓。这次唐安逸事件，网上可没什么人骂你，大家都是抱着吃瓜吃糖的态度来的，虽然唐安逸是捆绑着你炒了热度，但同时也给你带了热度。其实说现实点，你们也算是互利互惠，结果你就跟踩了尾巴的猫一样奓毛了，你上次这么暴躁，还是因为秦孑……”

说到这儿，陆星突然停了下来，过了好一会儿，她突然什么都懂了：“恩恩，你口中那个对你来说很重要的人，是不是秦孑？

“你就算是零片酬出演，也要接《生命》，想让自己变得更好些，是不是因为秦孑？

“你这么着急怼回去，主要目的不是为了撇清与唐安逸的关系，是因为你不想让唐安逸顶着秦孑蹭热度？

“恩恩，你老实告诉我，你是不是还喜欢秦孑？”

陈恩赐一直没说话。

就在陆星以为自己可能等不到陈恩赐的回应时，陈恩赐动了唇，她声音很轻也很淡，像是在说别人的故事。

陈恩赐说：“不是啊，我不是喜欢他，我是爱他。”

陆星没想到陈恩赐会如此坦白，反倒一愣。陆星张了张口，刚想说“喜欢和爱有区别吗”。

结果电话这端的陈恩赐，像是知道她要问什么般，声音很低地又开了口。

“不能说喜欢的，要说爱。”

喜欢和爱不一样的。

喜欢会失去他。

爱就不会。

“星星，其实我也很想骗你的，但是我没办法骗我自己。

“是秦孑不要我的，我不想回头的，我很怕重蹈覆辙，所以他追我，我一直没答应……

“可是，星星，我觉得我快撑不下去了……我……”

陈恩赐眨了下眼睛，沉默了几秒钟，刚想继续开口，她对面突然坐了一个人。她抬头望去，只是一眼，顿时脸色惨白。

她想今天究竟是怎么了，世界怎么一下子变得这么小，走到哪里都能碰到故人。

陈恩赐没说话，视线愣愣地盯着对面的人看了一会儿，然后抬起手挂断了电话，摘下了耳机。

“刚刚看了你好久，一直以为认错了人，没想到真的是你。”

时隔六年，苏南南说话的声音，比以前沉静了许多，不再是那种娇滴滴的公主音。她相貌倒是没什么改变，不过从她身上却再也找不到往日小女生那种看似乖巧天真的模样。

陈恩赐真不觉得自己和苏南南有什么可聊的，她面对苏南南的主动搭讪，并没有回应的意思。

苏南南倒是没介意，垂眸笑了笑，抬起手，指着不远处靠窗的地方：“那是我丈夫，和我的两个女儿，双胞胎，今年四岁了。

“陈兮姐，我知道你可能不太想理我，如果我没碰到你的话，也许我们一辈子也不会再有交集，只是今天赶巧，大家在机场撞见了，我觉得有些事还是告诉你的好。

“因为不说，也许以后一辈子都没机会说了。

“其实当年，一直都是我缠着秦孑，他加我好友的那天晚上，就告诉我，他不会喜欢我的，让我趁早死了那份心。

“是我不太甘心，一直死缠烂打。我之所以那天去还你 iPad，是我故意的。秦孑他们当时医疗机器人的研发出现了问题，需要资料，容与发了朋友圈求助，我父亲认识的一个在美国那边的教授有相应的资料，我求着我父亲帮忙拿到后，我来花园小区了。我隔着门听到你跟秦孑吵架了，我故意给秦孑发了那条消息。

“那天晚上我就躲在楼下，秦孑他根本没来找我，他在门口守了一夜。第二天早上，他接了个电话。他离开后，我才敲的门。”

“妈妈——”

“妈妈——”

苏南南的两个双胞胎女儿一口一个妈妈地叫着，苏南南回头笑着应了声，对着陈恩赐说了句“我得登机了”，然后起身离开了。

苏南南和她的丈夫以及两个女儿离开了 VIP 休息室好一会儿，陈恩赐才眨了下眼睛。

——“秦孑他根本没来找我，他在门口守了一夜。”

守了一夜……

所以那晚，只要她鼓足勇气，拉开那扇门，就能看到他？

这简单的一句话，信息量太大了，带给她的冲击也太大了，她都能感觉到自己的指尖在抖。她有点消化不了这种刺激，手下意识地握紧了手机，这才发现自己的手机一直在振动。

她拿起来看了一眼，是唐久给她打来了电话。

唐久给她打电话做什么？难道是秦孑出了什么事？

陈恩赐飞速接听，还没开口，电话那头就传来了她很熟悉的声音。

“陈兮。”

陈恩赐的心猛地停止了跳动。

机场 VIP 休息室并不安静，时不时会有广播声响起。

“陈兮，是我。”电话里又传来了秦孑的声音。

他的口气，和平时一样，但和平时又不太一样。

一样的散漫清淡。

不一样的微颤紧张。

像是被传染了一样，陈恩赐也跟着紧张起来。她刚听到他声音的那一瞬，是有很多话想要问他的，可现在却一句话都说不出来了。

他第三次开了口："我，秦孑。"

陈恩赐张了张嘴，很吃力地"嗯"了一声："我、我知道。"

"还没登机？"

"嗯。"陈恩赐抿了下唇，"还没。"

"那别登机了。"

"嗯？"

"别登机了，等我一会儿。"秦孑像是生怕她不等般，紧接着又说，"等一会儿见。"

陈恩赐"啊"了声，过了一会儿，她又"哦"了声。

隔着电话，秦孑想象出她呆呆傻傻的模样，轻笑了一声："好了，先挂了啊，开车呢。"

陈恩赐"哦"了下，干脆无情地挂了电话。

放下手机后，陈恩赐发现自己呼吸都在颤。

秦孑这是来机场找她了吗？他来找她做什么？

等会儿她见了他，要不要跟他提她刚刚想问他的那些话？还是从米兰回来之后，约个时间好好说一说呢？总觉得今天不管是地点还是时间都不太合适。

算了，走一步看一步吧，想说就说吧。

反正早晚都是要说的。

反正她已经扛不住了。

半个小时后，陈恩赐的手机振动起来。

是唐久的来电。

"你在 V2 休息室？"陈恩赐刚想接话，电话里又传来了秦孑的声音，"我看到你了。你往右边看，看到我没？看到了，你就跟我来……"

陈恩赐起身，跟了过去。

机场休息室到处都是人，她和秦孑就这么一左一右隔着两排人往同一个方向走。陈恩赐莫名有种拍间谍片的感觉。刺激。

刺激了没多大一会儿，陈恩赐就发现有点不对劲。

秦孑这是让她跟着往哪儿去，再往前走除了洗手间，就没路了。

他该不会是带她去洗手间吧？

陈恩赐捏着耳机话筒，刚想问秦孑。

而走在她前头的秦孑，四处看了看，见周围没人，他拉着她的胳膊，推开了洗手间的门，带着她挤了进去。

随着洗手间门锁落下，秦孑转身，低头看向了陈恩赐。他的眼神有些不对劲，陈恩赐被看得有些局促，就连对此时身处的地方都忘记了吐槽。

秦孑直勾勾地锁着陈恩赐的眼睛，先将自己耳边的手机收了起来，然后抬起手将陈恩赐耳朵上挂着的耳机摘了下来，这才望着她出了声：“陈兮，六年前那一晚，我在门口站了一夜。我后来之所以会离开，是因为老余猝死了。

“等我处理完老余的事再回来，你已经走了。

“我有找过你，可我没找到。

“我想忘了你，可我没忘掉。

“机器人研究出来后，照片是我故意放网上的，热搜是我有意要上的，绯闻是我特意找人炒的，采访是我专程去回应的，为的就是想要再回到你身边。

“那几年里，我经常做一个梦，梦见我给你打电话，你接了，不再是空号。你说你想我了，我很高兴，但是醒来我发现是梦。

“这梦我不想做了。

“你不用担心我们会再分手，我不敢保证未来不会和你吵架，但是你放心，以后真要是再吵架，我滚的时候绝对会把门先锁死的。

“我其实没想着这么着急跟你说这些的，我想多追追你，多讨好讨好你，但我等不及了。

“我说了这么多，你能听懂我的意思吗？

“如果不懂，我直白点。

“我还是很爱你。

“你要是再不懂，我通俗点。

“谈恋爱吗？上热搜的那种。”

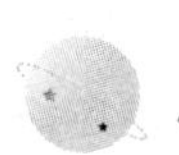

第十一章
谈恋爱吗？上热搜的那种

陈恩赐从没觉得自己的脑袋像现在这样不灵光过。

在她的印象里，除了开会、演讲，这还是秦孑头一回一口气说这么多的话。

她平时话就挺多的，一件事叨叨起来，能说个没完，但重点就那么一两句，要么是那一两句被她翻来覆去地说，要么就是一些跑偏的废话。可秦孑显然比她厉害多了，嘴里的话一串一串地往外冒，别说是一句废话了，就连一个多余的字、标点符号都没有。

他的每一句话，每一个词，乃至每一个字，都包含着极大的信息量，冲击得她胸膛震荡不已，连带着呼吸都有些困难。

秦孑也没想到自己竟能说得这么干脆直白。

他不是没想过告白的时候，场景浪漫点，礼物精美点，穿着正式点。总之就是学着电视剧里的那一套，小女生怎么喜欢怎么来。

他也是真的想要多追追她，最后一次被人这样追，总要刻骨铭心点，给她人生中增一些美好，留作回忆。

可当他听到杜文成的那些话，看到她的微博，他等不了了。

什么场景、什么礼物、什么正式点，都去死吧。

他只想要让她知道，他从未离开过她。

他一天，一个小时，一分，一秒都等不及了。

他就是要让她知道，他一直都在。

什么陈家、什么渣爹，他们不要她，他要；他们不疼她，他疼；他们给不了她一个家，他给。他说过，孑爷一人顶他们所有人，就是顶他们所有人。

机场休息室的洗手间空间本就不大，两个人挤在一起，显得更逼仄。

秦孑很耐心地给了小姑娘一会儿缓冲的时间。

可事实上，陈恩赐卡机了。

陈恩赐戴着口罩，将本就小巧的脸遮掩了一大半，只露出一双眼睛在外面。

秦孑看了大半天，小姑娘眼神还是愣愣的，他忍不住轻笑了一声，抬起手将她口罩拉了下来："不打算说点什么？"

他惊到了她，她紧张地往后退了退，直到后背贴上洗手间的门板，才又抬头看了他一眼。她是应该说点什么，可她脑子跟一团糨糊似的，组织不出来一句完整的句子。

她想了又想，直到手指紧张地抓了一下身后的门板，才反应过来，这是在洗手间："你带我进的这是男洗手间，还是女洗手间？"

这是重点吗？

秦孑哑然失笑了片刻，说："男洗手间吧。"

陈恩赐转着眼珠子四处看了看，看到了男生用的便池，然后脸更红了："你！"

"你！"她就像是陈荣附体了一般，连续开了两次口，都没能怼出一句完整的话。

秦孑被她的小模样逗笑了，语气温柔地道："那要不我现在出去探探风，门口没人的话，我们转战女洗手间？"

陈恩赐听得目瞪口呆。

"转不转？"

陈恩赐撇了下唇，小声嘟囔着："转了也还是洗手间，哪有人在洗手间表白的。"

秦孑低笑了一声："你还知道我是在表白啊。

"我看你绕来绕去，绕了半天，就是不接我刚刚的那些话，我差点都要第二次表白了。"

陈恩赐瘪了瘪嘴，没说话。

秦孑目不斜视地望着垂着眼皮的小姑娘，心底有些紧张："陈兮，你看我们还能不能处？

"要是不能处，你就直接告诉我。"

秦孑说话的语气，极其认真，让陈恩赐的心没来由地收紧了一下。

要是不能处，他会怎样？以后就不缠着她了？

陈恩赐抿了抿唇，问："那我要是说不能，你要怎样？"

秦孑勾着唇，懒懒道："能怎样，我继续追你，多大点事儿。"

这人明明看着跟放狠话似的，怎么说出来的话这么㞞。

陈恩赐忍不住翻了个白眼："神经病。"

秦孑被骂得轻笑了一声："继续追你，怎么就成神经病了？"

"你就是神经病。

"我没见过比你还神经病的人了。"

被连骂了两句，秦孑又笑了。他刚想开口，陈恩赐突然抬起头，对上了他的眼睛："在我接你电话之前，我遇到苏南南了。"

秦孑的表情定住。

只不过短短的三秒，秦孑就跟条件反射般开了口："我这些年和她没有任何联系。我那晚也没去见她。我从没想着去见她。我跟她当初压根儿就没什么联系，我就是想让你吃醋，所以才故意提了她，我……

"总之，当初是我浑蛋，我不该试探你的，我……

"我……"

我那会儿就是不知道怎么爱。

陈恩赐看着秦孑紧张磕巴的样子，心里不知怎的就高兴了起来。

也不是那种幸灾乐祸的高兴，就是很纯粹很纯粹的高兴。

她想到秦孑来的路上，她心头浮现的那些想法。

事已至此，逃也逃不掉了，躲也躲不开了，择日不如撞日，他都能在洗手间里表白，她为什么不能也反手还他洗手间？

"你是浑蛋。

"而且是大浑蛋。

"浑蛋里的浑蛋。"

陈恩赐骂了秦孑三声后，眼神变得认真起来："秦孑。

"苏南南结婚了，生了一对双胞胎很可爱。她和她丈夫带着两个孩子去巴厘岛度假，在J城转机，恰好碰到了我。

"苏南南跟我讲了很多，但她说的别的话，我都没怎么往心底去，就一句话，我想了好半天。

"你给我打电话那会儿，其实我想等你来了，我要问问你。

"只是我还没来得及问，你就自己先说了。

"我想了好半天的那句话，就是——他在门口守了一夜。

"你不知道，你来的路上，我越想这句话，越觉得难受。

"我就觉得我俩谁也没法怪谁，都是自己作的，老天就是看不过眼了，才让我们分开。"

陈恩赐转了一下视线，盯着洗手间白色的墙壁看了一会儿："那天晚上，我去过门口，我手都碰到门把了，但我就是没勇气。"

这些年，她挺恨苏南南的。

她每次回想起过去，就在想如果没有苏南南，她和秦孑是不是就不会分开了。后来她才想明白，就算是没有苏南南，将来也会有林南南、张南南、王南南……

让她和秦孑分开的，不是苏南南，是年少的陈恩赐和年少的秦孑。

年少的他们谁都有错，可谁又都没错。

年少本身就是一个犯错的时光。

有些错，可以让你一生变得更美好；有些错，可以让你一生深陷泥潭。

现在回头想想，年少的苏南南都比年少的秦孑和年少的陈恩赐有勇气，大概就是她爱了就去追了，拼尽全力地追也追了，该耍的手段也耍了，付出了那个时候她能付出的所有，所以最后追不上也就能放下。

反倒是她和秦孑，就有点那么不讲道理了。

不过，爱情本来就是一个不讲道理的存在。

倘若每个人的理性，都能战胜感性的话，也许就没那么多伤心欲绝的人，当然也没那么多满心欢喜之人。

“秦孑，你看看，当初的我们，就隔了一扇门，那一扇门隔绝了六年啊。

“你来的路上，我想了很多，想问你当初为什么就是不肯信我是真的要陪你回J城给你爷爷过生日的，想问你当初为什么要说分手，想问你是真的要分吗，想问为什么对苏南南不能像对林静姝那样干脆，想问你的话有很多很多，可是当我看到你后，我又觉得那些话似乎都不重要了，我只想问你一句话……”

陈恩赐慢慢地转头，重新对上秦孑的目光：“你后悔吗？

“这些年里，你后悔过吗？”

这些年里，我很后悔。

秦孑回视着陈恩赐，过了好一会儿，才动了唇，他的声音有些哑。

他说：“悔过。”这些年里，我一直都很后悔。

陈恩赐忽然就笑了：“那就行了。”

什么叫那就行了？这洗手间明明是大型告白现场，怎么就变成了忏悔室？行什么行。

秦孑刚想开口，陈恩赐就打断了他：“你先别着急说话，我还有事要问你。”

秦孑动了动唇，还是听话地闭上了嘴。

“你刚刚说，机器人研究出来后，照片是你故意放网上的，热搜是你有意要上的，绯闻是你特意找人炒的，采访是你专程去回应的……”陈恩赐冲着秦孑抬了抬下巴，“你什么意思？”

秦孑心想小姑娘真不愧是背过台词的人，他刚刚那些话，只说了一遍，语速还那么快，她竟然一字不差全记了下来。

“说话啊，什么意思？”陈恩赐见秦孑不吭声又开口催问。

秦孑避开陈恩赐的目光，清了清嗓音，还是没出声的意思。

陈恩赐抬起脚踢了踢秦孑的鞋头：“哑巴了？”

看着眼前的男人摆明了装死到底的态度，陈恩赐又踢了一次他的鞋尖，然后觉得心底不够爽，就狠狠地冲着他鞋面踩了一脚，留了个脚印后，才呵呵地说道：“你能耐呀！

“是我当初太天真了，没想到那么多，也对，你不是那种哗众取宠的人，不想让自己照片出现在网上，怎么可能会出现？原来全是坑，全是深坑，爆红的剧都不能做到一点风吹草动就高高地挂在热搜上不下来，而你倒好，一挂一个月，什么破手机，什么豪宅，什么盛世美颜……只要跟你秦孑两个字沾边，就准能上热搜，还一上就居高不下……最扯淡的是什么秦孑的腰……”

陈恩赐的视线缓缓地往下滑，滑到了秦孑的腰间，毫不留情地伸出手拍了两巴掌：“亏我当初还跟全天下的网友一样单纯，以为你是靠脸火的，现在想想，是靠不要脸火的。”

陈恩赐不得不承认，秦孑真是太腹黑太闷骚了。他算准了，只要他火，就一定会有人深扒他，他什么都不需要做，那些网友就能深扒出来他和她的过去。

不过，话又说回来……

“那张有关我跟你复合的照片是怎么回事？里面那女的是谁？要不是我那会儿没见过你，我都怀疑那是我自己！

“那个，”秦孑笑了下，“那是我一个表妹，逼着她减了二十斤才拍出那效果的图。”

“你还好意思笑，你知不知道我当时被人骂得多惨。还有，你还好意思告诉我采访是你专程去回的，那句‘不是她，没复合’，当着全世界的人的面打我脸……”陈恩赐倒不傻，秦孑实在是太了解她了，他敢那么回记者，就是摆明了知道她会怼他。

“所以，你早就猜到了，我会因为怼你，丢掉所有的通告？”

陈恩赐想到当初秦楠拿给陆星的那个本子：“也就是说你姑姑当初给陆星的那个剧本，是你们早就筹备好的？”

秦孑情不自禁地伸出手揉了一把陈恩赐的脑袋：“看来不傻啊。”

他那个时候是打算着，让她丢掉所有的通告，然后让姑姑对她抛出橄榄枝，再然后让姑姑将小姑娘搞去辰光传媒。以她那时候的情况，她所在的经纪公司不会重点捧她了，到了辰光传媒，他姑姑亲自盯着，她日子还会好过些。

只是后来，她拒绝了姑姑的剧本，要接《生命》，见诱拐不成，他就作罢了。

那时姑姑倒是提过逼迫……他到底还是没舍得。

秦孑虽没明说，但陈恩赐还是想透了。

秦孑这人可真是太奸诈了！

秦孑往后退了两步，双手撑在陈恩赐耳边，身子微微前倾，和她眼睛保持在一条水平线上。他问："看到哥哥这么用心良苦是不是很感动？"

陈恩赐乜斜了秦孑一眼，没说话。

秦孑看了她数秒，知道她死鸭子嘴硬，不会跟他说实话的，就又问："该说的都说完了，现在能言归正传了吗？

"陈兮，和好吗？"

洗手间里安静了很久，久到一直盯着陈恩赐看的秦孑，忍不住眨了眨眼睛，再次动了唇："和好了，好不好？"

两人又安静了一阵儿，就在秦孑以为陈恩赐还是不会松口时，陈恩赐未出声先红着耳朵理直气壮地说了句："你还没说对不起呢。"

"嗯？"

"当初是你说分手的，你还没说对不起。你不说对不起，我怎么原谅你。"

仿佛有一只无形的手抓住了秦孑的心脏，狠狠地捏着，疼得他大脑有一瞬间的空白。

——你不说对不起，我怎么原谅你。

是不是这些年来，她一直都在等他一句对不起，等他一句我们不分手了好不好？

秦孑动了好几次唇，每次都是声音一滞。半晌，他才总算发出了声音，又颤又哑："对不起。"

陈恩赐就是不好意思说出那个"好"字，才拐弯抹角地说了那样的话。她本是没多往心底去的，可听到秦孑这声对不起，她鼻子莫名一酸。

不就是一声对不起吗？刚刚他那么一长串的表白，她也没这样失控啊。

陈恩赐隐隐约约觉得自己这些年，没有开始新的生活，不肯接受新的故事，就好像是在等这三个字。

等他的这三个字。

陈恩赐吸了吸鼻子，还是没能压下话语里浓重的鼻音："还有，你未经我允许，当初拿着我炒我们疑似复合的绯闻，严重损害了我的名誉权，你也得给我说声对不起。"

缓过情绪的秦孑，抬起指尖抹走了陈恩赐眼角的一滴泪："对不起。"

不想承认那滴眼泪是自己的陈恩赐，挺了一下后背，冷哼了一声，说："这是我……我第一次进男洗手间，你还得给我说声对不起。"

秦孑轻笑了一声，口气软得一塌糊涂："对不起。"

大概是秦孑太百依百顺了，陈恩赐故意板起的小脸柔和了下来，她顿了一会儿，又张了口。

没等她出声，秦孑继续道："对不起。"

陈恩赐再次动唇。

"对不起。"

"……"

"对不起。"

"……"

"对不起。"

陈恩赐没忍住，笑了。

看她笑了，秦孑也跟着笑了一声，捏住陈恩赐的一只手："那我现在是不是可以改个称呼了？"

陈恩赐知道秦孑指的是什么，她甩开秦孑的手："不能。"

秦孑又抓了她的手："小女朋友？"

久违的声调、久违的称呼，听得陈恩赐心尖一颤，再次想要甩开他手的力道瞬间消失不见。她梗着脖子，一脸傲娇地别开头，硬邦邦地说："掉了个字，是小前女朋友。"

"没掉。"

"掉了。"

"小女朋友。"

陈恩赐逞强："小个锤子。"

"女朋友。"

陈恩赐语塞地瞪了一眼秦孑。

秦孑迎着她的视线眨了眨眼睛，洗手间的灯光洒在他的脸上，在眼睛下方打出淡淡的阴影，忍着笑的他看起来温柔又宠溺。

陈恩赐眼底努力堆积起来的凶巴巴的目光，瞬间不争气地散去。

秦孑看着小姑娘在自己的注视下，眼神渐渐慌乱无措，他终于没忍住，有笑意从眼底一圈一圈地溢了出来："小女朋友，女朋友，你选一个。"

她没出声。

他的嗓音很低，听得人心一颤一颤的："那我帮你选一个？"

她还是没出声，但耳尖却红得能滴出血来。

他张开手，插入了她的指缝中。他见她没躲闪，就十指交叉地紧紧握住了她的手，然后头凑到她的耳边，像是说情话般，轻喃道："小女朋友。"

陈恩赐脸红心臊，呼吸不稳，视线四处游移飘忽着。过了好半晌，她很轻很轻地“嗯”了一声。

秦孑笑开，伸手将陈恩赐拉入怀中抱住。

他握着她的那只手始终没松开，陈恩赐感觉到他的用力，夹得她手指有些疼，可她却又有点喜欢这样的疼。

她情不自禁地抬起另一只手，圈住了他的腰。

他因为她这举动，嗓子里隐隐发出一道很细微的轻笑声。

陈恩赐脸有些烧，情不自禁地掐了一把他的腰，然后手就紧紧地揪住了他腰间的衣衫。

两人静静地抱了好半晌，陈恩赐才伸出手戳了戳秦孑的腰眼：“你那句话，前半句可以，后半句不可以。”

秦孑被她突如其来的话搞得有些蒙：“哪句？”

“你说哪句？”陈恩赐见秦孑还没反应过来，又嘟囔了句，“自己说的话，自己心底没点数吗？”

“小女朋友，我从进了这洗手间，说了没一百句话，也能四舍五入到一百句了。”

陈恩赐呵了一声，不太想理秦孑。过了几秒钟，她又抠着秦孑的腰眼说：“就是那句，谈恋爱吗？上热搜的那种……”

秦孑“唔”了一声，然后又“嗯？”了一声：“你是说，我们要谈地下恋情？”

总算逮住机会的陈恩赐，毫不留情地捏了秦孑一下：“对，你不配见光。”

“看你这样子，踩我很爽啊。”

陈恩赐勉勉强强道：“还行吧。”

秦孑笑了声：“那你再踩两句？”

陈恩赐一脸大方：“算了，给你留点面子。”

“谢谢小女朋友。”

陈恩赐笑着咬了一口秦孑的肩头，然后就从他怀里挣脱，对上了他的眼睛，认真地说：“我是正经的，现在还不能公开，我得跟陆星商量一下。再说，你又不是不知道，之前我们在网上闹成那样，我那三连怼的微博还在呢，时不时被人截图出来艾特我。现在要是公开了，我要被群嘲死了。

“总之，这事我得听陆星的，我得尊重她的意见，所以我们谈恋爱可以，但是交往要小心，总之你得听我的安排，什么事都要我审批，要不然被偷拍了，那就完了。”

陈恩赐看了秦孑一眼，有点怕他不高兴，又补了句：“就是现在先这样着，你放心，我会让陆星抓紧时间想办法的，我不会让你一辈子都见不得光。”

秦孑被自家小女朋友最后一句信誓旦旦的话逗得“扑哧”一笑，他盯着她的眼睛看了会儿："什么都要你审批？"

"嗯。"陈恩赐点点头，顶着一脸相信我的表情说，"对，什么都要我审批，对付狗仔，我比你专业。"

"正好，哥哥现在有件事需要你审批。"

"什么？"

"能接个吻吗？"

陈恩赐飞到米兰，下飞机见到陆星时，就得知秦孑的事已经解决了。

"你别总骂陈荣恋爱脑了，你不知道，你在飞机上的这十几个小时，微博上演了一出大戏。秦孑能从杨灵那个心机女身上脱身，全靠陈荣。

"昨天晚上七点钟，辰光传媒那些营销号，就是每天跟着你屁股跑的那几个博主，曝了秦孑三月二十五日去W城的行程单，说什么怀疑杨灵是恶意诽谤。而且这个话题出来不到十分钟就空降热搜第一，这一看就是秦楠的手笔，当然单靠着这个行程单，说服力也不是百分之百，网友将信将疑，一片分歧。

"在两个小时后，也就是差不多晚上九点一刻左右，杨灵又发了一篇微博，还是那种矫情的言论，说什么她就知道会有这么一天，知道秦孑会想办法洗白自己，说什么秦孑的姑姑就是秦楠，是辰光传媒的老总，说什么帮着秦孑说话的都是水军，还说什么这个世界到底是怎么了，有钱的人真的可以为所欲为……

"你也知道，微博上有一批人仇富心理特别严重，杨灵本就弱势，再那么一煽动，网友又炸开锅了，一群人又开始骂秦孑……连带着把秦楠还有辰光传媒都骂了……总之是闹得沸沸扬扬热火朝天，秦楠和秦孑那边一直都没什么动静，就任由着网友骂。到了晚上十一点钟的时候，有记者爆出杨灵自杀。

"当时微博就直接崩坏了，到了十一点二十分，才被修复好，说杨灵的确是自杀了，要跳楼，不过被人给拦住了，还拍了一张她悬挂在半空中被一个男生拉住胳膊的照片。有杨灵的朋友透露给媒体，说杨灵之所以自杀，是接到了秦孑那边的电话，说什么威胁她，还说什么让她这一辈子都完蛋，总之是放了一段录音出来，里面的确说了让杨灵好好想想，不要毁了自己的前程和一生。

"不需要我说，你也能想象得出来，网友又一次被杨灵这些骚操作带得一边倒了吧？

"再之后秦楠那边的确是有动静了，是《生命》的官博站出来，说三月二十五日秦孑的确是在W城，请他过去做剧组指导。但是杨灵把事情闹成这样，谁还信啊？没几分钟，《生命》官博被骂得关闭了评论，抵制这部戏的话题直接蹦上了热搜榜。

"你是不知道，昨晚我是全程泡在网上围观现场直播的。我当时紧张坏了，我真的觉得秦孑要被杨灵这样下三烂的操作玩死了。我当时还想着，就算是你帮他开发布会，也未必能救得了他，因为舆论已经被带起来了，大家只会觉得是串通一气在撒谎。

“就在我真的觉得，事情已经变得不可逆转的时候，陈荣出现了。她三月二十五日发的朋友圈照片里有秦孑，她当时还去 ins 也发了一遍。朋友圈是只有好友才能看到，只能靠着截图出去，但是 ins 不一样啊，网友都可以围观……陈荣这几张照片，简直就是救命稻草好吗？

“随着陈荣出现，《生命》剧组又在网上放了一些陈荣在剧组里晃的镜头，然后辰光传媒那边放了秦孑在 W 城出现的监控，之后还有一段录音，是秦孑之前的一个保姆，说是杨灵之所以能进秦孑的家，密码是从她口中知道的……

“这场大戏轰轰烈烈地开始，又以反转的方式轰轰烈烈地落幕，真的刺激又惊险。不过最刺激的是秦孑昨天居然接受了媒体采访，他倒是没露脸，只是一个电话采访……”陆星说着，就翻出手机，“我特意保存下来了，放给你听。”

随着陆星的阐述，将微博也差不多扫了个大概的陈恩赐，接过了陆星的手机。

电话采访，多多少少都有些杂音，沙沙沙声中，记者对着秦孑先做了个简单的自我介绍，然后就问了秦孑几个问题。

记者：秦先生，您好，请问您真的资助过杨灵吗？

秦孑：嗯。

记者：那请问您在事发的时候，为什么没有第一时间站出来澄清自己？

秦孑：那会儿有点忙。

记者：在忙着，是当时没顾得上对吗？

秦孑：其实现在也很忙。

记者：那秦先生您这算是百忙之中站出来为自己辩解了？看来秦先生对杨灵这样的做法感到很气愤了？

秦孑：气愤倒是没有，害怕倒是有点。

记者：害怕？是因为网上的那些言论吗？

秦孑：不是，是因为……一个女孩。

记者：一个女孩？

秦孑：对，一个我很爱的女孩。

秦孑顿了几秒，又说：我不怕被指指点点，但我怕她将来有一天因为这件事因为我被指指点点。

采访并不长，很快就听完了。

网友可能不知道秦孑口中的女孩是谁，但陈恩赐知道。

陈恩赐拿着陆星的手机，把这段采访发给了自己，然后就捧着自己的手机，又转发给了秦孑："你怎么接受这种采访了？"

秦孑不需要哗众取宠，也不需要流量，更不需要对外公开自己的私生活，他完全没必要接受这种采访的。

秦孑这次消息回得倒是很快："一报还一报。"

一报还一报？

陈恩赐突然想到了自己在《生命》片场的那个采访。

所以秦孑的意思是，她接受采访的时候，提了他，所以他也接受一次采访，还给她？

陈恩赐咬了咬嘴角，点开了自己的相册。她看着自己昨天在医院，偷录的一段秦孑在开会的视频，然后发给了陆星："星星，你联系几个媒体，把这个视频放网上，中心思想就是，你们在骂他的时候，他却在负重前行。"

去年小男孩那次事情，他替她感到不甘心，站出来哭。

现在她也要替他站出来哭。

"啊？"陈恩赐和秦孑复合后，第一时间告诉了陆星，陆星一边按照她说的去做，一边忍不住嘟囔了句，"不是吧？这才和好还没二十四个小时，就已经这么护着了？"

"不是护着，是……"陈恩赐甩给陆星一个后脑勺，不让她看到自己扬起的嘴角，"一报还一报。"

说完，陈恩赐没忍住，低头笑了声。

也算是护着吧。

再说，护着怎么了？她陈爷的人，她陈爷不护着谁护着！

陈恩赐点进微博，她想去看看陆星联系的媒体有没有发她给的那个视频，结果不小心点进了热搜排行榜，看到了自己和秦孑的名字。

热搜榜第一名："全网搜捕秦孑很爱的那个女孩"。

热搜榜第二名："对陈恩赐很重要的那个男人你出来"。

陈恩赐一怔，还真的一起上热搜了。

陈恩赐揣着好奇的心情，点进秦孑的热搜话题，一眼望去全是哀号。

"啊——男神有喜欢的女孩了！"

"妈妈，我失恋了！"

"那个抢我男人的女孩，我郑重地通知你，你被我怀恨在心了！"

"'我不怕我被指指点点，就怕我爱的女孩将来因为我被指指点点'，这是什么神仙告白啊，太温柔了呜呜呜。"

"你们说秦孑爱的那个女孩会是谁？该不会是陈恩赐吧？"

“不可能，陈恩赐之前发微博那么怼秦孑，秦孑也公开说没复合，分手的两个人公开都撕成那样了，所以是谁都不可能是陈恩赐。”

“哈哈对，是谁都不可能是陈恩赐。”

“顶楼上，是谁都不可能是陈恩赐。”

“+10086，是谁都不可能是陈恩赐。”

……

是谁给他们的勇气，把话说得这么笃定，就好像是你们真知道一样。

陈恩赐在心底狠狠地呵了一声，就切去自己的热搜话题。

对比起秦孑那边，她这边的言论就太花哨了。

“陈恩赐竟然有喜欢的人了？”

“啊——我喜欢的情侣档居然是假的，糖糍粑粑一点也不甜。”

“我哥哥哪里配不上你了？你居然公然嘲讽我哥哥，请你站出来道歉。”

“楼上的，你是个憨憨吧。你哥哥绑着人炒作，应该是你哥哥站出来道歉。”

“虽然陈恩赐风评不太好，但是看了《体验田园》后，还挺佩服她的，不是那种简单的花瓶。不过她性子也太刚太直了，有点过于不给唐安逸面子了。”

“为什么要给唐安逸面子，是唐安逸先绑炒的，想要面子，一开始就别做这事啊。”

“陈恩赐是黑点多，但是唐安逸这事摆明是他错了啊。”

“陈恩赐也配喜欢人？那她注定暗恋一生爱而不得了，毕竟就她那风评谁敢娶她？”

……

在众多言论中，陈恩赐找到了一个和秦孑相似的讨论帖。

“你们说对陈恩赐来说很重要的那个人会是秦孑吗？”

“‘我跟那位秦先生是不可能复合的’，我赌不会。”

“‘这辈子都不可能复合的’，我赌不会。”

“‘好马不吃回头草’，我赌不会。”

“楼主，友情提醒：好马不吃回头草。”

“好马不吃回头草提醒 +1。”

“好马不吃回头草提醒 + 手机号码。”

……

陈恩赐看着将近三千楼统一的“好马不吃回头草”，只觉得是三千个耳光响亮地甩在了自己脸上。陈恩赐默默地抠了抠鼻尖，又默默地揉了揉自己的脸，然后像是生怕被网友隔屏看出自己的心虚般，默默地退出了自己的热搜话题。

陈恩赐又刷了一会儿微博，在准备放下手机睡会儿的时候，看到微博的发现页面，有一个挺奇怪的超话：孑风洗陈。

秦孑的孑，陈恩赐的陈。是巧合吗？

陈恩赐点进去，发现超话是新建的，总共不到十个帖子，还全都是同一个人发的。

不过那人应该是个小博主，有点粉丝量，回复倒是挺多的。

那个人的 ID 名叫：来啊和我站冷门。

那十个帖子陈恩赐很快就看完了，指的就是她和秦孑。

来啊和我站冷门：“我决定了，我要站陈恩赐和秦孑这个冷门，孑风洗陈。”

来啊和我站冷门：“我就是这么与众不同，我仔细想了想，陈恩赐和秦孑就是一出大戏，相爱相杀的大戏。”

来啊和我站冷门：“越想越激动，无心上网课，这出大戏不单单有相爱相杀元素，还有青春元素、别后重逢元素、追妻火葬场或者追夫火葬场元素，啊啊啊啊吃糖吃糖。”

来啊和我站冷门：“姐妹们，等着，给我半个小时，我给你们理出来！”

来啊和我站冷门：“去年，秦孑的‘不是她，没复合’，陈恩赐的‘好马不吃回头草’，这是互相看对方不顺眼啊。放在我们饭圈里，就叫对家。”

来啊和我站冷门：“今年，好久没上热搜的秦孑因为杨灵又上热搜了，紧接着陈恩赐和唐安逸也上热搜了。你上热搜我也要上，你带个女的，我就带个男的，有木有很刺激？”

来啊和我站冷门：“陈恩赐公开说她有个重要的人，秦孑也公开说他有个很爱的女孩，像极了隔空示爱有木有？”

来啊和我站冷门：“我专程做了个视频，你们看，最开始陈恩赐的热搜话题压着秦孑的热搜话题，之后秦孑压了陈恩赐，再之后陈恩赐又压了秦孑，现在秦孑又压了陈恩赐。目测马上有趋势陈恩赐又会压了秦孑，两人压来压去，简直是车轱辘碾我脸上。”

陈恩赐看得目瞪口呆，由衷佩服。

不是吧？

她和秦孑在网上目前处于这么水火难容的状态，也能有人嗑出糖来？

她随手点进了“来啊和我站冷门”的最新微博，里面的回复有 59 条。

“这是什么虎狼之词？”

“被冷冷这么说得我竟然有点上头了？”

“不管不管了，我要关注一拨，蹲后续糖，楼上不要停。”

……

等陈恩赐扫完回复，回到超话主页，发现关注数竟然从刚刚的 67 人变成了

102人。除了“来啊和我站冷门”发的那八个帖子外，还多了三四个帖子。

“我一定是疯了，竟然也被博主说的点戳到了。”

“我来了来了来了。”

“报到，孑风洗陈给我冲！”

陈恩赐顶着满脑子的佩服退出了微博。

五分钟后，她从床上爬起来，抱着自己的iPad，重新申请了一个小号。

十秒后，“孑风洗陈”的超话上弹出一个对话框：关注成功，欢迎成为第105位粉丝。

陈恩赐申请的这个小号名字叫：在线蹲一个网名。

十分钟后，“孑风洗陈”超话多了一个帖子。

在线蹲一个网名：“五年前，秦孑对陈恩赐说等机器人研究出来了，我就娶你过门；五年后，秦孑机器人研究出来了，他来找陈恩赐了。”

很快，陈恩赐收到了四条回复。

“这是个高手，小段子编得厉害！”

“我居然被甜虐到了。”

“楼上的，什么叫甜虐？”

“就是又甜又虐。”

陈恩赐看着网友的回复，抱着iPad在床上打了个滚。

不能公开，没关系，她可以暗戳戳地分享她和秦孑的小故事。

反正没人知道这小号是她的。

反正大家都以为是她胡编乱造的。

所以，她可以分享得肆无忌惮。

五分钟后，“孑风洗陈”超话又多了一个帖子。

在线蹲一个网名：“三月二十五日是陈恩赐生日，秦孑是为了给她庆生才去的W城。”

陈恩赐在飞机上睡了一觉，状态本来就还不错，又补了四个小时的觉，整个人彻底容光焕发。

当地时间晚上五点钟走红毯，也是这次时装周的重点环节。

陈恩赐虽然对自己的颜值很有信心，但在这种众星璀璨神仙打架的时刻，她还是不容自己有丝毫松懈。洗澡、化妆、定造型，一系列事项从中午十二点开始折腾，等结束已经是下午四点钟了。

她们住的酒店环境很好，尤其是走廊尽头的窗户很有感觉，陆星安排摄影师给陈恩赐拍了一组照片。

拍完后，陆星见时间差不多了，安排陈恩赐出发去红毯现场。

她们住在最高层，电梯下行到十五楼停了下来。

电梯门打开，陈恩赐看到了站在电梯外的周桐。

这几天在米兰，陆星见到过周桐两三次，每次都会跟陈恩赐吐槽一两句。

陈恩赐知道周桐就住在这个酒店，只不过她们一直都还没机会撞上。

时装周眼看着都要结束了，过了这两天大家也都要陆陆续续离开米兰了，陈恩赐以为她和周桐大概不会碰上了，没想到人生永远都是这么出其不意。

周桐估计也没想到会这么巧，她看到站在电梯里的陈恩赐和陆星，明显愣了下。不过很快，她就提着裙摆，踩着高跟鞋在助理和经纪人的陪同下走进了电梯。

周桐摆明了当陈恩赐是陌生人，陈恩赐也没什么可跟她好说的。

电梯里很安静，气氛有点说不出来的诡异。平时并不觉得慢的电梯，这次给人的感觉有点缓慢。

抵达一楼，陈恩赐和周桐各走各的，各上各车。

路上，陆星少不了又吐槽了一通周桐，反倒是陈恩赐听着陆星的絮絮叨叨，忽然觉得周桐在自己的生活里变得不值一提。

红毯很长，各种拍照采访，一路足足走了将近四十分钟才进了秀场。

走秀还没开始，陈恩赐落座后，从陆星那里要来了自己的手机。

从下午一点过后，她开始化妆基本上就没沾过手机，这会儿拿到手机才看到秦孑发来的一堆消息。

J城时间16：12，秦先生："小女朋友，和好二十四小时纪念快乐。"

J城时间17：00，秦先生："晚上和容与去一趟蓝姐家，打个报告。"

J城时间19：00，秦先生："我从蓝姐家出来了，给再再讲了三道题，准备回公司。"

J城时间19：53，秦先生："小女朋友，我到公司了。"

J城时间23：47，秦孑发来了一张截图，是陈恩赐刚发的微博。微博的配图是她在酒店逆着窗户的光拍的那组照片。

秦先生："这组照片很好看。"

秦先生："不过我觉得这样更好看。"

紧随其后，秦孑将她微博的九宫格照片挨个发了过来，每张照片都被重新PS过了，她裹胸礼服露出的肩膀上，不是被罩了红色的披肩，就是被裹了黑色的西装……

神经病啊。

陈恩赐无声地嘀咕了一句，继续往下翻秦孑的留言。

J 城时间 00 ： 12，秦孑发来了一张刚刚走秀的时候，陈恩赐和穆楚词的合影。

秦先生：“这张照片拍得不错。”

秦先生：“我没别的意思，就是单纯地夸夸这张照片，我知道都是工作需求，你男朋友理解的。”

一分钟后，秦先生：“问个问题，小女朋友，穆楚词是真搂你腰拍的照片？”

陈恩赐继续往下拉。

J 城时间 00 ： 27，秦孑发来了一小段短视频，是陈恩赐刚刚走秀的时候，和上一届影帝聊天的路人拍。

秦先生：“我家小女朋友长得就是漂亮，没有后期制作的路拍，也很美。”

秦先生：“我要是没记错的话，这位影帝的女儿比你还大吧？”

秦先生：“我就是随便跟你聊聊，你别多想。”

一分钟后，秦先生：“你能告诉我，你们聊了点什么吗？让你笑得那么好看。”

陈恩赐接着往下看。

J 城时间 00 ： 45，秦孑发来一张照片。

秦先生：“这个女的是谁呀？也是女明星吗？”

秦先生：“看来你们关系很好啊，她一见到你立刻抱住了你。”

秦先生：“我就是随便问问，单纯地了解下我小女朋友的交际圈。”

一分钟后，秦先生：“这个女明星有男朋友吗？”

秦孑这是疯了吗？

陈恩赐见秦孑的消息还在不断地往屏幕里蹦。

秦先生：“你们只是在镜头里才这样作秀的吧，私底下就不会这样了吧？”

秦先生：“我没别的意思，就是怕我小女朋友在异国他乡吃亏。”

秦先生：“我可能是晚上在蓝姐家没吃饱，现在有点饿。”

秦先生：“你先忙着，我去搞点吃的。”

秦先生：“煮了碗面条，不小心醋放多了。”

陈恩赐深吸了一口气，很是受不了地退出了和秦孑的聊天对话框。

微信主页，置顶的下方第一个是陈荣，陈恩赐顺势点了进去，看到陈荣给自己分享了一个视频。

陈荣：“戴上耳机听。”

陈荣：“视频一分二十七秒那里，这声优不愧是顶级声优！”

陈荣：“啊啊啊啊啊我死了！”

恋爱脑一如既往的恋爱脑。

陈恩赐很淡定地塞了耳机，播放了视频。真的就像陈荣说的那样，这声优不愧是顶级声优！

陈恩赐飞速地按着指尖：“啊啊啊啊啊。”

陈荣：“怎么样？”

陈恩赐：“可可可可可可。”

陈恩赐一向是好东西要和好姐妹一起共享，所以她先跑去“铿锵玫瑰”群冒了个泡：“我来送福利了！”

然后，她又跑去陈荣的聊天页，把自己和陈荣这段聊天内容选出来，合并转发到了“铿锵玫瑰”群。

走秀开始了，出于尊重和礼貌，陈恩赐转发完，没来得及去看“铿锵玫瑰”群里的聊天内容，就将手机静音收了起来。

走秀结束已是两个小时后，陈恩赐跟着陆星和熟悉的明星、合作商打了一圈招呼，等回到酒店，差不多已经是米兰晚上八点钟。陈恩赐到酒店的第一件事是先给被秦孑消息发到自动关机的手机充上电，然后就去浴室卸妆洗澡了。

洗澡的过程中，她隐隐听到酒店的座机在响。她以为是错觉，直到洗完澡，浴室里安静了下来，她才发现自己没听错。

她胡乱地套了个浴袍，拿着毛巾裹住湿漉漉的头发，“嗒嗒嗒”地跑到床头，接听了电话。

“Hello？”她以为是酒店前台打来的电话，开口用的是英文。

电话那头一团安静。

陈恩赐等了几分钟，又开了口：“Hello？”

依旧没人说话。

“打错了吗？”陈恩赐小声嘟囔了一句，刚准备挂电话，座机听筒里就传来了她万分熟悉的声音：“你手机怎么回事？”

“秦孑？”陈恩赐稀罕地看了眼手中拿着的座机话筒，“你怎么把电话打我酒店房间来了？”

“你说呢？”

没等陈恩赐开口，秦孑又说：“你手机呢？”

陈恩赐“哦”了声，说：“在充电。”

“能开机了吗？”

陈恩赐按了下开机键：“能，都快充满了。”

“等着。”

随着秦孑话音的落定，座机电话被挂了。与此同时，她手里的手机进了来电。陈恩赐接听，还没开口说话，秦孑的声音就悠悠地从手机那头传了过来：“有时间吗？是一个人吗？”

陈恩赐被问得一头蒙，迟钝了两秒：“有时间啊，怎么了？”

“真的是一个人？”

“对啊，一个人。”顿了下，陈恩赐又问，“你总问我是不是一个人做什么？”

“你不是喜欢喘吗？”电话那头的秦孑，咬着牙齿一字一顿道，“哥、哥、给、你、喘、两、声。”

陈恩赐嗑完就忘，早就把陈荣分享的那份“福利”抛到九霄云外。

秦孑的话，让她脑子直蒙。

什么喘两声？哪种喘？

陈恩赐正茫然着，贴着耳朵的手机听筒里，突然传来了两道拖腔带调的声音。

秦孑声音向来好听，他拖腔带调本就很勾魂撩人了，还故意在发声的时候喘着气。

虽隔着手机，可那声音就像是贴着陈恩赐耳边响起的一般，撩得她耳膜一阵阵酥麻，使得她握着手机的指尖，情不自禁地微颤了下，然后呼吸就那么停了。

“怎么没反应？”过了不知道多久，迟迟没等到回应的秦孑出了声。

陈恩赐眨了眨眼睛，稍稍缓过一点神。她这才发现，自己憋气憋得有些缺氧，她急忙吸了一口气，然后就听到手机里又传来了秦孑的声音，懒懒的语调里藏着一缕阴阳怪气：“嫌弃哥哥喘得不够好？”

喘、得、不、够、好？

随着这五个字钻进陈恩赐的耳朵，她瞬间意识到刚刚经历了什么，大脑轰地炸开。

秦孑刚刚、刚刚……她下意识抬起手摸了摸贴着手机的耳朵，发现温度烫得吓人。

她惊得指尖一抖，将手机扔了出去。下一秒，她又急急忙忙地爬到床上，拿起手机按了挂断键。

很快，屏幕上又进了来电，陈恩赐条件反射地将手机又是一丢，然后就滑下床逃命似的跑进了浴室。

酒店房间只有她一个人，可她还是将浴室门关得严严实实，还上了反锁。

秦孑这是疯了吗？莫名其妙地发什么神经？

陈恩赐捂了捂自己的小心脏，拿起护肤乳。她拧了两次盖子，手软到竟然使不出力气，没能拧开。她暴躁地将护肤乳往旁边一丢，就扯下头上的毛巾，拿着吹风机吹头发。

透过镜子，她亲眼看到自己的脸颊和耳朵，一会儿正常，一会儿红了。

秦孑有毒吧？

不对，是她有毒吧？

他不就是喘了两声吗？喘两声怎么了？她为什么一直回想个不停？

陈恩赐甩了甩脑袋，企图将画面甩出去。徒劳的她，发现那些画面竟然越发清晰了。

陈恩赐忍无可忍地将吹风机摔回到洗漱台上，无视振动个不停的手机，噔噔噔地跑去水吧台前，拿了一瓶冰镇的水，灌了大半瓶。呼吸总算顺畅了，陈恩赐将脸对着冰箱又狠狠地吸了两口气，这才回到浴室继续吹头发护肤。

回到床边，陈恩赐不知道自己到底在紧张什么，总之她看着压着自己手机的枕头，浑身的血液都有点凝滞。她用力地深吸了两口气，鼓起勇气将手伸到枕头下面，摸出了手机。

除了未接电话，微信还有不少未读消息。

绝大多数都是秦孑发的。

秦先生：“你知道醋的种类有哪些吗？”

秦先生：“陈醋老醋白醋香醋果醋米醋。”

秦先生：“我觉得阿姨这次买的醋不够好，一点也不酸。”

秦先生：“对了，小女朋友，你喜欢吃哪个牌子的醋，明天我要去买醋。”

这些消息，全都是接着他那条“煮了碗面条，不小心醋放多了”发的。

陈恩赐记得自己是没回过秦孑消息的，只是在这些“醋”的消息后，有一条她回复他的消息：陈荣和陈恩赐的聊天记录。

陈荣和她的聊天记录，怎么会发到秦孑这里？她不是转发到“铿锵玫瑰”群了吗？

陈恩赐急忙切去“铿锵玫瑰”群里，发现自己发完那句“我来发福利”后，就再也没了后续，林染、陆星还有碗姐在群里艾特了她好几次。

所以，她这是发错了？

陈恩赐想了又想，反应过来自己转发的时候，以为刚刚在“铿锵玫瑰”群里冒过泡，“铿锵玫瑰”群会在第一个位置，结果恰好那个时候秦孑给她发了消息，跑到了第一，而她当时着急收起手机，没留意到。

她和陈荣的聊天记录转发到秦孑这边后，两人的聊天页面足足空白了一个多小时。

一个多小时后，秦先生发了一条消息：“呵。”

许是她没有回复，过了两分钟后，秦先生：“没想到你好这口啊，小女朋友。”

秦先生：“你早说啊，说了昨天在机场，我就喘给你听。”

秦先生：“六年前，我也可以喘给你听。”

秦先生：“我家小女朋友怎么可以听别的男人喘？”

秦先生：“我家小女朋友的耳朵被别人玷污了，越想越难受。”

秦先生：“小女朋友，商量件事呗？”

秦先生：“你不说话我就当你答应了啊。”

秦先生：“你等会儿找个没人的地方，我给你耳朵消消毒好不好？”

……

她那会儿还在秀场，没时间看手机，他给她打了好几个语音电话，之后就是电话，直接把她手机打到没电了。

难怪他把电话打到酒店房间来了，难怪讲电话的语气一会儿咬牙切齿，一会儿阴阳怪气。

她刚刚被他搞得无措之下，挂了电话，他又给她打了好几个电话，大概是她一直没接，他没再继续，只是微信给她又留了两条言。

秦先生：“睡了。”

秦先生：“晚安。”

陈恩赐不清楚是不是自己的错觉，她隔着屏幕透过这四个字感受到了秦孑的委屈。

陈恩赐忍不住笑了下，点着屏幕回：“男朋友？”

屏幕上出现了“对方正在输入”，却没消息过来。陈恩赐知道秦孑在线，又回：“哥哥？”

这次连“对方正在输入”都没了。

哥哥都不管用了？看来这是真受伤了。

陈恩赐咬了咬唇，又打了两个字：“老公？”

还没点发送，陈恩赐先脸红得一塌糊涂。

老公……这会不会太主动了？

可男朋友掉在醋坛子里，捞都捞不出来，主动点也没关系吧？

陈恩赐刚想落指点发送，屏幕上突然多了一条消息。

秦先生：“可不可？”

陈恩赐急忙收住动作，咬唇笑了。

男朋友逃得了男朋友，还是没能逃得了她一声哥哥？那这句老公，可以留一留，留到将来男朋友快淹死在醋坛子里的时候用。

陈恩赐将“老公”两字删掉，然后换成一句：“什么可不可？”

秦孑又没了反应。

陈恩赐愣了一会儿，意识到他问的是他那两声喘可不可。陈恩赐有点想笑，想到他刚刚电话里不由分说的那两声喘，她耳尖忍不住有点发烫。

当务之急，肯定是先捞男朋友出醋坛子，陈恩赐顶着能滴出血的小脸，飞速地按着屏幕，回了一个字：“可。”

秦先生：“敷衍。”

秦先生发来一张截图，截图里是陈恩赐回给陈荣的“可可可可可可”。

秦先生：“少了五个可。”

她家男朋友要不要胜负欲这么强？

陈恩赐攥了攥指尖，一鼓作气在屏幕上按了一大串的“可”，发了过去。

随后，秦孑就给她发了一个音频文件。陈恩赐发了个问号，然后就点了播放。

音频安静了大概十秒钟后，里面传来了两道声音，是……秦孑那会儿在电话里的喘气声。

与此同时，秦孑的消息过来了：“保存好啊，这是哥哥的初喘。”

陈恩赐觉得自己死了。

被一声“哥哥”和一长串“可”哄好的秦孑，很快就跟什么事情都没发生过似的，给陈恩赐发了个视频邀请。

陈恩赐深吸了两口气，确定自己看起来很端庄很优雅，这才点了同意。

秦孑在他家卧室里，尽管他只开了床头灯，光线不怎么明亮，但他的肤色还是白得泛着微微的冷光。

他懒洋洋地倚着床头，睡衣也没好好穿，胸前的扣子散开了好几颗。漂亮精致的锁骨露了一大半，线条美得像蝶翼，凹进去的部分深得能养鱼。锁骨上方是喉结，在陈恩赐视线落上去的那一刻，喉结上下滑动了一下。

陈恩赐耳边忽地就响起自己刚刚听过的秦孑发来的那个音频。

陈恩赐好不容易维持的端庄和优雅，隐隐在破碎，她吞咽了一口唾沫，努力地将自己的视线移到秦孑的脸上，语气硬邦邦地问：“干吗发视频？”

“想看看我家小女朋友。”

随着秦孑说话，陈恩赐不受控制的眼角余光，扫到他不断滚动着的喉结。不知道是不是因为那喘声的缘故，陈恩赐总觉得秦孑那喉结有点致命。

她怕被他隔着视频看出什么，游移着视线，干巴巴地“哦”了声，心不在焉地说：“你不是困了吗？怎么还不睡？”

秦孑：“看会儿你就睡。”

陈恩赐又“哦”了一声，然后她发现不管自己视线盯哪里，总是能看到秦孑的喉结。

他跟她视频就视频，干吗穿得衣衫不整。真是浪荡，不知检点！

陈恩赐在心底骂着骂着，就想到那会儿在浴室吹头发的时候脑补出来的画面。他正好倚着床头躺着，和她想的姿势一模一样，也正好衣衫不整……等等，她想这些做什么？

“小女朋友？”视频里传出了秦孑的声音，“你往哥哥哪里瞄呢？”

陈恩赐迟钝地“啊？”了声，过了两秒才发现，自己为了躲避秦孑的喉结，目光垂落，然后恰好落在了秦孑的腹部。

陈恩赐连忙移开了视线，她仓促的小动作，惹得视频那头的秦孑轻笑了一声：“你躲什么，哥哥又不是不让你看。”

陈恩赐耳郭发烫地看了眼视频，她刚想骂他，结果触碰到秦孑的喉结，她跟做贼心虚似的又匆匆地躲开，连带着到嘴边要喷他的话，也忘得一干二净。

陈恩赐脸烧得嘴里都有点干：“你神经病啊你，你给我正常点！”

秦孑弯着眸笑了，他收回修长漂亮的指尖，隔着手机屏幕和气呼呼的她对视了一会儿，见她眼底的气焰消了一大半，便挑了下眉，语气懒散地说：“那不给看了，我偷偷地帮你摸两下？”

有画面感了。

陈恩赐觉得自己又死了。

他绝对是故意的，故意不好好穿衣服来跟她视频，故意撩拨她……

秦孑这个人太恐怖了。

她怀疑自己以后会一直这样不断地死去活来。

不行不行不行，她不能任由着他这样把她压得死死的。

陈恩赐默默地吞咽了一口唾沫，默默地在心底想了又想，然后等着自己耳朵的温度稍稍褪下去一些后，抬头对着秦孑笑着叫了声：“哥哥，你床能不能分我一半？”

秦孑到嘴边想要再逗他家小女朋友的话，一下子卡在了喉咙处。

“哥哥，你不说话我就当你同意了。”

陈恩赐看着盯着自己不出声的秦孑，压着心底的羞耻，鼓着勇气继续语气软软地问：“哥哥，如果我真的在国内，真的借走了你一半的床，真的躺在你身边，你会怎么办？”

视频里的画面静止了，一动也不动，就像是网卡了一般。

过了大概三分钟的样子，视频里的秦孑，咬牙切齿地骂了句脏话：“我要被你玩死了。”

秦孑深吸了一口气，想要再说点什么，结果，下一秒，视频断了。

紧接着，微信对话框来了一条消息：“你等着，回头别哭着求我！”

陈恩赐没回秦孑的消息，将烧到极致的脸埋进被子里。

过了不知道多久，在陈恩赐昏昏沉沉都要睡着的时候，她的手机又亮了。

屏幕上进来了一条消息。

秦先生：“我可能要坏了。”

翌日，陈恩赐睁眼，拿起手机就看到了秦孑发来的微信。

陈恩赐顿了两秒，耳根红了。

秦孑怎么什么都跟她说？这大早上的，谁要一醒来就被黄色废料灌一脑。

陈恩赐丢下手机，又缩进了被子里。

半分钟后，被子里发出一道哀叹声。

一分钟后，被子里传来了咚咚咚的砸床声。

三分钟后，陈恩赐一脚踢掉被子，暴躁地骂着秦孑，去了浴室。

刷牙的时候，陈恩赐百思不得其解，当初自己在花园小区第一眼看到秦孑，怎么就对他产生了“这人人模狗样话少架子大还有点清高”的印象。

呵，清高个屁。

醉人的话张口就来，对她不是哄就是骗。

陈恩赐想了又想，觉得秦孑当时能给她落得那么好的第一印象，全靠他那副皮囊。

有皮囊很了不起吗？她也有。

过了一会儿，陈恩赐叹了口气，有皮囊是挺了不起的，都把她教坏了。以前他一句话她半天反应不过来，现在他一句话她都能秒懂了。

陈恩赐又很惆怅地叹了口气，就踩着拖鞋出了浴室。

陆星还没来找她，秦孑那边估计在忙着没回她的消息，她一个人无聊地绕着酒店房间走了一圈，然后想到了“孑风洗陈”。

陈恩赐抱起 iPad，盘腿坐在沙发上，登录了“在线蹲一个网名”。

这才过了一天，“孑风洗陈”超话关注人数已经 821 了。

而她昨天分享的那两条微博，收获了好几十条回复。

“姐妹，你太会了，这都能被你生生嗑出糖来。”

“姐妹，你不说，我都不记得三月二十五日是陈恩赐生日了。”

“我不管我不管我不管，站这对的我，信了你说的了。”

“姐妹，不要停，继续编啊！”

“在线蹲一个新糖。”

陈恩赐看到不少人催她继续“编糖”。她想了想，在酒店的书桌上翻出笔和纸，画了张图，然后拍了张照片，发了个微博。

在线蹲一个网名：“米兰时装周，走红毯的时候，陈恩赐和穆楚词合影，穆楚词搂了陈恩赐的腰，秦孑反应如下——”

配图是陈恩赐画的三张脑袋大身体小的 Q 版人物。

第一张图，Q版秦孑双眼冒着红心抱着手机在发微信：“这张照片拍得不错。”

第二张图，Q版秦孑咬着一根吸管，下面连着一个类似于酸奶的盒子，盒子上面写着一个“醋”字，继续在发微信：“我没别的意思，就是单纯地夸夸这张照片。”

第三张图，Q版秦孑泡在一个缸里，上面冒着袅袅的热气，蒸发出来的全都是“醋醋醋醋”字，被醋环绕着的Q版秦孑碎碎念着“我真的没别的意思”“我就是没别的意思”“一定是假搂腰”“只是工作需要而已”……

发完超话，陈恩赐拿起手机。

陆星给她发消息了：“我在刷牙，等下过来找你，气死老娘了。”

陈恩赐被陆星一大清早的脏话，飙得有点蒙。

陆星：“我现在满肚子火，我从来没有这么生气过，我真的是手颤得都打不出来字了。等我五分钟，五分钟我过去说。”

陈恩赐心想，你打不出来字，你还打了这么多。

陈恩赐没回陆星的消息，在她退出微信的时候，看到了陈荣的头像，然后连带着想起昨晚分享“福利”的翻车史。她迟疑了下，就点进“铿锵玫瑰”群，将陈荣拉了进去。

陈荣：“？”

陈恩赐：“给大家介绍一下，陈荣，恋爱脑。”

陈荣：“？？”

林染：“就是你那个拿着钱养男朋友，结果男朋友拿着钱去养别的女人的妹妹？”

陈荣：“？？？”

陆星：“对，就是她，我前段时间对着你们疯狂吐槽的就是她，她在派出所拦住了我去追我家艺人。”

陈荣：“？？？？”

半分钟后，陈荣弱弱地问：“你们是在开批斗大会吗？”

林染：“不是，我们是在等你发红包。”

陈恩赐：“附议。”

陆星：“附议。”

“……”

五分钟后，陈荣真的发了个大红包。陈恩赐抢到了199.9，陆星抢到了0.1。

陆星一进陈恩赐房间，就号了起来：“我就说我跟她不对盘吧。你看，你细看，发个红包都歧视我。”

陈恩赐被陆星逗得咯咯直笑。

“别笑了，别笑了。”陆星按着屏幕，跟陈荣“你退群”“我就不退群”“你给我退群”“我姐姐拉我进来的我为什么要退群”互怼了一会儿，就放下手机看向了陈恩赐，“恩恩，我们来米兰的主要目的不是为了见XS品牌的负责人吗？

“我费了很大的力气，牵到的这条线，XS品牌那边的一个总监也答应了我，明天带我们跟他老板见面。但是就在刚刚，我睡着觉的时候，那总监给我打电话了，告诉我，见不上面了。

“见不上面了，见不上面我来什么米兰，我在这里待了一个多星期的意义是什么。我问他为什么，他跟我支支吾吾的，最后我就只能换人去问问情况。结果我才知道，原来XS本身是属意我们的，想把亚洲区代言给我们，但是就在昨天晚上，有个Z国的女演员插了一脚，让XS总部犹豫了。

“XS就这几天确定代言人，这一犹豫，本来铁板钉钉的事，一下子变得没谱了。跟了这个代言这么久，真要是被人临时抢走了，那我就真的是亏大发了，所以无论如何这代言都不能丢。”

陆星想到自己为了这代言，当时下不了床，今儿早上打探情况又差点儿下不了床，更气了：“反正就是不能丢，要是丢了，恩恩，我就跳楼去。”

在陆星气急败坏中，她的手机突然响了，她低头看了一眼，更炸了：“真的是她。”

陈恩赐抬起眼皮：“谁？”

“周桐。”陆星将手机啪地往旁边一丢，“我听到这个消息的第一直觉就是她，没想到真的是她。

“她可真是太刷新我的三观了。当初她和宋涛那事，你是没第一时间去阻拦，但陈荣说的也没错，当时你们并不知道是她和宋涛，万一真是一对夫妻呢。再说，你和陈荣不是把她送去医院了吗？当时要不是你冲去宋涛家阻拦她，她怕是现在在牢里蹲着呢。

“不管怎样，我都没办法理解她的想法。就算她恨你怨你，报假警一事没追究她，她也应该适可而止了吧。她现在这样算什么，追到米兰来，搅黄了你都差不多要敲定的代言，这是要得寸进尺没完没了了吗？”

陈恩赐语气淡淡地接了陆星的话：“是啊，大概是觉得太好欺负了吧，所以没完没了了。”

陈恩赐是真的无法理解，两个人道不同不相为谋，就此别过，互不干扰不好吗？为什么明明很堵心，却还是要想尽办法纠缠在一起，这样活着有意义吗？

昨天在电梯里和周桐碰了个正面，本以为不值一提了，没想到……

陈恩赐低头笑了下：“这可真是让人烦啊。”

陆星：“我都要气死了，气到恨不得现在冲到她房间给她两巴掌，你还笑？”

陈恩赐又笑了声：“有什么好气的，她让你烦，你就让她烦。”

“我倒是想让她烦，可我现在不是摸不着头绪，不知道怎么阴回去吗？”

“不需要来阴的，直接明着来就行了。”

陆星被“明着来”这三个字吓得心底一颤，完全顾不上气了：“你要干吗？你不要告诉我，又要去微博三连怼。”

陈恩赐眉眼中透着几分小自傲：“想什么呢，怎么可能，你以为是谁都配老娘微博三连怼啊。”

陆星冷静了下来：“那你说怎么个明着来？”

“很简单，代言嘛，在绝对的热度面前，任何阴谋诡计都是渣渣。我们没拿到代言，周桐也没拿到，你猜周桐接下来会怎样？”

“想办法见 XS 的高层。”

“对啊，但是 XS 高层在没做出决定之前，应该是不会见我，也不会见她。她如果想办法见，那一定是在酒店里、飞机上，装作恰好碰上，所以现在的我们只需要做一件事，就是你只需要摸清楚 XS 高层的出行时间，顺便摸清楚周桐的行程，然后我们就明目张胆地抢。”

陆星所有的关注点，全在“你只需要”这四个字上了。

她既要摸清楚 XS 高层行程，又要摸清楚周桐的行程。几乎是条件反射，她腿下意识地抽了一下筋。

她又要去找他了吗？

真想去找别人啊……

这念头刚闪过陆星的脑海，就被她立刻打消了。她以前不是没找过……然后，她险些废了。

陈恩赐见陆星倚着沙发，盯着自己半晌不出声，伸出手在她面前晃了一下：“你发什么呆。”

“没，我就在想怎么摸清楚。”

“这还要想？花钱就能搞定的事。”

陆星嘴里说着“是是是”，心底泪流成河，别的艺人花钱是能搞定，但是你不行，你得卖命。

当天晚上，陆星将 XS 高层和周桐的行程表发到了陈恩赐的手机上：“后天下午，XS 高层飞 Z 国 S 城，周桐同样的航班也是飞 Z 国 S 城，看来真的像你说的那样，要来个航班偶遇。”

陈恩赐：“正好，我们也来个航班偶遇，同样的航班，跟着他们一起飞。”

顿了顿，陈恩赐又道：“机场的事情务必要尽快安排好。”

陆星：“知道了，另外还有一件事，《生命》要宣传了，第一站正好是 S 城，我看了下时间，就是下周二，你要不要在 S 城干脆多留两天，做完 S 城的宣传，飞G城然后再回J城。”

陈恩赐第一个想法是从S城回J城，然后再从J城去S城。这样倒腾的目的，主要还是想见见她男朋友。但在她抬起指尖的一刹那，她又想到了别的事情。

犹豫了一会儿，陈恩赐最终还是听从了陆星的提议：“行吧，按照你的安排走，正好我在S城也有点私事要处理。”

陆星：“什么私事？”

陈恩赐：“都说私事了，你觉得我还会告诉你吗？”

过了三分钟，陈恩赐想到自己还是需要陆星帮忙去安排的，于是又发了句：“告诉你也不是不可以。就是……我想在S城购置个房产。”

跟陆星聊完后，陈恩赐把行程安排给秦孑转述了一遍：“本想着到了S城后，第二天就回J城的，但是有点事，所以可能回不来J城了。”

秦孑这两天也挺忙的，回她消息时快时慢，不过这次倒是挺快的：“为什么想着第二天回J城？”

陈恩赐心想，这是重点吗？

不对，是秦孑怎么就这么会抓重点呢？

陈恩赐动着指尖回：“我想我家了。”

秦先生：“你确定你没掉字？”

陈恩赐：“什么？”

秦先生：“我想我家了，这句话，确定不是，我想我家男朋友了？”

他也太会往自己脸上贴金了吧？陈恩赐下意识地想回他一句不要脸，只是还没来得及，屏幕上又多了几个字。

秦先生：“好好照顾自己，我可不想下次见面照顾个小病秧子。”

小病秧子？说谁小病秧子呢？

明明不是什么很好的词，可陈恩赐心底却跟吃了糖一般甜甜的。

她捧着手机想了又想，决定把心底的甜分给秦孑一半。于是，她把刚刚浮现在脑海里的“不要脸”换成了：“这都被你看出来了。我想第二天回J城，主要是想我家男朋友了，顺便想我家了。”

秦孑没回她消息，隔了好一会儿，她收到了秦孑发来的一张截图。

截的是他和她发的朋友圈。

潜水兮：圣诞节快乐。

秦孑：圣诞节快乐。

潜水兮的朋友圈下，只有秦孑的点赞。

秦孑的朋友圈下，只有潜水兮的点赞。

只是一眼，陈恩赐就认出这是去年圣诞节的事。

当时她和他聊完天，看到他和她同时发的朋友圈，越看越觉得暧昧，也悄悄地截了一张图。

原来他和她一样……也截了图。

陈恩赐眉眼含笑地咬了下嘴角，然后从相册里翻出自己的截图发给了秦孑。她那张截图，因为是她的视角，和他的略有不同。

僵尸孑：圣诞节快乐。

陈恩赐：圣诞节快乐。

僵尸孑的朋友圈下，只有陈恩赐的点赞。

陈恩赐的朋友圈下，只有僵尸孑的点赞。

陈恩赐和秦孑谁都没打字，但两人都心底乐开了花。只是这份欢喜没维持多久，秦孑的消息又过来了。

秦先生："哪里想我？"

秦先生："我哪哪都想你。"

她就知道，秦孑的温情维持不了多久，就变成了禽兽。

陈恩赐毫不客气地回："滚。"

秦孑再发过来的消息，倒是正常多了："好了，不逗你了，我是真的要滚了，我在跟人吃饭，一直给你发消息，惹得对方讲话一直断，有点不太尊重人。我得去自罚三杯道歉了，等闲下来了，给你打电话。"

陈恩赐："嗯。"

看到自罚三杯，陈恩赐提醒他："你少喝点，别喝醉了。"

秦先生："放心，哥哥的酒量可大可小。"

什么可大可小……陈恩赐刚想回消息，秦孑的消息又过来了："如果是你，我一杯就倒。"

因为要跟周桐和 XS 高层一起回国，陈恩赐和陆星被迫在米兰又多逗留了两天。

来过米兰很多次，早就没了玩的心思和新鲜感，陈恩赐绝大多数时间是窝在酒店房间里睡觉，和秦孑聊天，还有去"孑风洗陈"的超话里"编糖"。

回国的当天，在去机场的路上，"铿锵玫瑰"群里热闹了一番。

最先扯话题的是陈荣："《生命》这部戏 S 城的宣传已经安排得差不多了，这次请来捧场的人有点牛。"

陈荣紧接着发了个嘉宾表："不要发出去啊，你们看看就好，务必要保密。"

陈恩赐扫了眼嘉宾表，被其中一个名字吸引了注意力。

江炽。

同时也留意到这个名字的还有陆星：“江炽？”

陆星：“江炽怎么也来了？”

陈荣：“你认识他？你怎么会认识他？他家庭背景有点硬，《生命》这部剧又是医疗剧，过审什么的，导演找了他帮忙，所以这次就给他发了邀请函，没想到他竟然肯赏脸过来。”

陈荣：“他家庭背景真的很强的，我跟你们说啊……”

陈荣来了个小一百字的介绍，将江炽爷爷、江炽爸爸，到江炽各位伯父叔叔姑姑姐夫所任官职都科普了一遍。

陆星：“这个不用你科普，我早在八百年前就知道了。”

陈荣：“啊？你怎么会知道，他隐藏得很好啊。”

陈荣：“什么情况？”

陆星：“说出来我怕吓死你。”

陈荣：“我求你快吓死我吧。”

陆星：“江炽，他，当初差点让恩恩点头嫁了。”

陈荣：“啊啊啊啊啊啊啊啊。”

林染：“啊啊啊啊啊啊啊啊啊啊。”

陈荣：“啊啊啊啊啊啊啊啊啊啊啊啊啊。”

陈荣和林染两个人跟疯了一样，在群里疯狂地刷着“啊”，一个赛过一个的长，没人注意到满屏的“啊”中，夹着一条来自你看“这碗又大又圆”的“？”。

林染：“这可真是太刺激了，星星，夜空中最闪亮的那颗星星，求细节！”

陈荣：“啊啊啊我也好激动，星星，只要你告诉我，我保证以后再也不怼你了。”

陈荣：“不，我现在就给你补红包，我给你补200，那个0.1是个意外。”

林染：“补补补，荣妹妹快补，补完，我们就都是好姐妹。”

陈荣阔气十足地发了个红包：“星星专属，谁抢翻百倍。”

看在两百块钱的分上，陆星全盘托出。

陆星：“江炽在我带恩恩的第二个月，在一次品牌活动上与恩恩碰的面。就跟这次《生命》一样，当时江炽是嘉宾，坐在恩恩旁边，品牌商在台上讲话的全过程，江炽至少往我们家恩恩这边看了八百遍。”

陆星：“中间恩恩上台留影，当时恩恩穿了个长礼服，起身的时候，江炽侧身，特别绅士地帮恩恩提了下裙摆，顺便还整理了一下裙角。”

陆星：“你们是没亲眼看到，当时恩恩低头对着他说谢谢的时候，他仰着头笑得可温柔了。”

陆星：“当天晚宴，江炽就跑来跟恩恩要电话号码了。妈呀，你们是不知道啊，追恩恩的人很多的，我就没见过江炽这种，上来就是一句，我想娶你。”

陆星：“然后江炽就被恩恩给拒了，说，不好意思，我喜欢女人。”

陆星：“江炽被恩恩拒了后，就跟着恩恩的活动跑。每逢过年过节，江炽的礼物准会到恩恩的手上，恩恩代言的东西他都会买。所以那会儿说恩恩带货能力比较强，其实功劳还是有江炽一份的。江炽那一追就追了四年，整整四年。”

陆星：“这四年里，江家不知道从哪儿知道了这件事，还来找过恩恩。你也知道他们这种家族，还是看不太上女明星的，不过江家到底是家教好，说话比较婉转尊重人，但从字里行间也是能听得出来让恩恩离江炽远点。”

陆星：“江炽知道了这件事，在他母亲和恩恩正谈着话时，冲了进来，二话不说就跟他母亲来了句，给恩恩道歉。再之后，也不知道江炽怎么跟家里人谈的，总之后来他母亲真的跑来跟恩恩道歉了。”

陆星：“其实江炽是在这件事上打动我的，江家那个门不好进，错综复杂权益盘根，江炽能说动家里的人，一定是下了血本的。我当时是真的觉得江炽这个人值得嫁的，我觉得遇到个这样的人真的不容易，我是真的不想让恩恩错过，我一边暗戳戳地撮合他们，一边明晃晃地对着恩恩洗脑，遗憾的是都没成功。”

陆星：“我到现在都挺纳闷的，江炽挺好的啊，相貌好，出身好，有担当，追你也是奔着结婚去的，但凡换个女人都愿意嫁吧？”

陆星：“对了，还有件事，恩恩有次生病在家，我当时过不来，就问了江炽。江炽那会儿在 S 城，包机来的 J 城，不过江炽敲了半天门，恩恩没给他开门，他就走了。”

陆星：“江炽是在恩恩被全网黑得最惨、最声名狼藉的时候求的婚。”

陆星：“那戒指跟鸽子蛋一样大，江炽还说只要恩恩愿意点头嫁给他，他就带她出国，离开这里，离开这些流言蜚语。”

陆星：“当时恩恩犹豫了，我了解恩恩，我真的看出了她的犹豫，她都抬手了，想去接那枚戒指了。我当时真的以为恩恩要嫁了，最后不知道为什么恩恩收回了手，来了句你跟我过来。”

陆星：“具体他们聊了点什么我就不知道了，反正江炽那次之后，再也没来找过恩恩，也没在恩恩的活动上出现过，反正从此以后就在恩恩的世界里消失得干干净净。”

陈荣：“没了？”

陆星：“没了。”

林染：“兮兮跟江炽说了点什么啊，让江炽放弃了。”

陆星：“我也很好奇。”

陈荣艾特陈恩赐："快出来讲讲。"

陈恩赐："想都不要想。"

陈荣："姐姐。"

陈恩赐："喊一百声姐姐也没用。"

陈荣："姐姐。"

陈荣："姐姐。"

陈荣："姐姐。"

在陈荣不断刷屏的"姐姐"中，你看这碗又大又圆："嫁了？"

陈恩赐眼尖地瞄到这两个字，她艾特你看这碗又大又圆："是差点，差点，差点。"

你看这碗又大又圆不说话了，陈荣还在那里刷"姐姐"，也不知道陈荣到底刷了多少个"姐姐"的时候，你看这碗又大又圆："差点嫁了也是嫁了。"

陈恩赐和陆星要过安检，没在群里冒泡。在陈荣跟刷屏机似的"姐姐"中，偶尔蹦出一条你看这碗又大又圆的消息。

"嫁了。"

"嫁了。"

"嫁了。"

……

陈恩赐和陆星一进头等舱休息室，就看到了周桐和一个外国男人坐在靠窗的位置聊得正火热。陆星凑到陈恩赐耳边低语道："那个和周桐聊天的男人，就是 XS 品牌的高层。"

陈恩赐稍微往下拉了拉墨镜，看了眼那男人的长相，没说话。

陆星又问："我们要不要也过去打声招呼？"

陈恩赐推上墨镜："不用。"

没多久，到了登机的时间。

陈恩赐和陆星先进的机舱，坐下后好一会儿，几乎等到整个飞机的人都登完机了，周桐和 XS 的高层才上飞机。

周桐的工作人员都去了后面的经济舱，周桐和 XS 的高层留在了头等舱，两人的位置紧挨着。

陆星等他们坐下后，压低了嗓音悄悄说："周桐绝对是提前很长时间来的机场，然后吩咐人蹲在办理登机牌的地方蹲着 XS 的高层。只要他一出现，就当成偶遇凑上去，然后好能和他的位置安排在一起。毕竟回国要飞十几个小时，这十几个小时也够大家联络出来感情了。"

"那就先让他们联络着，感情深了再破碎，想想就刺激。"陈恩赐从随身携带的包里，翻出加热眼罩，准备等会儿飞机起飞了补会儿觉。

陆星吃吃地笑了两声，冲着陈恩赐伸了下手："也给我一副眼罩，我一晚上都没怎么睡好，我得先睡会儿。"

陈恩赐将拆开的眼罩递给陆星："你一晚上不睡觉干吗了？"

陆星哼哼唧唧了两声："能干吗啊，刷剧呗。"

陈恩赐信以为真，拆了条毯子给陆星。

陈恩赐睡了没两个小时就醒了，反倒是旁边的陆星睡得很沉。坐在前面两排的周桐和 XS 高层还在有说有笑地聊着天。

陈恩赐隐约能听到周桐的笑声，她面无表情地拿了本时尚杂志，随便翻着看。

周桐半路上洗手间，看到了陈恩赐，她脚步停了下，随即就仿佛什么都没看到般走开了。

陈恩赐知道周桐从身边经过，也并未抬头看她一眼，全程冷着表情看杂志。

周桐再回到位置上，也不知是有意还是无意，和 XS 高层聊得更欢愉了，时不时发出的笑声也比刚刚大一些。

一本杂志翻完，XS 高层休息了，周桐没再说话，整个头等舱一下子静了下来。

陈恩赐盯着窗外的蓝天白云看了一会儿，实在是无聊，就又闭上了眼睛。

这一觉，陈恩赐睡得有些长，等她再醒来，陆星已经醒了正在吃飞机餐。陈恩赐看了眼时间，还有不到两个小时就要到 S 城了。

XS 高层和周桐也都已经睡醒了，两人一边用餐，一边时不时地举着红酒杯轻碰一下。

陆星翻了个白眼，咬牙切齿地吞了一口面，扭头问："你要吃点东西吗？"

陈恩赐点了下头，将座椅调了起来。

等她用完餐，上了个洗手间，飞机差不多已经开始降落了。

四十分钟后，飞机停稳在地面，机舱打开。陆星刚要起身，陈恩赐伸出手拉了她一把："等等，让他们先走。"

周桐和 XS 高层也没着急起身，直到周桐的团队和 XS 高层的助理从经济舱过来，两拨人才一块儿下了飞机。临出机舱前，戴着墨镜的周桐，往陈恩赐这边扭了一下头。

没人能看清楚她的眼神。

陈恩赐也不是特别好奇，就那么安静地继续坐着。

周桐嘴角若有似无地微扬了一下，随后就收回视线，跟 XS 高层有说有笑地沿着长廊进了机场。

陈恩赐和陆星特意等他们走远了，才下了飞机。

周桐和 XS 高层还没到行李转盘处，就听到出口传来了一阵阵喊声。因为听得不太清晰，他们只是好奇地往出口看了几眼，就去等行李了。

取完行李，周桐和 XS 高层走在中间，周桐的团队推着行李和 XS 高层带的秘书助理走在后头。一行人刚到出口，迎面卷来的就是震耳欲聋的“陈恩赐”。

XS 高层挤了半个机场出口的人群，侧头问秘书：“这是什么情况？”

秘书刚回了句“我去问问”，还没来得及摸手机，“陈恩赐”的呼声更高了，中间还伴着尖叫声，那阵势简直是要掀翻整个机场的屋顶。

很快，有两道身影推着行李从他们身边经过，紧接着，那群喊着“陈恩赐”的人，冲着那两道身影蜂拥而至。机场保安连忙出动，维持秩序，但尽管如此，整个出口还是乱作一团。

场面足足混乱了整整二十分钟，直到陈恩赐和陆星钻进了车里，离开机场，才算安静了下来。

此时，XS 高层的秘书已经了解完了情况，凑到 XS 高层的耳边低声汇报：“陈恩赐就在我们那趟航班上，她的行踪不知道被谁泄露了，刚刚来的都是她的粉丝。”

XS 高层默不作声地点了下头，看向周桐：“不好意思，周小姐，我等下还有个会，可能要先走一步了。”

周桐下意识地往 XS 高层跟前挪了一步：“那我们的合作……”

“实在是很抱歉，”没等周桐把话说完，XS 高层就开了口，“就在刚刚，我们已经确定了亚洲区代言人是陈恩赐小姐。”

周桐神情微变了变，努力地稳着面上的平静：“我能知道原因吗？”

XS 高层笑了：“原因周小姐不清楚吗？我们找代言，除了看形象之外，还需要名气，而刚刚我们看到了陈恩赐小姐粉丝的热情。”

第十二章
他怀里抱着的，是他的命

“星星，你可以啊，竟然搞来了那么多人接机。”

“你也很可以啊，竟然让周桐先出来，让大家对着周桐喊你的名字。”

车里，陈恩赐和陆星彼此恭维了一会儿，然后陆星问：“你说，我们下次去找 XS，他们应该不会拒绝了吧？”

“找什么呀，等着，等着他们来找我们。”陈恩赐看了眼时间，“信不信不等我们到四季酒店，XS 那边就来联系你了。”

随着陈恩赐话音的落定，陆星手机响了一声，之前和陆星对接的那位 XS 的总监来了微信。

陆星刚想拿起手机回复，就被陈恩赐摁住了：“别着急回他们，再等一等，他们会派 XS 更有话语权的人拿着更好的价格亲自打电话约你。”

陆星瞬间懂了陈恩赐的意思：“也是，看到我们那样的接机阵势，这个合作他们肯定是要势在必得了。”

十分钟后，正刷着手机的陆星，看着群聊天，蹙起了眉：“周桐那边的人开始在群里阴阳怪气了，说什么有些明星手腕下三烂，不正当竞争，搞水军。”

一些行业内的群，陈恩赐并不在，但是陆星在。陈恩赐接过陆星的手机，大致地扫了一遍聊天记录。在群里讲话的是周桐的一个小助理，倒是没点名道姓，就是指桑骂槐绵里藏刀地说。

陈恩赐看聊天记录的过程中，那小助理还在不断地发消息。

“这种玩法跟劫匪明抢有什么区别。”

“可真是有够恶心人的！”

她就是明抢，你又能怎么样？她还明讽呢。

陈恩赐忽地笑了一声，动了指尖：“某明星表示：知道你很恶心，她就很开心了。”

《生命》S 城站的宣传发布会在下午三点钟，陈恩赐作为主演，很早就到了现场后台。

《生命》这部剧无论是从制片方、导演再到男主角穆楚词，在圈里都是很有面子的存在，S 城又是首宣，几乎半个娱乐圈的人都到了，其中不乏一些超热度明星，他们的粉丝早就举着灯牌将场外围了个水泄不通。

后台更是一拨接着一拨的人往里进，陈恩赐到了没多久，空荡荡的休息室就热闹得翻了天。

在临近发布会开始前的半个小时，江炽到了。

《生命》能过审多亏了他，对于整个剧方来说，他就是一尊活菩萨，他人一到，不管制片方在忙什么，都立刻过去招待他了。一方面是制片方那边是真的盛情难却，另一方面是在场的不少人或多或少知道些江炽的背景，都想尽办法地往他身边凑，江炽本就是那种谦谦君子，很少驳他人颜面，以至于他人到了将近二十分钟，都没能脱开身。

到底是有四年交情，陈恩赐没往江炽跟前凑，但陆星还是过去打了声招呼。

回来后，陆星一边检查陈恩赐的妆容，一边说："江炽这一年多没什么变化，还是以前的老样子，对我说话也照旧客客气气的，感觉并没有因为当初求婚被拒存什么怨……"

陆星的话还没讲完，后台休息室的门又被推开了。

陆星正对着门口站着，看到进来的人，正说着话的她险些一口咬掉舌头："怨怨怨怨怨……"

"你抽什么风？"陈恩赐抬头看了眼陆星，见她目瞪口呆地望着身后，就扭头往后看了眼。

不看还好，一看陈恩赐差点儿当场把手里的手机砸出去："秦、秦孑？他怎么过来了？"

陆星也正蒙着呢："你问我，我怎么知道，他是你男朋友又不是我的。"

陈恩赐和陆星这边正嘀咕着，那边的陈荣已经赶了过来："你把你男朋友请过来了？"

这边三个女人正一头雾水着秦孑怎么突然降临，那边已经开始催着大家入场了。

也不知道是谁安排的位置，挺厉害的，以导演为中心轴，陈恩赐和穆楚词以及其他演员坐在导演的左边，剩下的制片方和特邀嘉宾坐在了导演的右边。

而陈荣……左手边是秦孑，右手边是江炽。

陆星坐在陈恩赐的后面，她看了看那边的秦孑和江炽，越看越觉得气氛不太对劲，忍不住拿着手机进了"铿锵玫瑰"群。

陈荣："秦孑是导演那边请来的，都没人提前告诉我。"

陈荣："这是谁安排的位置，为什么我在他们中间？"

陆星："是我的错觉吗？我怎么觉得秦孑和江炽怪怪的？"

陈荣："不用觉得，就是。知道我现在夹在他们中间是什么感觉吗？"

陈荣："弱小无助瑟瑟发抖。"

坐在第一排的陈恩赐时不时地会被摄影师拍到，没办法像陆星和陈荣那样肆无忌惮地发消息。等她逮着机会点进微信，陈荣和陆星已经聊了很多条消息。

除此之外，置顶的秦先生，也回了她消息。

陈恩赐："你怎么过来了？"

秦先生："怕我家小女朋友迷路，特意来接她回家。"

隔了三分钟，秦先生："野花不如家花香。"

看来陆星和陈荣的直觉没错，江炽的事，他知道了。

他不但知道了，还掉进了醋海里。

也对，林染知道了，容与就会知道，容与那个大嘴巴知道了，秦孑想不知道都难。

陈恩赐抿了下微扬的嘴角，装作随意转头的样子，趁机往秦孑坐的那边看了眼。

对比温润谦和的江炽，秦孑看起来有些不食人间烟火，秦孑明明就活生生地坐在那里，眉目清冷地注视着台上正讲话的主持人，可他给人的感觉却很远很淡很不真实，像是活在少女幻想里的纸片人。

陈恩赐怕被抓拍，不敢在秦孑身上逗留太久，只是一刹那就将视线又落回舞台上。

隔了一会儿，她手中的手机振动了下，避开摄像机，偷偷望去，是秦孑又发来的一条消息。

秦先生："你是偷看我，还是偷看他？"

陈恩赐险些失笑出声，她只好面带微笑地抬起头，对着舞台望了一会儿，等到笑意褪去，才按了几个字："我是看傻子。"

消息发送成功后，陈恩赐又往秦孑那边偷偷扫了一眼。他端坐在椅子上，垂眸看放在腿上的手机。

不到一分钟，陈恩赐捧着的手机进了新的消息。

秦先生："你又看傻子了。"

陈恩赐只好又面带微笑地抬起头看向了舞台。

发布会开了两个小时，两个小时里陈恩赐除了上台互动的那半个小时，剩下的一个半小时，被"傻子"惹得好几次装模作样地对着舞台笑。

发布会结束后是晚宴，秦孑本身就不太喜欢参加这种应酬，全程淡淡地坐在那里，谁跟他说话他就礼貌地"嗯"一声。倘若没人跟他说话，他就安静地听大家讲话。

陈恩赐途中敬酒，虽然在外人看来她和秦孑是早已分手多年再无往来的陌生人，但都围着一个桌子吃饭，形式还是要走一走的，要不然反而显得太刻意。所以，她给导演敬完酒后，还是将酒杯往秦孑面前也递了一下，只是没开口说话。秦孑瞄到酒杯，头都没抬一下，很敷衍地举了举杯子。

两人什么话都没说，一饮而尽，那架势看着就像巴不得和对方赶紧撇干净。

敬完一圈酒，陈恩赐拿起手机，收到了秦孑的消息。

秦先生："这杯酒祝小女朋友新剧大火。"

陈恩赐将手机藏在桌子下面，回："谢谢男朋友。"

过了几秒钟，陈恩赐又打字："你有没有觉得我们像是在偷情，有点刺激。"

发完消息，陈恩赐抬头看了眼秦孑，她家男朋友正在玩手机，但她却迟迟没收到消息。三分钟后，陈恩赐身边的陈荣端着自己的酒杯，起身绕到了秦孑身边："秦先生，不好意思，能不能麻烦您跟我换个位置？我有点事要跟导演聊。"

秦孑略犹豫了下，点头应了。

等服务生给秦孑和陈荣换完新餐具退下后，秦孑拿起手机，按了两下。

陈恩赐的手机屏幕亮起，秦先生："把右手放下来。"

陈恩赐不知道秦孑何意，想看一眼身边的他，但又怕被周围的人捕风捉影。她想了想，就放下手中的筷子，把手从桌子上垂落了下来。

下一秒，她的手被秦孑攥着，紧接着她的手机屏幕又亮了。

秦先生："你偷情的段数太低了，这样才够刺激。"

陈恩赐还没来得及解锁屏幕，秦先生的消息又进来了："给你来个更刺激的。"

陈恩赐前一秒刚看完消息，后一秒秦孑的手机掉在了他和她中间，他看似俯身捡手机，但唇落在了被他紧握着的她的手背上……陈恩赐胳膊微微一颤，下意识地想将手抽走，只是……她还没来得及行动，就感觉到手背上一湿。

那抹湿意顺着她的手背，一路蔓延到她的手腕内侧，他的牙齿轻轻地咬过她的皮肤，舌尖留下酥酥麻麻的触感。

陈恩赐屏着呼吸，默默地在心底骂了一声。

这哪儿是刺激，简直是刺激坏了。

跟旁边人聊天的陆星，扭头看了眼陈恩赐：“恩恩，你举着一勺汤发什么呆？”

陈恩赐“啊”了一声，连忙将勺子递向嘴边。

秦孑齿间的力道忽地加重，陈恩赐差点儿失手将汤洒在身上。

他绝对是故意的。

陈恩赐努力地维持着面上的平静，默不作声地将波荡不已的汤小口小口地抿进嘴里。

陈恩赐喝完汤，刚想暗松一口气。陆星纳闷地伸出手揪了揪陈恩赐的耳朵：“你耳朵怎么这么红？”

陈恩赐一怔。

好几个人扭头望来，陈恩赐往后拽了拽手，不但没拽回来，秦孑落在她手腕上的唇和舌越发轻柔。陈恩赐大气不敢出一下，她迎着大家好奇的注视，一边在心底暴躁地骂秦孑是个浑蛋，一边咬着牙硬着头皮笑道：“我……喝酒上耳朵。”

秦孑无声地轻笑了一下，气息拂过陈恩赐的肌肤，留下痒痒的触感。

陈恩赐的手用力攥了一下拳头，秦孑又笑了一声，知道小姑娘濒临发飙的边缘了，见好就收地捡起手机，慢悠悠地坐正了身子。

陈恩赐将手腕在衣服上用力地蹭了两下，把秦孑残留在她肌肤上的感觉磨走后，才将右手轻轻地搭回桌上。她瞄见手腕内侧白皙的肌肤上多了一个桃心形状的红痕，她张了下口，跟做贼似的将手又缩回了桌下。

旁边的秦孑，留意到她的举动，低笑了一声。

陈恩赐恼怒地用眼角的余光乜斜了一眼秦孑，只见他神情懒懒地靠着椅背，单手滑着手机，仿佛什么事都没发生过似的，无比坦然淡定。

旁边有人问秦孑：“秦先生，什么时候回 J 城？”

秦孑放下手机：“还没确定。”

那人又道：“明天大家要转去 G 城了，你是还有别的事情要忙？”

秦孑：“嗯，还有点私事。”

陈恩赐听着秦孑和旁边人聊天，垂着眼皮喝了两口汤，然后又悄悄地往他旁边看了眼，越看越觉得他淡然的模样不顺眼，便盯着汤里的人参须转了转眼珠，就偷偷地将腿一点一点伸到秦孑那边，贴住了他的腿。

她清楚地感觉到秦孑的腿僵了一下，要往后缩，她二话不说用腿勾住了他的腿。

“有时间回J城喝两杯。”

“好啊。”

“敬你一杯。”

秦孑没说话，举起了酒杯。

陈恩赐咬着勺子，皱了皱眉，秦孑竟然这都无动于衷？她不死心地用腿轻轻地蹭了蹭他的腿，见他竟然稳稳地将一杯酒灌进嘴里吞进腹中。

陈恩赐咬了咬唇，索性将右手伸到了他的腿上。

“等下局散了，秦先生还有约吗？”

秦孑撩了撩眼皮，刚想回话，就感觉到陈恩赐的小手往自己大腿移。

行啊，小姑娘，学坏学得挺快的。

秦孑动作生硬地放下酒杯，攥住了某个小作精不知死活地在他腿上乱挠的小手：“嗯？”

和他聊着天的人，以为秦孑没听清楚自己的话：“等会儿散场，秦先生有别的安排吗？”

秦孑持着手机边按边说：“有了。”有安排了。

他想好了，吃完这顿饭，他什么都不干，就上楼去找陈恩赐。

秦孑收起手机，对着旁边的人又道：“不好意思，失陪一下，我去趟洗手间。”

伴着他起身，陈恩赐的手机屏幕亮起。

秦先生：“跟过来。”

陈恩赐没着急起身，等秦孑走到门口，拉开门后，才放下手里的筷子。她刚想转头对陆星说句她去趟洗手间，坐在离她好几个位置远的江炽，突然出声：“不好意思，我晚上的飞机，得先走了。”

说着，江炽持起酒杯，跟大家敬酒。

陈恩赐只能吞下到嘴边的话，跟着大家一起陪酒。

江炽放下酒杯，隔着一桌子的佳肴，看向了陈恩赐：“恩赐，不知道有没有时间，可不可以单独聊两句？”

陈恩赐没想到江炽会突然跟自己讲话，她愣了下，下意识地往门口瞟了一眼：“可以啊，不过……我想去趟洗手间。”

江炽：“我在楼下的咖啡厅等你。”

陈恩赐轻点了下头，起身出了包厢。

洗手间是一间一间独立的，不分男女，陈恩赐按照秦孑发的短信，推开最里面的那扇门。她刚进去，就被秦孑压在门板上低头堵住了唇。他吻得有点乱，也有点猛，过了好一会儿，他才温柔了下来，一手捧着她的脸，细细绵绵地亲吻了许久，蹭到了她的耳边，低声问："要去见他？"

陈恩赐大脑有些缺氧，迟缓了一阵儿，才轻轻地点了下头，"嗯"了声。

他又堵住了她的唇，比最开始的吻还要激烈，他惩罚似的咬了下她的嘴角，直到他咬上她锁骨，失口没控住力气，疼得她"嘶"地倒抽了一口气，他才收住又急又躁的吻，伸手将她抱进了怀里。

"很想卑鄙一次，但对你使不出来。"

秦孑放开陈恩赐，迎着她疑惑的视线，伸出手将她绾着的头发散了下来。

他把她带到镜前，站在她身后，点了下她右侧的脖颈："刚刚没收住，留了点印迹。想卑鄙点不告诉你，让他看到，但又不想让你难堪。"

陈恩赐这才反应过来，秦孑为什么扯散她的头发。她心底一暖，转头问："吃醋了？"

"嗯，吃醋。"秦孑以指代梳，梳着她的头发，"醋得牙齿都酸了，但还是会让你去的。"

整理好她的头发，秦孑揉了下她的脑袋："去吧。"

"我去了啊。"

他嘴里"嗯"着，手却在她脑袋上逗留了片刻，才挪开。

陈恩赐往门口迈了一步，想了想，又退回来，踮着脚尖亲了下秦孑的嘴角。

秦孑顺势逮住她的唇，又狠狠地吻了一下，然后凑到她耳边："和他聊天的时候，记住你的身份。

"你是我的人。"

陈恩赐在的那个包厢，明天一大早不少人要飞G城，这几天为了发布会的事个个都忙疯了，一伙人早就累坏了，填饱肚子适当性地喝了点酒，也就散了。

陈恩赐和江炽分开后，看到陆星发来散场的消息，就直接回了楼上。

陆星和陈荣都在她房间，她一进去，两人立刻虎视眈眈地围上了她。

"你去见江炽了没？"

陈恩赐躲开了两人冲着自己左膀右臂伸来的爪子："见了。"

陆星："真去了？那秦孑知道吗？"

陈荣觉得陆星这个问题蠢极了："你傻吗？当然不能让姐夫知道了。"

陆星："你也知道是当然，万一知道了呢。"

陈荣："哪有那么多万一？万一姐夫不知道呢。"

陈恩赐面无表情地穿过又怼起来的两个人，找了充电器连上电源："他知道。"

陆星和陈荣："什么？"

陈恩赐一口气把话说完："秦孑他知道，是他让我去的。"

陆星和陈荣面面相觑了两眼，前一会儿还吵得不可开交的两个人，现在就跟有心灵感应似的异口同声道："没看出来，秦孑（姐夫）还挺大度的。"

陈恩赐想到她出洗手间之前，秦孑再三重复的那句"早点回来"，背对着两个人没忍住喷笑了一声。

是挺大度的，也挺尊重她的。

就是醋得厉害了点。

她拿着手机刚想给挺大度的男朋友报告下行踪，手机就振动了一声，秦先生来消息了："温馨提醒，你是有男朋友的人。"

在此之前，这句话已经被秦孑发了五遍，还挺规律，五分钟一提醒，跟客服机器人似的。

陈恩赐动着指尖赶紧给大度得不能再大度的男朋友回消息："我回酒店房间了。"

"陆星和陈荣在我这儿，等她们走了，我给你打电话。"

秦先生："不来找我？"

陆星下午看到秦孑，特意千叮嘱万叮咛过陈恩赐，这酒店住了很多超热度明星，行踪都被泄露到网上了，到处都是私生饭和粉丝，一不小心就会被拍到，让她跟秦孑保持遥不可及的距离感。

陈恩赐刚想把这些转述给秦孑，屏幕里又进了一条消息。

秦先生："我在别处订了酒店。"

陈恩赐张张嘴，脑子一抽就回了句："大床房？"

秦先生："不然呢？豪华双床房？"

秦先生："也不是不可以。"

秦先生："正好省了换床单。"

看这情况，她要去找他，那今晚是要……

她就知道，秦孑千里迢迢从J城跑到S城，看情敌是假，睡她才是真。

只是她明天一早的飞机啊，这要是做点什么坏事，她明儿还能美美地穿高跟鞋去见G城的粉丝吗？

为了工作，陈恩赐只能弱弱地问："非得今天见面吗？"

秦先生：“你说呢？”

要我说，那就不必见了。

当然，陈恩赐还是大发慈悲，没这么直接地打击自己那个超大度的男朋友。她咬着唇想着到底怎样才能既安抚了男朋友，又能让男朋友体谅她。

要不去朋友圈帮“我有个朋友”求个助？

陈恩赐戳进朋友圈，看到秦孑二十分钟前发的动态：“这家咖啡厅的充电宝充电挺快的。”

配图的桌子，陈恩赐无比熟悉，因为五分钟前，她就见过和这一模一样的桌子。

她和江炽见面的那半个小时，秦孑一直都在咖啡厅？

好一个大度的男朋友！简直是太大度了！全宇宙最大度！

陈恩赐觉得自己一下子心软了，对男朋友提出今晚做坏事的邀请开不了口拒绝了。

秦孑从J城过来，她和他单独相处了不过五分钟，今天来发布会的任何一个人，可能跟她说的话都比跟他多。

陈恩赐看到秦孑的朋友圈下，容与和他的互动。

容与：“怎么跑去咖啡厅充电？”

秦孑：“没带充电线。”

撒谎精。陈恩赐撇了撇嘴，退出到和秦孑的聊天对话框：“本来今天是不可以的，但我得给你去送充电线。”

秦先生：“……”

过了一会儿，秦先生：“我安排人接你，车牌号是……”

陈恩赐回了个“嗯”，放下手机，轰走陈荣和陆星。陈恩赐去洗了个澡。洗澡的时候，她思想一时没控住跑远了，她紧张得多用了一次沐浴乳，才关掉了水。

她穿好衣服，吹干头发，涂好护肤品的时候，忍不住叹了口气。

她怎么觉得自己像是送上门去待人宰杀的羊。

而且还是那种会自己洗干净送上门的羊。

陈恩赐悠悠地又叹了一口气，心想着自己可真是没出息，就准备出门了。经过吧台的时候，刚刚洗澡洗久了的陈恩赐有点口渴，拉开冰箱拿了一瓶水。

关上冰箱门的时候，她看到上面放零食的置物架里有两个花花绿绿的盒子。

是秦孑以前用过的牌子。

秦孑订的酒店应该也有吧……万一不是这个牌子呢？

陈恩赐捧着水瓶，想了又想，最后还是伸出两根手指，将其中的一个盒子飞速地夹起来放进自己的口袋里，然后就木着一张脸下了楼。

在路上，陈恩赐碰触到自己口袋里硬硬的小盒子时，重重地叹了一口气。

她疯了吧，竟然揣着这个东西来找秦孑。

等会儿下了车，她还是悄悄地找个垃圾桶把这东西丢了吧。

秦孑订的酒店，离陈恩赐住的酒店并不远，很快车停了。陈恩赐下车，还没来得及把兜里那东西丢了，就看到站在酒店门口等她的秦孑。

丢是没机会丢了，陈恩赐只好将那个小盒子往口袋里掩耳盗铃似的压了压，就像是真的藏起来般，跟秦孑保持着五米远的距离，跟陌生人似的一前一后走进酒店，绕过大堂，钻进电梯，穿过长廊，入了房间。

随着身后的门被秦孑轻轻地关上，陈恩赐身体莫名其妙打了个战。

秦孑一边反锁门，一边问："冷？"

"不是……"

这还什么都还没做呢，她怎么那么紧张，还有点呼吸不畅？

陈恩赐默默地吞咽了口唾沫，一脸淡定地道："可能是有点近乡情怯？"

秦孑走到陈恩赐跟前，看了她一眼："什么近乡情怯？"

陈恩赐慢慢地"啊"了声，意识到自己脱口而出了什么有内涵的词，急忙摇着头："没什么。"她也真是的，怎么心底想什么嘴里就说什么。

还好她说得比较委婉，没直接跟他整句——想到和你睡有点紧张。

陈恩赐被秦孑看得有些心虚，生怕他看穿她的心思，躲闪着他的视线，理不直气也壮地又说："我就是突然想要卖弄卖弄文化。"

秦孑轻"呵"了声，近乡情怯，这四个字也值得你卖弄："你怎么不整句诗？"

"你管我。"陈恩赐不太想跟秦孑继续这个话题，凶巴巴地怼他一句，就往房里走。

秦孑拉住她的手，将她反抱在怀里，低头趴在她耳边问："你卖弄个文化，耳朵红什么？"

陈恩赐嘴犟："哪、哪有？"

秦孑含住她的耳垂，声音轻得只有两个人能听见："老实告诉哥哥，刚刚脑子里是不是想了什么好事。"

陈恩赐："什么好事？"

秦孑在她白嫩软乎的耳垂上留了个牙印："例如想哥哥。"

陈恩赐手一抖，心彻底虚了。

他是怎么透过“近乡情怯”这四个字，猜出她的想法。还好事……看把他厉害的。

陈恩赐吸了口气：“你可拉倒吧，谁想你了？还有，你放开我，我这外套好贵的，还不能洗，我得挂起来。”

秦孑嗤笑了一声，在她唇上又落了几个浅浅淡淡的吻，松开了搂着她的胳膊。

陈恩赐脱掉外套，拉开衣柜，从里面拿出衣架。

衣架有点塌，没架住衣服，刚挂好就掉在了地上。衣服的口袋并不深，里面揣着的小盒子蹦了出来，落在地板上发出一道很清脆的响声。

陈恩赐弯身捡衣服的时候，看到落在秦孑脚边的色彩鲜艳的小盒子，只觉得浑身的血液都凝滞了。她保持着僵硬的姿态弯了好一会儿身子，看到秦孑捡起了小盒子，这才机械似的抓着衣服随着他慢慢地站直了身子。

秦孑打量着小盒子“啧”了一声。

陈恩赐只觉得脸上一阵火辣辣的，她紧紧地抓着衣服，梗着脖子想了好一会儿，然后面无表情地对着秦孑开口说：“你能把它还给我吗？我等会儿还要拿着它吹气球玩呢。”

秦孑沉默了好一会儿，走到她跟前，将小盒子放到她怀里抱着的衣服上：“吹之前，记得用水洗洗，要不然吹你一嘴油。”

陈恩赐只想把手里的衣服拍秦孑脑门上。

看着小姑娘露出鲜有的被噎得说不出来话的抓狂模样，秦孑勾勾唇，倾身凑到她耳边低声问：“小女朋友，你确定不是拿给哥哥的？”

陈恩赐脸红地扭开头：“你闭嘴。”

陈恩赐将怀里的衣服往旁边沙发上一甩，伸着胳膊冲着秦孑张牙舞爪地扑来。

秦孑轻笑了一声，稳稳地握住她两截白白细细的手腕，抢在她暴躁地抬腿踹他之前，圈住她的腰往后一仰，带着她躺倒在了床上。没等她反应过来，他翻身将她压在身下，垂头堵住了她的唇。

她挣扎反抗了没多久，就渐渐地温顺了下来。他慢慢地松开了握着她手腕的力道，掌心顺着她的胳膊落在了她的耳边。他缠绵细腻地吻了她许久，才将唇滑到了她的颈侧：“以为我今天喊你过来是想和你睡？”

陈恩赐想到那个小盒子，羞愧地将脸埋在了秦孑的肩膀上。

秦孑吻了吻她的头发：“是挺想的。但你明天不是要去G城吗？还要早起，真要睡了，就你那小体格儿，还能走得了吗？”

陈恩赐脸烧得只想找个地缝钻进去。

“再说，在你眼里，我有那么禽兽吗？”

秦孑微微起身，把小女朋友埋在自己胸前的脸扳了出来，盯着她的眼睛，语调懒懒地说：“能上哥哥床的人，也是哥哥放在心上的人，更是哥哥将来养在家里的人。

“就算是哥哥满脑子想的都是禽兽的事，也不会真当个禽兽。”

秦孑这话说得很绕，跟绕口令似的。

陈恩赐迷迷糊糊地反应了好一会儿，才搞明白他的意思，原来不需要她想办法安抚她家男朋友，她家男朋友就已经体谅她了。

“秦孑，你是说，你喊我过来，就是为了跟我盖着棉被纯聊天？”

陈恩赐说这话的时候，怎么就那么不信呢。

“嗯，是要跟你聊天，但不是跟你纯聊天……”

秦孑的唇又覆上了陈恩赐的唇，比起刚刚那个温柔又呵护的吻，这次秦孑吻得露骨了许多。

陈恩赐看了看衣衫不整露了大片肌肤的秦孑，又看了看自己身上虽然有点乱但还好好穿在身上的衣服。

这画面不知怎的，越看越让她觉得刺激羞耻，她情不自禁地就将脸埋进了枕头里。

只是下一秒，她就被秦孑一把捞进怀里，抱下了床。

陈恩赐耳朵红成一片，将脸埋在秦孑的肩膀上。秦孑喉咙里发出两道很轻的笑声，她脸上褪去的烧，又急速地爬了上来。

陈恩赐想都没想就给了秦孑手背上一巴掌，秦孑闷笑了声，真闭嘴了，但闭上的嘴却落在陈恩赐的后颈。

“秦孑……”

他吻得很耐心，一点一点地勾着她。等她再回神时，她已经转了个方向。

过了不知多久，秦孑将她从洗手台上抱了下来，一边吻着她发丝，一边哑声问：“洗个澡吧？”

陈恩赐闭着眼睛，浑身烫得说不出来话，只是轻轻地点了点头。

秦孑又抱了她一会儿，起身去放水。

“水温合适了。”

“哦。”

陈恩赐防备地看着秦孑出了浴室，才抬起手去解拉链，刚往下拉了一寸，浴室的门又被推开了。

陈恩赐看着进来的秦孑，条件反射地往后退了半步："我要一个人洗。"

秦孑笑得肩膀抖了两下，将手里拿着的一件衬衣丢给了陈恩赐："可以呀，小女朋友，比我还敢玩。"

陈恩赐意识到是自己想歪了，红着脸抱着衬衣，被噎得说不出来话。

"衣服等会儿脱了，先丢出来，我让人给你干洗。"

洗完澡，陈恩赐看都没看一眼秦孑，就跳到床上藏进了被子里。

小姑娘平日里嘴硬傲娇又能变着花样地作死，简直是让人恨得牙痒痒，这会儿倒是乖巧得跟个什么似的。

秦孑看着床上鼓起的那一团，笑了一阵儿，也去洗了个澡。

等他出来，他家小女朋友将脑袋从被子里钻出来，正在刷手机。她看到他，将手机往脸上一挡，红着耳尖又开始往被子里缩。

秦孑走到床边，直接将她拎了出来："别躲了，来纯聊会儿天。"

"我觉得我没什么和你可聊的。"陈恩赐抓着被子继续往脑袋上蒙。

秦孑轻呵了声，抱着她靠在床头，将被她揉成一团的被子单手抖了两下，盖在了两人的身上："不想纯聊天也行，给你点奖励……"

说着，他在被子里握住她的手腕，往外拽。

陈恩赐努力地跟他较着劲儿，没较过，被他拽到嘴边，挨个手指亲了一遍："辛苦费。"

陈恩赐想都没想就反手冲着秦孑的下巴给了一巴掌。

秦孑笑得胸口不停地震颤："看来还有力气啊。"

陈恩赐是真的怕了："停止你接下来的想法！"

"要我停也不是不可以，那就听我的，跟我纯聊会儿天。"

陈恩赐看出秦孑是真的要跟自己纯聊天，被他折腾得也不是特别困的她，撇了下嘴："聊什么？"

秦孑垂眼看着陈恩赐："你觉得呢？"

陈恩赐心想她男朋友可真有意思，明明是他要纯聊天的，现在反倒是一副她心知肚明要聊什么的架势。

陈恩赐白了他一眼，刚想怼句"我觉得什么啊我觉得"，话还没到嘴边，她反应过来秦孑这口气这表情是什么意思了。

他这是……要跟她聊江炽？毕竟他那么大度。

陈恩赐咽下到嘴边要喷他的话，"哦"了一声："你是说江炽啊？

"你不是都知道了吗？他就是追过我，还跟我求过婚。他今天找我，就是跟我闲聊两句，也算是正式告个别吧……”

陈恩赐想到自己家男朋友酸了一晚上，顺道给他喂了颗糖，帮他中和下酸意：“哦，还有就是……他下个月结婚。”

江炽结不结婚的，对秦孑来说不重要。

重要的是江炽对他家小女朋友求过婚，而他家小女朋友还差点儿嫁了。

“所以，他跟你求婚的时候，你真的动了想嫁给他的念头？”

陈恩赐沉默了一会儿，没骗秦孑：“嗯，是动了念头。”

秦孑有一下没一下地摸着陈恩赐头发的动作停了下来。

陈恩赐没察觉到有任何异样，枕着秦孑的胸膛继续说：“我不想对你撒谎。”

从她记住他说的那句，“不想说就别说，但别对我撒谎”，她就再也没骗过他。

“我知道我说出来，你可能会有点不高兴，但是当时我的确是真的动了跟他结婚的念头。

“也动了跟他出国，远走他乡，远离纷扰的念头。”

秦孑没说话。

陈恩赐想到那会儿和江炽在咖啡厅里聊天的情景，也没再说话。

江炽一年多都没联系过她，也没打扰过她，忽然撞见，他要跟她谈一谈，她是真的拒绝不出口。江炽和其他那些追过她的人不同，江炽是真的对她好过，纵使那些好不是她主动开口要的，但她对他总有种亏欠的感觉。

说是亏欠，其实也可以说成压力和负担。

因为江炽对她太好了，付出得太多了，金钱、时间、耐心……她还都还不清，而她这个人，最讨厌的就是欠人东西。

讲真的，这种感觉让人很难受。

同样也有点愧疚，因为她当初之所以动了差点儿嫁给他的念头，无关感情，只因自私。

对她好的人太少了，她在母亲离开后，用了十二年，遇见了一个秦孑，还弄丢了。

江炽对她的好，都不是她想要的，她不需要昂贵的礼物，也不需要他斥重金买她的代言产品，更不需要他跟在她身后献殷勤。

他用他以为的方式对她好，她在他求婚的那一刻就在想，她也许再也不会遇到秦孑了。除了秦孑外，江炽是对她好的人里最真心的了，她和他在一起应该过得会挺不错的。

这个世界上，哪有人能幸运地遇到真的懂你的人，更或者说，这个世界上，哪有人能幸运地遇到江炽这种用自己的方式努力对你好的人。

当时她就想着，她有幸两个都遇到了，她弄丢了那个懂她的，她就自私点握住这个努力对她好的。

她一辈子都没自私过，她就这么自私一次挺好的，她真没必要让自己活得那么委屈，更何况她出生的家庭已经给了她那么多委屈，她真是委屈够了呢，可她最后还是选择了委屈。

因为秦孑。

今晚江炽跟她说，他要结婚了，家里安排的，谈不上爱不爱，就觉得挺合适的。

江炽还跟她说，上次求婚没成功，都没能好好说声再见，今天就想好好地道个别，好好地说声再见，再也不见的再见。

江炽还问了她一个问题，困扰了他一年多的问题，他问她，他到底输在了哪里？

其实她觉得这问题挺傻的。爱情里哪有输和赢，只有爱不爱。

江炽大概也觉得这个问题有些滑稽，问完后自己先笑了。笑过后，他又换了个方式问她，如果他先遇到她，先追的她，是不是她就会爱上他了？

说真的，她觉得这个问题也挺傻的。哪有那么多如果，不过都是自欺欺人。

可她真的在心底假设了一下，最后她还是对着江炽摇了摇头，说了声不会。

江炽问她为什么？

她沉默了良久，才回了他。

她说："如果我跟你出去，我们第一次见面，我主动要喝酒，你会给我想尽办法弄来你能弄到的最好的酒。你会知道我喜欢喝酒后，竭尽所能地帮我收藏各种好酒送给我。可他不会，他会任由着我去喝几块钱的啤酒，然后把喝醉的我扔在大马路边的长椅上睡一夜，最后害我冻到高烧一整天。

"我跟你在一起吃饭，遇到我不喜欢吃的，你会记着，以后只要是我在的饭局，那些我不喜欢吃的准不会出现。他不会的，他会每隔一阵儿逼着我吃一回。

"我发烧不给他开门，他会撬锁。我从没告诉过他，我好朋友的日子，但他会记得。

"他从没问过我喜欢什么，但他都知道。

"他不像是你，整天变着法地跟陆星打探情况，然后把我需要的送到我面前来，他从不问我需要什么。我和他在一起，也没需要过什么，因为我还没来得及需要，他已经做好了。

“他对我很好，他在我身边的时候，我什么都不需要想，我可以活成小朋友。可他离开了我，我还是能活得很好，因为他教会了我怎么对自己好。我会往兜里放块糖，不会在自己一个人的时候因为低血糖晕倒。我会谨慎喝酒，不会出现因为自己的原因把自己放置在危险的境地。

“而你不一样，你对我很好，只是对我好。

“他……对我很好，好到他不在我身边的时候，也能让我好。”

江炽听完陈恩赐这些话，释怀般地笑了，他说碰到这种人他甘拜下风。

江炽赶着去机场，他得到了他想要的答案，就跟她说了告别。

想到这里，陈恩赐意识到秦孑好一会儿没说话了，她抬起头看了他一眼：“你怎么不说话？”

“嗯？”

秦孑顿了下，说：“困了。”他声音恹恹的，很像那么一回事。

陈恩赐盯着他看了一会儿，抬起手戳了戳他的下巴：“真困了？”她怎么就那么不信呢。

“真的。”秦孑抓住她的手，抱着她侧了个身，将她搂在怀里，“睡吧，明天一早你得回酒店。”

陈恩赐“哦”了声，真的很听话地闭上了眼睛。

房间里很安静，过了大概十几分钟的样子，陈恩赐突然抬了一下头，将秦孑垂着正看她的视线逮了个正着。

陈恩赐吃吃地笑了，从秦孑怀里爬出来：“不高兴了？”

秦孑躺正了身子：“没有。”

陈恩赐撑起上半身，盯着秦孑研究了一会儿：“我觉得有。”

“……”

“你看，连话都不跟我说了，还说没有不高兴。”

秦孑掀起眼皮，看了她一眼：“我是刚刚太累了。”

说得跟真的似的。

秦孑高不高兴，陈恩赐就算是再神经大条，这个时候也能感觉出来。她家男朋友不只是吃醋，而是真的不开心了。

陈恩赐伸出手抠了抠秦孑的喉结：“男朋友？”

秦孑动了动眼皮，“嗯”了声。声音听不出情绪，但能感觉出来兴致缺缺。

陈恩赐抓着秦孑的肩膀，往上挪了挪身子，捧着秦孑的脸：“哥哥？”

秦孑沉默了一小会儿，还是一声“嗯”。

看来这次比较难哄，还好她上次留了撒手锏。

陈恩赐顶着红红的耳郭，凑到秦孑耳边："老公。"

秦孑浑身一僵彻底没音了。过了一会儿，他似是无奈般轻叹了一口气，扭头看向她："我没有不高兴，也没资格不高兴，那会儿我又不在你身边。

"我……是有点怕，后怕。

"怕万一当初你真的嫁给了他，我要怎么办？怕以后我要是哪里让你失望了，你觉得他比我好怎么办？

"陈兮……我没有大家看起来的那么好，也没有大家夸的那么优秀，我也会怕的，尤其是在喜欢你这件事上，我一直都是怕的。"

陈恩赐心不受控制地猛跳了一下。

她想到了六年前他和她分手，他拿着苏南南试探她，是因为他怕吗？

原来在这场爱情里，不只是她怕，他也怕。

陈恩赐心有点疼，她将脸埋在秦孑的脖子里，声音闷闷地说："秦孑，那天在机场，你跟我说，你想忘了我，但是没忘掉。

"我跟你一样的，我也想过要放弃。

"我明知道我点了头，我当时就能过得很好，可我就是做不到。

"我是真的很想跟他说我愿意，可我一开口说的是……我有爱的人了。"

陈恩赐很少跟人这样掏心窝地讲话，她习惯了喷人，习惯了骂人，习惯了损人，唯独不习惯说这种话。她说得断断续续，尤其是最后一句话，她费了好大的力气，才说完。

她话音刚落，秦孑就猛地翻身。

他吻得很突然也很凶，急切得像是在表达着什么一样。

他吻到她快要窒息的时候放开了她，她喘了两口气，睁开眼睛，她看到他眼底有些红，微微一怔："秦孑……"

他伸出手，捂住了她的眼睛，再次低头堵住了她的唇。这次他吻得很轻柔，她能感觉到他的唇、他捂着她眼的手，都在发抖。

他气息不稳，她更是没好到哪里去。

安静的房间里，他和她都喘着气。陈恩赐听着听着，忽然笑了。

秦孑看了她一眼："笑什么？"

"没什么。"陈恩赐也不知道自己笑什么，就是想笑。

秦孑跟着她也笑了一声，然后又抓住了她的手。

陈恩赐收住笑，这套路不对呀！刚刚明明走的是很温情的路线，还有点煽情，怎么一下子画风突变了？！

从浴室出来，秦孑走到床边伸手就去抱陈恩赐。

陈恩赐已经被他搞出了心理阴影，条件反射地以为他又要做坏事，抬脚就冲着他脸上踹去：“你到底有完没完？你不是说你坏了吗？”

秦孑握住迎面而来的脚，侧头在她脚踝上落了个吻。

陈恩赐脸皮薄，不太好意思地往回收腿。秦孑顺着她的力道，握着她的腿压倒在她的身上。

陈恩赐更慌了，她一边绷紧腿，一边努力地去劝秦孑：“秦孑，你得克制点，你不能这样没节制，饭要一顿一顿地吃，你不能一次吃一年的……”

秦孑被小姑娘一本正经的语气逗得闷笑了两声：“你真当你老公天赋异禀啊。就算你想跟我来下一次，我这会儿也来不了了。”

“谁想跟你来下一次！”陈恩赐气势汹汹地咬了一口秦孑的下巴。

“我、我、我想，”秦孑抱着自家抓狂的小女朋友。

陈恩赐哼了一声：“渣渣。”

“别作啊。”

“我怎么作了？是你自己先说你自己不行的，你这叫只许州官放火，不许百姓点灯……”

越不让她作，她就越往天上作，连他不行都整出来了。

行不行她自己心里没数？

秦孑嗤笑了一声：“浑身上下就嘴硬。”

陈恩赐倔强地又哼了一声。

“你哼什么哼，我说错了？”

陈恩赐动作一抖，下一秒又重重地哼了一声，将手藏进被子里。秦孑被她仓促的小举动惹得轻笑一声：“你知道你每次嘴硬的时候我最想干些什么吗？”

陈恩赐只觉秦孑说不出来什么好话，她抬头用眼神警告他：“你闭嘴！”

看着小姑娘红着耳朵被噎得说不出来话的模样，秦孑又笑了：“刚刚不该跟你说，浑身上下就嘴硬。”

“刚应该跟你说……”秦孑凑到陈恩赐耳边，“那你别哭呀。”

恼羞成怒的陈恩赐忍无可忍地张嘴，狠狠地咬上了秦孑的肩膀。

秦孑没躲闪，好脾气地由着她咬。

小姑娘心软，看着凶巴巴的，实际上牙齿的力道不足看起来的十分之一。疼是有点疼，但很快她就会松了口。

本来是想逗逗她的，没想到逗着逗着就逗到了这句话。

——那你别哭呀。

那是他和她分别五年后，第一次见面的场景。

转眼间这都过去七八个月了，这几个月里，发生了不少事，他也挺忙的，可现在回头想一想，和她的点点滴滴，他都记得清清楚楚，就跟昨天刚发生的事似的。

当初他犯浑，拿着苏南南试探陈恩赐，得不到回应，年少轻狂心高气傲的他甩了句分手。

他没想着真分手，所以才在门口守了一夜，第二天一早接到容与的电话，说是老余突然在工作室口吐白沫好像快不行了。

那会儿脑子是真蒙，他连回家跟她打个招呼，甚至跟她发个消息都没想起来，只顾着往楼下跑，往医院奔。

他赶到的时候，老余已经走了，准确地说，其实救护车到工作室的时候，老余已经不行了。

没办法接受，也得接受。

他和容与当天就帮着蓝姐把老余送回了老家。

老余家全靠着老余，他这一走，几乎所有的事都落在了他和容与的身上。他们走得仓促，等他想到她的时候，给她打电话，她手机是关机状态。在朝夕相处的好兄弟的生死面前，他是真的有点没顾上她。他打了几个电话她都没接，他就想着等回到S城再说吧。

等办好了老余的丧事，安顿好了蓝姐和再再，身心俱疲的他回到花园小区，迎接他的却是空荡荡的次卧。

起先，他觉得她是在赌气，他给她不断地打电话发短信。他去找过她的经纪人，经纪人说不知道她的去向。她没跟她所在的经纪公司解约，但她却跟退圈似的一点音讯都没有。

他有很长的时间，是没办法接受她从他生活中蒸发了的这件事。直到很后来，她的手机号变成了空号，再被别人征用，变成了陌生的人接电话，他才被迫接受她已经离开了他大半年的事实。

他有点接受不了这个真相，他总觉得他和她是没分手的。那会儿工作也被他搞得一团糟，团队的人走的走散的散，真的是一件好事都没有，那种负能量就跟爆了棚似的往他体内钻，他开始彻夜彻夜地失眠。他情绪跌落到了谷底，他每天不是觉得憋屈就是觉得委屈，要么就是莫名其妙的暴躁和愤怒，总之丧到了极致。

那时候，他是真觉得自己一无是处，他自暴自弃，甘于堕落。

他用了很长的时间，让自己从那种状态里爬了出来，他让自己变成了她离开之前的他，然后才来找她。

秦孑垂了垂眼，看着怀里又羞又怒的陈恩赐，伸出手摸了摸她头发："谢谢。"

陈恩赐被他突然又转了画风的模样，搞得有点儿愣。

看着她呆呆的小模样，他吻了吻她的睫毛、她的眉心："谢谢你等我。"

陈恩赐有点跟不上秦孑的节奏。要知道刚才他还在那里浪话连篇，撩得她面红耳赤，换谁也难跟得上他的节奏。

陈恩赐努力地跟了一会儿秦孑的节奏，没跟上，一脸茫然地仰头："嗯？"

秦孑用鼻尖轻轻地蹭了蹭她的鼻尖："等我来找你。"

陈恩赐总算转过弯来了。

谢谢你等我，等我来找你。

陈恩赐发现秦孑还不如给她整那些荤段子，她虽然被搞得又是羞愧难当又是不知所措，但她好歹能将脸埋在他怀里装鸵鸟。从小到大没人给她说过什么温情的话，导致她真的很怕面对这种场景，实在是不擅长接这种话题的她，一时之间不知如何应对。

陈恩赐想了又想，也没想出来怎么回秦孑，索性就回了声呵呵："你可真会往自己身上揽好事，谁要等你了。陈爷我是那种会等人的人吗？"

秦孑笑了。

陈恩赐被他笑得有点不好意思，将脸藏进他的臂弯。安静了好一会儿，她小声地说了句："还好你来找我了。"

年轻的时候，我们都曾弄丢了彼此。

还好，兜兜转转还是你。

她的声音闷闷的，听得他心软。她怎么总是能这么轻易地戳中他心底最柔软的那一处呢，上次她披星戴月从米兰归来，这次委屈巴巴的一句话，真的是把他吃得死死的，拿捏得死死的。

秦孑没说话，把圈着她的胳膊无声地收紧了一下力道。

看到没有，他怀里抱着的，是他的命。

这几日，陈恩赐虽然天南海北到处飞着忙《生命》发布会的事，但"孑风洗陈"超话却始终没被她丢下。她每天必定会抽个时间去"孑风洗陈"超话里打个卡，编个新糖。

对于“孑风洗陈”超话里的姐们来说，她是编糖，实际上那都是纯糖。

“孑风洗陈”超话对她来说，就像是一个树洞，一个她分享秘密的树洞。

《生命》发布会频繁上热搜，导致“陈恩赐”三个字也跟着曝光得比较厉害，从而也带动了“孑风洗陈”超话的热度。

使得超话备受关注的，还是创建人“来啊和我站冷门”分享的一个暗糖。

其实那个暗糖纯属巧合，但往往就是这种巧合的东西，最让人上头。

S 城的发布会前半场，现场直播摄像机的某个镜头拍摄到陈恩赐的时候，陈恩赐正后方的大荧幕正好播放了另外一台摄像机拍摄到的秦孑。发布会后半场，现场直播摄像机某个镜头拍摄到秦孑的时候，秦孑正后方的大荧幕正好闪过另外一台摄像机拍摄到的陈恩赐。

这些镜头被“来啊和我站冷门”给剪辑成了短视频，一下子引来无数关注，使得超话的粉丝也从最初陈恩赐关注时的几百个人，到了八千多人。

由于陈恩赐的小号“在线蹲一个网名”编的段子最多，所以导致她小号在超话里备受关注。

陈恩赐从 S 城飞 G 城的那天，在机场候机过于无聊，她拿着 iPad 随手发了个帖。

在线蹲一个网名：“某天，秦孑对陈恩赐说：你知道你每次嘴硬的时候，我最想干些什么吗？把你拎起来，收拾到你哭着喊哥哥。”

这个超话帖，陈恩赐没发配图，发的时间也有点偏早，当时超话里活跃人数并不多，沉了下去。

直到三天后，陈恩赐从 G 城飞 J 城，还是在机场候机时又登录了一次小号，这才发现，自己这个沉掉的帖子竟然在超话里火了。

那些引人遐想的句子，简直是……有伤风化！

有伤风化。有伤风化。有伤风化。

陈恩赐边看帖子边在心底念这句话，念了不知道多少遍的时候，陆星接了个电话。

挂断后，陆星敲了敲她面前的咖啡杯：“跟你说个事儿，姑奶奶。”

陈恩赐怕被陆星偷看到自己的小号，赶紧捂住屏幕抬头：“什么事？”

“你让我联系的 S 城房产中介，刚给我打电话了，说你要买的那套房子，也有别人盯上了，出的价格比你的价格高了三分之一。那人说了，那房子他势在必得。”

陈恩赐一听火了：“势在必得？谁给他的勇气，在我面前用这四个字？高三分之一的价格？他有毛病吧？那房子没电梯，又老又破又小，地段也不好，还不是学区房，他神经病吧，多花一百万买那个房子。”

“所以，姑奶奶，你的意思是这房子我们不买了呗？”

“买！你去回房产中介，说我多加一百万，让他卖给我。”

陆星无语。

到底谁比谁更神经病？

下午四点钟，陈恩赐和陆星搭乘的飞机安全降落在J城机场。

从米兰到S城再到G城，陈恩赐随身携带的行李从两个箱子变成了三个箱子。

从到达口出来，陈恩赐一眼就望见了坐在正对面星巴克里的秦孑。他今天没去公司，也没穿各种材质不同的衬衣，五月中旬的J城转热了，他穿了件Gucci家很日常的白T恤，手腕上惯戴的手表也摘了，只留了一根皮筋。

他面前摆着一台很轻薄的笔记本电脑，电脑旁边放着一杯喝了一半的加冰冷饮。

机场人来人往，声音嘈杂，他像是置身事外般，耷拉着眼皮看着电脑屏幕，时不时地打个哈欠，伸着手在键盘上懒散地敲两下。

时光瞬间逆转，陈恩赐仿佛看到了六年前的秦孑。

那个时候只要她回S城，他每次接她，不管她是早到还是晚到，他总是已经在等着她了。

就跟今天一样，休闲的衣服，懒散的样子，再配上一台电脑，一点也不像是来接人的，更像是来摆拍耍酷的。

那会儿年纪小，很多细节留意不到，直到现在她才明白，他每次接她，之所以带个电脑，是怕出现意外，早早就等着了。

她终于理解，她没赶得上他爷爷生日的那次，他为什么那么生气了。因为在他看来，若是有心，是可以避免一些意外的。

陈恩赐心底不知怎的就萌生出某种念头。

陈恩赐让陆星和司机把自己的行李全带走，自己跟着秦孑隔着一段距离去往停车场。

一路上，陈恩赐看着秦孑的身影，那种念头在心底更是蠢蠢欲动。

走到车前，秦孑刚开了车锁，陈恩赐就抢在前头钻进了车里：“让我来开车吧。”

秦孑扶着驾驶座的车门，一脸探究地看着坐在里面的小女朋友没说话。

陈恩赐被他看得有些心虚："我好久没开车了，我手痒痒。"

"行吧。"秦孑帮她关了车门，坐上了副驾驶座。

从机场出来，导航明明说着右转，陈恩赐的方向盘却打到了左边。

"反向了，姑娘。"

"我听错了。"陈恩赐握着方向盘，背对着J城往前开，"别急，前面路口可以掉头的。"

然后，前面路口，陈恩赐的掉头变成了右拐。

车子驶入了一条不算宽的公路，两边栽满了笔直高大的杨树。在导航频繁的"路线已偏移"中，陈恩赐探着脑袋，左右看了看，见荒无人烟，这才踩了刹车，扭头看向秦孑："男朋友，你懂我的意思吗？"

秦孑还真不懂他家小女朋友的意思。

陈恩赐有点遗憾地叹了口气："我费尽心机，把你拐到没人的地方，你居然不懂我的意思？"

陈恩赐气呼呼地推开车门下了车，绕到副驾驶座这边，拉开车门，伸出手，将秦孑从里面拽了出来："你出来，看我不打死你！"

她力气很大，气势汹汹的，一副真要打死他的样子，将他拖下车拽进杨树林里。她把他随便往某棵树干上一推，踮起脚尖凑到了他唇边："我就是想跟你接吻，你个傻子。"

秦孑眼底似有惊喜一闪而过，懒洋洋地拖着腔调又说："你主动？"

陈恩赐一愣。

秦孑搂着她的腰换了个姿势，好让她正常站着也能吻到自己的唇："来吧，我准备好了。"

陈恩赐呆愣在原地。

没等来陈恩赐的反应，秦孑将脸往她面前又凑了凑："快来啊。"

秦孑怎么看起来贱贱的，她有点怀疑刚刚在机场萌生的这个念头是个错误。

陈恩赐看着秦孑摆出一副任由你随便蹂躏的姿态，真想甩他一巴掌转身走人，但她的唇却落在了他的唇上。

他的唇很软，刚刚喝过冰饮，唇瓣有点凉凉的，还残留着红梅的味道，有点甜。

陈恩赐是主动想跟秦孑接个吻，但她以为自己吻一吻他，他会接过掌控权。哪知，她的唇在他唇上蹭了半天，她脸红得都能滴出血了，他还一点反应都没有。

她主动说的吻他，他就真的躺倒任吻了？

在陈恩赐的印象里，她主动吻秦孑都是亲一下他面颊，啄一下他嘴角，或者舔一下他耳垂，挺纯情的。不像是秦孑吻她，各样各色的都有，温柔起来能溺死她，强势起来能憋死她。

她是有很多次接吻经验，但主动接吻的经验，等同于零。

陈恩赐见秦孑迟迟没动静，渐渐地有点不知所措了。她纠结了下，决定吻到这里算了，便移开了唇。

秦孑挑着眉，一脸意犹未尽："这就完了？

"我还以为刚开了个头。

"小女朋友，你这吻技有点差劲啊！"

陈恩赐彻底确定刚刚在机场萌生和他接吻的这个念头就是个错误。

秦孑一脸遗憾："我连感觉都没有，就结束了。"

这就很过分了！什么叫连感觉都没有？

侮辱。

明晃晃的侮辱。

陈恩赐勾住秦孑的脖子，将他脑袋拉低，再次吻上了他的唇。

比起刚刚的清汤寡水，这次陈恩赐忍着内心的羞耻和紧张，大胆了许多。她学着他吻她的样子，轻咬过他的嘴角，最后停在了他的唇缝处。

他吻她的时候，也没这么难啊，她记得模模糊糊着他就扫荡进她的口中。

陈恩赐不死心地又尝试了几次。

他该不会是故意的吧？

陈恩赐加重了力道，还是失败了。

他果然是故意的……

陈恩赐用力地咬了一下他的下唇，见他淡定得跟什么似的，顿时心底有些恼怒。她离开他的唇，和他拉开了一段距离，一手用力地捏着他的下巴，一手轻拍了拍他的左脸："张嘴。"

秦孑扬了下眉毛，没反应。

陈恩赐对着他做了个张嘴的示范："啊——会吗？"

"会。"秦孑学着她"啊"了一声，张开了嘴。

陈恩赐有点怯场了。

都到这份上了，她怯场是不是太掉面子了？

她动作很磨蹭，像是走到笼口对着外面的世界探头探脑的小麻雀，畏畏缩缩，时进时退。

简直不要太磨人。

秦孑喉结滑了滑，有种玩火自焚的感觉。

还真是玩火自焚了。

他就不该在这件事上挑衅她。

秦孑彻底沉浸在自家小女朋友主动又生涩的吻中，根本没注意小女朋友掐着自己下巴的手松了力道。直到小女朋友突然离开了他的唇，他才发现小女朋友的手居然搭在了他的腰带上："哥哥，这就是你说的没感觉吗？"

秦孑一怔。

不但玩火自焚，还被小女朋友将了一军。

看着男朋友说不出来话的样子，陈恩赐表示很赏心悦目。

秦孑呼吸一窒，下一秒就握住了她的手腕："陈恩赐，你要上天啊？"

陈恩赐轻眨了眨眼睛："哥哥，你就是我的天。"

秦孑反身将陈恩赐按在树干上，手控着她的脖子，死死地堵住了她的唇。

陈恩赐回J城的第三天，秦孑带她去莫蓝家。

陈恩赐想到上次和莫蓝、莫再再在秦孑家里因为杨灵闹的那一出戏，有点纠结："啊，你为什么带我过去？"

"蓝姐让我喊的你，"秦孑看得出来陈恩赐的迟疑，顿了下，说，"今天是再再的生日，我得过去，但是你要是实在不想去就别去了，没事的。"

"也不是啦。"陈恩赐主要纠结的是被人看到她哭了，但她想了想，又觉得这好像也不是什么大事，莫蓝跟秦孑、容与他们走得近，秦孑喊她，也是希望她能进入他的社交圈，"就是……我没准备礼物啊。"

秦孑："我准备了。"

陈恩赐"哦"了声，过了一会儿，像是想起来什么般，"嗒嗒嗒"地跑进书房，翻出一堆东西和包装纸放到秦孑面前："我去换个衣服化个妆，你帮我把这些东西包起来。"

秦孑等小女朋友走开后，翻了翻她放在自己面前的那堆东西。

穆楚词的签名照，穆楚词的签名歌碟，穆楚词的签名台历，穆楚词的签名杂志，穆楚词的签名卫衣……他家小女朋友可真是让他太喜欢了，再再那样对她，就因为道歉的时候，说了句之所以帮着杨灵是因为杨灵能给她弄来穆楚词的签名，她就翻出这么多签名给再再。

似乎哪里不太对？过了一会儿，秦孑酸了。

他家小女朋友，为什么收藏了这么多这个男人的签名？

陈恩赐一向臭美，就算是下楼丢个垃圾，也要穿得美美的，更何况今天是去给人过生日，她更是精心收拾了一番。等她磨磨蹭蹭地拎着两个包从卧室出来，秦孑早就将穆楚词的各种签名物包装好了。

“你说，我是背这个包，还是背这个包？”

看着小女朋友一脸的纠结，秦孑很想说一句：“都是白色的，有什么区别吗？”

想归想，和她住过七个月的秦孑，还是很懂地帮她围着两个包选了一番。

真要是把那句话甩出来，再过半个小时，他家小女朋友也出不了这个门。

选好了包，又选鞋，总算出了门，秦孑问：“你怎么收藏了这么多这个男人的签名？”

陈恩赐看了眼秦孑手里拎着的大小礼盒：“我不只是有穆楚词的，整个娱乐圈叫得上名的明星，我都有。”

原来他家小女朋友不是收藏了一个男人这么多的签名，而是收藏了一群男人这么多的签名。

莫再再的生日，是在家里过的。陈恩赐和秦孑到的时候，容与、唐久还有林染都已经在了。

隔着门，都能听见莫蓝家里再再的喊声，只是在林染打开门后，再再扭头看到跟在秦孑身后的陈恩赐，拿着容与送的礼物正高兴的她，一下子蔫了下来。

莫蓝听见动静，从厨房里走出来，莫再再看到妈妈，立刻捏着玩具，躲到莫蓝身后。

“阿孑，陈小姐，你们来了。”莫蓝低头看了眼莫再再，“怎么不跟叔叔阿姨打招呼？”

莫再再揪着莫蓝的衣服：“孑叔叔，陈阿姨。”

莫蓝知道莫再再这是因为上次在秦孑家差点儿捅出大乱子，看到陈恩赐尴尬。

人的一生都会犯错，无论是谁这一辈子都会面对这样的情景，不能因为尴尬或者不好意思就去逃避。在陈恩赐来之前，莫蓝已经将这些道理讲给莫再再听了，她忙着做饭，即便不忙着做饭，她也不会替莫再再去缓解气氛。

莫蓝轻轻地拍了拍莫再再的脑袋，鼓励道：“再再，妈妈要去煮饭，你帮妈妈去给孑叔叔还有陈阿姨倒杯水。”

莫再再点了点头，在莫蓝身边站了一会儿，就进了厨房。

没一会儿，莫再再端着一个托盘走到秦孑和陈恩赐跟前。

道理都懂，但总归在做的时候，还是有点不自在，莫再再垂着头不敢看陈恩赐，把水杯放下后，跟蚊子哼哼似的说：“孑叔叔，陈阿姨，喝水。”

“谢谢再再。”陈恩赐其实也有点小尴尬，再再又是寿星，她真不想让一个孩子生日过得不开心，下一秒就将那些礼物，一股脑地全拎给莫再再，“送你的生日礼物。”

莫再再望着眼前一堆大小不一的礼盒，有点不敢相信：“全是我的吗？”

“对啊，全是给你的，你拆开看看。”

莫再再张着嘴无声地哇了一下，随后她又挠了挠头：“我能抱去我房间拆吗？”

陈恩赐被逗笑了：“去吧。”

莫再再来回跑了两趟，将秦孑包的那些礼物抱去了自己的卧室。

三分钟后，莫再再的卧室里传来了“哇塞”的一声。

又三分钟后，莫再再的卧室里传来了一道东北腔的：“我的妈呀。”

又又三分钟后，莫再再的卧室里传来了一道：“啊啊啊啊啊啊啊啊啊啊太帅了吧！”

十分钟后，莫再再的卧室里传来了她的讲话声，像是在跟同学炫耀：“看到没有，签名！”

……

半个小时后，莫再再抱着一堆穆楚词的签名物从卧室里奔了出来，她完全忘记了自己刚见陈恩赐时的尴尬和不好意思，直奔陈恩赐跟前：“陈阿姨，这些你是怎么搞到的？

“陈阿姨，你也太帅了吧！

“做梦都不敢想我居然能有这么多我偶像的签名。”

陈恩赐看着激动到语无伦次的莫再再，忍不住笑了下：“你要是真那么喜欢穆楚词，等回头有时间，我带你去跟他合影。”

“哇！真的可以合影吗？我能见我偶像吗？哇！陈阿姨，你真是太帅了！陈阿姨，我爱你，我爱你！”莫再再说着，整个人直接扑到了陈恩赐身上，一把抱住了她。

随后，莫再再眼里，再也没有其他人了。她跟个小尾巴般跟着陈恩赐转来转去，就连吃饭的时候，也要挨着陈恩赐，不断地问有关穆楚词的事。

吃完饭，莫再再帮着妈妈洗完碗，立刻又缠上了陈恩赐：“陈阿姨，你跟我偶像拍《生命》的时候，有一起吃过饭吗？”

“陈阿姨，我看《生命》的片花，里面有你跟我偶像的吻戏，你们是真吻还是假吻？”

“陈阿姨，还有你们躺在一张床上，我偶像光着上半身，哇，陈阿姨，你好幸福啊……”

“……”

秦孑伸出手，弹了一下莫再再的后脑勺：“行了，让你陈阿姨歇会儿，带我去瞅瞅你的期中考试卷子。”

“孑叔叔，你是个魔鬼吗？”莫再再不情不愿地起身，耷拉着脑袋，跟着秦孑进了书房。

秦孑去给莫再再看卷子了，容与、唐久、林染三个人在打牌，陈恩赐站在旁边看着。

在游戏黑洞容与第五次输了牌时，莫蓝端着三杯茶走了过来，她给容与、唐久、林染一人放了一杯，然后看向陈恩赐：“陈小姐，你的茶在那边，要我给你端过来吗？”

“不用不用。”陈恩赐起身走了过去。

莫蓝跟在她身后，等离开打牌三人组一些距离后，莫蓝轻声说：“陈小姐，我们能聊聊吗？”

陈恩赐愣了愣，着实想不出来莫蓝要跟她聊什么，但还是点了下头："好啊。"

莫蓝指了下主卧："我们去我房间吧，比较安静一些。"

陈恩赐没说话，跟着莫蓝进了卧室。

莫蓝的房子虽然有些老旧，但都是实墙，隔音效果很不错，关了门，外面打牌的动静一点也听不到了。莫蓝指着阳台上的椅子示意陈恩赐坐，然后自己坐在了床边，和陈恩赐面对面。

莫蓝想了下，说："阿孑跟你讲过，你离开后他发生的事情吗？"

陈恩赐顿了顿："没有。"

"那我丈夫老余的情况，你知道吗？"

陈恩赐微点了下头："他跟我提过一次，但是没详细说。"

秦孑说老余是猝死的……对于莫蓝来讲，无疑是她心中的一根刺。

陈恩赐停了下，又说："不过，您可以不用给我讲的。"

莫蓝浅浅淡淡地笑了："没事的，都过去这么多年了，再大的伤痛也走出来了。

"老余跟我是高中同学，后来我们俩一起考上了同一所大学，再后来就顺理成章地在一起了。没什么太多波澜起伏，但是回想起来，那段水到渠成的日子虽然平淡却是最幸福的时候了。

"我跟老余领证，是因为我怀了再再。我们婚礼都没办，老余说生下再再后，给我补个好的。那会儿老余他们很忙，再再又小离不开我，婚礼就又往后拖了拖。后来再再一岁多了，老余跟我总算有时间商量婚礼的日子了。我们刚商量好六月份办婚礼，第二天早上老余就猝死了。

"阿孑和阿与他们陪着我回的老家，一个星期后，他们回S城了，我没回来。

我是待到老余的头七过完，才带着再再回的S城。

“回来后，我才知道，阿孑交了个女朋友，女朋友不见了，就在我们家老余走的那天，不见的。

“阿孑那会儿状态其实还算好，他每天都会给你打电话发短信，他还会用我们的手机给你打电话发短信。他一直都在找你，他去过你当时签的公司，也联系过那会儿带你的经纪人，但就是没能找到你。你那会儿用的号码，从无人接听，变成了空号，又从空号变成了有一天有人接听……里面传来的是陌生人的声音，说，不好意思，你打错电话了。”

陈恩赐指尖微微颤了颤，端着的茶杯有液体洒在了她的手背上。

留意到这个举动，莫蓝收住嘴里正说着的话：“陈小姐，你还好吗？”

“我还好，”陈恩赐顿了下，又说，“您说您的。”

“阿孑就是从那个时候，状态开始不对劲儿的。当时他们团队研发本来就很多障碍，都以为是工作的压力，资金也周转不开，很多人也都离开转行了。那会儿其实他们团队的人，都挺焦躁的，谁心态都不怎么好。所以大家谁都没多想，以为他和自己一样。

“阿孑对团队的人，都不差。那些转行的人，走的时候，他都给了一笔钱。有段时间他是长期泡在工作室里的，后来大家才知道，他是把房子给卖了，也是很后来，容与晚上去工作室才发现，阿孑没睡觉，他白天一整天都在电脑前待着，夜里也是，那会儿容与才知道他失眠很严重……”

陈恩赐想到当初在H城，江暖跟自己闲聊时提过的事：“是那个时候他患上抑郁症的吗？”

莫蓝诧异：“陈小姐知道这事？”

“我在银河的时候，听到过一点消息，但是具体情况，我不是那么清楚。”

“确切地说，是那个时候大家知道他有抑郁症了，他应该更早就已经有抑郁的倾向了，只是没人知道。因为发现得不是那么及时，等到检查结果出来的时候，他抑郁症已经有点往中重度发展了。他不太配合医生，情况特别糟糕，当时日常工作社交活动都受到了影响。那阵子的他，很颓很废，完全是自暴自弃，谁劝他都不听，整个人瘦得不像话，甚至有那么一段时间，他都没怎么开口对身边的人说过一句话。那会儿大家变着法地跟他说话疏导他，他就跟个活死人般，完全没反应。医生说他没救了，当时所有人也都觉得他没救了，结果他自己站起来了。”

莫蓝的声音很柔和：“那会儿大家都不太懂到底是怎么回事，直到很后面，才知道，是你……你出现在电视剧里了。他看到了，那天他讲话了，只是大家没注意到这个细节，他其实也没怎么讲话，他就说了两个字……陈兮。

“也是从那个时候开始，他配合医生做心理治疗，按时服药，积极健身。但是他不是被医生治好的，他是靠着自己爬出来的。那几年，他电脑上、家里，还有手机锁屏，只要他能看到的地方，都有一句……”

陈恩赐隐约知道是哪句话。

没等莫蓝说出口，她就莫名紧张得不像话，她情不自禁地握紧了手中的茶杯，屏住了呼吸。

整个房间的空气，像是凝滞了一般。

陈恩赐盯着莫蓝动着的唇，迟缓了好一会儿，才听到她的声音：“等机器人研究出来了，我就娶你过门。

“他是在去年年初才断的药，他复查了好几次，确定自己没问题后，才出现在你面前的。

“其实容与有想去联系你，是他不让的，他说，他不能拖着你。

“还有就是，陈家大概是觉得你和他的婚事没戏了，去找秦家说过退婚的事，秦家当时也是想答应的，是他不同意的。

“对他来讲，那大概是他当时仅剩的唯一和你还有联系的地方了。”

……

莫蓝说了很多，等她停下来的时候，陈恩赐手中的茶都凉了。

陈恩赐怨过秦孑，他怎么不来找她，却不曾知道，他在来找她的路上经历了这么多。

她一直想着那场爱情里，她很痛，却忘记了，他也是个人，也会痛的。

陈恩赐不知道自己究竟是怎么离开莫蓝房间的，客厅容与他们还在打牌，没察觉到她的异样，她一个人坐在沙发上，越想莫蓝的话越觉得胸口闷得厉害。

秦孑还在给莫再再讲卷子，陈恩赐想出去透口气，她在沙发上拿了手机，换鞋出了屋。

她没下楼，直接推开了安全通道口，走到楼梯拐角处的窗前停了下来。

她吹了一会儿风，头脑稍稍清醒了一些。刚刚手机在掌心里振动过，她以为是有人给自己发了消息，便举起手机，摄像头面部识别后，自动进入了手机页面。

没察觉到异样的她，点进微信，看到了秦孑的朋友圈主页。

陈恩赐愣了两秒，反应过来自己和秦孑手机一样，她从莫蓝家里出来的时候，没留意拿错了手机。

只是秦孑的朋友圈，什么时候有这么多内容。

陈恩赐仔细看去，才发现，全都是仅自己可见。

“想好好收拾一顿小女朋友，太皮了。”

“谈恋爱吗？上热搜的那种。”
“心疼。”
“想被打。”
“我终于能去找她了。”
“陈兮，生日快乐。”
“想唱首歌给你听，歌名叫《其实》。”
“陈兮，新年快乐。”
“最喜欢的一句话是好久不见，想说给你听。”
“村上春树说，如果一直想见谁，迟早肯定见得到。我想见你。”
“又梦到你了。”
“你敢回来，我就敢给你跪下认错。”
“你敢回来吗？”
“我把心落在你那儿了，你不能不要我。”
“讲个笑话，我听见你喊我了。”
“我恨你。”
“你到底在哪儿？”
“陈兮，你欠我一个未来。”
“我后悔了。”
“老子真的要去爱别人了，你别后悔。”
“你走了就别回来，老子要去爱别人了。”

陈恩赐从上往下看，时间是逆着的。看到最后，她喉咙像是被一只手狠狠地掐着，堵得她特别难受。

今夜微风，陈恩赐却被风吹得眼睛泛酸。

她回去，刚坐在沙发上，秦孑就从书房里走了出来。秦孑看了眼那边打牌的三个人，又绕着屋子找了一圈没找到莫蓝，就走到陈恩赐跟前：“怎么一个人在这里坐着？”

陈恩赐“啊”了声，放下自己的手机，抬头笑：“没，刚坐下没一会儿。”

“无聊？”

陈恩赐摇了下头，伸出两根白白细细的手指，拉住了秦孑的一根手指。

小女朋友怎么突然又乖得不像话。

秦孑想到昨晚她卖乖的情景，眼皮突跳了下，脑壳隐隐有些疼：“说吧，你又要作什么妖？”

陈恩赐晃了晃脑袋：“没有。”

简单的两个字，秦孑一下子就察觉到了自家小女朋友有点不对劲。照她的性格，他刚那话，轻则怼他一通，重则掐断他的手指怼他一通。结果她什么都没做，就那么平平地说了声没有。

他就去给再再讲了一会儿卷子的工夫，她怎么就不高兴了呢？

在别人家，有一屋子的人，问是不可能问出来了。

秦孑反手将陈恩赐拽了起来："走吧，回家了。"

从莫蓝家出来的一路上，陈恩赐一直都紧紧地揪着他那根手指没松开。直到上了车，陈恩赐才撒开手。在秦孑凑过来给她系安全带的时候，她说："我想听首歌。"

秦孑点开手机音乐 APP："你说。"

"《其实》。"

秦孑看了陈恩赐一眼。

"不可以吗？"

"可以。"秦孑动着指尖，搜出那首歌点了播放。

"我要单曲循环。"

秦孑照做。

回家的路上，两个人都没交谈。车内反复循环着那首歌：

其实我根本没人说。

其实我没你不能活。

其实我给你的爱比你想的多。

其实我爱你比你想的多得多。

……

车子驶入梧桐墅，停稳后，秦孑坐了一会儿，直到不知道第几遍播放的歌唱完，他才推开车门："走吧。"

陈恩赐还是没说话，她跟着秦孑下车，进电梯，看着秦孑输入自己家的密码。

换好拖鞋，秦孑给陈恩赐倒了一杯水，放在她面前："现在可以跟我说怎么回事了吧？"

陈恩赐知道秦孑带她走，就是因为看出了她的异样。她也知道回了家，秦孑一定会问她的。在路上，她想过怎么跟秦孑说，可真到了跟前，她想说的却只有一句话："秦孑，我觉得我对你不够好。"

一句话把秦孑直接给整笑了："怎么？背着我在外面养人了？"

陈恩赐撇了撇嘴。

"行了，别撇嘴了，咱有什么话敞开说，行不行？"

"行。"陈恩赐沉默了片刻，小声问，"你手机呢？"

秦孑摸出来，递给陈恩赐。

陈恩赐没接，而是就着他的手，对着自己脸比画了一下，屏幕自动解锁。

陈恩赐仰头，看着秦孑："你什么时候设置的？

"是在S城的那天晚上吗？"

秦孑"嗯"了声："是。"

"为什么？"

秦孑被小女朋友认真询问的表情，逗得轻笑了一声："给你监视。"

陈恩赐想到当初在花园小区，林染来找秦孑的那次，她以各种理由敲他的门。后来被他识破了她的小伎俩后，她就躲回房间里再也不敢出来。

再后来，他给她发了个视频，她接通后，屏幕上跳出他的一条短信：给你监视。

他一直都在用自己的方式，来给足她安全感。

这个认知，让陈恩赐觉得自己对秦孑更不够好了。

当初她要是自信点，她要是没那么着急走，她要是留点余地不那么利索地掰断手机卡，他是不是就不会受那么多苦了。

要不是一直都是他死命地追着她，他和她可能不会有现在。

陈恩赐越想越难过，越想越心疼，她想起当初她连夜从米兰回来，他顶着全网骂名在医院里忙碌时，她那一瞬间的冲动。她咬了咬嘴角，站起身冲着秦孑张开了胳膊："秦孑，我想抱抱你。"

一句话让秦孑心软得一塌糊涂。

小女朋友今晚实在是太乖了，乖得让他有点心疼。

他往前踏了一步，由着她伸出手圈住他的腰。她将脸埋在他的胸口，安静了好一会儿，才闷声闷气地说："秦孑，我那会儿拿错了手机，我看到你的朋友圈了。"

难怪她会突然说要听《其实》。

难怪她情绪怪怪的。

那些朋友圈，其实都是他写给自己看的，也没想着有一天会被她看到，秦孑一下子沉默了。

陈恩赐知道秦孑不告诉自己那几年的事，是不想让自己愧疚，所以她没提莫蓝找自己聊天的事，只是无声无息地收紧了一下抱着他腰的胳膊："秦孑，你放心，我以后会对你好的。"

秦孑被小女朋友这句郑重其事的话惹得闷笑了一声："你想怎么对我好？"

陈恩赐没说话，继续抱了一会儿秦孑，然后从他怀里仰起头看着他，她什么都还没说，耳尖却一点一点地红了。

她望着他看了好一会儿，直到脸红得能滴出血，才轻轻地眨了眨眼睛："哥哥，我想要你。”

秦孑有点蒙，一时半会儿没反应过来她是什么意思，很轻地“嗯？”了声。

她耳朵更红了，连带着脖子都泛了粉色。她踮起脚尖，费劲地凑到他耳边：“所以，哥哥睡吗？”

秦孑后背肌肉紧绷，望着陈恩赐的眼神一点一点地暗了下来。

他喉结滚了滚，没说话。

不知道是前段时间在外面奔波得太久了，还是秦孑真的下手太狠了，当天夜里，陈恩赐发起了烧。秦孑喂她吃了一次退烧药，到清晨烧退了，结果嗓子开始疼鼻子还是塞，她成功地感冒了，还是重感冒。

陈恩赐过了几天无精打采的日子，等到感冒稍稍好转了一些后，她越想越觉得丢人。

她也太弱了吧？竟然大病一场。

秦孑这几天没去银河，就在她跟前办公。他见她一直叹气，忍不住转头看了她几眼。

瞄到他投来的视线，陈恩赐振振有词地说：“秦孑，你知道我为什么会生病吗？是老天爷都看不过去你的禽兽行为了，在惩罚你。”

秦孑心想，惩罚他什么，那天她出了一身汗，让她盖上被子，她死活不要，还要对着空调口吹冷气。

不知道秦孑心底在想些什么的陈恩赐，过了一会儿，又惆怅地叹了口气：“也不对，我仔细想了想，老天不是在惩罚你，可能是在惩罚我。

“我是生了一场病，逃出你的毒手了，但我总会好啊，我休息十天，到时候又被你没日没夜讨回来……”

秦孑有点怀疑自家小女朋友生了一场病，把脑袋烧出毛病了。

过了一会儿，他突然又觉得她说得好像还蛮有道理的。

虽然他家小女朋友的脑回路总是奇奇怪怪的，但每次想想，还是挺可爱的。

秦孑看着还在那里嘟嘟囔囔的陈恩赐，越看越觉得可爱，他将电脑往前一推，对着陈恩赐招了下手：“过来。”

“干吗？”陈恩赐翻了个白眼，一边起身“嗒嗒嗒”地往他这边走，一边又不满道，“你自己没长腿？不会过来。”

秦孑笑了。

他就爱她这种口嫌体正的傲娇样儿。

陈恩赐站在秦孑跟前，见他仰着头冲着自己笑，只觉得帅气得有些刺眼，她忍不住拍了一下秦孑的脸，没好气地说：“喊我过来到底干吗？”

“不干吗，”秦孑握住她挥到自己脸上的手，捏着她的手指，递到嘴边吻了几下，然后将她拽坐在自己的腿上，“就是想抱抱我家小女朋友。”

男朋友突然这么温情，让陈恩赐有点不太习惯，但她还是乖乖地窝在他腿上由着他抱。

两个人的世界很安静，他和她就那么安静地抱着，肆意地虚度着光阴，像是要将缺失的六年都补回来。直到窗外太阳渐渐落了山，天色慢慢暗了下来，秦孑才动了动身子，将脸面向陈恩赐的耳边：“小女朋友，以后你尽管撒欢地浪，我都不管你，但我就一个要求。

“你不能离开我。”

陈恩赐张了张嘴，心情复杂得有点难以形容。

有点感动，也有点心疼，还有点说不出来的难过。

她将下巴撑在秦孑的肩头，趴了一会儿，扭头对上他漆黑的眼睛：“那万一我将来变心了，就是要离开你呢？”

“那我就打断你的腿。”

陈恩赐哼了一声。

“然后养你到死。”

陈恩赐又哼了一声。

过了一会儿，陈恩赐又问：“那万一我要是出个意外死了呢？”

“那我陪你一块死。”

陈恩赐感冒彻底好的那一天，《生命》开播了。

这本就是一部未播先火的剧，播出的当天，几乎所有人都去围观了。

在播之前，陈恩赐一直都是个备受争议的存在，这些争议一方面是来源于她的名声不太好，另一方面来源于大家就觉得她是一个花瓶。

就连播出的当天，还有不少博主拿着她炒热度，让大家投票《生命》这部高质量大制作的剧会不会因为陈恩赐而折掉。投票比例那叫一个精彩，几乎百分之九十五的人都觉得《生命》会因为陈恩赐而折掉。甚至还有人准备好了等首播结束，就来微博骂她演技辣眼睛的词。

然而，首播的结果，却令所有人沉默了。

陈恩赐的演技出奇地在线，别说是拿过三金影帝的穆楚词，就连和那些老戏骨对戏，她也未曾有半点尴尬。最令人惊讶的是，陈恩赐没有用配音，而是原声，台词功底颇有水准。

首播的当天，网友还有点转换不过来，纷纷议论着大概是陈恩赐这两集演技赶巧了。

一个星期后，随着《生命》的剧情越来越精彩，陈恩赐的可圈可点之处也越来越多，网友的言论也跟着变了风向。

尤其是在播到她看到穆楚词和一个女人在一起的那一场哭戏时，“陈恩赐《生命》演技”成功地挂上了热搜排行榜第一。

这是一个最苛刻的时代，也是一个最宽容的时代。在绝对实力面前，大家往往会忽略很多缺点。

谁都未曾想到，那个曾经一度靠着颜值吃饭的陈恩赐，被众人踩到深渊里，在所有人都觉得她毫无翻身之日的情况下，她竟然翻身了。

这是一件所有人想都不敢想的事情。

但这件所有人想都不敢想的事，就这么上演了。

陈恩赐再度翻红，远比曾经更红。翻红后的她，几乎每天都会上热搜。

“陈恩赐《生命》”

“陈恩赐穆楚词”

“陈恩赐剧里酷爆了”

……

“陈恩赐见死不救”

此话题一眼看去，就是有人刻意为之，空降热搜榜。一个全新小号爆料了一段视频，视频里一个男人拖着一个女人在地下停车场里经过，陈恩赐和陈荣站在不远处，却并未阻止。

视频被剪辑过，周桐被宋涛甩一巴掌的镜头留下了，周桐从车里狼狈地滚下来的那个镜头也留下了，但没有留下陈恩赐站在车边的镜头，也没留下陈恩赐和陈荣送周桐去医院的镜头。

此视频一出，瞬间点炸了整个网络。

很快，有人认出视频里的人是周桐，宋涛虽不是明星，但在千千万万的网友面前，没有人是有秘密的，还没一个小时，宋涛的所有信息都被网友扒了出来。虽然镜头里有陈荣也有陈恩赐，但在陈恩赐的衬托下，网友直接忽略了陈荣，铺天盖地地开始指责陈恩赐。

“陈恩赐就在旁边，拦一下就可以阻止悲剧，居然见死不救，可见多么没素质。”

“我吐，亏我因为《生命》改变了对她的看法，没想到她竟然如此冷血。”

“就算是她怕，报个警也是可以的啊，居然不上前拦着，这操作也太恶心了吧？”

……

与此同时，周桐被强暴的话题爬上了热搜，随着名次逐渐地往上跳，陈恩赐又卷入了一个新的风波里。

“陈恩赐陪睡穆楚词”

穆楚词是流量担当，他是那种穿个不同颜色的衬衣，都要在热搜上晃一圈的存在，常年被网友戏称帝国顶流。陈恩赐又在风口浪尖上，中间还加了个“陪睡”，此话题瞬间爆了。

一分钟后，微博瘫痪了，在技术小哥哥们的紧急修复下，过了足足十分钟微博才能重新打开页面。

“据可靠消息，陈恩赐能进《生命》剧组，不是靠陪睡《生命》资方，而是穆楚词！”

爆料的人发了很多动态图。

有些动态图里有陈恩赐，有些动态图里压根儿没有她的存在，却有陆星。

陆星深夜在酒店敲开了穆楚词的房间门；陆星左顾右盼确定没人后悄悄地钻进了穆楚词的车；陆星跟在穆楚词身后，一前一后地进了剧组的化妆间……

这些动态图里的场景，陈恩赐很熟悉，大多数都是《生命》片场。

其中还有两张动态图是在米兰，一张是陆星和穆楚词一块进入餐厅，一张是陆星紧跟着穆楚词进了酒店。

了解陈恩赐的人，都知道陆星是陈恩赐的经纪人。那些动态图里即使有些没有陈恩赐，但有陆星，因此在所有人的眼里，有陆星就代表了有陈恩赐。

陈恩赐看着那些动态图，十分迷惑陆星去找穆影帝是因为什么，陆星和穆影帝见面又是因为什么。她想来想去也没想出来，自己当时有让陆星去找穆影帝帮过什么忙。

陈恩赐和穆楚词的爆炸式绯闻，传播速度十分快，快到很少关注明星八卦、正在聊工作的秦孑，抬头望了眼陈恩赐：“你在网上给我扣了顶绿帽子？”

陈恩赐险些被秦孑这句话呛到，她缓了几秒：“是网友，是网友强行给你扣了顶绿帽子。”

秦孑用鼻音发出一声哼，低头去看手机。只是短短数十秒，秦孑的脸色就难看到了极致。

不用想陈恩赐也知道，秦孑定是去看微博了。

因为周桐的视频，网友对陈恩赐的评论已经很难看了。而穆楚词坐拥无数女友粉，就算是爆出恋情，都有可能引起他粉丝暴动，现在直接弄出陈恩赐靠着陪睡才进入《生命》剧组，微博上的言论可想而知到底有多不堪入目。

再难听的话，陈恩赐都看过，可每次看，说不在意那都是假的，陈恩赐也不想主动上网去找虐，但她还是没忍住，点开了微博。

“娱乐圈第一交际花，还是那个娱乐圈第一交际花。”

“居然勾引我穆哥，去死吧。”

陈恩赐握着手机的指尖微微有些抖，她正准备继续往下看，一只手遮挡在了她的眼前。紧接着，她耳边有温热的呼吸拂过：“咱不看了，乖。”

秦孑将手机从陈恩赐指尖抽走，随意地搁在餐桌上，然后将椅子连带着坐在上面的她，一起转了个方向。他蹲在她面前，仰着头用指腹轻轻地蹭着她耳垂：“我已经让姑姑去处理这件事了。”

两人沉默了一会儿，陈恩赐反应过来秦孑话里的意思：“你……让姑姑把那些视频放出去了？”

“嗯。”秦孑很淡地应了一声。

顿了顿，秦孑想到她以前拒绝公开他手里保存的那些证据，又开口说：“能把这事爆出来的，只能是周桐。她自己都不要这个脸面了，我们就更不需要替她在意了。”

秦孑说得没错，当初陈恩赐不愿意接受U盘，是因为她不想拿一个女孩子一辈子的噩梦作为武器。可现在，那个噩梦，被周桐自己当成武器来攻击她了，她也没必要替周桐在意了。

陈恩赐是心软，是有些事做不出来，可不代表她是任人拿捏的包子。

周桐怕是怎么也没想到秦孑手里还留着一份证据，毕竟当初周桐在医院，哭哭啼啼地问陈恩赐能不能把她手里那份证据删掉，周桐还说什么自己不是不信陈恩赐，只是怕万一被流露出去自己难做人。陈恩赐也觉得那毕竟是周桐的个人隐私，就真的当着她的面把手里的证据彻底清空了。

“知道你不喜欢做这种事情，就替你做了。之所以做完了才告诉你，是怕你万一临到跟前心软了，撒个娇喊声哥哥一求，我就投降了。”

陈恩赐被秦孑的话逗得没忍住，“扑哧”笑了。

秦孑眼底也跟着带了笑：“我家小女朋友笑起来可真好看。”

“来，低头，给哥哥亲一个。”

秦孑捏玩着陈恩赐耳垂的手，往下挪了挪，握着她的脖颈，压低了她的脑袋，抻长了脖子，吻上她的唇：“有点够不着，要么你就再低点头。”

半个小时后，秦孑接到了秦楠的电话，陈恩赐这才登上微博看了眼目前的情况。

完整视频爆出来后，由于有了陈恩赐和陈荣送周桐去医院的一幕，网友的言论不再是一边倒地去骂陈恩赐。网上的言论分了两派，一派照样指责陈恩赐见死不救，说她明明可以阻止一场悲剧，却任由着悲剧酿成；另外一派说可以理解陈恩赐的行为，换位思考，如果是自己碰到这样的事情也许也会做不到妥善处理。

两派言论吵得不可开交，俨然就是一场大型网友辩论赛。

辩到极致的时候，有人又放出了一段视频，是当初在私房菜馆，陈恩赐站出来帮周桐的监控。此视频一出，指责陈恩赐见死不救的那一派人，渐渐地有些站不住脚了。

“在很早之前，陈恩赐帮过周桐一次哎。”

“一屋子的人，没一个站出来，只有陈恩赐站出来了。”

“我记起来了，这部剧是古装剧，当时都官宣了陈恩赐要出演女配角的，后来换人了，该不会是因为这事得罪了资方，陈恩赐被换的吧？”

“那次的事情，陈恩赐敢站出来管，第二次的事情，按理说她不会袖手旁观的，从地下停车场的监控里看，他们隔得有点远，是不是陈恩赐不清楚状况啊……”

“天，你们快看这个微博……”

这是一分钟前，刚有人发的评论，后面有一条微博链接。陈恩赐点进去，看到了博主名：陈荣。

陈荣只发了一条微博，是一个视频。

陈恩赐点了播放。视频里的陈荣，穿着一身保守的套装，她应该还没下班，从她身后的场景来看，像是办公室。

“大家好，我叫陈荣，是周桐事件地下停车场里的两个目击人之一。陈恩赐是我姐姐，那天的事情，我姐姐第一眼看到的时候，是想立刻冲上去的，但是被我拦住了。

“当时的我，并不是想要袖手旁观，是因为我不清楚那是怎么一回事，不知道那是我姐姐认识的周桐小姐。我是一个成年人，一个做任何事情之前会瞻前顾后的成年人，我会考虑清楚做这件事会不会给我带来麻烦，我想很多人都和我有一样的想法。我怕他们是夫妻吵架，我怕他们是情侣矛盾，所以我拉着我姐姐上了车。

“对于此事，我若说我后悔，肯定有人会说我假惺惺，但事后我是真的很后悔。可这世界上没有后悔药，不管是我还是我姐姐，我们都想办法去补救了。医院是我联系的，怕给周桐小姐造成影响，我特意安排了熟悉的医生为她诊治，医药费全是我承担的。

“周桐小姐受到打击后，想要拉宋涛同归于尽，是我姐姐拦下来的，当时还划伤了我姐姐的脖子。若不是我姐姐，也许现在的周桐小姐是一个杀人犯。

“不管怎样，我都很抱歉当时因为不明白状况，没能及时阻止。”

陈恩赐和周桐这事处于风口浪尖，陈荣这个视频发出来没一会儿就火了。

“好犀利的小姐姐啊。”

“一口一个姐姐，像极了护姐狂魔。”

“周桐真的要杀宋涛，被陈恩赐拦下了？如果是真的，那周桐应该感谢陈恩赐啊，救了她后半生哎。”

“我觉得这个小姐姐说得没毛病，不清楚状况的情况下，没敢出手很符合情理。”

网上周桐一事的风向变了的同时，“铿锵玫瑰”群里也热闹得很。

林染：“恋爱脑，我给你点赞转发了，我还花了一万块钱给你买了个热门。”

陈荣发了个奸笑的表情：“我帅不帅？”

林染：“帅呆了！”

陈荣发了个抱拳的表情：“周桐那个贱人，绝对是看我姐火了，想要趁机黑我姐一把，顺势把我姐给踩下去，然后自己卖个惨，赚足了同情的同时也赚足热度，她的营销团队也够厉害的。话说回来，这种事情都拿出来炒，她也挺能豁得出去的。”

陈荣：“不过再厉害的营销团队，也比不上我跟秦总。我俩什么出身啊，就圈里这些手腕，也想着踩我姐上位？”

陈荣：“秦总是故意先放一个视频，引导网友吵，吵到最热，吸引足了关注，再放第二个视频。而我趁热打铁地抛出第三个视频，他们不是一波接着一波地黑我姐吗？来啊，我们就一波接着一波地给你惊喜。”

陈荣：“当初全网黑过一次了，现在还想着再整一次？真当我姐背后没人了是不是？”

说够了，陈荣发了一堆暴怒的表情：“不说了，越说越生气，我好想去给周桐打电话，追回我垫付的那些医药费。”

三分钟后，陈荣艾特秦一分钟：“姐，你还好吗？”

陈荣艾特秦一分钟：“姐？”

陈荣艾特秦一分钟：“姐姐姐姐？”

秦一分钟：“叫魂？”

陈荣发了个可爱的表情：“你看我视频了没？帅不帅？”

秦一分钟：“我能说你穿的那个套装丑爆了吗？那都是什么年代的款式了？”

陈荣：“……”

秦一分钟：“还有，你的眼镜能不能换一副？粉色的镜框，你当你是小学生啊。”

陈荣：“……”

秦一分钟："还有，你拍视频会不会找角度，从下往上拍，那是直男拍摄角度……"

陈荣发了个委屈的表情："你夸我一句能死吗？"

秦一分钟："能死。"

陈荣："……"

秦一分钟："帅。"

陈荣："……"

全程围观聊天的林染笑得肚子疼："我真是太吃你们姐俩了。"

林染："傲娇 × 傲娇。"

林染："这人设不错！这剧情我也喜欢！"

秦一分钟："……"

陈荣："……"

在三个人嘻嘻哈哈中，从事发到现在好几个小时一直没出现的陆星冒泡了。她引用了陈荣"当初全网黑过一次了，现在还想着再整一次？真当我姐背后没人了是不是？"这条内容："恋爱脑，说得对。"

陆星："我家艺人当初被全网黑过一次，现在还想着再整一次？她们一个一个也太不把人当人看了吧？欺人太甚，真当我们背后没人了是不是？"

陆星："周桐那事，你们搞定了，接下来穆楚词那事我来搞定。"

陆星："今晚注定是个不眠夜。"

林染："穆楚词那事，你怎么搞定？"

陈荣："穆楚词那事，你有办法了？"

秦一分钟："穆影帝那边，你找到突破口了？"

一连发了好几条消息的陆星，又不见人了。

十分钟后，"铿锵玫瑰"群里的人，总算知道陆星临走前留的那句"今晚注定是个不眠夜"是什么意思了。因为三个人的手机屏幕上方，都弹出了一条新闻提醒。

"穆楚词公布已婚。"

深夜十二点的微博，又瘫了。

技术人员连夜从床上爬起来，快马加鞭地加了半个小时的班，微博总算稳定了。

热搜第一名"穆楚词已婚"后面的爆字红得发黑。

点进去的第一条微博是穆楚词发的："大家好，给大家介绍一下，这是我老婆。@夜空中最亮的那颗星。"

配图有两张。

第一张是两本结婚证，第二张是涂掉了个人信息的结婚证内页。

结婚证的照片，是穆楚词和陆星，结婚时间是两年前。顺着穆楚词的微博，点进“夜空中最亮的那颗星”，面对穆楚词单方面的公开，“夜空中最亮的那颗星”只是点了个赞。

顺着她的微博一路看去，只见满屏全是陈恩赐的照片。

“恩恩太美了！”

“女鹅（女儿），给妈妈冲呀！”

“妈妈最近好穷啊，全靠你了女鹅！”

在网友前赴后继跑来围观中，不少人亲眼看到“夜空中最亮的那颗星”在给穆楚词公开的微博点赞后的第三分钟，她发了条新微博：“我女鹅和穆楚词是清白的。”配图是一张水里游着的大白鹅。

被炸得外焦里嫩的不只是网友，还有陈恩赐、林染和陈荣。

林染：“我出现幻觉了吗？我竟然看到了穆楚词和陆星结婚的新闻？”

陈荣发了个蒙圈的表情：“我也看到了，还结婚两年了。”

林染艾特秦一分钟：“兮兮，你是不是早就知道了，故意瞒着我和恋爱脑？”

陈荣艾特秦一分钟：“我也怀疑是这样的，我和你好歹有一半相同的血缘，你居然跟她有了小秘密。”

五分钟过去了，秦一分钟姗姗反应过来：“我看到了星星结婚的消息？”

秦一分钟发了个截图：“这个结婚证里的星星是我认识的陆星？”

又过了五分钟，秦一分钟总算反应过来了：“陆星居然结婚了？”

秦一分钟：“陆星居然跟穆影帝结婚了？”

秦一分钟：“还已婚了两年？”

秦一分钟：“陆星你不是说你是不婚主义者吗？”

秦一分钟：“陆星，可真把你能耐坏了，口里喊着自己是不婚主义者，背地里比这一群的姐妹们哪个都早结婚。”

秦一分钟：“我说你怎么什么都懂，原来你才是那个最深藏不露的老司机啊！”

秦一分钟：“你看看那人，细看看那人，她看着叫陆星，实际上叫穆太太，66666 啊，穆、太、太！”

……

穆楚词隐婚两年的官宣，远比陈恩赐陪睡他来得更刺激劲爆。

陆星说得一点也没错，今夜注定是个不眠之夜，无论是吃瓜的网友，还是穆楚词的粉丝，抑或是微博的技术人员。

直到凌晨三点钟，网上依旧热闹得像是在过大年。

穆楚词十八岁出道，迄今为止已经在娱乐圈里摸爬滚打将近十三年。他从最初的流量咖，转型到演技派，整整耗了八年的时间。

他早不是曾经那个刚出道靠颜值吃饭的他，初期陪伴他的那些，能留到今日的都是真爱，看到他隐婚的消息，更多的是祝福。后期喜欢他的粉丝，绝大多数是被他演技所折服，并不会过多干涉他的私生活。只有那么一小部分的粉丝，叫嚷着脱粉叫嚷着失恋。总之比起爆出陈恩赐陪睡他，网友的言论和谐多了。

穆楚词的微博，三个小时回复破百万，下面的热门评论，也从最开始的“真假？”“哥哥你是不是被盗号了？”“天啊我不相信”，变成了“我家哥哥老大不小了，是该成家了”“迟来的一句新婚快乐”。

至于陆星，也从“陈恩赐的经纪人”变成了“嫂子”，她的微博托穆楚词的福，一夜之间粉丝暴增。

网友闹了一天一夜，渐渐地都接受了穆楚词和陆星结婚的事，陈恩赐却还跟做梦似的，只要一想起来就禁不住叹口气。

秦孑见自家小女朋友很是惆怅，晚上特意带她出去吃了一顿好的。

从陈恩赐回J城，这段日子秦孑一直都住在梧桐墅，天气一天一天地转热了，秦孑早就想回自己的住所取几件夏天的衣物，正好他们吃晚饭的地方离他住的地方不远，吃过饭就顺道拐了过去。想着一会儿就走，秦孑并没有将车开进地下车库，直接停在大门口，就牵着陈恩赐的手进了院子。

院里的树开了花，在初夏夜风中，飘过一阵一阵的淡香。

秦孑采了指纹，推开门，帮陈恩赐拿了鞋，给她倒了杯温水后，就上楼去收拾东西了。

陈恩赐等得无聊，一个人坐在沙发上刷手机。等秦孑从楼上下来，她立刻“嗒嗒嗒”地奔到他面前，跟小孩子找家长告状似的，小嘴叭叭地又是一通控诉。

“我跟你复合这事儿，到了米兰我就告诉陆星了，可她倒好，结婚这么大的事居然一直瞒着我，可真是太过分了。

“我决定了，她和穆楚词以后办婚礼，我不要随份子钱。

“她一直跟我说，她对男人没兴趣，她是不婚主义者，呵呵，好一个不婚主义者，都结婚了，可不不婚了，再婚就是重婚罪了。

“还有，我刚刚上网，看了眼她的微博，居然粉丝比我都多了一千。她最新那条微博的点赞和回复是我的两倍，我的两倍……”

……

秦孑牵着陈恩赐的手往外走，哑然失笑，他家小女朋友的关注点永远都是这么可爱。

陈恩赐一直以为周桐一事就此过了，可她怎么也没想到事发三天后，她在热搜词里又看到了“陈恩赐 周桐”“周桐是演员”。

陈恩赐皱了皱眉心，点进热搜词。

周桐：“我是一个很记人好的人，只要谁对我好一点，我都会加倍还回去。

可我发现，有时候心软，换来的不是真心，而是变本加厉得寸进尺。

我一直在想，你曾帮过我，我应该让着你迁就你。

我怎么都没想到，你竟然为了炒作，将我私事曝光。

而那件私事，是我最沉重的痛。

我想没有一个女孩愿意让人知道自己曾遇到过被人强暴那样残忍的事。

我真的很想不介意，真的很想把这次事件当成是我还你的恩情。

可我这几天一直在做噩梦，总觉得自己像是被人扒光了衣服放在大街上受万人围观。”

周桐最后还艾特了陈恩赐。

周桐的人气很低，微博虽然有一百多万的粉丝，但平时互动却少得可怜。她这条微博显然是有备而来，请了不少博主和水军，短短半个小时，热度已经在网络上蔓延开。

陈恩赐是真的没想到周桐会这么明目张胆地反咬自己一口。

说不生气是假的，但陈恩赐转念一想，却又觉得周桐这做法于她来说却也没毛病。

周桐原本是想着捆绑着陈恩赐的热度，卖个悲惨人设，换取网友的同情，将自己炒起来，结果没能成功不说，还自讨苦吃丢尽了颜面。周桐的经纪团队不可能不想挽救措施，而周桐直接将脏水泼在陈恩赐身上，无疑是目前最好的公关。

毕竟爆出陈恩赐见死不救的那一晚，她的紧急公关无比成功，一环扣一环，事发时并不会让人多想，但现在周桐这么一搞，难免会让人情不自禁地被周桐带跑偏了思路。

和陈恩赐设想的差不多，网友的评论的确被带歪了。

“难怪那天晚上陈恩赐的紧急公关那么流畅，原来是炒作。”

“拿着女孩子这种事情炒作，也太没下限了吧。”

“就说那天的反转一个接着一个，刺激得跟电视剧一样，怎么想怎么假，原来是提前写好的剧本。”

陈恩赐看了一些网友的留言，才后知后觉地发现，自己的脾气竟然变好了许多。

她记得秦孑被杨灵倒打一耙那次，她气得浑身都要炸了。

这种跟吞了苍蝇一样的恶心事，不管是放在谁身上，只要是从前，依照她的性格，都会揭竿而起。

可今天，她也不是不生气，但就是没那么气了。

就连她看着满屏指责她的言语，也没以往那么难过了。

陈恩赐诧异了一小会儿，忽地轻笑了一声。

是因为她家男朋友。

和秦孑在一起后，好像很多事情变得不是那么在意，也不是那么重要了。

就像是当初，她看着优秀的他，努力地想让自己变好，想让自己奔跑起来，跟上他的步伐。

原来这世间，好的爱情，会让你遇见更好的自己。

陈恩赐心想着自己可总算成为优雅的小仙女了，然后点开了另一个热搜词："周桐是演员"。

这是一个娱乐博主发的微博："周桐不应该是明星，更应该是演员，虽然她在《生命》里只出演了一个戏份不足十分之一的配角，可她认真的态度值得大家敬佩。"

配图是周桐发的微博。

——"为了演好《生命》这部戏，特意买了这些书。"后面是一串书名。

——"想快一点入戏，特意找了医疗和AI这方面工作的科研人员学习。"

——"今天被老师带着去看了一场手术，手术过程很刺激也很震撼。即使到了现在，想起来还觉得像是做梦一样。但那不是梦，是真实的。就在刚刚，我想到了一句话，他的研发成果赋予了医生超能力。感谢为Z国人民健康一直努力的他，谢谢。"

——"世间没有从天而降的英雄，只有挺身而出的凡人。这句话一点也不假。那些在岁月静好中负重前行的人，卸下光环和荣耀，就是普通的你我他。"

——"你比银河更耀眼，你配得上世间所有的美好。"

那些截图里的每一句话，陈恩赐都很眼熟。眼熟到前一秒还想着总算成为优雅的小仙女的她，下一秒就飙了句脏话。一股怒火，从她心底最深处，腾腾地燃烧了起来，烧到她暴躁得想将手机砸出去。

那是她去银河那两个月，每天回家在小本本上写的话。

那是她为了追上秦孑的脚步，拼命努力过的痕迹。

有些话语，是她写给秦孑的。

因为那个小本本上，记录了很多她看《生命》剧本的思路，她怕自己回头拍戏找不到感觉，当初进剧组特意带了过去，在片场她时常会翻看。那个时候的周桐，经常会跑到她跟前示好卖乖，也会帮她整理一些东西。想必就是那个时候，周桐看到了她的小本本，顺带着偷走了她小本本上的内容。

陈恩赐越想越气，完全没心情编糖了，下一秒就冲进了书房，翻出小钥匙，打开了抽屉。她打开笔记本电脑，登录微博，然后将从抽屉里拿出的录音笔，插入了电脑的USB接口。

五分钟后。

陈恩赐：“好巧哦，你微博上写的话，和我曾经写的日记一模一样。@周桐”

配图是陈恩赐刚刚拍下来的九宫格照片。

那些照片对应的内容全是周桐发过的内容，陈恩赐有个习惯，记录点点滴滴的时候，都写了日期。片场并不干净，小本本弄得有些脏，完全可以看得出来，文字和日期的笔墨都是同一天写的，毫无差别。

十分钟后。

陈恩赐：“原以为你只知道农夫与蛇，没想到你还知道颠倒黑白。@周桐”

配的是一个完全黑屏的视频，视频里的录音，是陈恩赐去公安局替周桐报警和警察的对话，以及警察当着陈恩赐的面和周桐的通话。

为了防止网友听不太清楚周桐说的那些话，陈恩赐特意在周桐和警察打电话的那一段黑屏上，加了字幕。

周桐：“是，我是周桐……是，陈恩赐和我同一个剧组待过……我跟宋涛是朋友，不存在她说的所谓的强暴……她可能是搞错了，如果我真的遇到这种事情，我肯定会第一时间来报警的，怎么会让一个不是那么熟悉的人来帮我报警？”

十五分钟后。

陈恩赐：“你是不是忘记了，我去报警的时候有带律师，律师是会做语音记录的？

你是不是忘记了，你手里拿到的宋涛和你的证据，是我帮你收集的？

你哭哭啼啼卖惨让我删掉所有监控的时候，是不是以为我手里没证据了？

实不相瞒，我手里的确是没有证据了，可你不知道的是，那些证据并不是我帮你收集的。我若是想拿你炒作，当初在你害我报假警、接受警察教育的时候，我大可以把这些东西都砸到网上。

你欠我的恩情，这辈子都不可能还得完。

我不会做噩梦，因为我问心无愧。

至于你，我很想问一句，一、步、一、步、作、死、自、己、的、感、觉、爽、吗？

@周桐”

陈恩赐接连发了三条微博怼周桐，心头的那股火，总算灭了一些。

这都什么跟什么呀。

陈恩赐气呼呼地在心底把周桐里里外外问候了好几遍，这才重新点进微博。

比起周桐无病呻吟苍白的文字，陈恩赐甩上去的证据直观而又明了，简直是一个又一个的巨锤，锤得周桐毫无翻身之际。

“陈恩赐说得一点也没错，如假包换的农夫与蛇。”

“周桐是怎么做出这么不要脸的事的？”

“周桐这种人，赶紧滚出娱乐圈吧，真的，会教坏小朋友的。”

陈恩赐看着满屏的“周桐滚出娱乐圈”，总算神清气爽了。

怼也怼完了，该解决的事情也解决了，陈恩赐终于恢复了编糖的心情。

在线蹲一个网名：“陈恩赐三次微博三连怼，全都是因为秦孑。”

她本来是不想编这个糖的，但是在她怼完周桐后，她忽然发现这个糖太甜了。

“孑风洗陈”粉丝已经很多了，也很活跃，陈恩赐的小号由于积分很高，已经混成了超话的主持人。她发完帖，很快就收获了很多网友的回复。

“姐妹，你也太会吧？”

“与时俱进。”

“啊啊啊啊这个糖我很可以。”

……

陆星很快接到了媒体采访的电话，才得知陈恩赐在网上又来了一次三连怼。不看还好，一看没把陆星给气吐血，她一边登录自己的微博转发陈恩赐怼周桐的微博，一边拍响了陈恩赐的房门。

房门被陈恩赐打开，陆星将高跟鞋胡乱地往玄关地板上一踢，就光着脚丫子噌噌噌地进了屋：“我就去帮你买个房子的工夫，周桐那个小贱人就在网上搞出这种事情？她也太不要脸了吧，怎么好意思说是我们炒作的。还有那些微博，她是什么时候从你那里偷走的？”

“在《生命》片场的时候！也就是那个时候，她就已经不怀好意了。”

陆星边骂边给吊打周桐的那些微博点赞，等她点到微博点赞到了上限的时候，她愤怒地将手机往沙发上一丢：“垃圾微博，点赞还设置上限。”

早就愤怒过的陈恩赐，以一副过来人的架势，拍了拍陆星的肩膀，贴心地给陆星递了一杯水：“少安毋躁。”

陆星沉默了三秒钟，喝了半杯水：“少安毋躁这四个字，你也好意思跟我说？事发的第一时间，你都没联系我这个经纪人，你擅作主张去怼周桐，你可真少安毋躁！”

陈恩赐一怔。

“对了，”陆星突然灵光一闪，整个人嗖地站起身，咬着手指边思考边绕着沙发转了几圈，“恩恩，这可真是天赐良机啊，我们趁着这个机会，彻底洗白一波吧。

“周桐本来想着让你完蛋，结果作茧自缚玩死了自己，现在网上都在说你看着跟个花瓶似的，但是脾气还挺暴躁，也挺正义热心肠的，再加上之前你在综艺里救小男孩一事，我们可以联络下媒体啊粉丝啊往这方面引导下，可以扭转你的形象。另外就是，《生命》现在大火，你记录在小本本上的那些事，我们本来也没想着要曝光，现在周桐帮我们爆出来了，我们趁机就分享几篇你记录和生命医疗这方面有关的日记，你不是一直都想当个好演员吗？而且《生命》你演技也都在线……”

陆星越分析越觉得错过这次，怕是以后再也不可能有这么好的洗白机会了。她立刻拿起手机，开始跟团队发语音，阐述自己的思路。阐述到最后，陆星又想到了一个更重要的事：“我们可以联系《生命》的剧方，让他们站出来帮你说话，顺便把你曾经零片酬演《生命》的事爆出来，还有你那场被大家夸赞的哭戏，不是有片花吗？因为太过入戏，结束后你还哭了好久，也一起爆出来……

“陈荣是你的妹妹，也是《生命》的投资人，而我背后有穆楚词，你这样的背景，还如此努力拍戏，为了能搭上这部戏，不惜零片酬演出……试问这种形象的人，怎么会陪睡？”

陆星越想越激动，甚至当场掉了眼泪：“恩恩，两年，整整两年，我们总算可以把他们当初泼在我们身上的脏水，一点一点地洗干净了。”

陆星是个行动派，她这么说就真的立刻这么做了。

陈恩赐都还没跟上陆星的思路，陆星已经雷厉风行地跟团队开起了视频会议。

陆星向来讲究办事效率，最不喜欢的就是拖泥带水，所以整个团队的节奏也都很快。

不出一个小时，有关“陈恩赐热心肠”的新闻稿件团队就已经写好了七八篇。

陆星审完稿件，给陈恩赐也过了一遍，确定没什么问题后，就让团队开始宣发。

虽然陆星在背后推波助澜了一把，但“陈恩赐热心肠”这些事，的的确确是有发生的，这么一被引导，很多人开始从互联网记忆中挖掘陈恩赐的过往。不挖还好，一挖大家发现陈恩赐出道的这些年，做过的好事还真不少。

社会永远都需要正能量的人。无关其他，只因温暖。

有关“陈恩赐热心肠”的热度越来越高，高到最后，很多官媒为了弘扬正能量都开始报道此事。

网络就是如此，黑一个人集体黑，夸一个人同样也是集体夸。

陆星让一个小助理以很不经意的角度晒了几张陈恩赐小本本上有关生命医疗这方面的日记，很快在网上传开了。

除了网友、媒体，还有很多有身份有地位有权威的老艺术家都出现了。

“台上一分钟，台下十年功，这才是年轻一代的艺术家该有的样子。”

“这才是演员，这才是腕儿。”

与此同时，《生命》的官博也站出来说话了，官博连发了两条微博。

第一条微博是陈恩赐拍那场哭戏失控后的片花。

第二条微博是一张图片，陈恩赐和《生命》签约的合同，金额那里是：0。

这两条微博一出，直接将陈恩赐掀上了巅峰。

“陈恩赐居然零片酬出演《生命》。”

“也就是说，从她决定拍《生命》到《生命》拍摄结束，整整大半年的时间，她是没有收入的。”

“拍戏是演员的职业，职业是要赚钱的，可她没有赚钱，这说明是真的热爱。”

“她是认真对待这部戏了，也是认真对待这个角色了。不管怎样，她做到了一个演员该有的素养。”

“什么叫作积极向上励志正能量，这就是。”

“陈恩赐说过，她之所以接《生命》是因为那个对她来说很重要的人，那个能让她变得更好的人，看来她是真的很爱那个对她来说很重要的人，否则她不会付出如此代价，也要让自己变得更好。”

“我从陈恩赐身上看到了八个字：默默优秀，一鸣惊人。”

“陈恩赐经纪人是穆影帝的老婆，那个陈荣是陈恩赐的妹妹，陈荣是《生命》的投资人，也是荣耀影视传媒公司的法务，陈恩赐这么强的背景，完全可以靠关系进入《生命》，结果她居然零片酬出演。”

“我只有一个想法，陈恩赐要颜值有颜值，要背景有背景，要实力有实力，这种情况下，为什么会有人说她陪睡？她需要陪睡吗？”

“这世界对女人有太多的敌意，过于优秀过于美好，就会让人忍不住弄脏。陈恩赐娱乐圈交际花一事，这些年来都是风言风语，从没看到过石锤。”

“有一说一，我以前看着她的相貌，也觉得她是那种花瓶，现在我收回我的偏见，并说句对不起，未知全貌不予评判。”

“未知全貌不予评判＋1”

“未知全貌不予评判＋ 10086”

……

陆星全程都在围观网上的情况，当她看到越来越多的人对陈恩赐说对不起，说未知全貌不予评判的时候，她终于没忍住，眼泪跟不要钱似的砸了下来。

真的是太难了。

难到她一度以为这一天永远都不会到来。

难到夜深人静午夜梦回她都会怀疑这个世界是有病的。

那种被全网黑的日子，真的不好过，她不是身处在核心的陈恩赐，她都觉得难熬。

更何况是陈恩赐。

看到哭到不能自已的陆星，陈恩赐也红了眼眶。

其实陈恩赐已经习惯了，习惯了不管做什么，都先被人曲解成恶意；习惯了不管她出演什么角色，都被人说是陪睡换来的；习惯了被人戴着有色眼镜看待。就是因为太习惯了，心也就麻木了。

没人是刀枪不入的，但只能让自己看起来是刀枪不入的。因为软弱和示弱，只会让伤害你的人更能找到伤害你的方式。

网上的情况有点炸，陈恩赐不太适合站出来说话，可她给了陆星一个拥抱，还是登录微博发了个动态。

只有十个字。

陈恩赐：“离作品近点，离生活远点。”

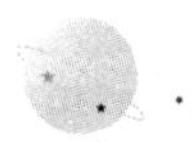

第十四章
银河之上的你

秦孑出了个差，忙完拿起手机，一眼看到了容与的微信：“《生命》女主角陈恩赐，零片酬出演《生命》。”

零片酬……这三个字就像是三颗尖锐的钉子，狠狠地钉进了秦孑的心窝。

好一会儿，他才缓过神来，几乎没犹豫，他就打消了在S城留宿一夜的念想，当场订机票返回了J城。

在机场，秦孑将网上的情况都摸了一遍，他看到了陈恩赐小本本上的文字照片。

飞回J城的路上，秦孑心跳得很快。

等他回到梧桐墅，已经是凌晨一点钟了。

小女朋友家里很安静，客厅的灯亮着，主卧只留了一盏睡眠灯，躺在床上沉睡的小女朋友睡姿不太优雅。他轻手轻脚地走到床边，帮她盖被子的时候，看到她枕边放着那个小本本。

他犹豫了一下，还是拿起来，开了一盏灯翻看。

——“秦孑，你能不能等等我？你走得太快了，我跟不上你。”

——“今天拍戏哭得一塌糊涂，但我知道，不是因为拍戏，是因为他。”

——“情出自愿，事过无悔，可我还是希望你后悔，因为我很后悔。”

……

秦孑一页一页很慢地翻着，翻到最后，他喉咙堵得有些厉害。

他一直都在庆幸，庆幸他家小女朋友没有被江炽拐跑。直到现在他才知道，有一百个江炽，也不可能拐跑她。

她沉默不说爱，却比谁都爱。

“秦孑？”半夜醒来想去洗手间的陈恩赐，坐起身看到守在床边的秦孑，吓了一跳。

定定地望了她大半夜的秦孑，掀起眼皮，对上她的眼睛。

他眼底有些红，不知道是不是熬夜熬的，脸色也不是那么好看……

陈恩赐见秦孑不出声，蹙了蹙眉心："怎么了？"

秦孑依旧没说话，却对着陈恩赐抬了下手。

陈恩赐光着脚踩着地毯走到他跟前。

秦孑没等她站稳，就将她拉坐在腿上，吻住了她的唇。他吻得很突然，看着有点急迫，却异常温柔。

陈恩赐反应再迟钝，也能感觉到秦孑的异样。她躲开他的唇，捧着他的脸，低垂着头望着他："秦孑……你……"

"我爱你。"秦孑忽地开口。

陈恩赐愣住，这告白怎么这么突如其来……

秦孑又说了一遍："陈兮，我爱你。"

陈恩赐有点慌，她伸出手摸了摸秦孑的额头，确定体温正常后，想了想，问："秦孑，你该不会破产了吧？"

秦孑轻笑了一声，将脸埋在陈恩赐锁骨上："没有。"

"确定没有吗？"陈恩赐抓了抓秦孑略微有点硬的头发，"没关系，反正我大红大紫了，真要是破产了，我……"

秦孑捏了下陈恩赐的屁股，惊得小女朋友很低地"呀"了一声。没等她恼火骂自己，他抬起手，扣住小女朋友的后脑勺，将她的脸贴到自己跟前："陈兮，迎你入门好不好？

"房子分你一半的那种迎你入门好不好？"

被秦孑求完婚的陈恩赐，第二天一整天心情都很波动，直到下午快日落的时候，她进入书房，打开电脑缓缓地写下了一行字。

"我爱的你，是站在银河之上的你。"

敲完这句话后，陈恩赐思绪就像是被打开了般，指尖在键盘上一直没停。直到一个多小时后，她甩了甩有点泛酸的手腕，看了眼字数统计：1546。

陈恩赐极其满意地关了电脑，决定等什么时候有灵感了，继续创作她写的故事。

——为他写的故事。

离秦孑下班还早，陈恩赐在"铿锵玫瑰"群里跟陈荣、陆星、林染她们扯了一会儿皮，想到自己今天还没去"孑风洗陈"超话分享每日一糖，就抛弃了小姐妹团，拿着触屏笔对着 iPad 开始画画。

半个小时后，陈恩赐登录微博，切换账号，去“孑风洗陈”超话把自己刚刚创作出来的小条漫分享了出去。

十分钟后，陆星给她发来了几张截图。

——陈恩赐 来自孑风洗陈超话：“新糖来了。”

——在线蹲一个网名的主页。

——“孑风洗陈”超话主页截图。

以及……陈恩赐刚刚完成的小条漫。

今日嗑“孑风洗陈”CP 的人太多了，进来了不少厉害的网友，为了和他们抢流量、抢关注，陈恩赐特意把今天的小条漫画得露骨了一些。

手绘版的秦孑一身西装坐在沙发上，看着禁欲而撩人。

陈恩赐穿着一件吊带裙，坐在他腿上，裙摆有点短，露出两条细白的长腿。

条漫有四格。

第一格：“迎你入门好不好？”

第二格：“房子分你一半的那种迎你入门好不好？”

第三格，秦孑吻上了陈恩赐，旁边还被她加了几个字。

第四格：秦孑离开了陈恩赐的唇，陈恩赐睡衣的吊带掉了一边，斜斜地落在胳膊上……

陈恩赐看着这些截图，脑袋像是被人砸了一棒槌似的嗡嗡嗡直响。过了足足三分钟，她才颤着指尖，点开了微博。

明明已经知道了真相，可当她亲眼看到自己竟然真的把发到小号上的内容发到了本尊上时，她还是没忍住当场嘤嘤嘤着崩了心态。

她不是切换账号了吗？

她怎么还是切成了本尊？

她发完后怎么就没检查一遍？

这下全世界都知道她的马甲了。

这下不但全世界都知道她的马甲了，全世界还都知道她和秦孑的事了。

这下不但全世界都知道她和秦孑的事了，全世界还都知道她自己嗑了自己和秦孑的 CP。

陈恩赐急忙切进“在线蹲一个网名”的微博，她发现这个小号的关注以肉眼可见的速度噌噌噌地往上涨，就连“孑风洗陈”的超话涨粉速度都在飙升。

一刷新，超话里就立刻出现一批新的留言。

“哈哈哈，自己吃自己的糖，可还行？”

“大型掉马现场，特来围观陈恩赐自己分享的糖。”

“楼上的，别说得这么直接，是在线蹲一个马甲。”

“对对对，给点面子，当成不知道掉马了。”

“我竟然觉得陈恩赐有点萌？”

“哈哈哈，糊糊涂涂陈恩赐，可可爱爱没脑子。”

“你还别说，挺押韵的。”

“感觉陈恩赐好像还没反应过来自己掉马这一回事。”

“都说了，给点面子，当成不知道掉马了，安静地吃糖不好吗？”

“我们竟然吃到了真糖？”

没眼看的陈恩赐，扔下手机，就一头扎进被子里。

凉了凉了凉了。

陈恩赐憋着气，整整当了半个小时的鸵鸟，才重新拿起手机。

热搜榜：

“陈恩赐秦孑”

“孑风洗陈是真的”

“好马不吃回头草”

“没复合不是她”

“这辈子都不可能复合的”

“在线蹲一个网名”

陈恩赐一眼望去，看着热搜榜上这些热度不断攀升的话题，险些当场咬舌自尽。

她现在卸载微博还来得及吗？难道她只能躺平任由网友笑她了吗？

虽然是善意的笑，可……也太丢人了吧！

陈恩赐觉得自己能在秦孑面前不要面子，但是不能在全世界面前也不要面子。她得想个办法挽救自己的形象，她想了又想，登录微博。

陈恩赐：“‘在线蹲一个网名’不是我，是秦孑，刚刚是他登录错了账号。”

陈恩赐甩锅甩得一点也不心虚，甚至还很理直气壮，甩完锅后倒有点小忐忑。

她刚刚是不是应该跟秦孑先打个招呼？

现在打，貌似也不算晚吧？

陈恩赐啃着手指想了想，拿着手机给秦孑发了一条微信：“男朋友？”

和我抢房子的男朋友：“嗯？”

陈恩赐：“你还记得你说要追我，我跟你说对不起，陈爷我好马不吃回头草，你当时是怎么回我的吗？”

屏幕上方“对方正在输入中”显示了好一阵儿，屏幕里才进来消息。

和我抢房子的男朋友：“没关系，回头草会绕路超车。”

陈恩赐：“然后呢？我怎么回的你？”

和我抢房子的男朋友：“你说，你在微博上对着全网立过 flag，你不能打自己的脸。”

陈恩赐：“哇，男朋友，你记忆力好好哦，那你呢？你又是怎么回我的？”

和我抢房子的男朋友：“真要是有那么一天，我替你挨打。”

陈恩赐还没来得及点出手机键盘回秦孑消息，秦孑的消息又过来了一条。

和我抢房子的男朋友：“说吧，捅什么娄子了？”

秦孑是怎么从这几条忆往昔的对话里，察觉出来她捅娄子了？

陈恩赐撇了撇嘴，默默地开始组织语言。

娄子倒是没捅。

陈恩赐有点没底气，又加了两个字：多大。

按了一会儿手机，陈恩赐将消息发了出去：“娄子倒是没捅多大，就是你替我挨打的这一天，它来了。”

和我抢房子的男朋友：“说说情况？”

陈恩赐摸了摸鼻子：“情况就不用说了吧，反正网上都有，你自己随便看看就知道了。”

陈恩赐想到“在线蹲一个网名”发的那些糖，忍不住抬起手没眼看地捂了一把脸。

怎么办，这锅甩得貌似有点大，男朋友会不会揍她。

秦孑那边迟迟没回应，陈恩赐寻思着他大概是去网上了解情况了。越等她越心虚，心虚到最后，她决定让自己蛮不讲理点：“男朋友，我相信你是说到做到的人，所以我就跟你商量，擅作主张了一把。”

秦孑那边照旧没消息。

陈恩赐真有点不安了。毕竟男人都是要面子的，秦孑该不会真的生气了吧？

陈恩赐抠了抠手机，决定适当性地示弱下：“男朋友，你还是爱我的吧？”

“哥哥？”

“老公？”

和我抢房子的男朋友：“好好说话，别撒娇。”

陈恩赐是真的很纳闷，她怎么就撒娇了？

不过还没来得及围绕着撒娇的问题做探讨，秦孑就给她甩来了两张截图。

第一张截图是陈恩赐刚刚甩锅的微博。

陈恩赐：“‘在线蹲一个网名’不是我，是秦孑，刚刚是他登录错了账号。”

和我抢房子的男朋友：“小女朋友，你这不是甩锅，是变相官宣。”

和我抢房子的男朋友：“本来你发错微博，大家以为你只是单纯地嗑我跟你的糖，现在你整这一出，就等于变相告诉全世界，你小号的糖全都是真的。”

第二张截图是“在线蹲一个网名”发的小条漫，秦孑在条漫上圈了个字。

和我抢房子的男朋友：“还有，小女朋友，你小号的字迹和你那些小本本上的字迹是一模一样的。”

和我抢房子的男朋友：“恕我直言，你这锅甩了也是白甩。”

和我抢房子的男朋友：“网友现在还没反应过来，等他们消化掉你跟我复合这事儿后，你懂的。”

前一秒还沉浸在男朋友会不会生气中的陈恩赐，下一秒心态彻底崩了。

她懂个什么，她才不要懂。

她可真是太难了，次次开马甲，次次都暴露。

她就纳了闷了，别人是怎么做到把马甲捂得严严实实的。

事情还没到来，只是顺着秦孑的话往下做了个简单的设想，陈恩赐又生无可恋地将自己埋进了枕头下。

这下大家又多了一个笑她的点了。

说好的娱乐圈视觉盛宴呢？说好的娱乐圈第一美女呢？说好的娱乐圈生图最扛打的女星呢？

没了没了通通都没了。

以后大家提起陈恩赐，只会想到马马虎虎陈恩赐，可可爱爱没脑子。

大概是她迟迟没回秦孑的消息，秦孑的电话打了过来。

陈恩赐要死不死地接了电话，语气丧丧的：“干吗？”

秦孑轻笑了一声：“这么伤心吗？”

陈恩赐将脸往床单上一贴，声音闷闷的：“你说呢。”

秦孑在电话那头又懒洋洋地笑了：“小女朋友，要帮忙吗？”

陈恩赐撇了撇嘴，刚想回句我觉得我没救了，话到嘴边，她又收了回来。

秦孑既然这么问她，那就说明他是有办法的？

陈恩赐顿时觉得自己稍稍复活了一点：“你有什么办法？”

“还能有什么办法，把小女朋友甩的锅接稳了。”秦孑似是心情很好，一直在笑，“来吧，把微博小号的账号密码发给我。”

陈恩赐“哦”了声，听着好像很不情不愿，但秦孑手机却很快振动了一下，账号密码发过来了。

收到消息，秦孑挂了电话。

大概过了二十分钟的样子，陈恩赐的手机振动了一下。

她垂眼望去，是微博弹出的一个话题推送。

“陈恩赐秦孑官宣”

话题下有两条热门微博，第一条是她刚刚的甩锅微博，第二条是“在线蹲一个网名”发的视频微博，只不过视频是黑的，里面有语音，只有三个字，很淡很懒的语调：“嗯，是我。”

如同秦孑说的那样，网友已经发现了字迹相似，在笑陈恩赐这是不好意思了，直接找男朋友当背锅侠，同时网友还在各种讨论着秦孑到底知不知道自己被女朋友全网“黑”了一把。

而“在线蹲一个网名”这微博，直接将网友的情绪点炸了。

一个理直气壮地甩锅，一个甘之如饴地接锅。

这到底是什么神仙爱情？

“不是说好来吃瓜的吗？怎么吃到最后变成了狗粮？”

“还是成吨的狗粮，我到底是做错了什么。”

“只有我一个人觉得，他们俩莫名般配吗？”

“般配不般配我不知道，我只从“嗯，是我”这三个字里看到了满满的宠。呜呜呜，我到底是造了什么孽，好好的网课不听，跑来这里被人当狗屠。”

刷看着评论的陈恩赐，重新刷新了一下微博页面。

秦孑发的那条视频微博下，热评第一是一个叫“叶绿色 0026 号”的人问了一句：“我想知道，你们两个是谁先把脸伸到对方面前给对方打的。”

回复里一连串的“哈哈哈哈哈”。

回复最热门的两条内容是“在线蹲一个网名”的。

第一条：“是我。”

第二条：“分手后，我暗恋了她 1923 天。”

陈恩赐本来还在意着自己的丢人事迹，可这下，她所有的关注点都被秦孑这两条回复吸引走了。

——分手后，我暗恋了她 1923 天。

1923 天……那是他和她分开的天数。

陈恩赐的心像是被什么东西轻轻地挠了一下似的，酸酸的、疼疼的，还暖暖的。

秦孑的电话又过来了，陈恩赐吸了吸鼻子，缓了一会儿情绪，才接听：“喂？”

“小女朋友，现在高兴了吗？”

陈恩赐“嗯”了声，心想，何止是高兴了，还被感动到了。

“小女朋友乖得我有点怕。”秦孑笑了两声，语气带着几分调侃，“还有别的什么娄子，要不，你还是一口气全招了吧。”

“没有。”陈恩赐闭着眼睛，将脸在枕头上埋了一会儿，才又说，“就是想要谢谢你。”

秦孑明显感觉到了不对劲，沉默片刻，低声问："怎么了？"

陈恩赐抱着被子，小声地回："没怎么。"

秦孑半晌没吭声，他像是不高兴了，但他开口的语气，还算缓和："你等着，我现在回家。"

"啊？"陈恩赐急忙坐起身，"别别别……"

秦孑没出声。

"我真没事瞒着你，我……我……"陈恩赐知道秦孑在意的点，真不适合说煽情话的她，支支吾吾了好一会儿，然后重重地叹了一口气，"我就是、就是，看到你微博的回复了。"

秦孑愣了愣，弄明白了是怎么一回事。

敢情小女朋友这是被他感动了。

秦孑懒懒地坐回椅子上，笑了声，又笑了声。

听着他的笑，陈恩赐倒头又躺倒在床上，然后拿着被子蒙住脑袋，似是很不好意思见人般，小声嘟囔道："我……我也想了你1923天。"

秦孑又愣住，时间远比刚刚长。

等他缓过来的时候，陈恩赐已经把电话挂断了。秦孑哑然失笑，脸皮真是有够薄的。

秦孑特意给了陈恩赐一会儿治愈的时间，等他估摸着差不多了，这才拿着手机给陈恩赐发了条微信："小女朋友，商量个事可以吗？"

陈恩赐收到秦孑的微信，立刻回了个："什么？"

和我抢房子的男朋友："咱以后别开马甲了，成吗？"

陈恩赐似是被噎住似的，张了张口，好半天憋出一句脏话。过了一会儿，她自己又"扑哧"笑了。

说来，也真是够邪门的，她每个马甲都是皇帝的新装。

陈恩赐捧着手机，好奇地问："秦孑，你有马甲吗？"

和我抢房子的男朋友："我？没有吧。"

陈恩赐虽然答应了嫁给秦孑，但秦孑并没有立刻带着陈恩赐去扯证。

尽管他很想，做梦都想，但有些仪式感，该走的还是要走。

花园小区的房子，到手后重新装修了一遍，定制的戒指，修修改改了大半年才算满意。

等到一切的一切都万事俱备，已到了冬季，秦孑索性直接将婚礼推迟到了圣诞节。

婚是在花园小区求的，只有他和她两个人，有鲜花、有钻戒、有婚纱，也有水晶鞋，唯独没有像其他明星那样，求一场婚恨不得昭告天下搞得尽人皆知。

求完婚的第二天，陈恩赐和秦孑回了J城。

那天恰好是周日，民政局不上班，第二天上午秦孑有个会，两人约了下午去民政局。

秦孑出门后，陈恩赐一个人挺无聊的，前几天她搬到了秦孑这边住，好多东西都还堆在箱子里没整理，其实有阿姨会帮忙整理的，不过陈恩赐为了打发时间，自己先动了手。

秦孑的更衣室很大，他衣服并不少，但还是空了很多空间。

其实空出的那些空间，都比陈恩赐房子的更衣室大，但陈恩赐东西实在是太多了，再加上前段时间跟陆星出了一趟国，回来的时候多了三个箱子，摆着摆着就没了地方。

陈恩赐努力地把自己不常用的东西挑了挑，发现地方还是不够用，便开始替秦孑挑她觉得不常用的东西，然后她在秦孑装内衣的抽拉柜里，翻出了一个粉色的袋子。

那袋子一看就不是男人的东西，陈恩赐好奇地拆开，发现是一套烟粉色的内衣。

陈恩赐脑海里浮现出的第一个念头是，这内衣略微有点眼熟。

不过这牌子的内衣挺火的，眼熟也正常，所以陈恩赐很快就冒出了第二个念头，这内衣是秦孑送给她的惊喜？过两天就是元旦了，秦孑是想元旦送给她？

陈恩赐拿着内衣翻看了一圈，想着反正是送给她的，她先试试也不是不可以。结果……尺寸不对，穿不上。

陈恩赐仔细地去检查了下内衣的标签，S码是对的，但是A罩杯是错的。

秦孑是知道她尺寸的，他要是买给她，不可能买错，除非……陈恩赐脑海里迅速掠过无数个版本的故事，不管是哪个版本，最后得出的结论都很一致：秦孑这是在外面养人了？

陈恩赐觉得自己不能无缘无故地就冤枉自己的男朋友、准未婚夫，她想了又想，最后就抱着手机去找小姐妹们征求意见。

陈恩赐素来要面子，当然不可能上去就说，秦孑买了一套内衣不是我的尺寸，所以她用了个很好的借口。

“我有个朋友，发现她男朋友买了一套内衣，但不是她的尺寸，还藏在更衣室里最隐蔽的柜子里，这说明什么？”

陈恩赐发完这条消息后，还不忘在“铿锵玫瑰”群里艾特了一下全体成员。

陆星：“这还需要问吗？男朋友在外面养狗了呗。”

林染：“男朋友肯定是出轨了呀，这不是明摆着的事吗？”

素来在群里冒泡很积极的陈荣，这次一点也不积极，她隔了一会儿，才发消息：“也有可能是……差点擦枪走火。”

陆星、林染和陈恩赐没看明白，特有默契地同时冒泡：“什么意思？”

又过了两三分钟的样子。

陈荣：“就是，可能是孤男寡女共处一室，然后弄脏了衣服，男的给女的买一套衣服做补偿啊。”

陈恩赐看着“孤男寡女，共处一室”这八个字，直冷笑：“都共处一室了，我不信没发生点什么。”

陈荣：“共处一室，未必会真的发生点什么啊，可能只是差点。”

发完这个消息后，陈荣不知为什么，有点紧张地吐了一口气。昨天她碰到了顾君逢，他又换女朋友了，挺漂亮的，最起码看着比她有女人味多了。她心情有点不好，喝了一些酒，晕晕乎乎地拿着手机发微信找人接自己，然后不知怎的就找到了陆拾一。

她是真的醉了，没能告诉陆拾一家里地址，最后陆拾一将她带去了酒店。

她睡得挺好的，陆拾一把床让给了她。只是第二天她醒来后，陆拾一跟她要照顾她一夜的好处。而好处就是……

陈荣想到他是一个小了自己八岁的男生，她就一脸头疼地将脑袋重重地磕上了桌角。

陈恩赐看到陈荣的话，只觉得莫名其妙。不过对她来说，哪里莫名其妙不重要了，重要的是小姐妹团五个人，四个人都觉得秦孑这是在外面有狗了。

陈恩赐心态有点崩，她也没心情去看小姐妹团就着自己的话题，继续聊了点什么，直接气势汹汹地给秦孑发消息了。

“外面有狗的感觉是不是很爽？”

“目测你外面那条狗，也不咋样嘛。”

“是个平胸狗。”

分给我一半房子的男朋友：“？”

三秒后，分给我一半房子的男朋友：“亲爱的，别作。”

“谁跟你作了，咱俩究竟是谁在作？你别以为你不承认，我就不知道你在外面养了一条狗。现在我人赃俱获，你最好想想怎么给我一个合理的解释。”

陈恩赐一口气打了一长串话，发出去后，远觉得不够解气，又补了句：“呵呵，那么平的胸，你也下得去手。”

秦孑是真觉得小未婚妻不讲道理。

他就离开了几个小时，怎么就整出来他在外面养了一条狗？

秦孑忍着狠踩一脚油门，闯红灯飙车回家，把小女朋友好好教育一顿的冲动，拿着手机，咬牙切齿地发了两条语音：“我外面养没养狗，你心底没点数？”

“看来是我做得还不够，让你都产生这种幻觉了。”

屏幕上方，频繁地出现“对方正在输入”，秦孑等了又等，都没等到陈恩赐的回信。他微扯了扯嘴角，轻呵一声，心想着，怎么不作了，继续作啊。

秦孑掂量着陈恩赐因为他那句话，估计能老实到他到家了，刚想放下手机，手机就振动了一下。

陈恩赐发来了一张图片。

秦孑点开，图片上是一套烟粉色的内衣。

秦孑一怔。

秦孑点了好几次消息输入框，指尖在屏幕上按了又按，始终没能发出去一个字。

风水轮流转，这下换成她那边不断地看到“对方正在输入”，却迟迟收不到他消息了。

秦孑停稳车，在车里犹豫了几分钟，才推开了车门。他乘坐电梯，抵达一楼。电梯门一打开，他就看到了扛着一根棒球棍的陈恩赐。

棒球棍的顶端，挂着那套烟粉色的内衣。

秦孑在电梯里杵了三秒，才迈步走了出去。随着电梯门关上，陈恩赐将棒球棍从肩膀上拿下来，有一下没一下地敲着自己掌心。伴着她的动作，轻薄的内衣不断地晃来晃去。

秦孑忽然有点晕内衣。

他站定在陈恩赐面前，清了清嗓子：“想打棒球了？”

陈恩赐拎着棒球棍，冲着秦孑挥去，棍子擦过秦孑耳边，重重地怼在电梯门上：“想打你。”

秦孑无奈。

陈恩赐慢慢地将棒球棍收了回来，把上面挑着的内衣，搭在秦孑的肩膀上，然后又是一手拎着棒球棍，有一下没一下地敲着另一个掌心：“讲讲吧，讲讲这内衣背后的故事。”

秦孑：“可以不讲吗？”

陈恩赐麻溜地将棒球棍在掌心里转了个圈。她还没说话，秦孑就“啧”了声：“也不是不能讲，但我怕你小心脏承受不住。”

陈恩赐“唔”了声：“没事，我要是小心脏承受不住，就让你身体承受不住。”

秦孑：“那我说了？”

陈恩赐小脸冰冷地抬了抬下巴，示意他有屁快放。

秦孑："我真说了？"

陈恩赐二话不说，扬起棒球棍。秦孑抬手将内衣从肩膀上扯了下来，丢到小女朋友的怀里："这内衣是你送的。"

陈恩赐眨了眨眼睛，一脸茫然。

"这内衣是你买的。"秦孑又重复了一遍，见小女朋友还没转过弯来，就摸了摸口袋，将不常用的那部手机递了过去，"换个说法，你口中的那个碗姐，就是你老公。"

陈恩赐盯着秦孑看了一会儿，接过手机。点开微信，看到"你看这碗又大又圆"这几个字，她抬头看了眼秦孑，然后就点开了"铿锵玫瑰"群。

熟悉的群名，熟悉的群聊天内容，熟悉的群成员。

难怪她觉得内衣很眼熟，原来是她买的。

所以她错怪了他？

陈恩赐有点不好意思，抿了抿唇，刚想把手机还给秦孑，突然反应过来，好像哪里不……太对？

秦孑是碗姐？

秦孑不是告诉她，他没马甲吗？

碗姐这个马甲，他都用了一年了……一年……她使用时长最长的马甲是"在线蹲一个网名"，也就维持了短短两个月。最重要的是，她在群里吐槽过秦孑，还说过很多女性的隐私话题。

陈恩赐将手机往秦孑怀里一丢，撸了撸袖子，举着棒球棍冲着秦孑走过去："我还是打死你吧。"

陈恩赐当然不会真打，只是看着张牙舞爪的，秦孑也没躲闪，任由着她雷声大雨点小地往自己身上砸。二十分钟后，他将气喘吁吁的小女朋友搂进怀里："出爽气了吗？

"没出爽，再打会儿？"

陈恩赐轻呵了一声，别开头，没理秦孑。

秦孑轻笑了一声，将头埋在小女朋友的脖子里，吻了两下："不是故意瞒你的。

"后来和你在一起后，那号就不怎么常看了。

"之前之所以这样，是……"

陈恩赐没看秦孑，却竖起了耳朵。

秦孑沉默了三秒钟，用鼻尖轻轻地蹭了蹭陈恩赐的脖子："是想找一条能靠近你的路。

"那个时候，真的离你太远了。"

陈恩赐张了张口，心就这么软了。

秦孑感觉到怀里的小女朋友没那么锋利了，这才摸了摸她的头发，又问："民政局还约不约了？"

陈恩赐哼哼了两声，抬起指尖，一脸嫌弃地拉了拉秦孑的衣服："你身上这套衣服太丑了，我不想和穿这种衣服的你合照。"

秦孑低低地笑了一声："行，我去换衣服，换到我家小女朋友满意为止。"

陈恩赐板着一张小脸，没说话。等秦孑踩上楼梯，她又补了句："衣服放在床上了。"

从民政局出来，已是下午五点钟。秦孑领着陈恩赐回了趟秦家，吃了顿晚饭。

陈恩赐早就跟秦家人见过面了，气氛很融洽。走之前，陈恩赐收了厚厚的一沓红包。上了车，她就开始数钱，数着数着，乱了数字，数不清了，索性不数了，将那些钱跟垒房子一样，垒了高高的一摞："秦孑，我觉得你们家不像是娶媳妇，更像是买媳妇。"

秦孑轻笑了一声，扭头看了眼在那里玩钱的陈恩赐："分明是供祖宗。"

陈恩赐翻着白眼短促地冷呵了声，过了一会儿，她扭头笑盈盈地看着秦孑："来，喊声祖宗。"

秦孑跟着笑，他抬起手放在陈恩赐头顶，缓缓地揉了两把："祖宗。"

从秦家回秦孑家，正好经过银河大厦附近。

隔了一条街，陈恩赐看到了挺有标志性特征的银河大厦，她将钱一股脑地塞到车座下面，落了车窗，指着一整栋几乎都亮着灯的银河大厦："我们去银河吧。"

秦孑看了眼陈恩赐，没反对："好。"

车子停稳在地下停车场，陈恩赐跟着秦孑搭乘专属电梯直达顶层。

实验室里灯火通明，容与、唐久他们都还在加班，角落里黑色的真皮沙发上，戴着厚厚眼镜的何尝，一边吃泡面一边翻着一本厚厚的书。

江暖跟陈琦坐在会议室里不知道因为什么争得热火朝天。

已经深夜十点钟的银河大厦，所有人都还在干劲十足地忙碌着。

陈恩赐和秦孑没打扰大家，在进秦孑办公室之前，陈恩赐扭头看了眼各司其职的熟悉面孔，忽然觉得，时间仿佛在银河并未留下什么痕迹，银河还是那个银河，无论走了多远走到多高，大家都没变，依旧还在为自己的梦想拼搏着。

秦孑电脑没关，进办公室没一会儿，他电脑就叮咚叮咚响了好几声。

陈恩赐从亮着的屏幕上，看到下方弹出的邮件提醒。

陈恩赐接过秦孑倒来的温水，示意他去看下有没有重要的邮件。

窗外夜景依旧梦幻，陈恩赐捧着水杯欣赏了一会儿盛世美景，这才转身，背对着万千灯火，仰起头倚着玻璃望向了对着电脑忙碌的秦孑。

和秦孑领证的第一天，她有点说不出来的亢奋，想跟秦孑去兜个风，也想跟秦孑去蹦个迪，但她发现……好像都不如此时看着合法“男朋友”工作来得惬意。

陈恩赐看着看着，忍不住笑了下。

秦孑视线没离开电脑：“笑什么？”

“笑……”陈恩赐故意拉了个长腔，“我‘男朋友’好帅。”

秦孑嗓子里发出一道很短促的低笑声，过了几秒，他带着椅子转了个身：“过来。”

“干吗？”陈恩赐和从前一样，嘴里这么问着，人却站起身走向秦孑。

秦孑抬起手，将她手中的水杯抽走，放在大办公桌上，然后面对面地拉着她跨坐在自己腿上，这才又转了下椅子，重新面向电脑，将下巴搭在陈恩赐的肩膀上，又忙了起来。

陈恩赐将双手腾出来，绕过秦孑的后背，点开手机，刷娱乐新闻。刷着刷着，她想起来，很多年前，在花园小区，她和秦孑安静相处的无数个阳光静好的午后，也是这幅光景。

他忙他的工作，她窝在他的怀里消磨时间，困倦了就枕着他的肩膀睡一个小觉。

那些错过的、举世无双的好时光，终究还是被他和她，一点一点都拾了回来。

秦孑忙起来总是忘了时间，陈恩赐没打扰他，安静地靠着他的肩膀，接着之前的剧情继续看静音版的《生命》。

临近年关，各种平台都开始了年终盛宴。

《生命》拿了很多奖，最佳编剧奖，最佳导演奖，最佳男演员奖，最佳男配奖，最佳女配奖……总之能拿的奖都拿了个遍，唯一遗憾的是，没有最佳女主角奖。

陈恩赐其实拿到了好几个评选的提名，但最后都输给了前辈。说不失落那是假的，但也没那么大的心理落差，对她来说，接《生命》的那一刻，才是她星光璀璨之旅的真正开端。

陈恩赐刷了一集半电视剧，秦孑敲键盘的声音终于消失了。她懒得动，就那么贴着秦孑的肩膀，问：“忙完了？”

“嗯。”秦孑用手搂住了她的腰，把脸埋在了她的肩膀上，“无聊不？”

“洞房花烛夜，陪着合法‘男朋友’加班，是挺无聊的。”顿了顿，陈恩赐又说，“还挺新奇的。”

秦孑闷笑了一声，抬头看了眼时间，已经快要凌晨一点钟了：“回家？”

陈恩赐嘴里“嗯”着，人却赖在秦孑的怀里没动。她收起手机，指尖有一下没一下描绘着秦孑的锁骨：“秦孑，你为什么总喜欢抱着我工作？”

“踏实。”

“哦，我还以为你是为了满足自己的成就感，怀里抱着美人，手上拯救苍生。”

秦孑闷笑了两声：“也还不错。”

陈恩赐也跟着笑，笑着笑着，她感觉到秦孑的手，有点不太对劲：“秦孑，你要干吗？”

“他们都下班了。”秦孑贴着陈恩赐的耳垂，答非所问。

“然后呢？”陈恩赐惊得险些跳起来。

秦孑按住她，唇沿着她的耳朵，滑到了她的嘴角：“然后……试试办公室。”

陈恩赐差点儿没被折腾死，窗外夜深了，陈恩赐跌回秦孑怀里时，人也差点断了气。

秦孑帮她整理好衣服，吻了吻她的嘴角，把她放在椅子上，起身进了洗手间。

陈恩赐趴在桌子上缓了一会儿，正准备坐起身的时候，不小心带了一个文件散落在地上。她俯身捡起时，在文件上看到了自己的名字。

“若秦孑出轨，秦孑净身出户，若有孩子，抚养权归陈恩赐。”

“若感情破裂，秦孑净身出户，若有孩子，抚养权归陈恩赐。”

“若秦孑家庭暴力，秦孑净身出户，若有孩子，抚养权归陈恩赐。”

“若秦孑……”

一眼望去，一长串若秦孑怎样，直到最后，有一条：“若陈恩赐出轨……”

后面没了，这几个字，被人用笔画去了，旁边有着一小行字，不像是打印的，而是手写的。

秦孑的字迹。

“若陈恩赐出轨了，就当成没出轨。”

原来秦孑在拟定婚前协议啊。

陈恩赐听见洗手间的门有了动静，将文件飞速地塞进袋子放回到桌子上。

秦孑出来，陈恩赐仰着头，冲着他张开了双手。等秦孑走近，陈恩赐将他拉到自己面前，让他倚靠着办公桌上，伸出手圈住了他的腰。

“怎么了？这是？”秦孑摸了摸陈恩赐的头顶。

陈恩赐没说话，脑袋在秦孑的小腹上蹭了蹭，然后就小声地嘀咕了句：“再来一次吧。”

秦孑没反应过来，很轻地“嗯？”了声。

陈恩赐扭了下头："再来一次吧，哥哥。"

等到天光微亮，陈恩赐抖着双腿，瘫倒在办公桌上。

秦孑覆在陈恩赐身上，气息不稳地喘着气儿。

陈恩赐闭着眼，睫毛一颤一颤地缓了一阵儿，直到眼角溢出的泪光都干了。她似是想到什么般，突然低喃了句："银河之上的你。"

"什么？"

陈恩赐一脸累到不想说话的样子，没出声。

秦孑吻了吻她的眉眼："什么银河？"

"过几天你就知道了。"陈恩赐伸出手，将秦孑黏在自己脸上的唇推开。

秦孑就着她的掌心，啄吻了两下，闷笑着起身开始收拾狼藉。

陈恩赐由着他将自己抱到椅子上，她扒着椅背，望着窗外一盏一盏熄灭的灯光，心想，她想好了，她写完的那本书，就叫《银河之上的你》。

秦孑直到那一年春节，在办公室里收到合法小"女朋友"寄来的快递，拆开后，看到封面精美的书，他才知道，她那天嘴里低喃的银河是什么意思。

那天下午，秦孑泡了一杯茶，将那本书静静地翻看完了。

从开篇的第一句"我爱的你，是站在银河之上的你"，看到最后收尾的那一段"我们都活成了梦想中的样子，我们都还没忘记彼此"，秦孑整整用了六个小时。

合上书的他，坐在办公室里沉默了良久，才拎起衣服，起身回家。

合法小"女朋友"今天没在他那边，回了梧桐墅，他从电梯出来，习惯性地按了下门铃。

门打开，随着合法小"女朋友"飘来的一句："谁呀？"

秦孑忽然不知怎的，就笑了："送水的。"

陈恩赐愣了愣，"扑哧"笑了："水呢？"

秦孑将手里从超市选出来的袋子，往上抬了抬："在里面。"

陈恩赐笑着没吭声，让开了门。

秦孑洗了手，去厨房准备晚餐，没事干的陈恩赐，倚着门看。她看到秦孑从袋子里扯出芹菜的时候，想到当初看见林染初次来花园小区，她咚咚咚敲响秦孑的房门，租各种东西的场景。

现在想想……可真是傻啊。

陈恩赐轻笑了一声，惹得秦孑扭头看了她一眼。她冲着秦孑抛了个媚眼："哥哥，我想跟你租点东西？"

“租什么？”秦孑将菜扔进水池里。

陈恩赐看着他洗菜的模样，心想，这大概就是所谓的“烟火”。

她站直了身子，踩着步子走到秦孑跟前，从背后搂住了他：“租……你呀。”

《银河之上的你》出版的第五年，陈恩赐凭借着出演的《舆论》成功拿到了那一年度最佳女主角奖。

从《生命》之后，陈恩赐再也没有演过偶像剧，她从花瓶、娱乐圈第一交际花，已经变成了职场女星。

《舆论》和《生命》一样，同样是一部很有意义的剧，不过这部剧的核心，不再是医疗与AI，而是记者舆论。

当初编剧拿着剧本来找陈恩赐洽谈，只说了一句话，陈恩赐就点头接了这部戏，甚至为了这部戏，还去当记者实习了三个月。

编剧说的那句话是：“舆论是一把双刃剑，可以杀人，也可以救人。”

无论是秦孑还是陈恩赐，他们都曾受到过舆论的伤害，陈恩赐太能体会这句话背后的辛酸。

记者是一份神圣的职业，Z国的进步，不能脱离新闻的繁荣，不能没有记者担当。

陈恩赐看到《舆论》，就像是看到了当年的《生命》。

身为演员，演出人生百态是职责，演出社会担当是信仰。

凭借着《舆论》获奖的那一年，出版社编辑和陈恩赐协商了一下，又印刷了一批精装版的《银河之上的你》。

精装版比原稿多了两千字的番外。那两千字的番外，是陈恩赐笔下这五年最真实的秦孑。

秦孑在跟陈恩赐领证的第三年，成功地将肿瘤智能诊断系统推进了社会大众的视野。

领证的第四年，是秦孑最难熬的一年。

医疗＋AI，在这两年得到了突飞猛进的发展，各行各业也都开始和人工智能有关，尤其是医学和健康这一方面，更是脱离不开人工智能。肿瘤智能诊断系统的推出，更是碰触到了很多医生和专家的利益，所以很多人开始站出来，反人工智能，散播人类的将来会被人工智能统治的言论。

在对人工智能舆论极其不利的情况下，银河开始了医生机器人的研发。

领证的第五年年末，突发了一起呼吸传染疾病。那场疾病来势汹汹，在被确诊为传染性极强的疾病时，疾病已经传染开了。

医生机器人就像是正常的医生一样，可以给人诊断看病，医生机器人就是在那个时候站出来的，在它的帮助下，减轻了医护人员的负担，也大大保护了站在一线的那些医护人员的安危。

那一次的传染病来得迅速，被控制得也很迅速，甚至连那一年的国内春节都没有受到影响，就已经被遏止了。反人工智能的言论，沸沸扬扬地闹了整整两年后，在那时才开始逐渐得到改变。人类和人工智能是可以强强联手的。

世界是共通的，国内控制住的同时，国外爆发了。秦孑几乎没过多思考，就做出了一个决定，公开医生机器人所有的研发资料，放弃了申请专利，免费推广至全世界。

秦孑做出这个决定的那一天，陈恩赐恰好来银河。她隔着没关严的会议室门，听到了秦孑的会议内容。

他说，在疾病面前，不分国籍。

那是一个下午，阳光明媚，从窗外打在了秦孑的右侧。

陈恩赐望着站在光里的秦孑，心底有着无限的骄傲和自豪。

她爱的那个男人，比银河更耀眼。

陈恩赐没有打扰他们的会议，她悄悄地去了办公室。

秦孑的办公桌上放着一本书，是她五年前寄给他的那本《银河之上的你》。

他应该翻看过很多遍，有些旧了，在末页“我们都活成了梦想中的样子，我们都还没忘记彼此”的下面，有这几行字。

多年后，我依旧记得那一晚。

我一仰头，看到了你。

披星戴月回国来找我的你，真是要了我的命。

——秦孑

（全文完）